永明先声:谢庄研究

仲秋融　著

ZHEJIANG UNIVERSITY PRESS
浙江大学出版社
·杭州·

图书在版编目(CIP)数据

永明先声:谢庄研究 / 仲秋融著. —杭州：浙江
大学出版社,2024.1
ISBN 978-7-308-24539-5

Ⅰ.①永…　Ⅱ.①仲…　Ⅲ.①谢庄－古典文学研究
Ⅳ.①I206.391

中国国家版本馆 CIP 数据核字(2024)第 002801 号

永明先声:谢庄研究

仲秋融　著

责任编辑	傅百荣	
责任校对	徐素君	
封面设计	周　灵	
出版发行	浙江大学出版社	
	（杭州市天目山路 148 号　邮政编码 310007）	
	（网址:http://www.zjupress.com）	
排　版	杭州隆盛图文制作有限公司	
印　刷	广东虎彩云印刷有限公司绍兴分公司	
开　本	710mm×1000mm　1/16	
印　张	13.75	
字　数	247 千	
版 印 次	2024 年 1 月第 1 版　2024 年 1 月第 1 次印刷	
书　号	ISBN 978-7-308-24539-5	
定　价	68.00 元	

版权所有 侵权必究　印装差错 负责调换

浙江大学出版社市场运营中心联系方式　(0571)88925591;http://zjdxcbs.tmall.com

作者简介

仲秋融,浙江杭州临安区人。现为中国计量大学人文与外语学院中文系讲师,硕士生导师。浙江大学人文学院中国古代文学专业文学博士,复旦大学中国语言文学流动站文学博士后。主要从事周秦汉魏晋南北朝文学与文献学、中国古代园林文学与文化等方面研究。主持完成省市课题两项,参与编著教材两部,目前主持国家社科基金后期资助项目"魏晋公牍文的文学演进与文化阐释"(21FZWB073)、中国博士后第74批面上资助项目(2023M740739)、中国计量大学青年科技人才培育专项(2023YW48),已在《浙江学刊》《中国典籍与文化》等核心刊物独立发表论文多篇。

前　言

南朝初年，陈郡谢氏家族成员谢庄是一位重要的士族文人，他凭一己之力，在政治、文学等多方面撑起了晋宋之际风雨飘摇的谢氏家族门庭。在仕途上，谢庄曾官至高位，为时之清流领袖，尤在文学创作上，作为谢灵运从子的谢庄承谢氏清风，成文坛翘楚，南朝钟嵘《诗品》引而论之，为其诗置品，并有一赋一诔被萧统辑入《文选》，脍炙人口，这也奠定了谢庄的文学史地位。然而，细考其流传下来的其他作品，不难发现，谢庄在创作上以其识音的天赋与积极的探索成为连接元嘉体与永明体的纽带，其诗文的律化程度在某些地方已不逊于齐梁诗人，实开永明文学之先声，并在诗歌园林意境、篇章体制，以及文章审美旨趣等方面皆有所开拓，值得称道。

本书在本人硕士论文基础上扩充整理而成，在此由衷感谢恩师叶志衡教授、林家骊教授、郑利华教授的指导与帮助。本书主要通过对永明先声谢庄的诗文作品的研究与笺注，全面审视南朝士族文人谢庄及其作品价值，以期确立其永明先声的文学史地位。具体而言，全书以谢庄文学创作为出发点，以文献资料为基础，尽可能搜集有关谢庄家学传统、生平仕历与文学创作的资料，并结合南朝的时代背景、学术思潮等，梳理现存谢庄的诗、赋、文，对其中的相关问题进行辨析。同时，注意展现谢庄现存诗文作品的全貌，附录一"谢光禄集笺注"，整理校注谢庄作品六十一篇，疏通文义，注解词义、典实，诗文按同一文体内考证之时间先后为序，作年难考者，置于同一文体之末，疑为前人误辑或存疑者，亦笺注编入以待考。附录二"谢希逸琴学著述"，将现存文献中系名为谢庄（谢希逸）的《琴论》《雅琴名录》整理于后，存疑在此。由于学养有限，本书难免存在不足之处，恳请方家批评指正。

目 录

导　论

第一节　有关永明先声谢庄研究的学术史梳理及研究动态

　　"永明体"是指南朝齐武帝永明时期,依照声律论创作的诗歌,要求忌犯声病、格律对偶、声韵抑扬,又名"新体诗"。永明新体诗对唐代近体律诗的形成和发展有着深远的影响,学界对永明体的研究,以往较为强调对其主要提出者及制定群体的探讨,如围绕沈约、谢朓、王融、周颙等文人及其代表诗作的解读。然而我们知道,文学本身的发展往往呈螺旋形曲折地演化,某个时代的文学看似不太繁荣,却在一定程度上为下一个阶段的蓬勃发展准备了条件;某些作家的创作成就在当时好像并不明显,却为后来一些大家们所取法。永明体这一新学说在产生之前必定也会有一个孕育过渡期,同时存在相应的先驱创作者。南朝齐文学家陆厥就曾说曹、刘已睹音律之秘,虽言及的只是自然音律,若没有它,也不会发展到沈约规定的"十字之文,颠倒相配"①的人为声律。同时,在古近体变革中,即使理论上提出永明声律论,实际创作上还有个慢慢发展、完善的过程,如在声律运用初期,沈约自己在理论和创作实践上尚存在脱节现象,故而在此中间环节,作为永明先声的南朝刘宋士族文人谢庄创作尤其值得关注。

　　谢庄知双声、晓叠韵,具备审音能力,惜无音韵理论方面的书册流传下来,但他并不是理论家,而是诗人、赋家,相关声律之秘可从他的诗文中表现出来。谢庄诗歌律化程度已与永明诗人靠近,甚至与沈约、谢朓的合律比例不分伯仲,他们之间所不同的或许就在于具体理论的提出。谢庄文学创作在元嘉文学向永明文学过渡中有着重要的作用,以其为代表的南朝士族文人的生存状况、文学心

---

① 严可均校辑:《全上古三代秦汉三国六朝文》,中华书局1958年版,第3099页。

态,以及在前永明体时期实践创作中的贡献,皆对后期及唐人产生一定影响,故有必要在梳理其学术研究史的基础上展开进一步考察。

谢庄(421—466),字希逸,陈郡阳夏(今河南太康)人,世称谢希逸或谢光禄,他是陈郡谢氏家族的重要成员之一,在南朝刘宋元嘉后期到泰始之际的政坛与文坛皆享有较高声誉。南朝初年,寒族掌权,大力打击传统世族高门,谢灵运等谢氏门人或被杀戮,或被排挤,唯有谢庄一支独撑家族门庭,立狂澜而不倒。据沈约《宋书·谢庄传》卷八十五载:"(谢庄为)太常弘微子也。年七岁,能属文,通论语。及长,诏令美容仪,太祖见而异之,谓尚书仆射殷景仁、领军将军刘湛曰:'蓝田出玉,岂虚也哉。'""泰始二年,(谢庄)卒,时年四十六,追赠右光禄大夫,常侍如故,谥曰:宪子。所著文章四百余首,行于世。"①另外在《南史》卷二十、《建康实录》卷十四等,皆有对谢庄生平经历的记录。据史载可知,谢庄生在谢氏豪门望族,深具蓝田美玉之质,颇享谢家宝树之誉。然同时,谢庄又生不逢时,刘宋之际,王、谢等传统世家大族被当权寒族一再打压,谢氏家族风雨飘摇,谢混、谢晦、谢灵运先后被杀,谢瞻、谢弘微、谢惠连相继病卒,覆巢之下难存完卵,在家族命运遭到残酷时政摧折的形势下,谢庄如履薄冰,毅然凭借自己的努力,在政治与文学两方面撑起了谢氏家族门庭,成为其时家族的中流砥柱。谢庄不仅是时之清流领袖,还曾官至吏部尚书、中书令等高职,并且传承了谢氏家族文学创作之雅道。张燮《七十二家集题辞·谢光禄集序》评曰:"诸谢群翔,希逸稍晚出,而折衷诸父,据地绝胜。观其咄嗟吐纳,俱成令音;国体朝常,多所匡赞。俊雅之迹,别有冲融;和平之中,时存耿介。名播北土,岂偶然哉!吏部尚书,总统群汇。颜峻之嗔而与人官也,贿故也;希逸(谢庄)笑而不与人官,盖本来既清,干请道隔,自不妨以温然接物耳。游田拒门,须墨勒乃开,又何偶觉也!"②惜谢庄所著文章现大多已散佚,《隋书·经籍志》今录《谢庄集》十九卷,下注:"梁十五卷。"《旧唐书·经籍志》《新唐书·艺文志》皆著录十五卷,《宋史·艺文志》著录一卷,《通志》《国史经籍志》著录十九卷。明张燮辑录《谢光禄集》三卷,收入《七十二家集》,明张溥辑《谢光禄集》一卷,收入《汉魏六朝百三家集》。严可均《全上古三代秦汉三国六朝文·全宋文》辑录谢庄文三十六篇,吴汝纶评选《谢光禄集选》一卷,收入《汉魏六朝百三家集选》,丁福保辑录《谢希逸集》,收入《汉魏六朝名家集

---

① 沈约撰:《宋书·谢庄传》,中华书局 1974 年版,第 2167-2177 页。
② 张燮著,王京州笺注:《七十二家集题辞笺注》,上海古籍出版社 2016 年版,第 208 页。

初刻》,逯钦立《先秦汉魏晋南北朝诗·全宋诗》辑录谢庄诗二十七首。① 据笔者整理,今系名谢庄的诗文共有六十一篇,分别为诗二十七首,赋四篇(存疑一篇),文三十篇(存疑二篇)。

近年来,学界对南朝文学的研究趋于纵深,呈现交叉、综合研究的发展态势,其中对刘宋时期谢氏家族重要成员谢庄的相关研究成果日渐增多,虽远未形成研究热潮的程度,然对推动南朝文学在个案方面的探讨及积累颇有助益。就笔者寓目,学界长期以来对谢庄的研究大致可分为基础文献整理、思想身世考察、具体诗文探索,以及综合性研究等四方面,分述如下。

首先,基础文献整理工作的展开。有关谢庄及其诗文的整理校注成果,除明代张溥《汉魏六朝百三家集》所辑《谢光禄集》一卷、清代严可均《全上古三代秦汉三国六朝文》和今人逯钦立《先秦汉魏晋南北朝诗》三个重要辑佚本外,四川大学陈庆的硕士学位论文《谢庄集校注》(2003)和东北师范大学韩丽晶的硕士论文《谢庄集校注》(2006)是目前可见的今人整理本。前者细校谢庄七篇作品,分别是《月赋》《北宅秘园》《游豫章西观洪崖井诗》《怀园引》《上搜才表》《与江夏王义恭笺》《宋孝武宣贵妃诔》;后者辑录相对全面,在前述辑佚本的基础上有所增益,包含谢庄六十篇诗文作品的校注。还有陈庆的《谢庄年谱》,收录于《中华文学史料》第二辑中②。惜这方面的相关研究整理工作距今已久,今人校注时参考文本及语词考释皆有尚待完善更新之处③。此外,在单篇研究论文中,孙耀庆《谢庄行年及著述考》在梳理史料、钩沉典籍的基础上,对谢庄的生平以及著述进行订补考证④;赫兆丰《谢庄文学创作系年考》,对谢庄四十九篇诗文作品进行了作年考证(文中具体考证三十九篇)⑤;杨天星《〈琴论〉作者新考》提出历史上署名谢

---

① 逯钦立《先秦汉魏晋南北朝诗》辑录谢庄五言及杂言诗共十六首,收录其郊庙歌辞十一首,共二十七首。另有标明辑自《海录碎事》卷六的《诗》:"诞发兰仪,光启玉度。"实截取自谢庄《宋孝武宣贵妃诔》一文,不计入其中。参见逯钦立辑校:《先秦汉魏晋南北朝诗》,中华书局 1983 年版。

② 刘跃进:《中华文学史料》第二辑,学苑出版社 2007 年版。

③ 如对谢庄《泰始元年改元大赦诏》中"高祖武皇帝德洞四瀛,化绵九服。太祖文皇帝以大明定基;世祖孝武皇帝以下武宁乱"的校注,对其中"大明定基"句,常被误注为刘宋朝年号"大明",细考句意与史实,文中的高祖武皇帝指南朝刘宋武帝刘裕,公元 420—422 年在位;太祖文皇帝指南朝刘宋文帝刘义隆,刘裕第三子,公元 424—453 年在位,史称"元嘉之治",而"大明"是文皇帝薨逝后,孝武帝刘骏于 457 年才开始使用的年号(457—464),文中"大明"实指《诗经·大雅·大明》,是周朝开国史诗的最后一篇。"大明定基"与下文"下武宁乱"相对,"下武"即《诗经·大雅·下武》:"下武维周,世有哲王。""宁乱"句指孝武皇帝刘骏平定元凶祸乱之事。

④ 孙耀庆:《谢庄行年及著述考》,《广西职业技术学院学报》,2017 年第 2 期。

⑤ 赫兆丰:《谢庄文学创作系年考》,《古籍整理研究学刊》,2022 年第 6 期。

希逸的《琴论》等著述，作者并非南朝刘宋文人谢庄，而是宋人谢希逸一说①。本书有机地补充更新了以上研究文献，汇合比勘，对于存疑文献，亦校注于下编或列于附录，"奇文共欣赏，疑义相与析"②，最大可能地保留谢庄作品全貌，呈现其现有文献的完整体系。

　　其次，涉及谢庄家世思想、历史定位等的论析。总体研究方面，曹道衡、沈玉成编著的《中国文学家大辞典·先秦汉魏晋南北朝卷》《南北朝文学史》《中古文学史料丛考》等皆较早对谢庄的生平、思想等有所概述，虽限于篇幅，未及深入，然颇中肯綮。陈寅恪先生曾言："魏晋南北朝之学术、宗教皆与家族、地域两点不可分离。"③谢庄出身陈郡谢氏名门大家，结合其所处的时代、家世、交游、思想等来析解其作品风格的成因会更为客观可信，已有一些学者着力于此，如萧华荣《华丽家族——六朝陈郡谢氏家传》一书指出："在魏晋以来的庄老玄学风气中，先秦法家申不害、韩非的法家思想一向为放浪形骸的名士所不齿，讥之为'刻薄伤化'。谢氏尤以老庄传家。而谢庄几次重要的上书议政，却明显表现出法家思想，甚至不讳言申韩之术。这种现象，透露出社会政治思想悄悄演化的消息，谢氏子弟也不能不为时势所动。"④"谢弘微父子是谢氏家风的变体，并不是根本改变，而仍保存着这个家风的基本因素，他们只不过用礼法以应世，用老庄以处己，适应改变了的政治环境。"⑤书中多结合家学家风及时代的影响，评析谢庄思想流变，得出的结论较为客观公允。相关单篇论文则较少，孙耀庆《论谢庄之思想精神——基于门阀士族衰落的历史视角》，在前人研究的基础上，综论了谢庄作为世族门阀子弟，身上儒、释、玄兼容的文学家气质⑥；赫兆丰《大明二年的转折——刘宋孝武帝朝初期政治平衡的构建、瓦解与寒人上位》，从南朝初年"寒人掌机要"这一特殊的历史现象出发，肯定了谢庄在孝武帝朝权力结构体系中的关键位置⑦；李磊《刘宋晚期的政权重构与高门士族的权势复升》在谈及泰始初年

---

① 杨天星：《〈琴论〉作者新考》，《中国音乐》，2017 年第 3 期。

② 逯钦立辑校：《先秦汉魏晋南北朝诗》，中华书局 1983 年版，第 994 页。

③ 陈寅恪著：《隋唐制度渊源略论稿》，中华书局 1963 年版，第 17 页。

④ 萧华荣著：《华丽家族——六朝陈郡谢氏家传》，生活·读书·新知三联书店 2008 年版，第 150 页。

⑤ 萧华荣著：《华丽家族——六朝陈郡谢氏家传》，生活·读书·新知三联书店 2008 年版，第 152 页。

⑥ 孙耀庆：《论谢庄之思想精神——基于门阀士族衰落的历史视角》，《盐城工学院学报（社会科学版）》，2018 年第 1 期。

⑦ 赫兆丰：《大明二年的转折——刘宋孝武帝朝初期政治平衡的构建、瓦解与寒人上位》，《中南大学学报（社会科学版）》，2020 年第 5 期。

宋明帝依赖高门士族的政治路线时,指出谢庄因卒于泰始二年,尚未在明帝朝发挥实质作用,然而"谢庄是与王景文齐名的'朝望',其出任中书令本身便是对宋明帝的政治支持"①,分析了高门士族身份的谢庄在其晚年的政治影响力。

再次,对谢庄诗(包括郊庙歌辞)文(包括赋)的分类专题研究。这方面成果略多,一方面是诗歌研究,关于谢庄诗歌的总体创作成就,曹道衡、沈玉成《南北朝文学史》认为:"总的说来,在谢庄的诗歌里完全看不到谢灵运的焦虑和颜延之的激昂,仅有的一点乡思,也没有超出怨而不怒的范围,有一些好诗写得流丽婉转,毫无窘涩之态,颇足体现作为门阀领袖的大家风范。"②钱志熙《魏晋南北朝诗歌史述》指出:"谢庄为元嘉后期迄大明诗坛的新进,他的诗歌基本不出元嘉流行之体,以雅颂为主,《燕斋应诏诗》《和元日雪花应诏诗》等,风格较颜延之更为滞重、雕琢。……谢庄的游览之作,也是谢混、谢灵运之遗波,抒疏放之愿,状山林之景,但多用修饰之词,意趣在隔与不隔之间。"③上述诸家所论较为中肯。相对于应制用事一类诗作,后人往往更钟情于谢庄山水抒情之诗,这些诗较好地体现出他五言诗的艺术成就。学界对于谢庄诗歌的研究成果也是相对最多的,或初探谢庄诗歌的律化问题④;或探讨谢庄诗歌声律等的创作特色,指出谢庄的诗文创作已渐开南朝初年文坛声色气象,分别在形文的"典之繁,对之密",声文的"别宫商,识清浊"及情文的"唱颂风习,清雅可怀"上出现元嘉体向永明体过渡的痕迹⑤;或比较研究诗风特征,认为在南朝元嘉诗风嬗变中,谢庄诗风上承屈骚,写景抒情兼取颜延之、谢灵运两家之长,留下了刘宋元嘉文风向齐梁永明文体过渡转变的迹象⑥;还有指出谢庄的诗歌创作继承了"元嘉体"的基本特征,同时又有所变革,其变革主要表现为大力创作郊庙歌词,创作富有骚体特色的杂言诗等。⑦ 学位论文方面,2004年扬州大学徐明英的硕士论文《谢混、谢灵运、谢庄、谢朓与东晋南朝文学变迁》,斯文关注谢庄诗歌中的音律问题,经作者统计得出谢庄诗歌合律之句"总计有七十五例,占总数的百分之六十三。不仅超过半数,

① 李磊:《刘宋晚期的政权重构与高门士族的权势复升》,《苏州大学学报》(哲学社会科学版),2020年第5期,第165页。
② 曹道衡、沈玉成著:《南北朝文学史》,人民文学出版社1996年版,第71页。
③ 钱志熙著:《魏晋南北朝诗歌史述》,北京大学出版社2005年版,第60页。
④ 徐明英,熊红菊:《谢庄诗歌律化初探——兼与刘跃进先生商榷》,《长春师范学院学报》,2004年第1期。
⑤ 仲秋融:《论永明先声谢庄的文学创作特色》,《求索》,2011年第11期。
⑥ 仲秋融:《谢庄与元嘉三大家诗歌创作述略》,《求索》,2013年第5期。
⑦ 姜剑云,孙耀庆:《论谢庄对"元嘉体"的"复"与"变"》,《河北学刊》,2018年第1期。

而且超过永明诗人王融"①。从其统计来看,谢庄诗歌律化的程度已经与永明诗人较为靠近,甚至与沈约、谢朓的合律比例不分伯仲。可以说,他们之间所不同的也许就在于具体理论的提出。同时,谢庄的杂言诗较以往愈来愈受到学者的重视。曹道衡《萧统的文学观和〈文选〉》一文评价:"从诗歌史的情况说,南朝时期确实发生了多次变化,尤其是从刘宋后期开始,许多文人都在诗体创新方面作过多种不同的尝试。例如谢庄作《怀园引》《山夜忧》这类杂言诗,虽然影响不大,但也未始不是一种求新的探索,而诗体和后来沈约的'八咏',显然有许多类似之处。"②曹先生还提出:"谢庄、张融的尝试并未收到预期的效果,但至少反映了他们已有求变之心……如果说谢庄、张融尚属个人的努力……例如'永明体'的创始人王融,在声律问题上和沈、谢一致,而喜欢用典,又近于颜延之、谢庄。"③前辈学者对谢庄杂言诗评价虽一般,仍肯定其影响。学术论文方面,仲秋融《谢庄杂言诗简议》较早谈及谢庄杂言诗的特点,指出其为此后齐梁声律的形成、确立作出了积极的贡献,营造诗歌求新变的氛围,也真实地反映出当时多种诗歌体式活跃、融合的情况④;刘国勇《谢庄"杂言诗"新探》从诗体本身来探讨谢庄的杂言诗歌,考察其在中国山水诗上的贡献⑤;孙耀庆《论谢庄杂言诗及其诗史意义》厘清了杂言诗与乐府的关系,指出谢庄杂言诗歌在诗史上具有促使诗歌向抒情化方向发展、实现诗歌风貌由"雅"向"俗"转变、推动"元嘉体"向"永明体"过渡进程的意义。⑥ 故知,学界已开始对谢庄这类体式独特、有自身音律节奏特点的杂言诗作有了一定关注。此外,近年来,学界对谢庄郊庙乐府类歌辞价值的挖掘成为研究的小热点之一,如李晓红《"以数立言"与九言诗之兴——谢庄〈宋明堂歌〉文体新变考论》一文,肯定了谢庄《宋明堂歌》"以数立言"创作方式对当世及后代同类创作的重要价值与影响,指出谢庄以九言体作乐府歌诗,促成古代九言诗创作的第一次勃兴,⑦并在《南朝雅乐歌辞文体新变论析——以五帝歌为中心》中,李晓红提出谢庄率先"以数立言"制作《宋明堂歌》中的五帝歌,形成一套有别于汉郊祀五帝歌四言旧制的新文体,对南朝前期礼乐文化具有重要的引

① 徐明英:《谢混、谢灵运、谢庄、谢朓与东晋南朝文学变迁》,扬州大学 2004 年硕士学位论文,第 28 页。
② 曹道衡:《萧统的文学观和〈文选〉》,《文学遗产》,2004 年第 4 期,第 29-30 页。
③ 曹道衡:《萧统的文学观和〈文选〉》,《文学遗产》,2004 年第 4 期,第 30 页。
④ 仲秋融:《谢庄杂言诗简议》,《山东文学(下半月)》,2011 年第 10 期。
⑤ 刘国勇:《谢庄"杂言诗"新探》,《乐山师范学院学报》,2014 年第 2 期。
⑥ 孙耀庆:《论谢庄杂言诗及其诗史意义》,《广西社会科学》,2017 年第 9 期。
⑦ 李晓红:《"以数立言"与九言诗之兴——谢庄〈宋明堂歌〉文体新变考论》,《中山大学学报(社会科学版)》,2012 年第 4 期。

领之功。① 同时,闫运利《南朝郊祀歌留存状况考论》从乐府学角度,对谢庄等人留存的郊祀乐歌创作、表演等情况展开了一定的探讨。②

另一方面是文的研究。谢庄今存文(包括赋)相对较多,共有三十四篇。前辈学者曾指出谢庄文的两面性特点:"谢庄的不少章表,也是比较成熟的骈文。……基本上都是对句,而且差不多句句用典,确是典型的骈文。但就是这样的作家,有时也会写出风格与此迥然不同的文章。如他的《与江夏王义恭笺》,……这段文字已颇似口语,和他写给皇帝看的那些奏章,简直如出两手。"③可见,谢庄写得出色的文章往往骈散结合,文气贯通,对于其创作心态及手法值得进一步解析;孙明君《谢庄〈与江夏王义恭笺〉释证》通过考察谢庄笺文,分析历史上谢庄辞职的根本原因,并指出这篇笺文反映出谢庄"顺人而不失己"的处世态度,而此态度正是士族领袖谢庄在新的历史情势下选择的一条人生道路,它表明了高门士族精英对孝武帝政治的清醒认识和理性抗争④;林光钊《谢庄文书研究》考察了谢庄公牍类、书信类文书及其特点⑤;何良五《谢庄的政治抉择与文学创作——基于对宋孝武帝朝政治、文化变革的考察》言及谢庄成为孝武帝的宫廷大手笔,标志着宫廷文学逐渐成为南朝士族文学的主流⑥;赫兆丰《文学与历史书写下的宋孝武帝悼亡形象》涉及谢庄《宋孝武宣贵妃诔》,指出其诔塑造了"一个既不失皇帝身份,又能有节制地表达衷情的孝武帝形象",是对孝武帝所作《拟李夫人赋》的弥补⑦;郭预衡《中国散文史》不仅肯定了谢庄文的成就,同时也指出其赋的重要影响:"但谢庄文章代表时代特色的,仍是《月赋》……体式与《雪赋》大致相同。中间写景状物,也有一些相似。结末之歌,已开南朝短赋的基本格调。这对齐梁之赋是很有影响的。"⑧谢庄文章除有时代文风的痕迹外,更有充分配合作者抒发情感需要的脉络,特色鲜明。其中,谢庄流传千古的名作《月赋》具有动人的艺术魅力,历来对其创作风格等的分析在谢庄研究中占据较大比重。在今人研究中,如郁慧娟《谢氏宗风与山水诗传承中的第五代人:谢庄和谢朓》一文析曰:"与《雪赋》不同,整篇《月赋》充满了凄怆感伤的情调和浓厚的抒情气息,这些

① 李晓红:《南朝雅乐歌辞文体新变论析——以五帝歌为中心》,《文学遗产》,2014 年第 5 期。
② 闫运利:《南朝郊祀歌留存状况考论》,《乐府学》,2016 年第 1 期。
③ 曹道衡编:《中古文学史论文集》,中华书局 2002 年版,第 43-44 页。
④ 孙明君:《谢庄〈与江夏王义恭笺〉释证》,《北京大学学报(哲学社会科学版)》,2012 年第 5 期。
⑤ 林光钊:《谢庄文书研究》,《牡丹江大学学报》,2020 年第 5 期。
⑥ 何良五:《谢庄的政治抉择与文学创作——基于对宋孝武帝朝政治、文化变革的考察》,《文学遗产》,2023 年第 3 期。
⑦ 赫兆丰:《文学与历史书写下的宋孝武帝悼亡形象》,《文学研究》,2020 年第 1 期。
⑧ 郭预衡编:《中国散文史》,上海古籍出版社 1986 年版,第 45 页。

异趣，正标示出谢庄山水诗文的发展脉络。"①陈冲敏《"隔千里兮共明月"的继承与创新》认为："至谢庄《月赋》'隔千里兮共明月'之句一出，终为托月寄情的思维定势和表现方法做出突破性的贡献。尽管此句在当时受到嘲讽，但它对后世的望月怀远诗的创作产生了极为深远的影响。"②学界普遍肯定《月赋》的影响及地位，特别是王运熙《谢庄作品简论》一文，明确指出："《月赋》是历代传颂的名篇，抒情写景，凄婉生动，与鲍照《芜城赋》，谢惠连《雪赋》，江淹《恨赋》《别赋》等作品标志着南朝抒情小赋的造诣达到了顶峰。"③王先生对《月赋》作出了极高的评价，此亦成为学界的共识。近十年来，对这篇被辑入萧统《文选》的名赋的解读不绝如缕，王德华《风花雪月，物色人情——谢惠连〈雪赋〉、谢庄〈月赋〉解读》指出，南朝二谢的吟雪赏月之作，并非完全咏雪赏月，也是别有怀抱④；学者陈铃美在《谢庄〈月赋〉与欧阳詹〈秋月赋〉形制之比较》一文中，采用个案分析的方法，从六朝谢庄《月赋》和唐代欧阳詹《秋月赋》两首赋之形制出发，比较分析六朝骈赋与唐律赋在结构、句法、用韵、对偶、平仄等方面所呈现的异同⑤；张慧《〈雪赋〉〈月赋〉与元嘉文学新变》对比研究《雪赋》《月赋》的动静之态，分析雪的动态之美与月的静态之美，继而指出元嘉时期追求人与物交融和抒情化的新文风⑥；王玉林《论〈雪赋〉〈月赋〉的空间诗美》从空间诗学出发，通过比较二赋所蕴含的空间幅度与空间之势的异同，分析雪在空间延展中的动态美与月在空间定势的静态美，并进一步考察刘宋时期士人审慎处世的忧惧心态⑦；孙耀庆《刘宋辞赋论略》认为刘宋辞赋兼具"复"与"变"的双重特质，其中以谢庄、鲍照等为代表的赋作家，吟咏情性，追求属对的工切与声律的和谐，可视为"骈赋"之萌芽⑧；孙耀庆还有一篇《论谢庄〈月赋〉及其对刘宋辞赋的变革意义》，指出谢庄《月赋》标志着咏物赋向抒情赋的转变，又实现了古赋向骈赋的转变，推动了刘宋文学的变

① 郁慧娟：《谢氏宗风与山水诗传承中的第五代人：谢庄和谢朓》，《阴山学刊》，2002年第5期，第29-32页。
② 陈冲敏：《"隔千里兮共明月"的继承与创新》，《中国韵文学刊》，2003年第1期，第57页。
③ 王运熙：《谢庄作品简论》，《南阳师范学院学报》，2002年第3期，第36-40页。
④ 王德华：《风花雪月，物色人情——谢惠连〈雪赋〉、谢庄〈月赋〉解读》，《古典文学知识》，2011年第1期。
⑤ 陈铃美：《谢庄〈月赋〉与欧阳詹〈秋月赋〉形制之比较》，《北京化工大学学报（社会科学版）》，2012年第1期。
⑥ 张慧：《〈雪赋〉〈月赋〉与元嘉文学新变》，《哈尔滨学院学报》，2017年第1期。
⑦ 王玉林：《论〈雪赋〉〈月赋〉的空间诗美》，《洛阳理工学院学报（社会科学版）》，2018年第1期。
⑧ 孙耀庆：《刘宋辞赋论略》，《社会科学论坛》，2019年第6期。

革。① 此外,谢庄的《赤鹦鹉赋》也进入了研究视野,刘国勇《〈赤鹦鹉赋〉:律赋滥觞》一文,以谢庄《赤鹦鹉赋》为例,考察律赋在萌芽阶段的特点,分析指出谢庄在律赋发展史上的功绩②;而对于谢庄诗文的用典问题,赫兆丰《谢庄文学创作新论》已在探讨谢庄创作生涯分期的基础上有所考索。③

最后,对谢庄及其诗文的综合性研究,这主要反映在历年的学位论文中。近十年来,涌现了不少有关谢庄及其诗文的综合研究成果,仅知网所载的硕士学位论文(尚无博士论文及专著)就有下述五篇(按发表时间先后):杭州师范大学仲秋融《谢庄诗文研究》(2011)、四川师范大学刘国勇《谢庄诗文研究》(2011)、广西师范大学葛海燕《谢庄研究》(2011)、山东大学王丽《谢庄文学探微》(2012)、东北师范大学徐晓楠《谢庄作品特点与“文”采论》(2015)。这些成果在一定程度上奠定了谢庄研究的基本框架,打开了话题空间,为阐明与支撑谢庄在中国文学史上的地位提供了丰富的材料。

可见,学界对以谢庄为代表的南朝士族文人及文学创作已陆续展开了一系列的考察,并取得了日益丰富的成果。一部文学史不是个别风流人物的传记,需要宏观把握和个案深究相结合才能比较全面地展现其风貌。当谈及南朝,特别是元嘉文学时,研究者的目光大多集中在重点作家、作品及文学现象上,如“元嘉三大家”(谢灵运、颜延之和鲍照)、山水诗的兴起等,对其时中小型文人的重视程度尚不足,因而容易忽略某些文学现象、发展环节及其带来的重要影响,谢庄便是具有此种意义的南朝士族文人。我们一般认为,谢庄的文学史地位和影响在很大程度上是由辑入《文选》的名篇《月赋》奠定的,而进一步审视其现存全部诗文作品并结合相关研究,不难发现,谢庄专攻庙堂应制,兼善诗赋,声韵相谐,其作为永明文学先声之地位尤应引起充分重视。审视上述近年来的相关研究,可谓方兴未艾,同时也存在一定问题。

总体上看,对于谢庄作品的细致整理,以及贯通研究和专题研究成果较少。这主要表现为相关整理工作距今已久,对谢庄诗文更为细致的笺注工作亟待完成,尚无谢庄研究的专著出现,与其研究有关的一些著作多为讨论陈郡谢氏一族,虽有一定篇幅涉及谢庄,但毕竟不是主要研究对象,而现有的文学史类著作和有关谢庄的专题论文也多集中在分析他的代表作《月赋》,对其他作品亦着墨

---

① 孙耀庆:《论谢庄〈月赋〉及其对刘宋辞赋的变革意义》,《盐城工学院学报(社会科学版)》,2020 年第 1 期。

② 刘国勇:《〈赤鹦鹉赋〉:律赋滥觞》,《重庆科技学院学报(社会科学版)》,2013 年第 12 期。

③ 赫兆丰:《谢庄文学创作新论》,《古典文献研究》,2022 年第 25 辑下。

导

论

不多、分析不够，研究视野和角度仍需扩大。

同时，在具体研究过程中，宏观背景下存在微观分析的挑战，对以隐而不显的方式寄附在谢庄诗文中的文学问题尚待深究，对包含其中的文化价值功能等的阐释仍可拓展，特别是对其作为永明文学先声的具体创作，尚需细致挖掘。谢庄其人知双声、晓叠韵，具备审音能力，惜无音韵理论方面的书册流传下来，但他并不是理论家，而是诗人、赋家，相关声律之秘可从他的诗文中表现出来。谢庄整体诗风上承屈骚，写景抒情兼取颜延之、谢灵运两家之长，尽管有些诗篇在声律运用上表现得有些混乱，如用仄声作韵的句和篇的声律还不稳定，但他仍是在声律上备受称颂的诗人，诗歌律化程度在某些地方已不逊于永明诗人，他们之间所不同的或许就在于具体理论的提出。前辈学者曾言："代表元嘉文学思想倾向的作家的创作活动，则上起晋宋之交，如谢灵运和颜延之；下及大明、泰始之际，如鲍照和谢庄。"①谢庄文学创作在元嘉文学向永明文学过渡中有着重要的作用，是具有节点意义的时代人物，他对南朝历史文化等皆有较深的影响，以其为代表的南朝士族文人的生存状况、文学心态，以及在前永明时代实践创作中的贡献，皆对后世产生一定影响。故在梳理其学术研究史的基础上展开更具有针对性的考察是十分必要的。

概之，谢庄作为南朝刘宋时期典型的士族文人代表，对其时文化文学等皆有较深的影响。学界长期以来对谢庄的研究大致可分为基础文献整理、思想身世考察、具体诗文探索，以及综合性研究等四方面，这对推动南朝文学在个案方面的探讨及积累颇有助益。此外，谢庄在创作上以其识音的天赋与积极的探索成为连接元嘉体与永明体的纽带，在诗歌音韵、园林意境、篇章体制，以及文章审美旨趣等方面皆有所开拓，值得称道及深入考索。

第二节　永明先声谢庄研究的价值与内容

以谢庄文学创作为出发点，兼顾其诗文笺注考证的一部综合研究专著的诞生是十分必要。这主要是基于前述研究现状及下述研究价值而言的。

一方面，谢庄在晋宋之际拥有重要的家世背景及政治文化地位，是为世所重的高门贵子，围绕其展开相关研究，有助于深化对南朝历史文化与文学生态等的

---

①　罗宗强著《魏晋南北朝文学思想史》，中华书局 2006 年版，第 173 页。

细致探讨。历史上,陈郡谢氏是两晋南朝三百余年间最显赫的两大望族之一,谢氏家族自西晋谢衡以后,代有人才,晋代如谢鲲、谢尚、谢万、谢安、谢石、谢玄等皆显赫一时。史载:"建元之后,时政多虞,巨猾陆梁,权臣横恣。其有兼将相于中外,系存亡于社稷,负扆资之以端拱,凿井赖之以晏安者,其惟谢氏乎?"①尤自东晋淝水大捷后,谢氏一门四公同日受封,家族煊赫至极。由晋入宋,谢氏子弟在政治上受到一定挫折,继宋武帝刘裕诛谢混始,宋文帝刘义隆杀谢晦及谢灵运,而谢瞻、谢弘微、谢惠连相继病卒,谢氏家族大量减员,在刘宋元嘉中后期呈现出风雨飘摇的颓势。正是此期,谢庄一人在政治与文学两方面撑起了谢氏家族门庭。

谢庄生在谢氏豪门望族,深具蓝田美玉之质,颇享谢家宝树之誉,同时他也生不逢时,刘宋之际,寒族掌权,打击世族高门,覆巢之下无完卵,在家族命运遭到残酷时政摧折的形势下,谢庄凭借自己的努力,成为其时家族的中流砥柱,其处世轨迹颇值得关注。处在刘宋波诡云谲的政治风暴中,谢庄政治立场与态度却未动摇,当刘劭自立为帝,封其为司徒左长史意欲拉拢时,面对乱臣贼子,谢庄毅然靠向武陵王刘骏一边,最终里应外合诛灭了二凶,成就了刘骏帝业。固然谢庄站对阵营,跻身帝王亲信,但起于寒素的刘宋皇族始终对他怀有戒心,谢庄关注民生的上奏没有得到帝王的回应。孝武帝虽一度任用谢庄为吏部尚书,却间接削权,分设两人来互相牵制,明显看重的是谢氏高门子弟的身份与影响力,这使谢庄实难在仕途上大展拳脚。随着刘宋皇权势力的不断上升,在东晋占统治地位的门阀士族势力开始走下坡路,他们不仅丧失统兵权力,更失去了专断朝政、对抗皇权的野心和能耐。素族出身的皇帝大量选拔寒士,削弱门阀士族的传统优势。此外,宋文帝猜忌心强,为保身远祸,在朝官员普遍碌碌无为,有识之士纷纷遁迹草野,导致刘宋一朝人才曾一度匮乏。在寒素掌权的现实政治面前,谢庄既被拉拢又不被重用,作为世族文人、时之清流领袖,曾一度官至吏部尚书、中书令等职,已算是身处高位、享受殊誉,并一度创作了大量迎合帝王、歌功颂德的应诏之作,甚至险些因《宋孝武宣贵妃诔》"冀训姒幄,赞轨尧门"②一语而丧命。谢庄身历多朝,事功与风流并重,对南朝历史文化等皆有较深的影响。

另一方面,谢庄文学创作上承谢灵运山水之作的清雅情韵,后启谢朓等永明体作家的声律之门,可谓始扬永明先声,具有承前启后的文学史地位,值得重视。一部文学史不是个别风流人物的传记,需要宏观把握和个案深究相结合才能比

---

① 房玄龄等撰:《晋书》,中华书局 1974 年版,第 2090 页。
② 萧统编,李善注:《文选》下册,中华书局 1977 年版,第 793 页。

较全面地展现其风貌。当谈及南朝，特别是元嘉文学时，研究者的目光大多集中在重点作家、作品及文学现象上，如"元嘉三大家"（谢灵运、颜延之和鲍照）、山水诗的兴起等，对其时中小型文人的重视程度尚不足，因而容易忽略某些文学现象、发展环节及其带来的重要影响，谢庄便是具有此种意义的士族文人。身处政治转型期的谢庄，在思想上受到了当时儒、释、道、玄多元文化的影响，他对多种文体都有实践，特别是在诗文声律方面进行了积极有益的探索尝试。诚如前辈学者所言："代表元嘉文学思想倾向的作家的创作活动，则上起晋宋之交，如谢灵运和颜延之；下及大明、泰始之际，如鲍照和谢庄。"[1]谢庄是具有节点意义的时代人物，以往研究涉及尚不充分，其文学创作很值得人们关注研究。

谢庄的文学创作，在当时及其后文坛皆有一定的影响。梁代钟嵘《诗品》序谓："希逸（谢庄）诗，气候清雅，不逮王（微）、袁（淑），然兴属闲长，良无鄙促。"[2]钟氏所选诗人皆是："预此宗流者，便称才子。"[3]他虽将谢庄置于下品，然选品其诗作本身也是一种肯定。从《诗品》序所载还可知，与谢庄同时代稍后的永明体代表作家王融，也对谢庄在诗文音调上的成就赞赏有加。南朝萧统《文选》收录谢庄《月赋》《宋孝武宣贵妃诔》二作，未及其诗。隋代王通将王融与谢庄归为一类，认为他们人纤而文碎，其《中说·事君篇》谓："谢庄、王融，古之纤人也，其文碎。徐陵、庾信，古之夸人也，其文诞。"[4]清初提倡神韵说的王士禛甚至在评论中给谢庄升品级，《古夫于亭杂录》卷五载："下品之徐干、谢庄、王融、帛道猷、汤惠休，宜在中品。"[5]可见，历代对谢庄创作各有褒贬。仔细考察谢庄诗文，可以看出，在反映刘宋中期各体文学发展演变的状貌和趋势上，谢庄作品有一定的代表性，其五言诗及郊庙歌辞节奏舒缓而沉稳，给人以蔼如之感，杂言诗则音乐性强，多为自然流露。谢庄诗风上承屈骚，写景抒情兼取颜延之、谢灵运两家之长。尽管他有些诗篇在声律上还表现得有些混乱，如用仄声作韵的句和篇之声律还不确定，但诗歌律化程度在某些地方却不逊永明诗人，为我们留下了刘宋元嘉文风向齐梁永明文体过渡转变的痕迹。故通过对谢庄诗文的研究，分析其文学创作的特点，可让我们更加全面、深入及客观地评价谢庄，可为南朝文学史研究，特别是为元嘉文风和永明体研究拓展空间。

---

① 罗宗强著：《魏晋南北朝文学思想史》，中华书局 2006 年版，第 173 页。
② 钟嵘著，曹旭集注：《诗品集注》，上海古籍出版社 1994 年版，第 10—11 页。
③ 钟嵘著，曹旭集注：《诗品集注》，上海古籍出版社 1994 年版，第 244 页。
④ 张沛撰：《中说译注》，上海古籍出版社 2011 年版，第 73 页。
⑤ 王士禛撰，赵伯陶点校：《古夫于亭杂录》，中华书局 1988 年版，第 102 页。

本书的研究内容主要分为六章:第一章"南朝名士谢庄的家世交游",第二章"谢庄的诗歌创作",第三章"谢庄的辞赋创作",第四章"谢庄的其他文章创作",第五章"谢庄的文学创作论",第六章"谢庄的文学史地位与影响",以及两大附录:附录一"谢光禄诗文笺注",附录二"谢希逸琴学著述"。在正文六章的具体研究中,坚持文学本位,用实证的方法,以文献资料为基础,尽可能搜集有关谢庄家学传统、生平仕历与文学创作的资料,并结合南朝的时代背景、学术思潮等,梳理现存谢庄的诗、赋、文,对其中的相关问题进行辨析,力求全面、深入地分析谢庄文学创作的主要特色,即"形文""声文"与"情文";探讨谢庄作为永明先声的创作实践,论析其"别宫商、识清浊"的背景、条件及表现;揭示以谢庄为代表的南朝士族文人的生存状况及文学心态,特别突出他的文学创作在元嘉文学向永明文学过渡中的作用,从而深化对南朝文学的研究。此外,附录一"谢光禄诗文笺注"部分,整理校注谢庄作品六十一篇,分别为诗二十七首,赋四篇(存疑一篇),文三十篇(存疑二篇),诗文按同一文体内考证之时间先后为序,作年难考者,置于同一文体之末,疑为前人误辑或存疑者,亦笺注编入待考,以期能展现谢庄现存诗文作品之全貌。附录二"谢希逸琴学著述"部分,从今人所编《琴曲集成》和北宋郭茂倩《乐府诗集》等文献中析出系名谢庄(谢希逸)的音乐论述《雅琴名录》和《琴论》残篇,存疑于此。

第一章 南朝名士谢庄的家世交游

　　文学作品不是孤立的存在物，它们来源于生活而高于生活，对其完整、深入的解读离不开联系其所处的创作环境等因素，即批评家、文学家所提出的所谓"宇宙（世界）"①、"社会状态"②，论世、知人、析文不可偏废。前辈学者谓："人类的精神生活是与整个外部环境互动互摄的心智活动，作家的文化创造不可能在完全封闭的内心世界中孤立地进行。"③同样，把握住其世、其人、其文及其相互关系，才能更好地审视该作家及作品的价值，故考察作为南朝名士的谢庄其生活环境为诗文创作提供的养分是十分必要的。本章将重点介绍谢庄生活之时代、家世、交游及思想构成，为进一步探讨其诗文声律特色，勾勒其文学创作面貌，揭示其文学史影响等夯实基础。

第一节 时代沉浮中的高门之后及其创作

　　谢庄（421—466），字希逸，陈郡阳夏（今河南太康）人，据沈约《宋书》等史书

---

　　①　美国的 M. H. 艾布拉姆斯教授在《镜与灯：浪漫主义文论及批评传统》一书中提出过著名的文学四要素，即：作品、宇宙（世界）、作家（艺术家）、读者（欣赏者），艾氏认为"作品"处于中心地位，其余三者和它形成对应关系，并指出尚实主义批评家对文学作品所赖以产生及反映的"世界"有较高的重视程度。参见 M. H. 艾布拉姆斯著，郦稚牛等译：《镜与灯：浪漫主义文论及批评传统》，北京大学出版社 1989 年版，第 5-6 页。
　　②　鲁迅先生说过："我总以为倘要论文，最好是顾及全篇，并且顾及作者的全人，以及他所处的社会状态，这才较为确凿。要不然是很容易近乎说梦的。"参见鲁迅著：《鲁迅全集·且介亭杂文二集·题未定草》，人民文学出版社 1981 年版，第 430 页。
　　③　王水照：《走进"苏海"，苏轼研究的几点反思》，《文学评论》，1999 年第 3 期，第 35-141 页。

记载,谢庄生在六朝谢氏豪门望族,他是谢弘微之子,谢灵运从子,深具蓝田美玉之质,颇享谢家宝树之誉。同时他善诗能文,一生勤于笔耕,留下了为数不少的佳作,在晋宋之际的时代沉浮中很好地传承了家族雅道与文脉。

一、政治背景、家族命运与文风浸染

谢庄在南朝初年朝代更迭、波诡云谲的时代政治背景中成为谢氏家族的中流砥柱,并在刘宋元嘉后期到泰始之际的政坛与文坛皆享有较高声誉,其诗文创作深受刘宋政治、家族命运以及时代文风等的浸润影响。

谢庄所处的政治环境背景前有"元嘉之治"的美好,后踵争权夺位的阴霾,这也在其诗文中留下印记。谢庄曾身历多君,为官和创作的时间多在宋文帝统治后期及孝武帝时期。当时社会诚如沈约所言:"自义熙十一年司马休之外奔,至于元嘉末,三十有九载,兵车勿用,民不外劳,役宽务简,氓庶繁息,至余粮栖亩,户不夜扃,盖东西之极盛。"①这番"元嘉之治"的稳定繁华景象给谢庄留下了深刻的印象,并体现在诗文中,如其《泰始元年改元大赦诏》提及"太祖文皇帝以大明定基……所以业固盛汉,声溢隆周"②。《歌太祖文皇帝词》有"维天为大,维圣祖是则。辰居万宇,缀旒下国。内灵八辅,外光四瀛"③之语。同时,谢庄一生创作贯穿刘宋前期诸帝,而宋世更主夺位之祸也是士族文人心中、笔下的隐痛与显疾。南朝政权历宋、齐、梁、陈走马灯似地频繁更迭,仅就六十年国祚的刘宋一朝而言,手足相残、争夺皇位之事也未有片刻消歇。宋文帝统治的中后期,奢侈享乐之风已渐弥漫,王室内部的争斗也演变到十分严重的地步。据《宋书·王僧绰传》载:"甚矣宋氏之家难也,仇衅所钟,亲地兼极,虽复倾天灭道,迹非嫌路,而灾隙内兆,邪蠹外兴,天性既离,爱敬同尽,探雀请熊,非无前衅,猜防之道,有未足乎。"④不仅如此,宋文帝还被亲子刘劭、刘濬所弑,如此子杀父、有违纲常伦理之事于刘宋已肇其风。清代赵翼《廿二史劄记》"宋子孙屠戮之惨"条评曰:"斯固南北分裂时劫运使然,抑亦宋武以猜忍起家,肆虐恶室,戾气所结,流祸于后嗣。孝武、明帝又继以凶忍惨毒,诛夷骨肉惟恐不尽。……当其勃兴也,子孙繁衍,为帝为王,荣贵富盛,极一世之福;及其败也,如风之卷箨,一扫而空之,横尸喋血,

---

① 沈约撰:《宋书·孔季恭羊玄保沈昙庆传》,中华书局 1974 年版,第 1540 页。
② 沈约撰:《宋书·明帝纪》,中华书局 1974 年版,第 153 页。
③ 沈约撰:《宋书·乐志》,中华书局 1974 年版,第 569 页。
④ 沈约撰:《宋书·王僧绰传》,中华书局 1974 年版,第 1852 页。

斩艾无噍类，欲求为匹夫之传家保世而不可得。"①可见当时情势之惨烈。谢庄曾因保身全家，托病请免，《让吏部尚书表》《与大司马江夏王义恭笺》等皆是此类作品。前有"元嘉之治"的美好，后踵争权夺位的阴霾，这便是名士谢庄所处的重要时代政治背景。

谢氏的家族命运也与刘宋政治交缠在一起。晋宋之际，寒族掌权，大力打击传统世族高门，谢氏家族风雨飘摇，谢混、谢晦、谢灵运先后被杀，谢瞻、谢弘微、谢惠连相继病卒，谢氏门人或被杀戮，或被排挤，覆巢之下无完卵。在家族命运遭到残酷时政摧折的形势下，谢庄负重前行，斡旋其中，谢氏家族其时也唯其一支尚能独撑家族门庭，立狂澜而不倒。谢庄初凭门荫入仕，二十岁左右便起家始兴王刘濬后军法曹行参军。据《宋书》本传载："初为始兴王濬后军法曹行参军，转太子舍人，庐陵王文学，太子洗马，中舍人，庐陵王绍南中郎谘议参军。又转随王诞后军谘议，并领记室。"②在朝堂之上，谢庄曾官至吏部尚书，史载："其年，拜吏部尚书。庄素多疾，不愿居选部，与大司马江夏王义恭笺自陈。"③并于孝建元年（454）上表求解职。吏部尚书是掌管全国官吏的任免、考课、升降、调动事务的长官。相较而言，这已经是世族在南朝时期所担任的拥有实权的最高职位。前辈学者曾指出："南朝诸帝对付高门的办法也是很具针对性的。他们需要高门世族这一层重要的社会基础，给予充分的礼遇和经济上的实利，同时又尽可能限制他们的政治权力。黄门侍郎、散骑侍郎、秘书丞一类'清贵'之官，还保持着由高门独占的格局。既名'清贵'，就意味着实权的转移和剥夺。高门所控制的唯一有实权的高位是吏部尚书。从宋文帝以来，真正接近皇帝、典掌机要的中书通事舍人却几乎都由出自寒素而有实际行政能力的人来担任。"④可见，谢庄作为吏部尚书在当时还是拥有较高的政治地位，但"高处不胜寒"，世族身份的谢庄在政治的惊涛骇浪中难免会遭受各方的猜忌、打击，谢氏家族向来雅道相传，事功与风流并重，谢庄为家族利益计，他要时时掌控好自己的一叶小舟，努力做到保身远祸、保全家族荣耀。这就不难理解为何他会屡屡请辞、创作具有宫廷文人的典型特点了。

谢庄身负家族重担，在明哲保身的同时却有着自己的坚定立场，不愿同流合污。处在这波诡云谲的政治风暴中，谢庄政治立场与态度却未动摇，当刘劭自立

---

① 赵翼著：《廿二史劄记》，凤凰出版社 2008 年版，第 167 页。
② 沈约撰：《宋书·谢庄传》，中华书局 1974 年版，第 2167 页。
③ 沈约撰：《宋书·谢庄传》，中华书局 1974 年版，第 2171 页。
④ 曹道衡、沈玉成：《南朝文学三题》，《文学评论》，1990 年第 1 期，第 6 页。

为帝,封庄为司徒左长史意欲拉拢时,面对乱臣贼子,谢庄毅然靠向武陵王刘骏一边,最终里应外合诛灭了二凶,成就了刘骏帝业。固然谢庄站对阵营,跻身帝王亲信,但起于寒素的刘宋皇族始终对他怀有戒心,无论是谢庄关注民生所上的《索虏互市议》《申言节俭诏书事》,还是饱含政治热情所奏的《上搜才表》《奏改定刑狱》都石沉大海,没有得到帝王的回应。孝武帝虽一度任用谢庄为吏部尚书,却间接削权,分设两人来互相牵制,明显看重的是谢氏高门子弟的身份与影响力,这使谢庄实难在仕途上大展拳脚。事实上,深刻的现实原因注定了谢庄既被拉拢又不被重用的境遇。随着刘宋皇权势力的不断上升,在东晋占统治地位的门阀士族势力开始走下坡路,他们不仅丧失统兵权力,更失去了专断朝政、对抗皇权的野心和能耐。素族出身的皇帝大量选拔寒士,削弱门阀士族的传统优势。此外,宋文帝猜忌心强,为保身远祸,在朝官员普遍碌碌无为,有识之士纷纷遁迹草野,导致刘宋一朝人才极度匮乏。在寒素掌权的现实政治面前,谢庄作为世族文人已算是身处高位、享受殊誉,并一度创作了大量迎合帝王、歌功颂德的应诏之作,如《宋明堂歌九首》《和元日雪花诏诗》等。然而在孝武帝朝的一场政治风暴中,谢庄却险些因《宋孝武宣贵妃诔》一文而丧命。太子刘子业因诔文中"冀训姒幄,赞轨尧门"①一语,认为谢庄以汉昭帝生母钩弋夫人比殷贵妃,对己不敬,即位后不久便欲将庄下狱处死,所幸刘子业不久被杀,谢庄也得以逃过一劫。承受这些打击后,谢庄身心受挫,此后噤若寒蝉,文学创作也几乎停止。由此亦可见,险恶的政治环境对文人创作影响之大、浸染之深,事实上晋宋时代政治与谢氏家族命运一直是相互交织在一起的。

除客观的政治环境因素等影响外,时代文风的浸染对谢庄诗文风貌的形成也有着重要的影响。刘宋文坛以求新变为总体风貌趋向,并开启江左百年唯美文风。刘勰《文心雕龙·明诗》谓:"宋初文咏,体有因革,庄老告退,而山水方滋,俪采百字之偶,争价一句之奇,情必极貌以写物,辞必穷力而追新,此近世之所竞也。"②对于其中"庄老告退,而山水方滋"之言,已有学者予以有理有据的驳论,认为庄老并没有完全告退③,但不可否认的是刘宋时期哲理玄风确实大大淡化,文学创作又朝着抒情一路继续发展,山水题材大量进入文人视野与创作,其中尤以谢灵运的山水诗为著。谢庄在山水诗创作方面也有代表作,即《游豫章西观洪崖井诗》,这是现存其作中唯一可以准确定义为山水诗的作品。相信这是由多方

---

① 萧统编,李善注:《文选》下册,中华书局 1977 年版,第 793 页。

② 刘勰撰,范文澜注:《文心雕龙注》,人民文学出版社 2006 年版,第 67 页。

③ 罗宗强著:《魏晋南北朝文学思想史》,中华书局 2006 年版,第 131 页。

面因素造成的，不排除会有诗歌佚失的情况。细究起来，谢庄以其杂言诗、赋作的山水描写代替了这一部分缺憾，比起山水之姿，他似乎更眷恋天象之景，这从流传千古的《月赋》可以得到证实。

在南朝素族当权的情势下，刘宋统治者对学术、文化的重视程度相当高，上层世族文人以文学创作才华标榜自身文化上的优势，而下层寒人则以文采风流以期受到重用，社会普遍重知尚文："自宋武爱文，文帝彬雅，秉文之德，孝武多才，英采云构。自明帝以下，文理替矣。尔其缙绅之林，霞蔚而飙起；王袁联宗以龙章，颜谢重叶以凤采，何范张沈之徒，亦不可胜也。"①同时，宋文帝设立儒、玄、文、史四馆，十分重视儒学，多次驾幸国子学，策试诸生："迄于元嘉，甫获克就，雅风盛烈，未及曩时而济济焉。颇有前王之遗典。天子鸾旗警跸，清道而临学馆，储后冕旒黼黻，北面而礼先师，后生所不尝闻，黄发未之前睹，亦一代之盛也。"②文学独立分科，儒学欣欣向荣，元嘉时期形成了十分浓厚的学术风气，而继之的刘宋孝武帝和明帝同样十分重视儒学建设与人才培养，至明帝时还设立招徕学士、集结人才的总明观。

在当时好文尚知的文化氛围中，宫廷诗宴成为皇室崇文的一种典型表现，谢庄就曾多次亲历宫宴，奉诏创作了大量庙堂作品，这些诗文也成为其代表性作品。据《宋书》本传载："时河南献舞马，诏群臣为赋。……南平王（刘）铄献赤鹦鹉，宋文帝普诏群臣为赋。"③谢庄的《舞马赋》《舞马诗》与《赤鹦鹉赋》便为应制之作，除此还有《和元日雪花应诏诗》《七夕夜咏牛女应制诗》等在诗题中就标明"应诏""应制"的诗作。毋庸置疑，皇室的爱好与提倡对全社会形成重文之风起到积极的推动作用。对文学的表现手段的探讨，不同艺术风格的追求在这种风气下自然产生、蔓延及不断浸染。此种时代风气刺激了文人对音律、排偶等写作技巧的追求，一种尚隶事用典、偏雕琢繁密的文风为谢庄、颜延之等宫廷文人所倡，无奈"于时化之"④，乏其才者仿效难似，连同颜、谢俱遭人诟病，这又是始料未及的。

二、后起之秀、士林所重与创作倾向

谢庄生于宋武帝永初二年（421），在文学创作方面，他与稍早于他的谢灵运、谢惠连等皆为谢家后起之秀，在文坛各领风骚，为士林所重。谢庄在创作上有清

① 刘勰撰，范文澜注：《文心雕龙注·时序》，人民文学出版社 2006 年版，第 675 页。
② 沈约撰：《宋书·徐广傅隆传》，中华书局 1974 年版，第 1553 页。
③ 沈约撰：《宋书·谢庄传》，中华书局 1974 年版，第 2175 页。
④ 钟嵘著，曹旭集注：《诗品集注》，上海古籍出版社 1994 年版，第 10-11 页。

雅典正倾向,并在声律方面多有造诣。

　　谢庄高门贵胄,木秀于林。谢氏家族自谢鲲跻身朝堂始代有人才,晋代如谢尚、谢万、谢安、谢石、谢玄等。史载:"建元之后,时政多虞,巨猾陆梁,权臣横恣。其有兼将相于中外,系存亡于社稷,负扆资之以端拱,凿井赖之以晏安者,其惟谢氏乎?"①尤自东晋淝水大捷后,谢氏一门四公同日受封,家族煊赫至极。继宋武帝刘裕诛谢混、宋文帝刘义隆杀谢晦及谢灵运,而谢瞻、谢弘微、谢惠连相继病卒后,谢氏家族大量减员,子弟在政治上受到较大挫折,在刘宋元嘉中后期呈现出风雨飘摇的颓势,而此时谢门后继者便是谢庄。据沈约《宋书·谢庄传》卷八十五载,谢庄出生高贵,且资质卓越:"(谢庄为)太常弘微子也。年七岁,能属文,通论语。及长,韶令美容仪,太祖见而异之,谓尚书仆射殷景仁、领军将军刘湛曰:'蓝田出玉,岂虚也哉。'""泰始二年,(谢庄)卒,时年四十六,追赠右光禄大夫,常侍如故,谥曰:宪子。所著文章四百余首,行于世。"②另外在《南史》卷二十、《建康实录》卷十四等,皆有对谢庄生平经历的记录。谢庄系出名门,丰神俊朗,才行出众,斡旋于刘宋复杂局势之中,足称谢门柱石、后起之秀。

　　谢庄声播北境,名重士林。其声名不仅著于刘宋,而且远达北域,据《宋书》载:"元嘉二十七年,索房寇彭城,房遣尚书李孝伯来使,与镇军长史张畅共语,孝伯访问庄及王微,其名声远布如此。"③可见,谢庄盛年享有高名,李孝伯在与张畅对谈之时,曾专门访问探寻谢庄,史虽未载具体交流内容,然足以表明谢庄声名远播北境。后至元嘉三十年(453),北魏向刘宋提出开放边境贸易的要求,孝武帝下诏让群臣商议,谢庄曾作议以陈:"(元嘉三十年)世祖践阼,除侍中。时索房求通互市,上诏群臣博议。庄议曰……"④可见,谢庄对于北境索房相关情况十分了解,并有针对性的建言。谢庄名重士林事迹也见于本传载录:"二十九年,(谢庄)除太子中庶子。时南平王铄献赤鹦鹉,普诏群臣为赋。太子左卫率袁淑文冠当时,作赋毕,赍以示庄,庄赋亦竟,淑见而叹曰:'江东无我,卿当独秀。我若无卿,亦一时之杰也。'遂隐其赋。"⑤元嘉二十九年(452),南平王铄献赤鹦鹉,普诏群臣为赋。袁淑览庄赋后赞叹不已,故知《赤鹦鹉赋》当作于宋文帝朝,谢庄时于太子中庶子任上。名士袁淑自谓"一时之杰",盛叹谢庄具"江东独秀"的资

---

① 房玄龄等撰:《晋书》,中华书局1974年版,第2090页。
② 沈约撰:《宋书·谢庄传》,中华书局1974年版,第2167-2177页。
③ 沈约撰:《宋书·谢庄传》,中华书局1974年版,第2167页。
④ 沈约撰:《宋书·谢庄传》,中华书局1974年版,第2168页。
⑤ 沈约撰:《宋书·范晔传》,中华书局1974年版,第2167-2168页。

质，表明谢庄之才与自己不相上下，此实非过誉。士林将谢、袁并举，萧子显就曾指出朝廷内外文士皆称羡谢庄、袁淑及其才藻风流，钟嵘《诗品》亦品评二人，置袁淑于中品，谢庄于下品，将其预于"才子"之列。

在诗文创作上，谢庄具有清雅典正的特点。梁代钟嵘《诗品》谓："希逸（谢庄）诗，气候清雅，不逮王（微）、袁（淑），然兴属闲长，良无鄙促。"①钟氏对其诗有"气候清雅""兴属闲长，良无鄙促"之评，萧统《文选》也辑有谢庄《月赋》及《宋孝武宣贵妃诔》二文。从谢庄具体创作来看，其郊庙诗多形式繁密的应制之作，呈现典奥晦涩的一面，难窥其心灵动向，较少流露真情等就与他有意避开敏感话题、存身保家的传统思想有关。后世往往将谢庄与王融归为一类，隋代王通《中说·事君篇》即云："谢庄、王融，古之纤人也，其文碎。徐陵、庾信，古之夸人也，其文诞。"②王通认为谢、王人纤而文碎，而在声律上将他们归于一处则是较为普遍共识，《诗品》卷下言："齐有王元长（王融）者，尝谓余云：'宫商与二仪俱生，自古词人不知之。唯颜宪子乃云律吕音调，而其实大谬；唯见范晔、谢庄，颇识之耳。'"③借王融之口，赞谢庄识音辨调。观今存谢庄诗文音韵谐畅，《宋孝武宣贵妃诔》转韵自由，《北宅秘园》已较为注重声律和谐，谢庄还在诗歌中大量运用与音乐有关的语汇。与此同时，谢庄那些体制特殊的杂言诗，像《怀园引》等，三、五、七言和赋体、骚体相结合，与这种利于自由抒写形式相适应的是其文风的奔放流宕，感情的强烈激愤，它们较少搬弄典故，纯是一派真性情的流露，与谢庄的那些庙堂之作大异其趣，这从一个侧面可看出家世背景等对谢庄诗文情感表达方式的影响。

第二节　谢家宝树的文学交游与多元思想

一、知音之交

在古代门第等级观念浓厚及通信、交通不便的情况下，交游对作家作品风格、类型等的影响极为显著。孔子言："与善人居，如入芝兰之室，久而不闻其香，

---

① 钟嵘著，曹旭集注：《诗品集注》，上海古籍出版社1994年版，第10-11页。
② 张沛撰：《中说译注》，上海古籍出版社2011年版，第73页。
③ 钟嵘著，曹旭集注：《诗品集注》，上海古籍出版社1994年版，第94页。

即与之化矣。"①刘歆《新议》云："夫交接者,人道之本始,纪纲之大要,名由之成,事由交立……才非交不用,名非交不发,义非交不立。"②可以说,古人有大量诗文都是交游时所作,故无论是政治交游,还是文学交游,或两者兼而有之,交游皆是作家形成自身文风特色的影响因素之一。

谢庄有"谢家宝树"之誉,凭借一己之力在政治与文学两方面撑起了谢氏家族门庭,其交游与其仕宦生涯、文学创作紧密联系在一起。谢庄不仅与谢氏子弟共传雅道,相互影响,而且作为宫廷文人,谢庄与朝士同僚多有交接。出仕后,谢庄处世简淡,颇有乃父之风,也是谢氏家族中具有相对灵活处世手段的后继者③,平流进取,辗转各藩王府邸。据《宋书》本传载:"(谢庄)初为始兴王濬后军法曹行参军,转太子舍人,庐陵王文学,太子洗马,中舍人,庐陵王绍南中郎谘议参军。又转随王诞后军谘议,并领记室。"④后回到建康"除太子中庶子"⑤,所作《赤鹦鹉赋》使得"文冠当时"⑥的袁淑赞叹。宋孝武帝朝,谢庄官至吏部尚书,"三年,坐辞疾多,免官"⑦,不久"起为都官尚书,奏改定刑狱"⑧,《宋孝武宣贵妃诔》《瑞雪咏》等都是这一时期的创作,谢庄于"泰始二年,卒,时年四十六,追赠右光禄大夫,常侍如故,谥曰:宪子"⑨。谢庄仕途辗转,屡有升迁,无论在朝在藩都与其时风流人物关系紧密,交游十分注重友人间有无一致的兴趣爱好,以及是否气质相投。中国自古流传着知音之交的故事,古有伯牙、子期高山流水遇知音,成千古传诵之佳话:

> 伯牙善鼓琴,钟子期善听。伯牙善鼓,志在登高山。钟子期曰:"善哉!'峨峨兮若泰山'",志在流水。钟子期曰:"善哉!'洋洋兮若江河!'"。伯牙所念,钟子期必得之。⑩

---

① 王肃撰:《孔子家语》,上海古籍出版社 1990 年版,第 43 页。

② 欧阳询撰,汪绍楹校:《艺文类聚》,上海古籍出版社 1982 年版,第 393 页。

③ 据宫崎市定《九品官人法研究:科举前史》一书,作者指出谢庄之子谢朏处世不够圆融灵活:"次于王氏的名族谢氏出身的谢朏,身为侍中,理应将天子之玺献给齐帝,但他拒绝了。和王氏相比,谢氏缺乏柔软灵活的处世技巧,这是齐之后谢氏不振的原因。"参见宫崎市定著,韩昇、刘建英译:《九品官人法研究:科举前史》,中华书局 2008 年版,第 16 页。

④ 沈约撰:《宋书·谢庄传》,中华书局 1974 年版,第 2167 页。

⑤ 沈约撰:《宋书·谢庄传》,中华书局 1974 年版,第 2167 页。

⑥ 沈约撰:《宋书·谢庄传》,中华书局 1974 年版,第 2167 页。

⑦ 沈约撰:《宋书·谢庄传》,中华书局 1974 年版,第 2172 页。

⑧ 沈约撰:《宋书·谢庄传》,中华书局 1974 年版,第 2172 页。

⑨ 沈约撰:《宋书·谢庄传》,中华书局 1974 年版,第 2177 页。

⑩ 杨伯峻著:《列子集释》,中华书局 2008 年版,第 178 页。

据上引《列子·汤问》故事,伯牙、子期心有灵犀,一善奏一善听,知音难得。以音相交为六朝名士风流所倡,刘勰《文心雕龙·知音》云:"音实难知,知实难逢,逢其知音,千载其一乎!"①谢庄的知音之交体现在以文会友、以音结朋上,他与相交甚密的文友往往是以诗文创作及音乐切磋为交游的主要内容,如与颜延之、范晔、鲍照、王彧等文人同僚们就诗文唱和、交恰甚欢。

颜延之(384—456),字延年,琅琊临沂人,东晋南朝著名文学家,"元嘉三大家"之一。据史书记载,颜延之早年便与谢庄族叔谢灵运过从甚密。元嘉十七年(440),谢庄为始兴王刘浚后军法曹行参军,而延之也在刘浚幕下任后军谘议参军、御史中丞等职,两人时为同僚,彼此熟识。《礼记·乐记》谓:"是故不知声者不可与言音,不知音者不可与言乐,知乐则几于礼矣。"②颜、谢还同为郊庙礼乐歌辞创作大家,据《南齐书·乐志》载:"颜延之、谢庄作三庙歌皆各三章,章八句,此于序述功业详略为宜,今宜依之。'"③不仅如此,同为始兴王身边的文人,颜延之隶事用典之文风对谢庄深有影响。在一次应对帝王的询问中,颜、谢两人还有过文学上的切磋、交流,据《南史》本传记载:"孝武尝问颜延之曰:'谢庄《月赋》何如?'答曰:'庄始知'隔千里兮共明月'。'帝诏庄,以延之语语之。庄应声曰:'延之作《秋胡诗》,始知'生为久离别,没为长不归'。'帝抚掌竟日。"④谢庄不因年辈、名气小于颜延之而不自信,相反在面对当时的"文坛泰斗"时不慌不忙、不卑不亢,运用机智与才华表明了自己的创作风格不落人后,捍卫了尊严,给对方留下了深刻的印象,甚至连宋孝武帝也因之拍手称快。这则逸事还被唐代孟棨载入《本事诗》中。

范晔(398—445),字蔚宗,河南顺阳人,东晋南朝文学家、史学家,著有《后汉书》,曾官至尚书吏部郎,因谋反于元嘉二十二年(445)被诛,亡年四十八岁。作为谢庄的长辈,蔚宗为人疏诞,史载其"少好学,善为文章,能隶书,晓音律"⑤,两人不仅有姻亲关系,还是同署为官的上下级。元嘉十七年(440),范晔任后军长史,谢庄为后军法曹行军参军,他们都在始兴王刘浚幕府任职。范晔诗文皆工,善弹琵琶,曾称自己"性别宫商""吾于音乐,听功不及自挥,但所精非雅声为可

---

① 刘勰撰,范文澜注:《文心雕龙注·知音》,人民文学出版社 2006 年版,第 167 页。
② 汉郑玄注,唐孔颖达疏,清阮元校刻:《十三经注疏·礼记正义·卷三十七·乐记第十九》(清嘉庆刊本),中华书局 2009 年版,第 3313 页。
③ 萧子显撰:《南齐书·乐志》,中华书局 1999 年版,第 122-123 页。
④ 李延寿撰:《南史》,中华书局 1975 年版,第 366 页。
⑤ 沈约撰:《宋书·范晔传》,中华书局 1974 年版,第 1819 页。

恨,然至于一绝处,亦复何异邪"①,并说在后生晚辈中谢庄于律是"最有其分"的:"性别宫商,识清浊,斯自然也。观古今文人,多不全了此处,……年少中,谢庄最有其分,手笔差易,文不拘韵故也。"②范晔对于后辈谢庄是十分了解的,曾于《狱中给诸甥侄书》中称赞他知音识律,而谢庄被文坛领袖如此称赏,可见其在音律方面的造诣也非同一般。钟嵘在《诗品》中也借永明体开创者之一的王融之口,亦谓谢庄"颇识之耳"③。

鲍照(414—466),字明远,本上党人,后迁东海,出身寒族,素有才学,也是"元嘉三大家"之一。鲍明远曾任太学博士、中书舍人、永嘉令等职,胡应麟《诗薮》称其为"上挽曹、刘之逸步,下开李、杜之先鞭"④的诗人,可惜"才秀人微"⑤,郁郁不得志。孝建元年(454),谢庄任吏部尚书,其时鲍照在京城任太学博士,写有《与谢尚书庄三连句》与之酬和。诗曰:

> 霞晖兮涧朗,日静兮川澄。风轻桃欲开,露重兰未胜。水光溢兮松
> 雾动,山烟叠兮石露凝。掩映晨物彩,连绵夕羽长。⑥

谢庄所和连句今已佚,而在此之前两人可能已于始兴王刘浚幕下相识,今还存有鲍照《蒜山被始兴王命作》,以及谢庄作于同时期的《侍宴蒜山诗》。谢庄善于弹琴,精通音律,鲍照亦有《幽兰》《代白纻舞》《代别鹤操》等大量乐府琴曲歌辞,他们有音乐琴曲上的一致爱好,鲍照与作诗"兴属闲长"的谢庄可谓是"知音",可以想见两人"以琴会友"之事应时有发生。

王彧(412—472),字景文,琅琊临沂人,为王氏家族一员,官至司徒左长史,素与谢庄齐名:"并以风貌,以王彧、谢庄为一双,韬与何偃为一双。"⑦王景文与谢庄是经常往来的好友,据《梁书·谢朓传》载,王景文曾参加过谢庄的家庭出游,并对庄子谢朓的文学才华赞扬有加,称其为"神童":"朓幼聪慧,庄器之,常置左右。年十岁,能属文。庄游土山赋诗,使朓命篇,朓揽笔便就。琅琊王景文谓庄曰:'贤子足称神童,复为后来特达。'庄笑,因抚朓背曰:'真吾家千金。'"⑧又据《南史·褚彦回传》载:"尝聚袁粲舍,初秋凉夕,风月甚美,彦回援琴奏别鹄之

① 沈约撰:《宋书·范晔传》,中华书局1974年版,第1830页。
② 沈约撰:《宋书·范晔传》,中华书局1974年版,第1819页。
③ 钟嵘著,曹旭集注:《诗品集注》,上海古籍出版社1994年版,第94页。
④ 胡应麟著:《诗薮》,上海古籍出版社1979年版,第185页。
⑤ 钟嵘著,曹旭集注:《诗品集注》,上海古籍出版社1994年版,第46页。
⑥ 钱仲联增补集说校:《鲍参军集注》,上海古籍出版社2005年版,第238页。
⑦ 萧子显撰:《南齐书·阮韬传》,中华书局1999年版,第395页。
⑧ 姚思廉撰:《梁书·谢朓传》,中华书局1973年版,第261页。

曲,宫商既调,风神谐畅。王彧、谢庄并在粲坐,抚节而叹曰:'以无累之神,合有道之器,宫商暂离,不可得已。'"①谢庄与挚交王彧有文学、音乐上的共同喜好,两人在生活上交往密切,互相分享心情,在当时传为佳话。

作为南朝初期宫廷文人的代表之一,谢庄主要活跃于宋文帝及孝武帝朝,文学交游主要是围绕帝王名士圈的一系列活动。除了上述的交游外,谢庄还与袁淑、王僧虔、沈怀文等名士有诗文交流,与鲁爽、江智渊、柳远景、王玄谟等一般文臣武将过从较密,甚至对当时名僧释梵敏"承风欣悦,雅相叹重"②。《南齐书·王僧虔传》载:"(王僧虔)与袁淑、谢庄善。"③其中王僧虔也是知音识律之士:"解音律,以朝廷礼乐,多违正典,人间竞造新声。时齐高帝辅政,僧虔上表请正声乐,高帝乃使侍中萧惠基调正清商音律。"④王僧虔关注朝廷雅乐,谢庄一生作有较多郊庙歌辞用于明堂祭祀,两人在传统礼乐方面有共同之处。

六朝时期,世家大族一直在文化上保持着绝对优势,普遍有着家族世代相传的雅道,彼此间有着共同话语,无论是范晔、鲍照,还是王彧、王僧虔,妙解音律是他们与谢庄密切联系彼此的纽带之一。同时,谢庄在文学创作形式与风格上也受到一些学友潜移默化的影响,其"尤为繁密"文风的形成就与颜延之有很大的关系,杂言诗的创作也有可能是与鲍照相互影响的结果。

二、多元思想

元嘉年间,思想领域从两晋的以玄为主,慢慢转变为多元并存的局面,刘宋君王设四馆,儒学、史学、玄学及文学也逐渐独立发展。其时江南经济繁荣,时局相对安定,统治者推行赏好文学才能之士的政策。罗宗强先生曾言:"就玄学之思想影响而言,亦已大大消退。此时思想领域中,不惟佛学影响很大,且儒家思想也占有十分重要的地位。儒、佛、玄并存的局面已形成。"⑤在思想领域发生大变革的时代背景下,谢庄的思想特点也体现出多元并存的情况,以儒家思想为主导,并交织着玄、佛等思想的影响。

(一)儒家思想的主导作用

谢庄以儒家"达则兼济天下,穷则独善其身"的思想为主导,这既有适应时代

---

① 李延寿撰:《南史·褚彦回传》,中华书局 1974 年版,第 496 页。
② 慧皎著:《高僧传》,中华书局 2007 年版,第 287 页。
③ 萧子显撰:《南齐书·王僧虔传》,中华书局 1999 年版,第 399 页。
④ 萧子显撰:《南齐书·王僧虔传》,中华书局 1999 年版,第 594 页。
⑤ 罗宗强著:《魏晋南北朝文学思想史》,中华书局 1996 年版,第 133 页。

政治、文化思潮变化的现实原因，也与谢氏一门雅道相传，在名士风采下坚守儒家礼法传统的本源有关。

就前者而言，当时刘宋玄风淡化乃是大势所趋，这在某种程度上也与此时儒学复兴有一定关系。宋文帝设四馆并十分重视儒学，而早在宋武帝刘裕即位不久，便已征召隐居于庐山的周续之，以其精于儒学而开馆以居之，统治者对儒家思想的重视也直接影响着典雅文风的形成。

以后者而论，作为在两晋南朝传承十几代的世家大族，谢氏家族深知一味疏诞放任是无法维护家族的亲情和传统，历代谢氏子孙在放达背后往往带有传统礼法的约束，并掩藏着入世之心。特别到了谢弘微一辈，玄学思想的主导地位发生了根本的转变，弘微自幼恪守礼法，史载其"性严正，举止必循礼度，事继亲之党，恭谨过常。伯叔二母，归宗二姑，晨夕瞻奉，尽其诚敬。内外或传语通讯，辄正其衣冠。奴仆之前，不妄言笑。由是尊卑大小，敬之若神"①。就与世敷衍、随俗浮沉来看，谢庄深得其父衣钵。在宋初，文帝曾想让谢弘微担任太子右卫率加吏部尚书的要职，可弘微却以身体多病固辞。无独有偶，谢庄在孝武帝委任他为吏部尚书时以疾辞，"不愿居选部"，并上《与江夏王义恭笺》自陈免官，后虽被复起，在任内谢庄即使不能满足求官者的要求，也总是以"欢笑答之"，时人称为"谢庄笑而不与人官"②，他还对颇有一些风骨的沈怀文作过劝诫："卿每与人异，亦何可久？"③可见，儒家思想主导着谢庄的言行举止。

谢庄自幼好学，史载其"年七岁，能属文，通论语"④。父辈的言传身教，自幼的耳濡目染，使他的作品随处可见对于儒家典故及理念的运用。如在《黄门侍郎刘琨之诔》中，谢庄表达了对刘琨之殉难的哀悼之情："魂终朝而三夺，心一夜而九飞。……旌徘徊而北系，辒逶迟而不转。"⑤据《宋书·刘遵考传》载："澄之弟琨之，为竟陵王诞司空主簿，诞作乱，以为中兵参军，不就，縶系数十日，终不受，乃杀之。追赠黄门侍郎。诏吏部尚书谢庄为之诔。"⑥谢庄把刘琨之大义临难，丧命广陵写得哀感悲切，表现出对儒家理想人格的认同。大明元年（457），谢庄被起用为都官尚书掌管刑法，呈《奏改定刑狱》主张改革刑狱，并以亲身经历指出

---

① 沈约撰：《宋书·谢弘微传》，中华书局 1974 年版，第 1592 页。
② 沈约撰：《宋书·颜竣传》，中华书局 1974 年版，第 1960 页。
③ 沈约撰：《宋书·沈怀文传》，中华书局 1974 年版，第 2104 页。
④ 沈约撰：《宋书·谢庄传》，中华书局 1974 年版，第 2167 页。
⑤ 欧阳询撰，汪绍楹校：《艺文类聚》卷四十八，上海古籍出版社 1982 年版，第 870 页。
⑥ 沈约撰：《宋书·刘遵考传》，中华书局 1974 年版，第 1482-1483 页。

目前刑狱弊端，表中言断刑定狱"必令死者不怨，生者无恨"①，也是在其士族身份下儒家关心民众疾苦的言论。宋明帝即位之初，下诏刻意从俭，以便"弘济时艰"。此时，儒家"达则兼济天下"的宏愿还使谢庄上过《申言节俭诏书事》等奏议，他关心民生朝政，并每日忙碌于著书导义，立教化民。不久，宋明帝残暴本性显露无余，谢庄的儒家济世希望随之破灭。

（二）玄、佛等思想的一定影响

一方面，魏晋玄风在刘宋初年之延续在某种程度上也映射于谢庄的行止上。"魏晋风流"是一种任达潇洒的反映，也是一种独特的生命境界和人生哲学，后人往往艳羡其"玄心、洞见、妙赏、深情"②，这种心灵的闲适与宁静或行为的旷放与风流主导着魏晋士人们的生活方式。唐长孺先生说过："整个玄学自晋以后便只是知识的炫耀。"③至南朝刘宋时期，玄风大大淡化，不再是士人生活的核心，但作为士阶层的文化生活传统，玄学有自己的承继性，没有完全消失，渐变为以《老》《庄》为教授的内容。同时，玄学还得到帝王的支持，如元嘉十三年（436）宋文帝命何尚之立玄学："十三年，彭城王义康欲以司徒左长史刘斌为丹阳尹，上不许。乃以尚之为尹，立宅南郭外，置玄学，聚生徒。东海徐秀、庐江何昙、黄回、尹川荀子华、太原孙昌宗、王延秀、鲁郡孔惠宣，并慕道来游，谓之南学。"④进入南朝，谢氏代表人物在新的政治格局中明显地表现出退避、疏诞的作风，玄学思想虽已不占主导地位，谢太傅"东山之游"却是子弟们深入骨髓的记忆，流风余韵尚存。《南齐书》中载王僧虔的《诫子书》言："设令袁令命汝言《易》，谢中书挑汝言《庄》，张吴兴叩汝言《老》，端可复言未尝看邪？谈故如射，前人得破，后人应解，不解即输赌矣。"⑤王僧虔一门崇玄，但谈玄与玄风到南朝时大抵为士人之爱好，"谢中书挑汝言《庄》"，行动一定程度上是思想的折射，谢庄不仅自幼习《老》《庄》，以风、月、景、山、水分别为五个儿子取名："五子：飏、朏、颢、崼、瀹，世谓庄名子以风、月、景、山、水。"⑥谢庄出仕后还曾亲自登坛讲授此类经典，部分作品中流露出玄、道"清空澈骨"⑦的清雅之气，这些无不说明其骨子里存在家族风流因子。

---

① 沈约撰：《宋书·谢庄传》，中华书局1974年版，第2173页。
② 冯友兰著：《三松堂学术论集·论风流》，北京大学出版社1984年版，第609-617页。
③ 唐长孺著：《魏晋南北朝史论丛·魏晋才性论的政治意义》，三联书店1955年版，第299页。
④ 沈约撰：《宋书·何尚之传》，中华书局1974年版，第1734页。
⑤ 萧子显撰：《南齐书·王僧虔传》，中华书局1999年版，第404页。
⑥ 李延寿撰：《南史·谢庄传》，中华书局1975年版，第368页。
⑦ 沈泓、汪政注，许楗评选：《六朝文絜》，浙江古籍出版社2017年版，第12页。

另一方面,由于朝代频迭,战乱频仍,自汉代传入中国的佛教进一步繁盛于宋,谢庄亦受其浸润。刘宋社会的向佛之风很浓,平民百姓以至帝王士族纷纷于佛教中寻找精神寄托,梁释慧皎《高僧传》记录了宋武帝刘裕与智严、慧严、僧导、慧观等僧人的交往。及至元嘉中,宋文帝对佛教非常重视,还曾称赞颜延之与僧慧严的辩论。僧人慧琳也深受文帝倚重,有"黑衣宰相"之称。在朝为官的王弘、范泰、何尚之及藩王如临川王刘义庆、江夏王刘义恭、彭城王刘义康等均心向佛事,乐于交往僧人。整个社会风气如此,谢氏家族也不例外,谢灵运"笃好佛理,殊俗之音,多所达解"①,曾不远千里赴庐山拜会慧远,"及一相见,肃然心服"②,及慧远去世,更是撰写《庐山慧远法师诔》以示尊服哀悼。后又与僧人昙隆、慧观等过往甚密,并从中接受了佛学教诲,习得了梵文、梵音,使得其山水诗作流露出别样风采。汤用彤先生说:"陈郡谢氏之名人,与佛教常生因缘。……万之曾孙弘微,与慧琳为友。(《宋书》本传)其子庄,雅重梵敏。(《僧传》)庄子瀹,称许慧超。(《续传》)瀹子览,延僧旻讲经。(《续传》)览弟举,敬事法通,为之制墓碑。(《僧传》)"③谢弘微这一支热爱佛学,与佛门中人常有往来,谢庄本人便"雅重梵敏",并对其"承风欣悦,雅相叹重"④,其《八月侍华林曜灵殿八关斋诗》就是对佛教八关斋活动的描述。如果从创作技巧方面来看,谢庄在作品运用声律上的造诣可能和佛经转读、译经之考文审音存在微妙的联系,他在创作实践中运用声律的条件在当时已基本成熟,可以说,佛教思想对谢庄的影响是存在的。

总之,在谢庄身上佛学影响毕竟有限,而玄风道骨已经内化为其个人的气质、学养的一部分,儒家思想才是主导其人生道路的主要航标,并且深刻地影响了他的诗文创作活动,使得其清雅典正的文风最终形成。

①　释慧皎撰,汤用彤校注:《高僧传》,中华书局2007年版,第260页。
②　释慧皎撰,汤用彤校注:《高僧传》,中华书局2007年版,第221页。
③　汤用彤著:《汉魏两晋南北朝佛教史》,昆仑出版社2006年版,第384页。
④　释慧皎撰,汤用彤校注:《高僧传》,中华书局2007年版,第287页。

第二章　谢庄的诗歌创作

南朝初期,思想领域已从两晋时期的以玄为主慢慢转变为多元并存的局面。宋初文坛更是朝着藻饰抒情方向一路发展,即刘勰《文心雕龙·明诗》所谓:"宋初文咏,体有因革,庄老告退,而山水方滋,俪采百字之偶,争价一句之奇,情必极貌以写物,辞必穷力而追新,此近世之所竞也。"①刘宋时期哲理玄风大大淡化,文学创作朝着辞情一路继续发展,山水题材大量进入文人视野与创作。其中谢氏家族成员雅道相传,事功与风流并重,谢庄所作山水题材诗歌现存数量虽不多,然清雅气象鲜明。据前人辑录,谢庄现存诗歌共有二十七首,其中五言及杂言诗十六首②,郊庙歌辞十一首。本章试结合具体作品,究本穷源,分类研讨之。

第一节　谢庄五言诗:《诗品》品评与山水清韵

探讨谢庄五言诗的艺术渊源及创作特色,不得不提梁代钟嵘《诗品》对其诗的经典评价:"希逸诗,气候清雅。不逮于王、袁,然兴属闲长,良无鄙促也。"③南朝时期"五言腾跃",钟嵘《诗品》就五言诗立论,谢庄诗进入他的评析视野并被分配以品级,这本身就说明了谢庄以五言诗为代表的诗歌创作引起了诗评家的关注,已入钟氏选评的"才子"行列,具有一定的价值。在钟氏评语中,"王、袁"指的是王微与袁淑,是南朝宋的高门文士。据《诗品》溯源,他们和谢庄都上承主情的

---

① 刘勰撰,范文澜注:《文心雕龙注》,人民文学出版社 2006 年版,第 67 页。

② 据逯钦立《先秦汉魏晋南北朝诗》所辑,另有标明辑自《海录碎事》卷六的《诗》:"诞发兰仪,光启玉度。"实截取自谢庄《宋孝武宣贵妃诔》一文,不计入十六首中。

③ 钟嵘著,曹旭集注:《诗品集注》,上海古籍出版社 1994 年版,第 64 页。

张华,张华"其源出于王粲。其体华艳,兴托多奇。巧用文字,务为妍冶。"①王粲
"其源出于李陵。发愀怆之词,文秀而质羸。在曹、刘间别构一体。方陈思不足,
比魏文有余。"②李陵"其源出于楚辞。文多凄怆,怨者之流。"③以钟嵘追本溯源
的历史批评方式看,谢庄在创作上远源乃《楚辞》一脉,诗学渊源大致为:《楚
辞》—李陵(上品)—王粲(上品)—张华(中品)—谢庄(下品)。钟嵘《诗品》列谢
庄于下品,关于其品第归属高低问题,古今学者也存在一些争议,各家意见稍有
出入。或较为认可,谓:"王微、袁淑诗务张华'清浅'。'清浅'与'清雅'意近。
'不逮王、袁',王、袁居中品,谢居下品,可为此句注脚。"④而清代王士禛《古夫于
亭杂录》、凌扬藻《蠡勺编》等皆指出谢庄宜置于中品,如《古夫于亭杂录》卷五曰:
"下品之徐干、谢庄、王融、帛道猷、汤惠休,宜在中品。"⑤清初王士禛提倡神韵
说,而王氏此处为谢庄提高品级,也传递出后世对六朝诗歌的接受与解读的信
息。事实上,凡被钟嵘列入三品的诗人,在诗作感情类型上多与"雅""怨"有关,
且能兼得雅怨文质者仅曹植一人。同时,由于《诗品》作者有借贬低下品声律代
表诗人来批评声律论弊端之意,故其所评也有不完全恰当之处,但无论如何,谢
庄受钟嵘关注并予以品评本身就是对其创作典型性及价值的一种默认,且"气候
清雅"之论也深中肯綮。

在南朝形式主义诗风的影响下,谢庄除清雅外还追求精巧、雕琢,有"尤为繁
密"的另一面,这或许也是钟嵘置其为下品的原因之一。细考谢庄五言诗创作,
如《烝斋应诏诗》,勤于用事与对仗,乃是一类应制五言之作:

> 霜露凝宸感,肃偒动天引。西郊灭烟浄,东溟起昭晋。舞风泛龙
> 常,轮霞浮玉轫。紫阶协笙镛,金途展应辣。方见六诗和,永闻九德润。
> 观生识幸渥,睇服惭辅恬。⑥

全诗用典频繁,显得晦涩难懂,但其通篇如"西郊""东溟"之对仗,十分工整。在
晋宋之际,文人们有意纠正玄言诗"淡乎寡味"的弊病,在借助写景来表达思想感
情的同时,他们也注意使用华丽的词藻,这有利于美文的形成,但如果忽视诗作
内容,过于强调词藻、典故及偶对,就会造成繁密、晦涩的弊病,影响整体情感的

① 钟嵘著,曹旭集注:《诗品集注》,上海古籍出版社 1994 年版,第 34 页。
② 钟嵘著,曹旭集注:《诗品集注》,上海古籍出版社 1994 年版,第 24 页。
③ 钟嵘著,曹旭集注:《诗品集注》,上海古籍出版社 1994 年版,第 19 页。
④ 钟嵘著,曹旭集注:《诗品集注》,上海古籍出版社 1994 年版,第 64 页。
⑤ 王士禛撰,赵伯陶点校:《古夫于亭杂录》,中华书局 1988 年版,第 102 页。
⑥ 徐坚等著:《初学记》卷十三,中华书局 1962 年版,第 319 页。

表达，如谢庄《自浔阳至都集道里名为诗》：

> 山经亟旋览，水牒勘敫寻。稽榭诚淹留，烟台信遐临。翔州凝寒
> 气，秋浦结清阴。眇眇高湖旷，遥遥南陵深。青溪如委黛，黄沙似舒金。
> 观道雷池侧，访德茅堂阴。鲁显阙微迹，秦良灭芳音。讯远博望崖，采
> 赋梁山岑。崇馆非陈宇，茂苑岂旧林。①

谢庄此类诗歌集名为诗的形式虽新奇有趣，全篇以地名连缀成诗，形成多组工整的地名对，然纯为罗列地名的文字游戏，不免有"拘挛补纳，蠹文已甚"②之弊，在文字技巧运用外不足为训。

许文雨先生《钟嵘〈诗品〉讲疏》曾以古代学者评价谢庄的五言诗作为证，指出："希逸诗往往不起议论，而辉映有余。如王船山评谢庄《七夕夜咏牛女》：'应制是也。'成倬云又评其《侍宴蒜山》：'清丽，兴致不浅，盖与鄙促之体，适相反矣。'"③其中提及的五言诗是谢庄的《七夕夜咏牛女应制诗》与《侍宴蒜山诗》，极具代表性。谢庄"气候清雅"的五言诗作与其繁密之作有较大差别，诚如上所言"盖与鄙促之体，适相反矣"。如《七夕夜咏牛女应制诗》：

> 辍机起春暮，停箱动秋衿。琁居照汉右，芝驾肃河阴。容裔泛星
> 道，逶迤济烟浔。陆离迎宵佩，倏烁望昏簪。俱倾环气怨，共歇浹年心。
> 珠殿釭未沫，瑶庭露已深。夕清岂淹拂，弦辉无人临。④

又如《侍宴蒜山诗》：

> 龙旌拂纡景，凤盖起流云。转蕙方因委，层华正氛氲。烟竟山郊
> 远，雾罢江天分。调石飞延露，裁金起承云。⑤

这两首诗兴寄不深，应制情境明显，但写景清新明丽，较有特色，确如前述学者所评："往往不起议论，而辉映有余。"不过这两首诗比起谢庄的另两首五言诗《北宅秘园》《游豫章西观洪崖井诗》来，就稍显逊色了些，前者是谢庄五言诗的代表作之一，诗中描绘当时贵族别墅的园林风光，幽静中略见疏野气象，颇为清新可读：

> 夕天霁晚气，轻霞澄暮阴。微风清幽幌，余日照青林。收光渐窗

---

① 欧阳询撰，汪绍楹校：《艺文类聚》卷五十六，上海古籍出版社1982年版，第1008页。
② 钟嵘著，曹旭集注：《诗品集注》，上海古籍出版社1994年版，第90页。
③ 许文雨著：《钟嵘〈诗品〉讲疏》，成都古籍书店1983年版，第126页。
④ 欧阳询撰，汪绍楹校：《艺文类聚》卷四，上海古籍出版社1965年版，第77页。
⑤ 欧阳询撰，汪绍楹校：《艺文类聚》卷八，上海古籍出版社1965年版，第143页。

歇,穷园自荒深。绿池翻素景,秋槐响寒音。伊人悦同爱,弦酒共
棲寻。①

"夕天""晚气""余日""收光",在流动着的时间过程中,景物从夕到夜依次动态变
化,描写上将视觉与听觉相结合,是诗歌美学艺术的进步,也是当时审美观念转
变的表现。后者《游豫章西观洪崖井诗》是谢庄山水诗的代表作:

幽愿平生积,野好岁月弥。舍簪神区外,整褐灵乡垂。林远炎天
隔,山深白日亏。游阴腾鹊岭,飞清起凤池。隐暧松霞被,容与涧烟移。
将遂丘中性,结驾终在斯。②

该诗音节和整,意境优美,神韵独具,可以清楚地看出谢灵运山水诗的影子,同时
文意流畅,讲究对仗,在角度的变化、写景的铺陈、词句的锤炼等方面已达到一定
的水平,也存颜延之的凝练之风,代表着刘宋后期诗风已经逐步接近齐梁的创作
趋势。这首游览诗后被江淹模拟、仿效,即《谢光禄郊游》:"肃舻出郊际,徙乐逗
江阴。翠山方蔼蔼,青浦正沉沉。凉叶照沙屿,秋荣昌水浔。风散松架险,云郁
石道深。静默镜绵野,四睇乱曾岑。气清知雁引,露华识猿音。云装信解黻,烟
驾可辞金。始整丹泉术,终觊紫芳心。行光自容裔,无使弱思侵。"③江淹的拟作
比谢庄原作还多出六句,在手法技巧上极力仿效庄之笔调,清新雅致,"良无鄙
促",混入庄著中也几可乱真,反映出江淹对谢庄山水诗"气候清雅"特色的准确
把握。正如钟嵘评诗的标准,江淹模拟对象的取舍及所模诗作的选择本身就含
有其评价态度,他除拟谢庄游览诗外,还拟殷仲文、谢灵运、谢混的同类诗作,即
《殷东阳兴瞩》《谢临川游山》《谢仆射游览》,从中我们不仅可探息山水诗作朝景
物刻画发展的脉搏,也可确知谢庄的游览诗乃其发展过程中意境清新的重要一
环,且已被时人追模、肯定的事实。

　　每位诗人的生活经历、思想个性不同,使他们在反映生活时往往会采取各自
不同的题材。由于历史的局限,谢庄的山水诗不可避免存有不足之处,在当世的
影响力也远不及谢灵运、谢朓、谢惠连等谢门诗人,谢庄对山水的衷情甚至还体
现在家族子弟命名上:"作述之迹,人所难言,而希逸(谢庄)以弘微为之父,以风、
月、景、山、水为之子,前后辉映,源回诸长。希逸诸咏,不甚为梁人推戴,然齐武
问王仆射:'当今谁能为五言诗?'王曰:'谢朓得父膏腴。'夫得父膏腴,便可屈指

---

①　欧阳询撰,汪绍楹校:《艺文类聚》卷六十五,上海古籍出版社 1965 年版,第 1161 页。
②　欧阳询撰,汪绍楹校:《艺文类聚》卷二十八,上海古籍出版社 1965 年版,第 503 页。
③　胡之骥著:《江文通集汇注》,中华书局 1984 年版,第 163 页。

第二章　谢庄的诗歌创作

帝侧,则阿父诗亦齐世所重矣。"①谢庄五言诗虽频频抒发悲苦和希冀,士大夫思想意识、情趣的影响较明显,与士人的生活实际有一定的距离,这却并不足以抹煞其山水诗的积极意义,他在诗歌中所反映的山姿水态,有不少新鲜、独特的情感体验,其子谢朓创作亦被誉为"得父膏腴"。谢庄的五言诗不仅带有显著的个人印记与时代特征,而且其园林清雅气候成为极具潜在影响力的传统范式(详见本章第四节)。

第二节 谢庄杂言诗:体式新变与情韵悠长

晋宋之际,诗歌以五言为盛,七言尚在摸索阶段,文艺批评大都重五言轻七言。刘勰《文心雕龙·明诗》及钟嵘《诗品》立论、评诗均反映了这一现象。处在这样的文化环境中,谢庄的杂言诗创作多七言"俗体",采用了汉赋的铺排夸张手法,体式介于诗、赋之间——"三、五、七"言又杂用《楚辞》调,这一新变体式便显得独树一帜,曾被严可均辑《全宋文》和逯钦立辑《全宋诗》同时收录。

今人傅刚先生在《魏晋南北朝诗歌史论》中对谢庄的杂言诗给予了肯定,指出:"这种形式的产生说明了汉魏以来诗、文、赋的互相渗透影响,由原来表面上各自独立的状态走向公开的融合……从魏晋作品看,这种相互间的影响还只限于某些手法上的借鉴使用,形式还未发生变化。至谢庄《怀园引》的出现,已标志着诗、文、赋的渗透进入了新阶段。"②谢庄的杂言作品于诗歌体式上确有创见,并由此营造出情韵悠长的独特艺术感染力,这主要表现在写景、抒情、节奏三方面,他对诗歌音乐美的探索更是对后世的杂言及格律诗的发展、演变产生了积极的影响。

其一,谢庄杂言诗写景清丽素雅。唐代张彦远谓谢庄为"当时能画"之人,列入历代能画"宋三十八人"之一,称:"(谢庄)性多巧思,善画。制木方丈,图天下山川土地,各有分理。离之则州郡殊,合之则寓内为一,作《画琴帖序》自序其画。"③宋代陈思称谢庄"善行书"④,明代书画家、鉴赏家董其昌云:"谢庄诗帖摹

① 张燮著,王京州笺注:《七十二家集题辞笺注》,上海古籍出版社2016年版,第208-209页。
② 傅刚著:《魏晋南北朝诗歌史论》,吉林教育出版社1995年版,第254页。
③ 张彦远撰:《历代名画记》,商务印书馆1936年版,第215页。
④ 陈思撰:《书小史》,中国书店2018年版,第161页。

本,书法似阁帖所谓萧子云者。小加妍隽,宋高宗书近之。"①谢庄传世书迹有《昨还帖》②等,《戏鸿堂》《玉烟堂》等丛帖中的《瑞雪咏帖》也属名谢庄。近人马宗霍《书林藻鉴》卷七引贺方回语:"(庄)字画遒劲,势若飞动。"③书法与绘画在艺术精神上是共通的,作为书画兼善之人,谢庄杂言诗写景状物常具如画美感,这与其长于书画密切相关。

　　谢庄杂言诗清空、雅致的美感与其多方面的艺术气质相得益彰,在色彩选择上,谢诗倾向于清冷、素洁,好用冷色调的字词,普遍具有清雅的画面特征,如其选词用字:

　　　　青苔蔓,荧火飞。(《长笛弄》)④

　　　　汉水初绿柳叶青……想绿苹兮既冒沼,念幽兰兮已盈园。……青苔芜石路。(《怀园引》)⑤

　　　　涧鸟鸣兮夜蝉清……东邻孤管入青天,沉疴白发共急日。(《山夜忧》)⑥

　　　　日壑清……山飞白雪……状素镜之晨光……丽青罅而镜列钱……洞秋方之玉园……引幽兰之微馨。(《瑞雪咏》)⑦

上引谢诗中"青""绿""白""素"等色彩字,以及"幽""清""孤""玉""微"等形容词,与苔蔓、浮萍、孤管、落雪、月光、故园等诗歌意象相连,皆给人以清冷的想象,尤其是视觉上的寂寥感,这类刻画不仅活化出诗作客观的季节背景,还带出了诗人主观的情愫哀思。

　　另一方面,谢庄杂言诗通过动态描写的手段来呈现景象之美,像叠字的巧妙运用,带来浓墨重彩的一笔,使整幅画面鲜活起来:

　　　　鸿飞从万里,飞飞河岱起。……朱光蔼蔼云英英,新禽喈喈又晨鸣。……试讬意兮向芳荪,心绵绵兮属荒樊。……还流兮潺湲,归烟容裔去不旋。(《怀园引》)⑧

①　永瑢等编:影印《文渊阁四库全书》,商务印书馆 1984 年版,第 564 页。
②　《还昨帖》原迹仍可见于宋代《淳化阁帖》明翻刻肃府本,笔法遒劲有力。
③　永瑢等编:影印《文渊阁四库全书》,商务印书馆 1984 年版,第 564 页。
④　孙星衍辑:《续古文苑》卷四,商务印书馆 1937 年版,第 231 页。
⑤　孙星衍辑:《续古文苑》卷四,商务印书馆 1937 年版,第 229-230 页。
⑥　孙星衍辑:《续古文苑》卷四,商务印书馆 1937 年版,第 228 页。
⑦　孙星衍辑:《续古文苑》卷四,商务印书馆 1937 年版,第 226-227 页。
⑧　孙星衍辑:《续古文苑》卷四,商务印书馆 1937 年版,第 229-230 页。

月起悠悠□，当轩孤管流。□郁顾慕，……骚骚落叶散衣，……夜
长念緜緜，吹伤减人年。(《长笛弄》)①

其中，"飞飞""蔼蔼""英英""喈喈""绵绵"(《怀园引》)及"悠悠""骚骚""緜緜"
(《长笛弄》)等叠字动词的运用使画面都活了起来，还有一些双声或叠韵词的运
用也极具灵动的美感，如"联翩""潺湲""徘徊"(《怀园引》)②"顾慕"(《长笛
弄》)③等，余韵悠长。谢庄在诗歌中对于双声、叠韵字词的使用，也反映出他利
用汉语特殊的语音结构进行创作的能力，及其对汉语音韵学知识的掌握。

此外，谢庄杂言诗整体的画面感强，景物描写大都清新明丽，如《山夜忧》：

涧鸟鸣兮夜蝉清，橘露靡兮蕙烟轻。凌别浦兮值泉跃，经乔林兮遇
猨惊。跃泉屡环照，惊猨亚啼啸。④

起结数句就带人进入凄清幽冷之情境画面，景语隐情语，通过描述诗人对自然美
景和隐居生活的喜爱与向往，由此自然而生"徒芳酒而生伤，友尘琴而自吊""夜
永兮忧绵绵"⑤的伤感，奇景纷呈而清冷凄绝，写景抒情相契相融。《怀园引》也
同样表现出写景清美的特色，该诗发端借鸿雁起兴："鸿飞从万里，飞飞河岱起。
辛勤越霜雾，联翩溯江汜。"⑥意境开阔悠远，尾声方为"怀园"高潮的来到，赤裸
裸的现实是那般残酷："青苔芜石路，宿草尘蓬门。"⑦瞬息衰秋，诗尾结以"咏零
雨而卒岁，吟秋风以永年"⑧之句，"零雨""秋风"巧妙地写出了自然界的变化，以
此作结，情景交融，诗人惆怅悲苦尽在不言之中。谢庄杂言诗情景一体，写景实
为抒情，其清美之景也更好地带出了诗人真挚的情感。

其二，谢庄杂言诗感情真挚细腻。南朝许多文人都喜欢在杂言诗作中倾泻
一己情感，沈约杂言《八咏诗》声韵和谐、显性露情，鲍照杂言乐府诗读来是何等
地音节慷慨、气贯长虹，如《拟行路难》之十四：

君不见少壮从军去，白首流离不得还。故乡窅窅日夜隔，音尘断绝
阻河关。朔风萧条白云飞，胡笳哀急边气寒，听此愁人兮奈何，登山远

① 孙星衍辑：《续古文苑》卷四，商务印书馆1937年版，第230-231页。
② 孙星衍辑：《续古文苑》卷四，商务印书馆1937年版，第229-230页。
③ 孙星衍辑：《续古文苑》卷四，商务印书馆1937年版，第230页。
④ 孙星衍辑：《续古文苑》卷四，商务印书馆1937年版，第228页。
⑤ 孙星衍辑：《续古文苑》卷四，商务印书馆1937年版，第228页。
⑥ 孙星衍辑：《续古文苑》卷四，商务印书馆1937年版，第229页。
⑦ 孙星衍辑：《续古文苑》卷四，商务印书馆1937年版，第230页。
⑧ 孙星衍辑：《续古文苑》卷四，商务印书馆1937年版，第230页。

望得留颜。将死胡马迹,能见妻子难。男儿生世坎坷欲何道?绵忧摧抑起长叹。①

可见,杂言体制天生利于抒情,文人也乐于采用。谢庄五言诗多"繁密"应制之作,较少流露真情,这与他存身保家的传统思想有关,而其杂言诗三、五、七言和赋体、骚体相结合,体制特殊,与这种利于自由抒写形式相适应的是其文风的奔放流宕,感情的强烈激愤,它们较少搬弄典故,纯是一派真性情的流露,与其庙堂之作大异其趣。

陈郡谢氏家族向来重视子弟的教育,昔"乌衣之游",谢混对谢弘微赞赏有加,还作诗歌训诫族子,提出殷切希望:"数子勉之矣,风流由尔振。"②及至谢庄一辈,家世日趋凋零,而现实政治斗争却更为残酷,谢庄的杂言诗作从一个侧面真实地反映出诗人的心境,真挚感人,如《长笛弄》(恐有删节),今存片段给人词短情长之感,诗云:

> 月起悠悠□,当轩孤管流。□郁顾慕,含羁含楚复含秋。青苔蔓,荧火飞,骚骚落叶散衣。□夜何长,君吹勿近伤。夜长念緜緜,吹伤减人年。③

刘宋皇族宗室杀伐不断,惨烈至极,文人们噤若寒蝉,在与政治的纠缠中丧命的有之,如履薄冰以求全身保命的有之,他们的诗作难免笼罩上无可奈何的哀愁。结合时代背景,诗中"君吹勿近伤。夜长念緜緜,吹伤减人年"之叹可说是诗人真实的心理写照。隋代王通指出谢庄人纤而文碎,其《中说·事君篇》谓:"谢庄、王融,古之纤人也,其文碎。"④纤细碎密的创作风格有利于抒发诗人真挚细腻的情感,谢庄杂言诗很擅于以纤碎之笔注入细微的感情,除了"悠悠""骚骚""緜緜"等叠词的使用,还有"□郁顾慕,含羁含楚复含秋"句,顾慕,乃是声驻而下不散貌,描写极其细致,同时"含羁含楚复含秋"中,"××复×"的表达模式也极为精巧,将诗人层层往复的情感通过动词加名词的组合细腻地表现出来,一唱三叹而结构精密,增加了感情之共鸣与振幅,颇有精雕细琢之美。此外,谢庄《瑞雪咏》于应制中也抒发了诗人的主观情感,引诗如次:

> 玄管洽,幽诗平。火洲灭,日壑清。龙关沙蒸,河徼云惊。昬未沉

---

① 钱仲联增補集说校:《鲍参军集注》,上海古籍出版社2005年版,第238页。
② 李延寿撰:《南史》,中华书局1975年版,第364页。
③ 孙星衍辑:《续古文苑》卷四,商务印书馆1937年版,第230-231页。
④ 张沛撰:《中说译注》,上海古籍出版社2011年版,第73页。

而井閈，寓方霾而海溟。山飞白雪。叶中符而掩皇州，降千□而瑞神世。……载途演其楸，同云宣其灵。既昭化于卫术，亦阐义于齐庭。结秋竹之丽响，引幽兰之微馨。窃惟鸿化远泊，玄风遐施。浹纬称祥，磬埏作瑞。调露之乐既兴，大闺之歌已被。春光分冬泽，长无愆于平施。[1]

"咏"属于乐府歌行体之称，音节、格律较为自由，形式有五言、七言等。逯钦立《全宋诗》卷六，《瑞雪咏》下注有"大明元年诏敕作"[2]，大明元年（457），谢庄时年三十七岁，为都官尚书，因雪降而奉诏而咏，诗中"山飞白雪""春光分冬泽"句是即景而发，又带有深意，刘宋政权的建立、稳固、繁盛，离不开天时、地利、人和，而瑞雪普降乃是吉兆，加之皇朝政权偏安江南一隅，政治上不能扬眉吐气，军事上不能北伐取胜。谢庄作为臣子，为迎合君主的喜好，运用自己超群的文学才能，写些歌功颂德、中兴王朝的诗歌也在情理之中。文学与政治的关系向来紧密，刘勰《文心雕龙·时序》有言："风动于上，而波震于下者。"[3]《瑞雪咏》虽是应制之作，却不难见出诗人对于刘宋王朝祈望与赞美之外所存在的真切情感，实属难能可贵。据说宋明帝十分欣赏此诗，还因此赐给谢庄亲信二十人，并委以重任。

其三，谢庄杂言诗节奏明快谐婉。谢庄在音乐上的才华向杂言诗创作渗透，自然地表现出节奏明快的特点，如《怀园引》一诗：

鸿飞从万里，飞飞河岱起。辛勤越霜雾，联翩溯江汜。去旧国，违旧乡，旧山旧海悠且长。回首瞻东路，延翮向秋方。登楚都，入楚关，楚地萧瑟楚山寒。岁去冰未已，春来雁不还。风肃幌兮露濡庭，汉水初绿柳叶青。朱光蔼蔼云英英，新禽喈喈又晨鸣。菊有秀兮松有蘜，忧来年去容发衰。流阴逝景不可追，临堂危坐怅欲悲。轩兔池鹤恋阶墀，岂忘河渚捐江湄。试讬意兮向芳荪，心绵绵兮属荒樊。想绿草兮既冒沼，念幽兰已盈园。夭桃晨暮发，春莺旦夕喧。青苔芜石路，宿草尘蓬门。遭吾遊夫鄙郢，路修远以萦纡。羌故园之在目，江与汉之不可踰。目还流而附音，侯归烟而讬书。还流分潺湲，归烟容裔去不旋。念卫风于河广，怀邶诗于毖泉。汉女悲而歌飞鹄，楚客伤而奏南弦。武巢阳而望

---

① 孙星衍辑：《续古文苑》卷四，商务印书馆 1937 年版，第 226-227 页。
② 逯钦立辑校：《先秦汉魏晋南北朝诗》，中华书局 1983 年版，第 1255 页。
③ 刘勰撰，范文澜注：《文心雕龙注》，人民文学出版社 2006 年版，第 671 页。

越，亦依阴而慕燕。咏零雨而卒岁，吟秋风以永年。①

诗的前半首是五五五五、三三七、五五三三七、五五七七七句式，以下均为七言，偶杂五言，谢庄《山夜忧》《瑞雪咏》二诗也是类似形式。这些作品句段内节奏明快流转，如三字句的一二型："去 / 旧国，违 / 旧乡。"（《怀园引》）②；五字句的二三型："辛勤 / 越霜雾，联翩 / 溯江汜。回首 / 瞻东路，延翩 / 向秋方。"（《怀园引》）③六字骈散句："亦转彩 / 而途云，云转兮 / 四岫沉。景阕兮 / 双路深，草将濡 / 而坰晦。"（《山夜忧》）④七字句的二二三型："朱光 / 蔼蔼 / 云英英，新禽 / 喈喈 / 又晨鸣。菊有 / 秀兮 / 松有蕤，忧来 / 年去 / 容发衰。"（《怀园引》）⑤学者们在分析楚歌时指出其中存在大量七言句，确立了三字尾的节奏，为七言诗的出现准备了条件。谢庄这些杂言诗类于《九歌》之楚辞体式，已有一些五言是上二下二，六言是上三下二，七言是上三下三，中间加上一个"兮"字，并且多三、五、七言的奇数字句子，少偶数字句子，明显认识到三字尾的优越性。⑥

在"五言腾跃"的南朝，谢庄对七言俗体句的运用有其探索意义，杂言诗的节奏因多三字尾显得明快，其中更是出现较出色的带三字尾的七言诗句，如："南睪 / 别鹤 / 伫行汉，东邻 / 孤管 / 入青天。沉痾 / 白发 / 共急日，朝露 / 过隙 / 讵赊年。"（《山夜忧》）⑦这组七言四句诗即使置于唐人七律中也毫不逊色。

就整体的节律长短、快慢来看，谢庄的杂言诗长短错落、乱中有致。如《山夜忧》由三三三三五五七起头，后转入六言和赋体句交替，接着是骚体、五言和赋体句交替，最后以七言、五言收束。骚体、赋体的舒缓与三、五言的急促调和于同一诗作中，圆融和谐，承转捭阖，音乐节奏较为流利明快。同时，相对自由活泼的用韵也突显了谢庄杂言诗的一叹三咏。诗歌合辙押韵后，给人以节奏稳定明朗的

①　孙星衍辑：《续古文苑》卷四，商务印书馆 1937 年版，第 229-230 页。
②　孙星衍辑：《续古文苑》卷四，商务印书馆 1937 年版，第 229 页。
③　孙星衍辑：《续古文苑》卷四，商务印书馆 1937 年版，第 229 页。
④　孙星衍辑：《续古文苑》卷四，商务印书馆 1937 年版，第 228 页。
⑤　孙星衍辑：《续古文苑》卷四，商务印书馆 1937 年版，第 229 页。
⑥　三字尾的优越性在于上二下一或上一下二，可灵活运用，构成诗歌节奏的新形式。
⑦　孙星衍辑：《续古文苑》卷四，商务印书馆 1937 年版，第 228-229 页。

感觉，谢庄杂言诗作又频繁地换韵[1]，具有灵动性，造成感情的曲折与回荡、舒徐自如，首尾部分隔句用韵，中间逐句用韵，古体诗常见拗句三字尾（末三字）中最明显的特点之一是三平调，即为"平平平"，如《怀园引》押韵主要即以平声韵为主[2]，而前四句以"里""起""氾"上声韵，奠定了全诗宏远深沉之基调。篇中多律句或准律句，对仗工整，出句对句呼应有神，入声韵用于全篇转折之处，如"羌故园之在目，江与汉之不可踰。目还流而附音，候归烟而讬书"[3]。用韵细腻，情思婉转，节奏明快，如吟秋风，爽朗怀悲。谢庄借助民歌形式又加润色，独特的句群组合和用韵方式是一种诗与赋之间的接近与融合，对沈约《八咏诗》及梁、陈间小赋都产生过一定的影响。

清丽之景、真挚之情与明快之韵是谢庄杂言诗带给我们的深切感受，这类诗作无论从艺术表现形式还是从情感表达方式来看，对后代杂言歌行体的发展都有积极的探索之功。汉乐府《铙歌十八拍》，包括《有所思》《上邪》在内十八首诗全是杂言，其作者完全据内容的需要而写杂言体的诗，并非有意识创新诗体。至南朝，谢庄的杂言诗作夹杂骚体，是一种有意识的创作，比同时期鲍照的杂言乐府在形式上更短，在表达感情方面却更强。齐梁时沈约《八咏诗》又加入了四字句，实际上采用了文的写法，诗与辞赋的渗透进一步加深。唐代李白则更自觉地追求一种特殊的文学效果，如其《蜀道难》《梦游天姥吟留别》等作品在"歌行体"的诗中，把杂言的妙处发挥得淋漓尽致。如果说从传统诗学角度看，谢庄杂言诗体式非属正统范畴，乃是当时上流文人高雅艺术创作活动中"大雅弗取"[4]之戏作，然从文体学角度思考，这类创作则是深具意味的形式，一方面中国古代文人

---

[1] 杂言诗是古体诗的一种，句子长短不受拘束，押韵相对自由，既可平声，也可仄声，既可一韵到底，也可邻韵通用，后世古体诗换韵的第一句一般是押韵的，如唐代王勃《滕王阁诗》便是一首入律古风的典型，仄韵与平韵交替，四句一换韵，在南朝谢庄古风杂言中，也存在换韵上的显著特点，可通过四声韵脚进行分析。先唐时期，近体诗尚未确立，处于自然音韵向人为声律的过渡阶段，诗歌回忌声病之要求也在创作实践中逐步积累，四声（平上去入）有着朝平仄二元化发展的明显趋向，而古体诗中的平、仄声韵的运用同样对于表现诗歌音韵美、节奏美非常重要。

[2] 《怀园引》韵部韵脚（据平水韵）依次为平声韵，七阳："乡，长，方"；十五删："关，还"；四支："蕤，衰，追，悲，墀，湄"；八庚："英，鸣"；十三元："樊，园，喧，湲"；一先："旋，泉，弦，年，燕"；九青："庭，青"。还有上声韵，四纸："里，起，氾"；七虞："都，纡，踰"。还有去声韵，七遇："雾，路，路"。以及入声韵，一屋："国，目，书，鹄"；六月："发，越"。另据于安澜著《汉魏六朝韵谱》"魏晋宋谱"部分，笔者搜检其所分各韵部下属于谢庄《怀园引》的韵部部首及其下相应之字依次为：阳唐（韵）："乡，长，方"；元魂痕（韵）："苏，樊，园，喧，门"；寒桓删（韵）："关，寒，还"；元山先仙（韵）："湲，旋，泉，弦，燕，年"；鱼虞模（韵）："夫，纡，踰，书"；止："里，起，氾"。参见于安澜：《汉魏六朝韵谱》，河南大学出版社 2012 年版。

[3] 孙星衍辑：《续古文苑》卷四，商务印书馆 1937 年版，第 230 页。

[4] 沈德潜著：《说诗晬语》卷下，人民文学出版社 1979 年版，第 249 页。

以正体言志、流调抒情的传统,在谢庄身上有了较为明显的表现,后唐、宋文人之浸染南朝江左文风,一般将经事治国之志多置于诗文中,绮靡悲喜之情泻于词、曲等长短句里的做法,也可看出对南朝如谢庄类文人创作传统的承续及发扬。另一方面,在大量的杂言体语言实践中,中古诗人对汉语语言形式和艺术美感的体认与磨练得到不断累积,最终对近体诗形成以及其他带有"诗性"特质的赋、文等新变皆有重要的推动作用。

概之,南朝刘宋时期"三、五、六、七"言等略合音律的杂言诗创作的尝试,是谢庄等人对诗歌声律、形式的自觉实践与运用,配合这类节奏明快、换韵自由,具有音乐美的情韵悠长之作,诗人被压抑的灵魂与情感也得以释放与抒发,这类杂言体在一定程度上营造出了诗歌求新变的氛围,为此后的齐梁声律的形成、确立作出了积极的贡献,也真实地反映了当时多种诗歌体式活跃、融合的情况,突出地表现了谢庄文学创作的艺术才华。

第三节　谢庄郊庙歌辞:承袭传统与创造新制

谢庄和颜延之、王粲等人同为南朝郊庙歌辞创作的大家。今存谢庄郊庙歌辞十一首,包括九首宋明堂歌,即《迎神歌诗》《登歌词》《歌太祖文皇帝词》《歌青帝辞》《歌赤帝辞》《歌黄帝辞》《歌白帝辞》《歌黑帝辞》《送神歌辞》,还有二首世祖庙歌,即《世祖孝武皇帝歌》《宣皇太后庙歌》,皆为其时郊庙歌辞的精品之作,并被沈约《宋书·乐志》著录。宋代郭茂倩编《乐府诗集·郊庙歌辞》也收入上述"宋明堂歌九首"。

"国之大事,在祀与戎"乃古之共识,其中与国家祭祀相配合的郊庙歌辞是为了表达对祖先的缅怀、对神灵的礼敬而创作的,它可上溯至《诗经》中的"颂"及汉司马相如等所作的《郊祀歌》。据《乐府诗集》卷一载:"然自黄帝已后,至于三代,千有余年,而其礼乐之备,可以考而知者,唯周而已。《周颂·昊天有成命》,郊祀天地之乐歌也,《清庙》,祀太庙之乐歌也,《我将》,祀明堂之乐歌也,《载芟》《良耜》,藉田社稷之乐歌也。然则祭乐之有歌,其来尚矣。两汉已后,世有制作。其所以用于郊庙朝廷,以接人神之欢者,其金石之响,歌舞之容,亦各因其功业治乱之所起,而本其风俗之所由。……宋文帝元嘉中,南郊始设登歌,庙舞犹阙。乃诏颜延之造天地郊登歌三篇,大抵依仿晋曲,是则宋初又仍晋也。南齐、梁、陈、初皆沿袭,后更创制,以为一代之典。"①郊庙歌辞主要通过描写祭祀之事及对神明之迎送来向上天祈福。又,《南齐书·乐志》亦载:"永明二年,尚书殿中曹奏:'太祖高皇帝庙神室奏高德宣烈之舞,未有歌诗,郊应须歌辞。……寻汉世歌篇,多少无定,皆称事立文,并多八句,然后转韵。时有两三韵而转,其例甚寡。张华、夏侯湛亦同前式。傅玄改韵颇数,更仿简节之美。近世王韶之、颜延之并四韵乃转,得余促之中。颜延之、谢庄作三庙歌皆各三章,章八句,此于序述功业详略为宜,今宜依之。'"②从史载可知,至南朝刘宋初,郊庙歌辞创作主要"又仍晋也",谢庄作为谢氏家族的文学翘楚及帝王较倚重的朝臣,在承袭前制的过程中,又有所创新发展,使得郊庙歌辞在刘宋这一特定历史时期呈现出继往开来的局面。谢庄的创作与时代背景、思潮的联系紧密,是南朝礼乐秩序建设的重要内容之一,并对后世郊庙歌辞创作有一定影响,体现在承袭传统的"五帝之祭"与创造新制的"五行之数"上。

一、五帝之祭:承袭传统,点缀升平

"宋明堂歌九首"是谢庄郊庙歌辞创作的代表作。所谓"明堂",《礼记正义》谓:"明堂者,天子大庙,所以祭祀。夏后氏世室,殷人重屋,周人明堂,飨功、养老、教学、选士,皆在其中。"③明堂与祭祀关系密切,实为祭祀之场所。谢庄这九首歌辞主要是对五帝(神),即青帝、赤帝、黄帝、白帝、黑帝的赞颂,具有浓厚的政治色彩,多被指摘缺乏文学价值,其实这类作品恰能代表某种时代特色及谢庄诗歌某方面的风格水平,与礼乐精神具有某些对应点,我们不应以单一的眼光来解读,或是因其粉饰歌颂的目的而将其礼乐文化内涵一并抹杀。

五帝之祭可追溯到汉代《郊祀歌·五神》的祭祀五位配帝,即春句芒、夏祝融、秋蓐收、冬玄冥、中后土,而汉代此类四时祭歌《青阳》《朱明》《帝临》《西颢》《玄冥》篇章,又影响了谢庄《宋明堂歌》中以青帝、赤帝、黄帝、白帝、黑帝为题构成组诗的创作倾向。汉代《郊祀歌》在章句结构上仍是四言,直至刘宋谢庄方将"五帝"神位归属明堂祭祀,并创制了依五行数的郊庙歌辞。谢庄承袭了汉、晋郊庙创作传统,在一定程度上代表了整个南朝郊庙歌辞的创作倾向,他强调尊神颂德,点缀了南朝,特别是刘宋时期的升平气象,反映出礼乐文化的重要内涵。一

---

① 郭茂倩编:《乐府诗集》,中华书局1979年版,第1-2页。

② 萧子显撰:《南齐书·乐志》,中华书局1999年版,第122-123页。

③ 汉郑玄注,唐孔颖达疏,清阮元校刻:《十三经注疏·礼记正义·卷三十一·明堂位第十四》(清嘉庆刊本),中华书局2009年版,第3223页。

方面,诚如史载:"郊庙歌辞,应须典诰大语,不得杂用子史文章浅言。"①所谓"典诰大语"即以《五经》为本,其次《尔雅》《周易》《尚书》《大戴礼》及唐虞诸书,殷颂周雅等。谢庄的郊庙歌辞所运用的语言艰奥典雅,不离"典诰大语",如《歌太祖文皇帝词》一则:

> 维天为大,维圣祖是则。辰居万宇,缀旒下国。内灵八辅,外光四瀛。蒿宫仰盖,日馆希莅。复殿留景,重檐结风。刮楹接纬,达响承虹。设业设虡,在王庭。肇禋祀,克配乎灵。我将我享,维孟之春。以孝以敬,以立我烝民。②

其中,"设业设虡""我将我享""立我烝民"都出自《诗经·周颂》,分别为"有瞽"篇:"设业设虡,崇牙树羽"③;"我将"篇:"我将我享,维羊维牛,维天其右之"④;"思文"篇:"立我烝民,莫菲尔极"⑤。而"以孝以敬"则语出《孝经·士章》:"故以孝事君则忠,以敬事长则顺。忠顺不失,以事其上,然后能保其禄位,而守其祭祀,盖士之孝也。"⑥这部分歌辞不仅语出有典,还体现出以雅润为本的特点,挚虞《文章流别论》亦谓:"雅音之韵,四言为正。"⑦四言从容缜密,利于表达在庄严肃穆场合下的情感,又如谢庄的《登歌词》云:

> 雍台辨朔,泽宫练辰。洁火夕照,明水朝陈。六瑚贲室,八羽华庭。
> 昭事先圣,怀濡上灵。《肆夏》式敬,升歌发德。永固鸿基,以绥万国。⑧

辞中"雍台""泽宫""六瑚""八羽"典雅且简练,谢庄正是运用四言雅润之语描述祭祀时乐师登堂的仪式,从帝王颁布来年历日与政令,选择时日到祭祀洁火、明水的准备,再到祭器、乐舞的配合,最后表达出对神、祖的恭敬、感戴,完成祭祀登堂的仪式,步骤上与颜延之《宋郊祀歌》描写祭祀活动较为相似,同样颇具顺序性,有史可考。

同时,上引的《歌太祖文皇帝词》还反映了自古以来的配祭传统。"维天为

---

① 姚思廉撰:《梁书·萧子云传》,中华书局 1979 年版,第 514 页。
② 沈约撰:《宋书·乐志》卷二十,中华书局 1974 年版,第 569 页。
③ 周振甫译注:《诗经译注》,中华书局 2005 年版,第 509 页。
④ 周振甫译注:《诗经译注》,中华书局 2005 年版,第 509 页。
⑤ 周振甫译注:《诗经译注》,中华书局 2005 年版,第 509 页。
⑥ 唐玄宗注,宋邢昺疏,清阮元校刻:《十三经注疏·孝经注疏·卷二·士章第五》(清嘉庆刊本),中华书局 2009 年版,第 5539 页。
⑦ 郭绍虞主编:《中国历代文论选·第一册》,上海古籍出版社 2000 年版,第 191 页。
⑧ 沈约撰:《宋书·乐志》卷二十,中华书局 1974 年版,第 569 页。

大，维圣祖是则"，歌词开宗明义，对太祖文皇帝歌功颂德，"肇禋祀，克配乎灵"，这种配祭传统在《孝经》中就有记载："昔者周公郊祀后稷以配天，宗祀文王于明堂以配上帝。""人之行莫大于孝，孝莫大于严父，严父莫大于配天。"① 先祖之神灵既上配于天，周人祭祀时即以其祖配祭，至谢庄"宋明堂歌九首"中的《歌太祖文皇帝词》便是上承此一传统以先祖配祭。

另一方面，谢庄之辞又起到点缀盛世升平气象的作用。长期以来，郊庙歌辞都被认为缺乏真情实感而被归入形式主义的批判范畴。事实上，我们在承认此类创作有逢迎帝王、政治渲染的同时，也应从历史发展的角度肯定其反映真实社会生活、民俗风情的一面。据《宋书·良吏列传》载："三十年间，氓庶蕃息，奉上供徭，止于岁赋，晨出莫归，自事而已。……民有所系，吏无苟得。家给人足，即事虽难；转死沟渠，于时可免。凡百户之乡，有市之邑，歌谣舞蹈，触处成群。盖宋世之极盛也。"② 经宋武帝、宋文帝一系列改革后，社会清平，史称"元嘉之治"，谢庄的颂扬具一定社会依据，也与史实基本相符。相比于齐、梁某些阿谀奉承之辞，谢诗尚有古气可循，有其雍容的独立个性。如《迎神歌诗》：

> 地纽谧，乾枢回。华盖动，紫微开。旌蔽日，车若云。驾六气，乘缊缊。晔帝京，辉天邑。圣祖降，五灵集。构瑶虡，笋珠帘。汉拂幌，月栖檐。舞缀畅，钟石融。驻飞景，郁行风。懋粢盛，洁牲牷。百礼肃，群司虔。皇德远，大孝昌。贯九幽，洞三光。神之安，解玉銮。景福至，万宇欢。③

迎神是旧时迎接神灵降临以祈多福免灾的活动，多配有鼓乐歌辞，谢庄《迎神歌诗》以"懋粢盛，洁牲牷""皇德远，大孝昌"④ 的盛世气象迎接神灵的到来，并述及："圣祖降，五灵集。构瑶虡，笋珠帘。"⑤ 文辞雍容典雅，句式整饬，具有明显的文人诗歌色彩。盛世景象的描写体现了诗人丰富的想象力和细致的观察力，也使得诗歌兼具浪漫色彩与现实意义。

---

① 唐玄宗注，宋邢昺疏，清阮元校刻：《十三经注疏·孝经注疏·卷五·圣治章第九》（清嘉庆刊本），中华书局 2009 年版，第 5551 页。
② 沈约撰：《宋书·良吏列传》，中华书局 1974 年版，第 2261 页。
③ 沈约撰：《宋书·乐志》卷二十，中华书局 1974 年版，第 569 页。
④ 沈约撰：《宋书·乐志》卷二十，中华书局 1974 年版，第 569 页。
⑤ 沈约撰：《宋书·乐志》卷二十，中华书局 1974 年版，第 569 页。

二、五行之数:创造新制,语雅形美

谢庄的郊庙歌辞有继承汉晋郊庙创作传统的一面,也有依据五行之数创新的一面。郊庙礼制服务于祭祀天神、地祇、祖先的需要,具有极强的保守性。由仪式本身的性质决定,这类作品真正出自诗人内心的赞颂实际上较有限,形式上不可避免地陷入三、四言之旧式。谢庄的郊庙歌辞也同样囿于创作题材与体裁的限制,可贵的是还体现出创作本体一定的特色,创造出独特的形式散化的五行数新制,于辞中透露出清雅情境之美。

据《南齐书·乐志》载:"明堂祀五帝汉郊祀歌皆四言,宋孝武使谢庄造辞,庄依五行数,木数用三,火数用七,土数用五,金数用九,水数用六。……以《洪范》一二之数,言不成文,故有取舍而使两义并违,未详以数立文为何依据也。《周颂·我将》祀文王皆四言,其一句五言,一句七言,谢庄歌太祖亦无定句。"①在撰作国家郊庙歌辞时,谢庄又有所创新,运用非三、四、五言的句式,将九言等流调从小传统带入了大传统,特别是《宋明堂歌九首》中更是创立了以五行数制作郊庙歌辞的创新形式,是一种新颖的探索,现分述如下。

首先,这种依五行成句的体例使得庙堂雅乐体式延续到南朝时实现了一定的自我更新,并影响了后代同类创作。

谢庄所运用的五行数与如上所引正统派关于五行数的规定有所出入,《南齐书》称其"使两义并违,未详以数立文为何依据也"②。而齐对宋多承袭、丰富之功,自创较少,《乐府诗集》载谢超宗《齐明堂乐歌十五首·昭夏乐》完全照搬谢庄的《送神歌辞》,只是结尾多了"鸿庆遐邈,嘉荐令芳,翊帝明德,永祚深光"四句,到"建武二年,零祭明堂,谢朓造辞,一依谢庄"③,谢朓的《齐零祭乐歌》《北齐五郊乐歌》和庾信为北周作燕射歌辞《五声调曲》等都继承了谢庄郊庙歌辞的五行数创作形式。至北宋,宋祁《大有年颂》一脉相承,依谢庄《宋明堂歌》以定句,作春、夏、秋、冬四颂:

> 一气敷,百华始。泽无垠,物咸遂。(《春颂》)④
> 南风之熏化以融,乘离司夏火方中。

---

① 萧子显撰:《南齐书·乐志》,中华书局1999年版,第118页。
② 萧子显撰:《南齐书·乐志》,中华书局1999年版,第118页。
③ 郭茂倩编:《乐府诗集》,中华书局1979年版,第15页。
④ 曾枣庄,刘琳主编:《全宋文》第十二册,巴蜀书社1990年版,第730页。

朱明诞布福来同,庶生茂豫告成功。(《夏颂》)①

西颢沉砀素律凝秋商,含芬垂颖丰楸登嘉祥。

九围清淑秘祉播无疆,豆登祇荐景福垂穰穰。(《秋颂》)②

霜降兮百功成,岁周兮庶绩凝。

富万民兮恺乐,赫丕德兮昭升。(《冬颂》)③

各首后还分别注明:"右一章《春颂》,三言,据木数。""右一章《夏颂》,七言,据火数。""右一章《秋颂》,九言,据金数。""右一章《冬颂》,六言,据水数。"④可见,这一源出于刘宋谢庄的六朝郊庙歌辞创作程式对后代如翰林学士宋祁类文人颂辞存在一定影响。

其次,虽然谢庄创作这些郊庙歌辞目的是为统治者歌功颂德,却隐晦地将讽谏意图寓于五行体之中。

刘宋王室内部的争斗惨烈,清代赵翼《廿二史劄记》评曰:"当其勃焉兴也,子孙繁衍,为帝为王,荣贵富盛,极一世之福;及其败也,如风之卷箨,一扫而空之,横尸喋血,斩艾无噍类,欲求为匹夫之传家保世而不可得。"⑤这类家难还祸及朝臣,谢庄就曾被卷入其中差点丧命。早在《尚书·洪范》中,"五行"的概念便已被明确归纳阐释:"一曰水,二曰火,三曰木,四曰金,五曰土。水曰润下,火曰炎上,木曰曲直,金曰从革,土爰稼穑。润下作咸,炎上作苦,曲直作酸,从革作辛,稼穑作甘。"⑥谢庄作为深受传统儒家思想影响的士人,秉承前习,从自然界现象中找出相应的社会法则的传统,即以"天监"来补充"人监"的不足,一如董仲舒所言:"王者与臣无礼貌,不肃敬,则木不曲直,而夏多暴风……王者言不从,则金不从革,而秋多霹雳……王者视不明,则火不炎上,而秋多电……王者听不聪,则水不润下,而春夏多暴雨……王者心不能容,则稼穑不成,而秋多雷。"⑦谢庄运用五行数制作郊庙歌辞,达到歌功颂德和主文谲谏的统一,在一定程度上讽喻了现实社会与人生。

同时,谢庄的郊庙歌辞整体难脱景滞情枯之弊,但偶见清雅情境之美,这可

---

① 曾枣庄,刘琳主编:《全宋文》第十二册,巴蜀书社1990年版,第730页。

② 曾枣庄,刘琳主编:《全宋文》第十二册,巴蜀书社1990年版,第730页。

③ 曾枣庄,刘琳主编:《全宋文》第十二册,巴蜀书社1990年版,第730页。

④ 曾枣庄,刘琳主编:《全宋文》第十二册,巴蜀书社1990年版,第730页。

⑤ 赵翼著:《廿二史劄记》,凤凰出版社2008年版,第167页。

⑥ 孔安国传,孔颖达正义,清阮元校刻:《十三经注疏·尚书正义·周书·卷第十二》(清嘉庆刊本),中华书局2009年版,第399页。

⑦ 董仲舒著,曾振宇、傅永聚注:《春秋繁露新注·五行五事》,商务印书馆2010年版,第1292页。

能与谢庄山水游览诗文及元嘉时期的文学创作风气存在一定联系。如《歌白帝辞》云：

> 百川如镜，天地爽且明。云冲气举，德盛在素精。木叶初下，洞庭始扬波。夜光彻地，翻霜照悬河。庶类收成，岁功行欲宁。决地奉浬，罄宇承秋灵。①

从语义节奏上分析，它未必是一首成功的九言诗，而诗人大胆地将九言引入祭祀场合，读来清新不失雅正，整齐又寓变化，板滞却显灵动，是一种有益的尝试。诗人深受楚文化影响，对楚辞语汇、句意的灵活借用，其中"木叶初下，洞庭始扬波"一句化用屈原《楚辞·九歌·湘夫人》"袅袅兮秋风，洞庭波兮木叶下"②而能不着痕迹，与南朝梁（后入北周）王褒《渡河北》之"秋风吹木叶，还似洞庭波"③各具韵味，反映出谢庄营造清雅情境的高明手段。

从应制的角度看，庙堂文学作品还是颇受封建文人称许的，如清人王寿昌就认为颜延之郊庙乐府符合诗歌广大的特点："何谓广大？曰：颜延年之《郊祀》、《曲水》、《释奠》以及《侍游》诸作，气体崇闳，颇堪嗣响《雅》、《颂》。"④颜氏《郊祀》等作继承了《诗经》雅颂的文学传统。刘勰在《文心雕龙·乐府》中也曾批评曹操、曹丕等人的乐府："辞不离于哀思""实《韶》《夏》之郑曲。"⑤刘氏还在述及乐府相和、清商曲辞中歌咏男女之情的作品时指出："艳歌婉娈，怨志诀绝，淫辞在曲，正响焉生！"⑥刘勰是站在维护周代雅乐传统的立场上来论述汉魏六朝乐府诗，有明显的保守倾向。换一个角度看，却也能得出在我国古代文化体系中，郊庙礼乐传统对文人们具有根深蒂固的影响力这一结论。郊祭向来受到封建统治者极大的重视，有资格奉诏创作与之相配的郊庙歌辞的历来都是备受帝王青睐、深具名望的朝臣，而且这类创作属于雅颂文学的范畴，是礼乐文化的重要方面，此类创作也成为如谢庄、颜延之等文士为当世所重的关键点。同时，谢庄郊庙歌辞中的"五帝之祭"与"五行之数"也很好地折射出他作为宫廷御用文人的精神世界与情感状态，对于全面探究谢庄创作是必不可少的组成部分。

① 沈约撰：《宋书·乐志》卷二十，中华书局 1974 年版，第 570 页。
② 屈原，林家骊注译：《楚辞·九歌·湘夫人》，中华书局 2010 年版，第 50 页。
③ 逯钦立辑校：《先秦汉魏晋南北朝诗》，中华书局 1983 年版，第 2340 页。
④ 郭绍虞编选，富寿荪校点：《清诗话续编》第三册收录《小清华园诗谈》，上海古籍出版社 1983 年版，第 1864 页。
⑤ 刘勰撰，范文澜注：《文心雕龙注·乐府》，人民文学出版社 2006 年版，第 13 页。
⑥ 刘勰撰，范文澜注：《文心雕龙注·乐府》，人民文学出版社 2006 年版，第 13 页。

第四节　园林清雅气候：谢庄诗歌文学史价值表现

　　谢庄诗歌包含前述五言及杂言诗十六首，郊庙歌辞十一首，共二十七首，笔者以为谢诗重要的文学史价值之一就在于其所具有的园林清雅气候，其诗之清雅气与园林境不仅带有显著的个人印记与时代特征①，而且成为极具潜在影响力的传统范式，影响深远。结合前述谢庄本人长于书画的背景与其诗歌所营构的园林景致，不难看出作为书画名家的谢庄理论上被时论认同、影响当世诗歌批评的表现与创作中灵活运用书意画境入诗的匠心及价值。

　　一方面，谢庄山水诗歌深契六朝诗评理论中的"气候清雅"。据前述，南朝钟嵘《诗品》对谢庄诗歌有"气候清雅"之评，"气候"一般可理解为一种对诗歌风格的概括，乃为诗歌所营造的氛围之意。且"气候"与"清雅"并举，出现于钟嵘对谢庄等人的诗歌评论中，也成为六朝诗评领域的一种创新形式，与书画等艺术形式关系密切。

　　据日本学者兴膳宏先生《六朝文学论稿》之"《诗品》与书画论"章节的探讨，诸如"'清怨''清远''清雅''清虚''清苦''清巧''清刚'等词首冠以'清'字的评语多见于《文心雕龙》和《诗品》。这种自东汉以来在人物评论方面经常应用的构词法，似乎是由陆机《文赋》和陆云与其兄论文书简引入文学论的领域的，然而在书画论中，这类评语却极少见。"②与此同时，这类冠以"清"字之评也在六朝时期和书画论发生着其他形式的关联，如与画论中的"气候"并言，兴膳宏先生就曾指出，"气候"一词与六朝画论关系紧密，它极有可能是由画论引入文学评论的用语，并述及"张墨、荀勖评中的'气候'乃是一例"，重点讲到《诗品》下品谢庄评中有"气候清雅"的说法，指由整首诗酿成的气氛"③。兴膳宏先生还据《历代名画

---

　　①　参见魏斌《"山中"的六朝史》一书对于建康东郊园宅化问题的探讨："郊外园宅对于建康士族而言具有双重意义，一方面是游赏闲居之所，另一方面则有经济意义。南朝建康的土地价格很高，'王畿陆海，亩号一金，泾渭土膏，豪杰所竞'。'创辟田园'是重要治生手段之一。由于多年经营，徐勉东田郊园售出时获资不菲，有百金之多。由此来看周山图的新林墅舍，'去京师三十里'、江乘县界的何迈墅舍，'江宁县北界赖乡齐平里三成逻门外路东'的南齐太常萧惠基园，丹阳秣陵的临川王义庆园、尚书谢庄园、太子家令刘征园等郊园，对其经济意义会有更进一步的认识。"魏斌著：《"山中"的六朝史》，生活·读书·新知三联书店2019年版，第639-640页。
　　②　兴膳宏著，彭恩华译：《六朝文学论稿》，岳麓书社出版社1986年版，第264页。
　　③　兴膳宏著，彭恩华译：《六朝文学论稿》，岳麓书社出版社1986年版，第264页。

记》津逮本列举的对张墨、荀勖的评语便是与"气候"相连加以阐发,引张墨、荀勖之评:"风范气候,极妙参神。但取精灵,遗其骨法。若拘以体物,则未见精粹。若取其意外,则方厌膏腴。可谓微妙。"①这是《历代名画记》对画家所发的批评之语,反映出"气候"一词极有可能是由画论引入六朝文学评论的用语,而在钟嵘评价谢庄诗歌时,将"气候"与"清雅"并举,勾连了两者,诚属一种难得的创新评语,也反映出钟嵘对于谢庄及其诗歌体气的精准点评。

另一方面,在实际创作中,谢庄诗歌巧构园林境,灵活摄取书画意境入诗,描绘园林清雅之景,生动印证了钟嵘"气候清雅"之评。园林意境的营造首先离不开园林意象的书写,谢庄笔下的山水园林意象有很多,较为鲜明的有蒜山、小阁与洪崖井等,诗人围绕这些或公共或私人的具体园林展开定点透视,带有雍容清雅的画境之美,举隅如次。

其一,蒜山与《侍宴蒜山诗》。谢庄的《侍宴蒜山诗》作于始兴王刘浚幕下,即宋文帝元嘉十七年(440),谢庄时年二十岁,同时期鲍照也有《蒜山被始兴王命作》等同题创作存世。诗题中的"蒜山"在历史上有着重要的意义,它本是京口的一个平顶小丘,因上面生了很多野蒜而得名。作为山而言,蒜山规模很小,本不值一提,而其所处的京口,即镇江(在建康东面长江南岸),却具有非常重要的战略军事地位。同时,京口还是刘宋皇帝的故乡,宋文帝和他的父亲宋武帝刘裕都在京口出生,据史书记载,宋文帝在位时曾二次巡视京口,并迁来数千户人家充实该地区。又《元和郡县图志》卷二五《江南道一·润州·丹徒》载:"蒜山,在县西九里。山临江绝壁。晋安帝时,海贼孙恩至丹徒,战卒十万,率众登山,鼓噪动地,引阵南出,欲向京城。时宋武帝众无一旅,率所领横击,大破之。山多泽蒜,因以为名。"②可见,蒜山地小名盛。早在公元449年,"元嘉三大家"之一的颜延之就曾陪伴宋文帝前往京口蒜山,作有《车驾幸京口侍游蒜山作》一诗,作为宋文帝最为钟爱的宫廷诗人,颜延之以超群的想象建构能力,在诗中塑造出带有仪式性与神话性的山峰,以汉宇对吴京,腾挪时空,把异域的地景搬到了南方,使蒜山这一南方小土丘在与北方地标性的黄河、泰山相对照下,藉由文字的力量再现出"雄伟"之势,焕发出在当代文化语境中的重要性。正是通过颜延之、谢庄等刘宋宫廷文人代代重构,蒜山作为文化地标的价值被日益凸显出来,并产生了深远的

① 兴膳宏著,彭恩华译:《六朝文学论稿》,岳麓书社出版社1986年版,第261页。案:查《历代名画记》津逮秘书本卷五,该句作"风范气韵……则未见精奥……",与其引有出入,当另有所本,非津逮本。参见张彦远撰:《历代名画记》,商务印书馆1936年版,第171页。
② 李吉甫撰,贺次君点校:《元和郡县图志》卷二五,中华书局1983年,第591页。

影响。在谢庄《侍宴蒜山诗》中，蒜山的皇室气象更为清新明丽："龙旌拂纡景,凤盖起流云。转蕙方因委,层华正氛氲。烟竟山郊远,雾罢江天分。调石飞延露,裁金起承云。"①诗人描写皇家出游盛况与蒜山优美景象,虽有一定的应制情境,然情趣盎然。其中,以首联"龙旌""凤盖"句,将皇室气象带给公共游豫园林空间的氛围变化加以烘托,"转蕙""层华"句则将蒜山清丽之景置于浩大出行场景中,尤其"烟竟""雾罢"句在空间的移动中,又有着时间的流转,尾联"调石""裁金"句则恰与其"山""江"相承,同时又辉映了首联之景。许文雨先生《钟嵘〈诗品〉讲疏》指出："希逸诗往往不起议论,而辉映有余……成傅云又评其《侍宴蒜山》：'清丽,兴致不浅,盖与鄙促之体,适相反矣。'"②谢庄将蒜山置于清雅气候之中,这类诗笔与其繁密之作有较大差别,诚如上所言"盖与鄙促之体,适相反矣"。

其二,小阁与《北宅秘园》。小阁,即诗中"秘园",是一座贵族别墅。谢庄《北宅秘园》诗中描绘了贵族私园的园林风光,幽静中略见疏野气象,颇为清新可读："夕天霁晚气,轻霞澄暮阴。微风清幽幌,余日照青林。收光渐窗歇,穷园自荒深。绿池翻素景,秋槐响寒音。伊人倦同爱,弦酒共栖寻。"③诗人以一座具体的贵族园林为描写对象,发展了谢灵运山水诗置身大自然的游踪描绘,进一步定点透视园中早晚晨昏之变化,诗中"夕天""晚气""余日""收光"等词,在流动着的时间过程中,将园阁中景物从夕到暮依次动态呈现,描写上将视觉与听觉相结合,是诗歌美学艺术的进步,也是当时审美观念转变的表现。后来谢朓山水诗歌也经常将薄暮之景作为题材,将自身置于大自然的同时,对内心世界进行投影。诗中的"穷园绿池"即谢庄小阁,实为真实存在的贵族庄园,史载："甘露降丹阳秣陵尚书谢庄园竹林,庄以闻。"④其中的"谢庄园竹林"当为谢庄的北宅秘园,诗人晚年卧病于家,常身处一私家园林中,在清幽环境中默坐静思,"今之所希,唯在小闲"⑤,谢庄的闲居小阁成为诗人理想的归隐之所。后世文人常将"谢庄小阁"作为隐逸情怀的代名词,北宋文同(字与可)曾作《郡斋水阁闲书·衰后》一诗,云："衰后常亲药饵,忧来颇忆林泉,身坐谢庄小阁,心游沈约东田。"⑥将"谢庄小阁"与"沈约东田"并举,代称为隐居栖居的理想之地。

其三,洪崖井与《游豫章西观洪崖井诗》。元嘉二十年(443)二月,谢庄时年

①　欧阳询撰,汪绍楹校：《艺文类聚》卷八,上海古籍出版社 1965 年版,第 143 页。
②　许文雨著：《钟嵘〈诗品〉讲疏》,成都古籍书店 1983 年版,第 126 页。
③　欧阳询撰,汪绍楹校：《艺文类聚》卷六十五,上海古籍出版社 1965 年版,第 1161 页。
④　沈约撰：《宋书》,中华书局 1974 年版,第 821 页。
⑤　沈约撰：《宋书》,中华书局 1974 年版,第 2171 页。
⑥　文同撰：《丹渊集》卷十六,四部丛刊本。

二十三岁,出任庐陵王刘绍南中郎谘议参军,并随其至江州。谢庄在江州七年期间创作《游豫章西观洪崖井》,诗题中的"豫章",即豫章台,在今江西新建地区。洪崖井,位于新建西山下,为一处炼丹井。相传为黄帝臣子的得道之所,诗人此番游览不仅是其性爱丘山的消遣观光之旅,也流露其追慕仙乡的思齐之求。诗云:"幽愿平生积,野好岁月弥。舍簪神区外,整褐灵乡垂。林远炎天隔,山深白日亏。游阴腾鹄岭,飞清起凤池。隐暧松霞被,容与涧烟移。将遂丘中性,结驾终在斯。"①末联"将遂丘中性,结驾终在斯",语自陶潜《归园田居》其一:"少无适俗韵,性本爱丘山。"②结合道教炼丹井周遭的鹄岭、凤池等园林之景,以及对江西田园诗人陶渊明隐士风范的向往,不难看出诗人高蹈出世的隐逸情怀。该诗音节和整,意境清幽,神韵独具,带有谢灵运山水诗的影子,同时文意流畅,讲究对仗,在尺幅剪影中,烘托出整幅雍容清雅的丹青画境之美,在角度的变化、写景的铺陈、词句的锤炼等方面已达到一定的水平,也存颜延之的凝练之风,代表着刘宋后期诗风已经逐步接近齐梁的创作趋势,后被江淹模拟,其拟作在手法技巧上极力仿效谢庄笔调,清新雅致,"良无鄙促",混入庄作中也几可乱真,反映出江淹对谢庄山水诗"气候清雅"特色的准确把握。正如钟嵘评诗的标准,江淹模拟对象的取舍及所拟诗作的选择本身就含有其评价态度,他除拟谢庄游览诗外,还拟殷仲文、谢灵运、谢混的同类诗作,即《殷东阳兴瞩》《谢临川游山》与《谢仆射游览》,从中我们不仅可探息山水诗作朝景物刻画发展的脉搏,也可确知谢庄的游览诗乃其发展过程中意境清新的重要一环,且已被时人追模、肯定的事实。

除了《侍宴蒜山诗》《北宅秘园》《游豫章西观洪崖井》等五言诗,谢庄的山水园林诗歌还有《怀园引》《山夜忧》等杂言诗,这些诗歌具有清雅园林意境之美,据前述,谢庄主要通过灵活运用书意画境来营造出诗歌独特的清雅气候,除了定点观览的手法外,其他还有注重诗歌的园林建筑美,如各类工整对仗形式的运用,《侍宴蒜山诗》中有天文对:"烟竟山郊远,雾罢江天分。""仙乡降朱霭,神郊起青云。"器物对:"苏旗简庙律,鸾钺畅乾灵。""龙旌拂纡景,凤盖起流云。"草木花果对:"转蕙方因委,层华正氛氲。"代名对:"调石飞延露,裁金起承云。"③此外还有诗歌的园林构图美,如园林框景的妙用,《北宅秘园》诗有"收光渐窗歇,穷园自荒深"④句,诗人利用窗户作为"画框",把晨昏光影的变化纳入了尺幅窗框间,便是

① 欧阳询撰,汪绍楹校:《艺文类聚》卷二十八,上海古籍出版社1965年版,第503页。
② 逯钦立辑校:《先秦汉魏晋南北朝诗》,中华书局1983年版,第991页。
③ 欧阳询撰,汪绍楹校:《艺文类聚》卷八,上海古籍出版社1965年版,第143页。
④ 欧阳询撰,汪绍楹校:《艺文类聚》卷六十五,上海古籍出版社1965年版,第1161页。

一种以"借窗观景"之法达成山水诗构图之妙的目的，程千帆先生曾赞此类笔法的妙处："通过一窗，使内外交流，小中见大，由窗中的小空间进入窗外大空间，瞭望的角度随时不同，眼中所见也就跟着发生变化，这样，景物就会无限地增多，美的享受就无限地丰富了。"①同时，谢庄杂言诗作在写景状物时常带有如画美感，这也许与其长于绘画有关。在色彩选择上则倾向于清冷、素洁，好用冷色调的字词，普遍具有清雅的特点。如其选词用字："青苔蔓，荧火飞"（《长笛弄》）②"汉水初绿柳叶青""想绿苹兮既冒沼，念幽兰兮已盈园""青苔芜石路"（《怀园引》）③"涧鸟鸣兮夜蝉清""东邻孤管入青天，沉痾白发共急日"（《山夜忧》）④"日壑清""山飞白雪""状素镜之晨光""丽青堰而镜列钱""洞秋方之玉园""引幽兰之微馨"（《瑞雪咏》）⑤诗中的"青""绿""白""素"等色彩字，以及"幽""清""孤""玉""微"等形容词，与苔蔓、浮萍、孤管、落雪、月光、故园等意象相连，皆给人以清冷的想象，尤其是视觉上的寂寥感，不仅活化出诗作客观的季节背景，还带出了诗人主观的哀思情愫。

魏晋南北朝时期私家园林兴起，不少士族文人喜爱在自家庄园中享受山水田园风光，同时在追慕隐逸的氛围下诗画娱情、谈玄论道，恰如东晋简文帝所言："会心处不必在远。翳然林水，便自有濠、濮间想也。觉鸟兽禽鱼，自来亲人。"⑥谢庄诗歌中的园林山水风光宜人，气候清雅，带有南朝士族雅道相传的雍容闲雅之气，诗人巧构山水园林意境，灵活运用书意画境入诗，在尺幅诗行间立起丹青画卷，这不仅深受"宋初文咏，体有因革，庄老告退，而山水方滋"⑦的时代诗风浸润，而且突显了山水园林书写在南朝当世的重要价值，成为具有潜在影响力的传统范式，积淀了后世山水田园诗歌创作的养分，同时使得众多共同题材中的山水元素成为诗画所共有⑧，值得珍视。

---

① 程千帆：《古今诗选》，上海古籍出版社 1981 年版，第 451 页。
② 孙星衍辑：《续古文苑》卷四，商务印书馆 1937 年版，第 231 页。
③ 孙星衍辑：《续古文苑》卷四，商务印书馆 1937 年版，第 230 页。
④ 孙星衍辑：《续古文苑》卷四，商务印书馆 1937 年版，第 228 页。
⑤ 孙星衍辑：《续古文苑》卷四，商务印书馆 1937 年版，第 226-227 页。
⑥ 刘义庆著，刘孝标注，余嘉锡笺疏：《世说新语笺疏》，中华书局 1983 年版，第 143 页。
⑦ 刘勰撰，范文澜注：《文心雕龙》，人民文学出版社 2006 年版，第 67 页。
⑧ 刘云飞：《山水方滋——魏晋南北朝山水诗画兴起探源》，浙江大学 2015 年硕士学位论文。

第三章　谢庄的辞赋创作

谢庄今存赋作四篇,以千古传诵的物色抒情赋《月赋》最著名。此外,其《赤鹦鹉赋》《舞马赋》属于鸟兽赋,《悦曲池赋》(存疑)则为游览赋,它们的艺术水平虽无法与《月赋》比肩,然也各具特色。

第一节　谢庄《月赋》:名以赋显,赋以境绝

吟月赋诗的传统在我国古代由来已久。《诗经》中就有《月出》篇,汉代公孙乘《月赋》附录陈陶《望月》诗,唐代张九龄《望月怀远》有"海上生明月,天涯共此时"[①]之句,唐代张若虚《春江花月夜》中"人生代代无穷已,江月年年只相似"[②]及宋代苏轼《水调歌头》"但愿人长久,千里共婵娟"[③]等都是千古咏月名句。后代此类作品更是代有名篇,如刘禹锡的《洞庭秋月》、何景明的《十六夜》等都与《月赋》一样,在这一文学主题中留下了自己的痕迹。

月意象在我国古代诗赋中不绝如缕,谢庄的《月赋》便是其中皎洁明亮的一环,它不仅是南朝咏物抒情小赋的代表作,被萧统《文选》收录,而且与谢惠连《雪赋》、宋玉《风赋》一起被称为"《文选》三赋",历代不乏对其的评点赏析文章。在文学史上,谢庄《月赋》绝不是第一篇以写月为主的作品,当然也不是最后一篇,谢庄现有的文学史地位及影响在很大程度上也是由它奠定的,谢庄名以赋显,而此赋以境绝,就其整体的艺术风貌而言是众多同类作品中的佼佼者,受到历代文

---

① 彭定求编:《全唐诗》第二册卷四七,中华书局 1980 年版,第 591 页。

② 彭定求编:《全唐诗》第四册卷一一七,中华书局 1980 年版,第 1183 页。

③ 邹同庆、王宗堂著:《苏轼词编年校注》(上),中华书局 2002 年版,第 173-174 页。

士学者的普遍赞誉，称其为先唐咏月第一赋亦毫不夸张。其中使事用韵之迹和自然清空之境是《月赋》行文构赋显著的特征，论述如次。

一、使事用韵之迹

其一，《月赋》与引典用事。在南朝形式主义文风盛行的背景下，当时学者对具"自然英旨"的创作发出了强烈的呼声，并指出："大明、泰始中，文章殆同书抄。近任昉、王元长等，辞不贵奇，竞须新事，尔来作者，寖以成俗。遂乃句无虚语，语无虚字，拘挛补衲，蠹文已甚。但自然英旨，罕值其人。"①钟氏所论"殆同书抄""拘挛补衲"等现象皆是因文章用事过多造成的，颜延之、谢庄等都是当时"掉书袋"，即用典派之典型代表，他们创作上亦难免典事"尤为繁密"，这在谢庄名赋《月赋》中也有明显之迹。

谢庄《月赋》虽也铺陈排比，多用典故，却不显得生硬累赘，其中关于月亮的典实更是运用地恰到好处，为赋作生色良多。《月赋》用典充分为咏月主题及意境的营构服务，影响深远，如"沉吟齐章，殷勤陈篇"②一句中，"齐章"指《诗经·齐风·东方之日》章，让人联想到其中"东方之月矣，彼姝者子，在我闼兮"③句，"陈篇"指《诗经·陈风·月出》篇，其中有"月出皎兮，佼人僚兮。舒窈纠兮，劳心悄兮"④句，后世"齐章""陈篇"均成咏月的经典典实。此外赋中还有"委照而吴业昌，沦精而汉道融"⑤句，也分别有两个与月亮有关的典故，一为"吴业昌"，据说孙策之母怀孕期间，一日梦见月亮入怀，遂生孙策，后策奠定吴国基业；一为"汉道融"，传说汉元帝皇后的母亲李氏，梦见明月入怀而生女，该女后为一国之后。该赋月之典故多而不烦，贴合主旨，均能给人留下深刻印象，见出作者的匠心所在。

其二，《月赋》与偶对用韵。《月赋》行文以四字对句为主，整饬而下，间有四六句，宛转纡徐，委曲有度。全赋四字比重较高，有五十二句之多，还包含很多不完全形式的四字句，它们以人称、虚词等连接，在骈文的句法中又有散文的句式，如"陈王初丧应刘""臣东鄙幽介""臣闻沉潜既义""若夫气霁地表""君王乃厌晨欢""若乃凉夜自凄""于是弦桐练响"⑥等，摘除领起字，同样可与下句形成对句。

① 钟嵘著，曹旭集注：《诗品集注》，上海古籍出版社1994年版，第90页。
② 萧统编，李善注：《文选》上册，中华书局1977年版，第196页。
③ 周振甫译注：《诗经译注》，中华书局2005年版，第137页。
④ 周振甫译注：《诗经译注》，中华书局2005年版，第197页。
⑤ 萧统编，李善注：《文选》上册，中华书局1977年版，第197页。
⑥ 萧统编，李善注：《文选》上册，中华书局1977年版，第196-197页。

此外,还有不少对仗工整的六字对句与四六对句,如:"临濬壑而怨遥,登崇岫而伤远""擅扶光于东沼,嗣若英于西冥。引玄兔于帝台,集素娥于后庭""增华台室,扬采轩宫。委照而吴业昌,沦精而汉道融"①等,依照一般趋势,四字句及其比率越高,越容易形成对句,对仗总句数也越多,篇章内在气韵亦更为连贯。

同时,谢庄《月赋》被誉是一篇"字无虚设""流动生变"的"绮丽"之赋,清代王夫之《古诗评选》卷五谓:"(《月赋》)物无遁情,字无虚设。两间之固有者,自然之华,因流动而生变,而成其绮丽。心目之所及,文情赴之,貌其本荣,如所存而显之,即以华奕照耀动人无际矣。古人以次被之吟咏,而神采即绝。"②《月赋》具有溪水流动般的自然清新之华与音响之美,多四六行文,平仄搭配协调,其中有二十七句为仄声尾,二十句为平声尾,见如:

陈王初丧应刘(平),端忧多暇(仄)。绿苔生阁(仄),芳尘凝榭(仄)。悄焉疚怀(平),不怡中夜(仄)。乃清兰路(仄),肃桂苑(仄)。腾吹寒山(平),弭盖秋阪(仄)。临濬壑而怨遥(平),登崇岫而伤远(仄)。于时斜汉左界(仄),北陆南躔(平)。白露暧空(平),素月流天(平)。沉吟齐章(平),殷勤陈篇(平)。抽毫进牍(仄),以命仲宣(平)。

仲宣跪而称曰:臣东鄙幽介(仄),长自丘樊(平)。昧道懵学(仄),孤奉明恩(平)。臣闻沉潜既义(仄),高明既经(平)。日以阳德(仄),月以阴灵(平)。擅扶光于东沼(仄),嗣若英于西冥(平)。引玄兔于帝台(平),集素娥于后庭(平)。朒朓警阙(仄),朏魄示冲(平)。顺辰通烛(仄),从星泽风(平)。增华台室(仄),扬采轩宫(平)。委照而吴业昌(平),沦精而汉道融(平)。

若夫气霁地表(仄),云敛天末(仄)。洞庭始波(平),木叶微脱(仄)。菊散芳于山椒(平),雁流哀于江濑(仄)。升清质之悠悠(平),降澄辉之蔼蔼(仄)。列宿掩缛(仄),长河韬映(仄)。柔祇雪凝(平),圆灵水镜(仄)。连观霜缟(仄),周除冰净(仄)。君王乃厌晨欢(平),乐宵宴(仄)。收妙舞(仄),弛清县(仄)。去烛房(平),即月殿(仄)。芳酒登(平),鸣琴荐(仄)。

若乃凉夜自凄(平),风篁成韵(仄)。亲懿莫从(平),羁孤递进(仄)。聆皋禽之夕闻(平),听朔管之秋引(仄)。于是弦桐练响(仄),音

① 萧统编,李善注:《文选》上册,中华书局 1977 年版,第 196-197 页。
② 王夫之著:《船山全书》第 14 册,岳麓书社 1988 年版,第 752 页。

容选和（平）。徘徊房露（仄），惆怅阳阿（平）。声林虚籁（仄），沦池灭波（平）。情纡轸其何讬（平），愬皓月而长歌（平）。

歌曰：美人迈兮音尘阙（仄），隔千里兮共明月（仄）。临风叹兮将焉歌（仄），川路长兮不可越（仄）。歌响未终（平），余景就毕（仄）。满堂变容（平），迴遑如失（仄）。又称歌曰：月既没兮露欲晞（平），岁方晏兮无与归（平）。佳期可以还（平），微霜霑人衣（平）！

陈王曰："善。"（仄）乃命执事（仄），献寿羞璧（仄）。敬佩玉音（平），复之无斁（仄）。①

据知，且不论单句中平节仄节的交替抑扬，就通篇而言，《月赋》情感激越处多用仄声韵脚，哀婉抒情处多为平声韵脚，平仄交替使用，节奏回环顿挫，行文层次丰富，第一层次从"陈王初丧应刘"到"登崇岫而伤远"六句，句尾"暇""榭""夜""苑""阪""远"皆为仄声，押仄声韵；从"于时斜汉左界"到"以命仲宣"四句，句尾"躔""天""篇""宣"皆为平声，押平声韵；第二层次从"仲宣跪而称曰"到"沦精而汉道融"十句，句尾"樊""恩""经""灵""冥""庭""冲""风""宫""融"皆为平声，押平声韵；第三层次，从"若夫气霁地表"到"鸣琴荐"十一句，句尾"末""脱""濑""蔼""映""镜""净""宴""县""殿""荐"皆为仄声，押仄声韵；第四层次，从"若乃凉夜自凄"到"愬皓月而长歌"七句，句尾"韵""进""引"为仄声韵脚，句尾"和""阿""波""歌"为平声韵脚；第五层次，前一首"歌曰"四句，句尾"月""越""毕""失"皆为仄声韵脚，后一首"又称歌曰"二句，句尾"归""衣"皆为平声韵脚。最后煞尾段，"善""璧""斁"为仄声韵脚。中国古代的诗赋讲究平仄音韵，散文同样如此，清人李渔曾言："世人但知四六之句，平间仄、仄间平非可混施叠用，不知散体之文，亦复如此。'平仄仄平平仄仄，仄平平仄仄平平'，二语乃千古作文之通诀，无一语、一字可废声音者也。"②谢庄《月赋》虽作于南朝，然其文不仅节奏感强、音韵和谐，且在用律、押韵上较前人精进不少，反映出其时追新求变的文风，最后"美人"句的佳处自不必赘言，单是赋中仄声韵韵脚的选择已充分照顾到行文的节奏而不突兀，转换自然。可以说，全赋流动的音韵节奏成就了其内在丰富的情感层次。

---

① 萧统编，李善注：《文选》上册，中华书局 1977 年版，第 196-198 页。
② 中国戏曲研究院编：《中国古典戏曲论著集成》，李渔《闲情偶寄》卷三《宾白第四·声务铿锵》，中国戏剧出版社 1959 年版，第 52 页。

二、自然清空之境

谢庄《月赋》不仅对于典故与韵律的把握恰如其分,表现出使事用韵之迹,且赋以境绝,还将"自然直寻"之姿,"水月氤氲"之境,很好地融合在一起,使文章形神兼备,恰如《六朝文絜》所谓:"此赋假陈王、仲宣立局,与小谢《雪赋》同意。兹刻遗雪取月者,以雪描写著迹,月则意趣洒然。所谓写神则生,写貌则死。"①

一方面,《月赋》是自然直寻之赋。钟嵘在《诗品》中极力强调"自然英旨"或曰"直寻"之说,这区别于从前人典故中寻词觅句,而以自然为最高审美原则,注重寓目辄书:"至乎吟咏情性,亦何贵于用事?'思君如流水',既是即目;'高台多悲风',亦惟所见;'清晨登陇首',羌无故实;'明月照积雪',讵出经、史?观古今胜语,多非补假,皆由直寻。"②对于赋作而言,达成最佳赋境亦需借助自然直寻。谢庄之赋既有典事之雅,更有直寻之妙,《月赋》中"美人迈兮音尘阙,隔千里兮共明月"等句体现的正是钟氏"直寻"之旨,虽与美人相隔甚远而无法相见,却能望着古今的同一轮皎洁的明月,作者以"隔千里兮共明月"来传达人类共通的情感,在与物的第一次接触中就能直接求得"胜语",使得在有限语言中传达出了无限之意味,是直抒胸臆,也是即景会心。此一名句还曾有一段插曲,唐孟启(一名"棨")《本事诗》"嘲戏第七"载:"宋武帝尝吟谢庄《月赋》,称叹良久,谓颜延之曰:'希逸此作,可谓前不见古人,后不见来者,昔陈王何足尚邪!'延之对曰:'诚如圣旨。然其曰'美人迈兮音信阔,隔千里兮共明月',知之不亦晚乎?'帝深以为然。及见希逸,希逸对曰:'延之诗云:'生为长相思,殁为长不归。'岂不更加于臣邪?'帝抚掌竟日。"③谢庄确实不是吟出明月寄相思的第一人,然而其《月赋》为时人所称叹,"隔千里"句为人所津津乐道,斯赋被当朝天子誉为"前不见古人,后不见来者",甚至胜于才高八斗的陈思王曹植。后人还曾将谢庄《月赋》与苏轼名词《水调歌头·明月几时有》比对,指出谢庄名句启发东坡之处:"东坡《水调歌头》'但愿人长久,千里共婵娟',本谢庄《月赋》'隔千里兮共明月'"④谢庄从生活中平凡之事、常见之景中见出真意、吟出佳句,不假雕饰地呈现自然天象之美和人世情感之真,宋人葛立方《韵语阳秋》卷十评价:"月轮当空,天下之所共视,故

---

① 沈泓、汪政注,许棰评选:《六朝文絜》,浙江古籍出版社 2017 年版,第 9 页。
② 钟嵘著:曹旭集注:《诗品集注》,上海古籍出版社 1994 年版,第 10 页。
③ 孟启撰:《本事诗》,中华书局 1985 年版,第 14 页。
④ 曾季貍:《艇斋诗话》,中华书局 1985 年版,第 39 页。

谢庄有'隔千里兮共明月'之句,盖言人虽异处,而月则同瞻也。"①同时,直寻又带婉致,表面上是思念友人,实则暗示了自己在变幻莫测的时局中的忧惧意识,清代许梿评:"《月赋》以二歌总结全局,与怨遥、伤远相应,深情婉致,有味外味。"②无独有偶,形式文风代表作家颜延之也有类此自然直寻之句:"生为长相思,没为长不归"③,并为人所赞,可见在一些巧于典律的作品中也会由于作者投注的真情实感而使人心灵感荡,透露"自然英旨"之美。

另一方面,《月赋》更是意境清空之赋。唐代王昌龄提出"诗之三境":"物境""情境""意境",这三种境界体现了一种递进的层次,最高之境无疑是"意境",即"(意境)亦张之于意而思之于心,则得其真矣。"④皎然《诗式》提及"意境",云其"夫诗人之思初发,取境偏高,则一首举体便高;取境偏逸,则一首举体便逸。"⑤并言"意境"具有"但见性情,不睹文字""情在言外,旨冥句中"⑥的审美品格,但意境不是孤立存在的,而是与"物境""情境"紧密相连,即在意、境契合的基础上,具有超出表层文字、形象的审美内涵,能激发读者的审美情思。以一般作为诗之审美形态的"意境"来观照谢庄之赋,可领略到《月赋》具有一种诗般的清空之境,如许梿所评:"《月赋》数语无一字说月,却无一字非月,清空澈骨,穆然可怀。"⑦又云:"笔能赴情,自情生于文,正不必苦镂,而冲淡之味耐人咀嚼。"⑧"以二歌总结全局,与怨遥、伤远相应,深情婉致,有味外味。"⑨谢庄这篇清空洒然的诗类赋,在铺写时每一步都是人因景作,景以情观,注意意象的选择,如"绿苔生阁,芳尘凝榭。悄焉疚怀,不怡中夜。乃清兰路,肃桂苑,腾吹寒山,弭盖秋阪。临濬壑而怨遥,登崇岫而伤远。于时斜汉左界,北陆南躔,白露暧空,素月流天。沉吟齐章,殷勤陈篇。抽毫进牍,以命仲宣。"⑩其中,"素月流天"句向为人所称道,而"绿苔""芳尘""濬壑""崇岫"等景致的清雅意境在作者不知不觉营构中已呈现于人们脑海之中,虚灵的形象可观而不可及,境生象外,笼罩全篇的是一种朦胧的"镜花水月"之光阴流逝感与逝者如斯的生命情调。这一时期,对物貌刻

---

① 葛立方:《韵语阳秋》,上海古籍出版社1979年版,第131页。
② 沈泓、汪政注,许梿评选:《六朝文絜》,浙江古籍出版社2017年版,第14页。
③ 逯钦立辑校:《先秦汉魏晋南北朝诗》,中华书局1983年版,第1229页。
④ 李壮鹰编:《中国古代文论》,高等教育出版社2001年版,第208页。
⑤ 皎然著,周维德校注:《诗式校注》,浙江古籍出版社1993年版,第34页。
⑥ 皎然著,周维德校注:《诗式校注》,浙江古籍出版社1993年版,第25页。
⑦ 沈泓、汪政注,许梿评选:《六朝文絜》,浙江古籍出版社2017年版,第12页。
⑧ 沈泓、汪政注,许梿评选:《六朝文絜》,浙江古籍出版社2017年版,第13页。
⑨ 沈泓、汪政注,许梿评选:《六朝文絜》,浙江古籍出版社2017年版,第14页。
⑩ 萧统编,李善注:《文选》上册,中华书局1977年版,第196页。

画的讲求一睹谢灵运的山水诗便知,而谢庄钟情的是自然的天文景象,月升月落、阴晴圆缺在他笔下呈现的是一派清空洒然的意境,其创作对唐代近体诗追求意境营构的风气当有一定影响。

第二节 谢庄其他赋作:鸟兽应制,体物协律

除《月赋》外,谢庄之赋还存有《舞马赋》《赤鹦鹉赋》和《悦曲池赋》三篇,其中前两篇为庙堂应诏之作,《悦曲池赋》仅余残篇,有学者疑其为江淹所作,乃后世误将其窜入谢庄集中①,然笔者以为,谢庄在刘宋初年的文坛影响力较大,且明显比后世来得大,江淹(444—505)生卒年亦远晚于谢庄(421—466),江曾作《谢光禄郊游》,即是对谢诗《游豫章西观洪崖井诗》的模拟致意,故对《悦曲池赋》残句是否会在当时或后世误引等,仍应抱有审慎态度,暂且存疑。《悦曲池赋》短而别致,今摘录于此:

> 北山兮黛柏,南江兮赪石。赪岸兮若虹,黛树兮如画。暮云兮十重,朝霞兮千尺。步东池兮夜未久,卧西窗兮月向山。引一息于魂内,扰百绪于眼前。②

赋中"兮"字的运用使全篇宛如骚体赋,又像杂言诗。如果把前六句的语助词"兮"去掉,即为"北山黛柏,南江赪石。赪岸若虹,黛树如画。暮云十重,朝霞千尺",便与四言六句之诗无异,形成三组工整的偶对之句,且内容上属于纯景物的描写。从全篇"兮""于"等词来看,作者借助它们使得文势舒缓下来,抒情性加强,有《楚辞·招魂》之遗风。

谢庄的《舞马赋》为应制之赋,体物颂圣。历史上的"舞马"乃是一项宫廷的表演节目,至唐朝方广泛盛行开来,并产生了大量舞马词及曲,如《饮酒乐》《倾杯乐》等,丰富了中国的诗词歌赋与相关传统文化。早在南朝初年,谢庄等名士就在诗赋中专以"舞马"为描写对象,进行赋写歌颂。据史书记载,宋孝武帝大明二年(458),谢庄时为吏部尚书,迁右卫将军,河南献舞马,庄奉诏作《舞马赋》及《舞马歌》。后歌佚,仅存赋作。谢庄的舞马类应制赋在咏物中歌功颂德,一如其应制诗,与汉大赋"劝百讽一"式的铺排夸张已有距离,篇幅明显缩短,更讲求偶对、

---

① 王丽:《谢庄文学探微》,山东大学 2012 年硕士学位论文,第 70-71 页。

② 欧阳询撰,汪绍楹校:《艺文类聚》,上海古籍出版社 1982 年版,第 174 页。

第三章 谢庄的辞赋创作

韵律,很有时代特色。同时,汉大赋铺陈夸饰、润色鸿业,宣扬大汉帝国的声势威望,在这点上,谢庄的应诏之作也不同程度存在颂扬褒美之辞。《舞马赋》之赞颂与讽谏主要源于御用文人粉饰太平的追求,格调确实不高,特色突出性不强,"舞马"只是颂圣借题发挥的对象而已,不过从描写物貌风情角度看还颇为细致,其赋曰:

> 既秣芟以均性,又佩蘅以崇蹋,卷雄神于绮文,蓄奔容于帷烛,蕴简云之锐景,戢追电之逸足,方叠镕于丹缥,亦联规于朱驳。观其双璧应范,三封中图,玄骨满,燕室虚,阳理竟,潜策纤,汗飞赭,沫流朱。至于《肆夏》已升,《采齐》既荐,始徘徊而龙偄,终沃若而鸾盼,迎调露于飞钟,赴承云于惊箭,写秦峒之弥尘,状吴门之曳练,穷虞庭之蹈跞,究遗野之环袪。若夫蹜实之态未卷,凌远之气方摅,历岱野而过碣石,跨沧流而轶姑余,朝送日于西坂,夕归风于北都,寻琼宫于倏瞬,望银台于须臾。①

作者描写舞马灵异迅捷之"凌""历""跨"的奇姿,"朝送""夕归""倏瞬""须臾"的矫健,使舞马的祥瑞、神勇之态如在目前。全赋从颂扬盛世起笔,自然转入对舞马的歌咏,为"舞马"这一文化性娱乐表演活动留下珍贵的文学文献记载。明代张溥曾评:"耳食者徒称陈王之明月,河南之舞马,欲以两赋概其群长,不几采春华,忘秋实哉。"②张溥将谢庄《舞马赋》《月赋》两作相提并论,也能够见出谢庄这类鸟兽赋创作具有一定的代表性。晋宋时期的鸟兽赋普遍具有描摹物态细致入微的特点,如颜延之的《赭白马赋》:"徒观其附筋树骨,垂梢植发。双瞳夹镜,两权协月。异体峰生,殊相逸发。超摅绝夫尘辙,驱驾迅于灭没。简伟塞门,献状绛阙。旦刷幽燕,昼秣荆越……勒五营使按部,声八鸾以节步。具服金组,兼饰丹臛。宝铰星缠,镂章霞布。进迫遮迣,却属辇辂。歘耸擢以鸿惊,时潎略而龙翥。弭雄姿以奉引,婉柔心而待御。"③赋中对赭白马的形态、气势等描摹生动,颜作早于谢作,可以明显看出它对谢庄《舞马赋》在形态描绘、铺排等方面的影响。

　　谢庄的《鹦鹉赋》为律赋之祖,名动一时。据严可均《全上古三代秦汉三国六朝文》统计,魏晋时期作《鹦鹉赋》者有十二人,从汉末祢衡《鹦鹉赋》开始,以鹦鹉

---

①　沈约撰:《宋书·谢庄传》,中华书局 1974 年版,第 2175 页。
②　张溥辑,殷孟伦注:《汉魏六朝百三家集题辞注》,人民文学出版社 1960 年版,第 184 页。
③　严可均校辑:《全上古三代秦汉三国六朝文》,中华书局 1958 年版,第 2626 页。

为题材作赋为后世大量拟效,均沿袭托物以讽的传统形式。史载:"(元嘉)二十九年,(谢庄)除太子中庶子。时南平王铄献赤鹦鹉,普诏群臣为赋。太子左卫率袁淑文冠当时,作赋毕,赍以示庄,庄赋亦竟,淑见而叹曰:'江东无我,卿当独秀。我若无卿,亦一时之杰也。'遂隐其赋。"①谢庄《赤鹦鹉赋》为应制之作,缺乏前代刺世言志的深意,然得到"文冠当时"的袁淑的激赏,名动一时。通观全赋可知其主要特色在辞采、声律方面,而这两者也是前述时代文风趋向与赋家自身才华的生动体现。宋代陈鹄《西塘集》载:"四声分韵,始于沈约。至唐以来,乃以声律取士,则今之律赋是也。凡表启之类,近代声律尤严。"②律赋不同于骚体赋、大赋及骈赋,其最终形成于唐代,一般认为律赋与声律、科举联系密切,清代学者浦铣在《历代赋话校证》后附"复小斋赋话"中提及:"文通(江淹)《别赋》,辟初两句为排赋破题之祖。王勃《采莲》,杨炯《浮沤》,常衮《浮萍》,皆用之。颜光禄《赭白马赋序》:'骥不称力,马以龙启。'已开律赋破题之端。"③古代学者认为颜延之《赭白马赋序》中的两句"已开律赋破题之端",这说明南朝时期律赋已有零星之势,初露端倪。谢庄是在沈约之前于声律上颇有造诣的文人,其《赤鹦鹉赋》被范文澜先生称为"后世律赋之祖"④,事实上已经粗具律赋的一些特点,见如:

> 徒观其柔仪所践(仄),頳藻所挺(仄),华景夕映(仄),容光晦鲜(平)。惠性生昭(平),和机自晓(仄)。审国音于寰中(平),达方声于裔表(仄)。及其云移霞峙(仄),霰委雪翻(平)。陆离翠渐(仄),容裔鸿轩(平)。跃林飞岫(仄),焕若轻电溢烟门(平)。集场栖圃(仄),晔若夭桃被玉园(平)。至于气淳体净(仄),雾下崖沉(平)。月图光于绿水(仄),云写影于青林(平)。遡还风而笭翲(仄,入声),霭清露而调音(平)。⑤

从上引文字中可以看出辞赋形式上由骈转律的尝试,除单句内部平节仄节的抑扬外,谢庄在韵脚的处理与句式的对仗方面已有所突破,从"惠性生昭"到"容裔鸿轩"句,句末韵脚仄仄平平,极有规律,且句间平仄相对。从"跃林飞岫"句到最后,同样句间平仄相对,且皆押平声韵。谢庄之赋行文用韵虽未达标准律赋平仄皆相反的规则,如"跃林飞岫(仄),焕若轻电溢烟门(平)。集场栖圃(仄),晔若夭

① 沈约撰:《宋书·范晔传》,中华书局 1974 年版,第 2167-2168 页。
② 陈鹄著,孔凡礼点校:《西塘集耆旧续闻·卷四》,中华书局 2002 年版,第 326 页。
③ 浦铣著,何新文、路成文校证:《历代赋话校证》后附"复小斋赋话",上海古籍出版社 2007 年版,第 379 页。
④ 刘勰撰,范文澜注:《文心雕龙注·声律》,人民文学出版社 2006 年版,第 555 页。
⑤ 欧阳询撰,汪绍楹校:《艺文类聚》卷九十一,上海古籍出版社 1982 年版,第 1575 页。

桃被玉园（平）"，句中"岫""门"与"圃""园"平仄相反，然上下联句尾之"门""园"平仄却是相同的。同时，全赋除"及其""至于"二处连接词外，几乎句句对仗，无怪乎聂石樵先生称其"音节之和谐，属对之工切，可以领会得到。"①谢庄在该赋中运用声律，可谓对同代及后世创作带来了较重要的启示。至沈约进一步总结创作经验并倡导声律论，对辞赋的律化、向律赋的转变提供了更大的契机，如沈约《高松赋》中有"经千霜而得拱，仰百仞而方枝。朝吐轻烟薄雾，夜宿迷鸟羁雌。露虽滋而不润，风未动而先知。既梢云于清汉，亦倒镜于华池"②等句，作者描高松千霜得拱、百仞方枝之奇美，继而由外美转颂内德，"朝吐""夜宿"句不仅对仗极工，而且活化出高松因其自身特质，方能遮蔽霜露，预知风寒。沈约之赋在接近后世律赋的道路上又前进了一步。

魏晋南北朝时期骈赋大盛，对赋的句式特点有进一步的探索，与唐代发轫期的律赋相比，谢庄、沈约等南朝文士的赋作在创作实践上已具有开张启迪之功。至齐梁，俳赋更讲究声律，趋于四六，缩短了与律赋之间的距离，如庾信的《小园赋》："若夫一枝之上，巢夫得安巢之所；一壶之中，壶公有容身之地。况乎管宁藜床，虽穿而可座；嵇康锻灶，既烟而堪眠。岂必连洞房，南阳樊重之第；绿青锁，西汉王根之宅。余有数亩弊庐，寂寞人外，聊以拟伏腊，聊以避风雨……况乃黄鹤戒露，非有意于轮轩；爰居避风，本无情于钟鼓。陆机则兄弟同居，韩康则舅甥不别，蜗角蚊睫，又足相容者也……"③该赋相较于谢庄《赤鹦鹉赋》有较大的发展，基本为四六节奏，隔句对仗又两句一典，但字数参差，平仄还不够完备。律赋作为对骈体赋的规范，其大兴还是要等到唐代。不过，谢庄、沈约、庾信等人在赋律化上的努力还是非常值得称道的。

综上，谢庄存世之赋虽少，却是其文学创作的重要组成部分，张燮谓："（谢庄）《明月赋》以梁《选》传，《舞马赋》以国史传，《赤鹦鹉》盛为袁淑所推，令才数语，可为叹息。"④谢赋在当世便产生一定的影响，特别是给他带来了极大声誉的《月赋》，使事用韵，不弃自然英旨，雕章琢句，亦成清空之境，与谢惠连《雪赋》并称南朝抒情小赋双璧。同时谢庄还有《舞马赋》《赤鹦鹉赋》等，内容或应制颂德，或借物遣怀，虽难出《月赋》之右，但体物协律，其声律节奏一项存有开张启迪之功，谓庄赋初起律赋之势，实非过誉。

---

① 聂石樵著：《魏晋南北朝文学史》，中华书局2007年版，第374页。
② 严可均校辑：《全上古三代秦汉三国六朝文》，中华书局1958年版，第2625页。
③ 严可均校辑：《全上古三代秦汉三国六朝文》，中华书局1958年版，第2645页。
④ 张燮著，王京州笺注：《七十二家集题辞笺注》，上海古籍出版社2016年版，第208页。

第四章　谢庄的其他文章创作

南朝刘宋时期,文笔观念逐渐从朦胧到清晰,创作上的美文化倾向愈来愈明显,骈体之文此后蔚为大观,终在齐梁占据了绝对优势。身处关键转折期,刘宋初年,谢庄文章创作根据内容与情感需要选择适合的体式,同时呈现出骈散互动的独特过渡特征。本章所涉谢庄的其他文章指除其诗歌、辞赋外的作品,主要包括赞文、书信文、哀祭文与公牍文四类三十篇,列表如下:

文类	数量	篇　　名
赞文	1	《竹赞》
书信文	5	《密诣世祖启事》《与大司马江夏王义恭笺》《为朝臣与雍州刺史袁顗书》《为沈庆之答刘义宣书》《与左仆射书》
哀祭文	7	《宋孝武宣贵妃诔》《黄门侍郎刘琨之诔》《殷贵妃谥策文》《孝武帝哀策文》《皇太子妃哀策文》《豫章长公主墓志铭》《司空何尚之墓志》
公牍文	17	《索虏互市议》《申言节俭诏书事》《上搜才表》《让吏部尚书表》《谢赐貂裘表》《让中书令表》《奏改定刑狱》《为尚书八座奏封皇子郡王》《为尚书八座奏改封郡长公主》《为八座太宰夏王表请封禅》(存疑)《上封禅仪注疏》(存疑)《庆皇太子元服上至尊表》《皇太子元服上皇太后表》《东海王让司空表》《北中郎新安王拜司徒章》《又为北中郎将谢兼司徒章》《泰始元年改元大赦诏》

据统计,谢庄仅存一篇赞文,即《竹赞》:"瞻彼中唐,绿竹猗猗。贞而不介,弱而不亏。杳裛人圃,萧瑟云崖。推名楚潭,美质梁池。"[①]赞,文体名,用于赞颂人

---

① 欧阳询撰,汪绍楹校:《艺文类聚》卷八十九,上海古籍出版社 1982 年版,第 1554 页。

物、器物、动物、植物等，多为韵语，《文心雕龙·颂赞》称其为"颂家之细条"①。谢庄用简单直白的寥寥数语清晰勾勒出青青翠竹贞傲之状、柔韧之姿，猗猗绿竹如在眼前。除赞文外，谢庄的其他文章还有书信文、哀祭文和公牍文三大类，数量较多，郑振铎曾谓："又他（谢灵运）的从子谢庄，也长于书奏哀诔，所作颇多。"②在谢庄的书奏哀诔中，书信文寄情言志，哀祭文新丽雅赡，皆有意深情切之作，而公牍文则是现存数量最多，也最能代表他文章创作特色及影响的，本章将依次展开探讨。

第一节　士族交往中的书信之体

　　首先来看谢庄士族交往中寄情言志的书信文。谢庄现存诗赋多应制游宴之作，而其书信之体多用于士族文人间的交往应答，因私密性较强，成为作者保存至今最能窥得其心曲的寄情言志之文，值得重视。

　　书信作为一种应用文体，涵盖的范围较广，包含各类往来信函，六朝也是书信类文体孳乳的时代，这与士族阶层交往中的频繁使用密切相关。谢庄现存五篇书信文分以"书""笺""启事"题名，即《为朝臣与雍州刺史袁顗书》《为沈庆之答刘义宣书》《与左仆射书》③《与大司马江夏王义恭笺》《密诣世祖启事》，可见，谢庄书信文包含"书""笺""启事"等类型书信文体。其中，"书"是古代出于私务使用最为广泛的书信文体名，而笺与启（事）则从汉末魏晋时期开始，在往来中兼善公私事务，并因文体自身的发展使得它们在处理政务方面更显"得心应手"，逐渐成为公务性较强的一类书信文体。谢庄的书、笺、启等书信文承载着他作为高门士族文人的人生经历与多元思想，有其重要的文体功用。

　　其一，启之为用与谢庄之启。南朝以前，启文从无到有，尤至魏晋阶段，发展迅速。魏晋启（事）如有山涛《山公启事》，史载："涛所奏甄拔人物，各为题目，时称《山公启事》。"④启初以谢恩让爵、陈述政事为用，内容补章、表之不足，刘勰

---

① 刘勰撰，范文澜注：《文心雕龙注·颂赞》，人民文学出版社 2006 年版，第 159 页。
② 郑振铎著：《插图本中国文学史》，中华书局 2016 年版，第 259 页。
③ 《淳化阁帖》卷三辑录谢庄《与左仆射书》，题名《昨还帖》，"帖"为古代书信留存中的书法精品，后为习字临摹之范本。
④ 房玄龄等著：《晋书》，中华书局 1974 年版，第 1226 页。

谓："自晋来盛启，用兼表奏。"①"陈政言事，既奏之异条；让爵谢恩，亦表之别干。"②启，或曰启事，谢让陈政，作为表奏的补充，是偏向于公务的应用类书信。谢庄《密诣世祖启事》便为陈政投诚之启，创作于刘宋元凶刘劭发动宫廷政变之际，从中反映出作者的政治敏感度与处世交接智慧。

　　元嘉三十年（453）二月，宋文帝嫡长子刘劭和次子刘濬合谋发动宫廷政变，由刘劭率东宫宿卫兵杀死了文帝，自立为帝。此时谢庄在刘劭手下做司徒左长史，刘骏意图将谢庄争取过来，这样可起到打击敌人、巩固自己的双重效果。刘骏即后来的宋孝武帝，他具有一定的文学才能，对于谢庄这样的人才自是惺惺相惜、十分欣赏，于是他送书给在京城的谢庄，史载："世祖（刘骏）入讨，密送檄书与庄，令加改治宣布。庄遣腹心门生具庆奉启事密诣世祖。"③面对孝武帝抛来的"橄榄枝"，谢庄写了《密诣世祖启事》回应，向刘骏投诚，并借此启文猛力抨击元凶暴行，启曰："贼劭自绝于天，裂冠毁冕，穷弑极逆，开辟未闻，四海泣血，幽明同愤。""今独夫丑类，曾不盈旅，自相暴殄，省闼横流，百僚屏气，道路以目。"同时对刘骏义举欣喜不已："檄至，辄布之京邑，朝野同欣，里颂途歌，室家相庆，莫不望景耸魂，瞻云仳足。"④斯文充分表达了谢庄对刘骏的拥护爱戴之心。自此以后，谢庄深得孝武帝信任。两个月后，刘骏克定京邑，劭、濬及其党羽伏诛，谢庄"除侍中"，仕途畅达，一路升任都官尚书、吏部尚书、侍中等重要官职。可以说，宋孝武帝对谢庄是有知遇之恩的，而谢庄也运用了自己过人的撰述之才，凭密启获得信任，于危难中与刘骏结下了同声相应的情义。

　　其二，笺之为用与谢庄之笺。笺文兴起于汉，继盛于晋，不仅有私人往来的书笺信札体，也有应用奏笺类文，兼具平行与上行两类特征。魏晋笺文的朝堂功能始得真正发挥，可谓"魏晋时多此体（笺）"⑤。历史上授予官职类公文"牋（笺）命"即源于此时，据《世说新语·栖逸》载："（李廞）既有高名，王丞相（王导）欲招礼之，故辟为府掾。廞得牋命。"⑥此时，这类公务性较强的答笺、荐笺、谢笺等，成为日益重要的往来书函，学者谓："（笺）本奏记之类，上太子、诸王多用之。"⑦

---

① 刘勰撰，范文澜注：《文心雕龙注》，人民文学出版社 2006 年版，第 423-424 页。
② 刘勰撰，范文澜注：《文心雕龙注》，人民文学出版社 2006 年版，第 424 页。
③ 沈约撰：《宋书》卷八十五，中华书局 1974 年版，第 2168 页。
④ 沈约撰：《宋书·谢庄传》卷八十五，中华书局 1974 年版，第 2168 页。
⑤ 吴曾祺著：《涵芬楼文谈》卷首附录《文体刍言》，第 105 页。
⑥ 刘义庆撰，刘孝标注，余嘉锡笺疏：《世说新语笺疏》，中华书局 1983 年版，第 767 页。
⑦ 吴曾祺著：《涵芬楼文谈》卷首附录《文体刍言》，第 108 页。

第四章　谢庄的其他文章创作

"表识所言之情事，上天子与王侯、郡将也。"①笺文多用于重臣陈禀公务于皇后太子、王侯公子等权要人物，南朝谢庄《与大司马江夏王义恭笺》等便是类似于公牍的书函，作者以书笺形式言政陈事，带有以私语表真情的效果。同时，以书信文类传播交接，语境也是相对安全的，符合作者的身份与处境。

宋孝武帝孝建元年（454），谢庄时年三十四岁，担任左卫将军、吏部尚书等职，因疾上表解职，作《与大司马江夏王义恭笺》，此笺多白描而少雕饰，辞采清易，信中六百余字反复言其多病之躯不堪事任，诚恳地说明辞官的迫切要求。刘义恭作为皇室成员，又官高势大，谢庄在面对这样的煊赫人物时，采用散体述尽肺腑衷肠，可见其执意请辞的决心，口语句式似比字斟句酌的骈体文更能达到实际目的。谢庄先从自身受病痛折磨的实际遭遇写起，以情动人，娓娓道来，表达了辞官养病的想法，言辞悲切使人痛惜，有很强的感染力，书曰："禀生多病，天下所悉，两胁癖疾，殆与生俱。一月发动，不减两三，每至一恶，痛来逼心，气余如綖。利患数年，遂成痼疾，吸吸惙惙，常如行尸。恒居死病，而不复道者，岂是疾痊……眼患五月来便不复得夜坐，恒闭帷避风日，昼夜惛愦，为此不复得朝谒诸王，庆吊亲旧，唯被敕见，不容停耳。"②接着，谢庄又述其虽愿舍命事主，但家族的担子使他"在己不能不重"的事实，将不可任官职的原因陈说地晓畅明白，又合于情理，凄凉之情溢于言语之外，暗含个人对于家族的意义在眼前局势下远远胜过为皇权服务："若才堪事任，而体气休健，承宠异之遇，处自效之途，岂苟欲思闲辞事邪。家素贫弊，宅舍未立，儿息不免粗粝，而安之若命，宁复是能忘微禄，正以复有切于此处，故无复他愿耳。今之所希，唯在小闲。下官微命，于天下至轻，在己不能不重。屡经披请，未蒙哀恕，良由诚浅辞讷，不足上感。"③确实，由晋入宋，谢氏子弟在政治上受到一定挫折，及至谢庄一辈，强烈的家族使命感使他在文学及仕途两方面为谢氏家族进行不懈的努力，这对于整个家族的中兴来说意义重大。谢庄在朝期间还曾写下《索虏互市议》《申言节俭诏书事》《上搜才表》等多篇奏议，屡屡上奏，冀得任用，重振谢氏政治雄风。然而晋宋之际，寒族当权对于世家大族有一种天然的不信任，帝王只是赏识谢庄的文章和名士风度，或委他以铨选人才的官，或只是命其制一些宗庙祭辞。一时间，谢庄感觉在仕途上难有进取，内心焦虑，而且还身处四面素族的危险境地，故不得不处处小心谨慎，家族

---

① 王水照编：《历代文话》第七册，《文章释》，复旦大学出版社 2007 年版，第 6299 页。
② 沈约撰：《宋书·谢庄传》卷八十五，中华书局 1974 年版，第 2171 页。
③ 沈约撰：《宋书·谢庄传》卷八十五，中华书局 1974 年版，第 2171 页。

使命感和自身的孤危境地让他感到身既难保，又怎谈齐家、治国、平天下？辞官成为谢庄全身的手段，遂在《与大司马江夏王义恭笺》中，谢庄还曾回顾"家世无年"早凋的悲苦情况："家世无年，亡高祖四十，曾祖三十二，亡祖四十七，下官新岁便三十五，加以疾患如此，当服几时见圣世，就其中煎惋若此，实在可矜。"①这是一番肺腑之言与泣血之述，满溢着家族辛酸血泪，令大司马刘义恭也为之动容。刘勰在《文心雕龙·书记》中曾强调情感倾注在书信文创作中的重要性："并杼轴乎尺素，抑扬乎寸心"②，并进一步分析"言""情"在书札中的关系："本在尽言，言以散郁陶，托风采……故宜条畅以任气，优柔以怿怀。文明从容，亦心声之献酬也。"③书信之美，展现为以理导人与以情感人的和谐统一，谢庄《与大司马江夏王义恭笺》便是此类情理兼容的佳作。

其三，书之为用与谢庄之书。"书"是古代使用最为广泛的书信文体名，"为某某书""与某某书""报某某书"等乃较为常见的书信文题名形式，早在《左传》中，便载有《子产与范宣子书》等书体文。吴讷《文章辨体序说》曾言："昔臣僚敷表，朋旧往复，皆总曰书。近世臣僚上言，名为表奏；惟朋旧之间，则曰书而已。"④书，广义上也包含上述启、笺文体，而此所讨论的谢庄之书，是指他的书信文，是一类以书信形式陈情表意的应用文书，有些甚至成为后世书法名帖。其中有部分作品会涉及政事内容，然寄情言志的倾向更为强烈，作者往往借此吐露心曲与展露文采，与纯公牍性质的朝堂上书（疏）是有区别的，如谢庄书函《与左仆射书》向友人吐露凄苦之情，为读者展现了作为谢家后起之秀的谢庄苦苦支撑内外局面，终日还被病痛折磨的苦况，斯书曰："弟昨还，方承一日忽患闷，当时乃尔大恶，殊不易追企。怛想，诸治昨来已渐胜，眠食复云何。顷日寒重，春节至，居患者无不增动。今作何治，眼风不异耳。指遣承问，谢庄白。呈左仆射。"⑤该书函因形神皆美，作为书法作品为《淳化阁帖》所收，文中提及谢庄遭疾病困扰、眠食不安的情况，通篇口语，明白如话。略早于谢庄的王微在《报何偃书》中述一己淡泊之志，对服药之事也有所提及："至于生平好服上药，起年十二时病虚耳……家贫乏役，至于春秋令节，辄自将两三门生，入草采之。吾实倦游医部，颇晓和药，尤信《本草》，欲其必行，是以躬亲，意在取精。世人便言希仙好异，矫慕不羁，

① 沈约撰：《宋书·谢庄传》卷八十五，中华书局 1974 年版，第 2172 页。
② 刘勰撰，范文澜注：《文心雕龙注》，人民文学出版社 2006 年版，第 456 页。
③ 刘勰撰，范文澜注：《文心雕龙注》，人民文学出版社 2006 年版，第 456 页。
④ 吴讷著，于北山校点：《文章辨体序说》，人民文学出版社 1982 年版，第 41 页。
⑤ 上海书店编辑部：《淳化阁帖》卷三，明翻刻肃府本，上海书店 1984 年版。

不同家颇有骂之者。又性知画缋……五六日来，复苦心痛，引喉状如胸中悉肿，甚自忧。"①王微行文娓娓道来，使人倍感亲切，体现出散体文句随心而发的优点，述情求辞则真切哀婉，可谓与谢庄同病相怜。王、谢两人都因病而请辞，相较而言，王微"为文古"，倾向于求一己淡泊之志，谢庄私函中骈俪气息也较少，其意则多为家世计。

谢庄书信还兼有表情言政之能，显示出谢家后起之秀的创作才华。刘宋一代，帝王普遍爱好文学，史载："（宋明帝）好读书，爱文义，在藩时，撰《江左以来文章志》。"②"世祖以照为中书舍人。上好为文章，自谓物莫能及，照悟其旨，为文多鄙言累句。当时咸谓照才尽，实不然也。"③主君时与朝臣"争胜"，刘师培先生尝谓："宋代文学之盛，实由在上者之提倡。"④故文人往往利用文学作为博得仕进的武器，以求获得青睐。谢庄书牍的此种政治目的性就很强，见其今存《为沈庆之答刘义宣书》，仅余"皇纲绝而复纽，区宇坠而更维"⑤两句残文，仍可见对仗之工、选词之慎。据史书记载，宋明帝刘彧对谢庄这方面的文学才华是十分看重的，曾因《瑞雪咏》而赐给其亲信二十人，并委以重任。同时，伴君如伴虎，谢庄涉政书牍创作小心谨慎，在辞采方面表现出更多繁密用事的特征，如其卒前所作《为朝臣与雍州刺史袁顗书》，灵活运用书信的言说策略与修辞艺术，表现出趋于用典的倾向，文曰：

夫夷陂相因，兴革递数，或多难而固其国，或殷忧而启圣明，此既著于前史，亦彰于闻见。王室不造，昏凶肆虐，神鼎将沦，宗稷几泯，幸天未亡宋，乾历有归。主上体自圣文，继明作睿，而辱均牖里，屯踰夏台。……吾等获免刀锯，仅全首领，复身奉惟新，命承亨运，缓带谈笑，击壤圣世。……既天道辅顺，讴歌有奉，高祖之孙，文皇之子，德洞九幽，功贯二曜，匡拯家国，提毓黔首，若不子民南面，将使神器何归。而群小构愿，妄生窥觊，成轸恶燕，贯高乱赵，谮人罔极，自古有之。……若自延过听，迷涂未远，圣上临物以仁，接下以爱，岂直雍齿先封，乃当射钩见相矣。⑥

---

① 严可均校辑：《全上古三代秦汉三国六朝文》，中华书局 1958 年版，第 2538 页。
② 沈约撰：《宋书·明帝纪》，中华书局 1974 年版，第 170 页。
③ 沈约撰：《宋书·临川烈武王道规子义庆附鲍照传》，中华书局 1974 年版，第 1480 页。
④ 刘师培著：《中国中古文学史讲义》，上海古籍出版社 2000 年版，第 73 页。
⑤ 严可均校辑：《全上古三代秦汉三国六朝文》，中华书局 1958 年版，第 2631 页。
⑥ 沈约撰：《宋书》卷八十四，中华书局 1974 年版，第 2150-2151 页。

文中有以古名代今名,如"羑里"为殷代监狱名;"夏台"是夏代监狱名,又名均台。有以古事为典的,"击壤",出自晋皇谧《帝王世纪》(《艺文类聚》卷十一引):"(帝尧之世)天下大和,百姓无事,有五十老人击壤于道。"①指的是古代的一种游戏,后以"击壤"为颂太平盛世的典故;"成轸惑燕,贯高乱赵",指成轸、贯高之事。成轸为汉孝武皇帝之子燕王刘旦的郎中,曾经用言语挑唆旦造反自立。赵相贯高在汉高祖之东垣,过柏人时,与人谋弑高祖,高祖有所觉察,因不留;"雍齿先封"见《史记·刘侯世家》,雍齿,汉初沛人,从汉高祖刘邦起兵,虽从战有功,终因尝窘辱刘邦,为邦所不快。及刘邦即位,诸将未行封,人怀怨望。刘邦从张良言,先封雍齿为什邡侯,于是诸将皆喜曰:"雍齿尚为侯,我属无患矣"②,后用为不计宿怨的典实;"射钩见相"指管仲射齐桓公事。春秋时齐襄公昏乱,其弟纠奔鲁,以管仲、召忽为师;小白奔莒,以鲍叔为师。襄公死,纠与小白争归齐国为君。管仲将兵遮莒道阻小白,射中其衣带钩。小白佯死,得先入为君,是为桓公。桓公即位后不计旧仇,任用管仲为相,终成霸业。在情感方面,《为朝臣与雍州刺史袁颉书》则相应反映为情慎意敛,作者行文倍感拘束,其中称:"夫夷陂相因,兴革递数,或多难而固其国,或殷忧而启圣明,此既著于前史,亦彰于闻见。王室不造,昏凶肆虐,神鼎将沦,宗稷几泯,幸天未亡宋,乾历有归。主上体自圣文,继明作睿,而辱均羑里,屯踰夏台。"③由于事涉对反臣的劝抚,谢庄在创作时难免有所顾虑,行文兼及庙堂社稷方面的宏大之论与个人身家荣辱的委屈之谈,论述详备,令人信服,字里行间却隐隐透露出压抑的忧愁情愫,少了前期章表文敢于论辩申韩的积极气势。谢庄四十六岁作该书,同年即卒,就在此前几年,他从吏部尚书到阶下之囚,又从阶下之囚升金紫光禄大夫,仕途几经辗转反复,其早逝除旧疾外,也与人生遭际的无常、压抑愤懑的心绪有关。

综上,谢庄现存书信文多为偏公务类书牍,或辞采清易、情真意切,或趋于用事、情慎意敛,多用于与士人群体的交往中,家族责任与自身处境影响了谢庄书信类文体的情感表达方式。同时,书信文难免涉及隐私,此类带有私密性特征的文体创作折射出谢庄作为高门士族文士为人处世的真实矛盾性,是窥知当时上层士族文人心灵的一面镜子,透过这些寄情言志的书信,我们对谢庄创作心态也能有一个全面、深入的探知与了解。

---

① 欧阳询撰,汪绍楹校:《艺文类聚》,上海古籍出版社 1982 年版,第 214 页。
② 司马迁著:《史记》,中华书局 2006 年版,第 362 页。
③ 沈约撰:《宋书》卷八十四,中华书局 1974 年版,第 2150 页。

第四章 谢庄的其他文章创作

第二节　宫廷应制中的哀祭之文

　　再观谢庄宫廷应制中新丽雅赡的哀祭文。谢庄现存七篇哀祭类文章,包括诔文、哀(谥)策与墓志等样式,具体篇目为《宋孝武宣贵妃诔》《黄门侍郎刘琨之诔》《殷贵妃谥策文》《孝武帝哀策文》《皇太子妃哀策文》《豫章长公主墓志铭》《司空何尚之墓志》,其中以带有传奇色彩的《宋孝武宣贵妃诔》最有名,乃是被南朝萧统辑入《文选》的文学佳作。张燮谓:"(谢庄)哀挽等篇,泫然凄婉。《殷贵妃诔》几以贾祸,然文字之美,横绝古今矣。《殷淑仪传》又称'庄作哀策文,都下传写,纸墨为贵'。今所存谥策寥寥断简,不闻哀策,岂即诔之讹耶? 抑别有哀策,今湮没耶?"①谢庄诔文、哀(谥)策与墓志等哀祭文类虽多为宫廷应制之作,带有应制文学程式格套,然亦包蕴着谢庄福祸荣辱之迹与垂哀悼亡之叹,有着变而能新、逸而有情的艺术魅力。

　　一方面,谢庄哀祭文变而能新。哀祭文体源远流长,源于祭祀活动,是古代祭祀或祭奠时表示哀悼祷祝的文章,刘勰《文心雕龙·祝盟》谓:"若乃礼之祭祀,事止告飨;而中代祭文,兼赞言行,祭而兼赞,盖引神而作也。"②这类文体发展到魏晋南北朝阶段,实用性渐弱,文学性渐强。就诔文而言,其体式便有其不断变化、更新的过程,詹锳先生引《左庵文论·诔之源流》曰:"汉代之诔,皆四言有韵,魏晋以后,调类楚词,与辞赋哀文为近。盖变体也。"③李兆洛曾评《宋孝武宣贵妃诔》云:"此与文通(江淹)《齐武帝诔》入后俱不作四言,与哀策之体相乱矣。"④李氏指出谢庄、江淹诔文与哀策之体相混乱是由于"入后"(即写哀部分)俱不作四言,谢庄之诔较早出现了此种变化,有学者曾专门指出谢诔"入后"杂用六、七言的情况,曰:"此篇与哀策文之体为近。盖古人诔文以四言为正宗,其变体间亦有用七言者。然非必用长句始足以表哀也。希逸(谢庄)此文大体仍为四言,但自'移气朔兮变罗纨'至'怨《凯风》之徒攀',自'恸皇情于容物'至'望乐地而顾慕',又自'重扃闟兮灯已暗'至'德有远兮声无穷',均参用六言或七言。此实后

① 张燮著,王京州笺注:《七十二家集题辞笺注》,上海古籍出版社2016年版,第208页。
② 刘勰撰,范文澜注:《文心雕龙注》,人民文学出版社2006年版,第177页。
③ 刘勰撰,詹锳义证:《文心雕龙义证》引《左庵文论》,上海古籍出版社2008年版,第435页。
④ 李兆洛撰:《骈体文钞》,上海古籍出版社2001年版,第344页。

代之变体,非诔文之正宗。刘氏认为此篇与哀策文相近。……但在写法上受到后人的批评。"①斯文基本道出了谢庄诔文的"变体"特点,并直言这种写法"受到后人的批评",而事实上这正是谢诔创新变化之处。刘勰谓:"宋初讹而新"②,随着作者所抒情感的丰富与抒情方式的演进,诔文也在不断发展,不仅是句式,而且深入到语言形式内部。在此过程中,诔文的对象范围大大扩大,上到皇族将相,下至妇孺寒士,最终导致诔文体式全面变化。沈约称赞萧几《杨公则诔》道:"昨见贤甥杨平南诔文,不减希逸(谢庄)之作,始验康公积善之庆。"③而史书有赞:"谢庄之诔,起安仁(潘岳)之尘"④,西晋潘岳哀悼帝王后妃的诔作也多为典正肃穆的四言,谢庄之诔由序言与正文两部分组成,正文前半部分四言,后半部分杂有四、五、六言等,其中序文占全诔四分之一篇幅,在正文结尾叙哀的部分主要以四言、骚体穿插的形式出现,多结合情境渲染悲情,且序文与正文一样具有较强的抒情性,则是对潘岳此类作品的继承与发展。后至江淹作《齐太祖高皇帝诔》,更与谢庄《孝武宣贵妃诔》在内部结构上相似,也是首尾散体,中间四言。刘勰谓:"文变染乎世情。"⑤同时,谢庄分作《殷贵妃哀策文》《宋孝武宣贵妃诔》也是时代文学发展的必然,有学者指出:"唐代李延寿《南史·后妃传》中已将《宋孝武宣贵妃诔》称为哀策文了,说明当时二者的界限并不是很清楚的。"⑥诔作为一种文体,也是随着时代的变迁在不断地变化着,随着其情感流变而最终蜕变为"诔之流"之哀辞。

除上述体式的创新外,从具体创作看,谢庄哀祭文典对精工,对仗与用典一样出色,体现出追求形式美的时代新风,如对仗:

> 器物对:敢撰德于旂旐,庶图芳于钟万。(《宋孝武宣贵妃诔》)⑦
> 数目对:魂终朝而三夺,心一夜而九飞。(《黄门侍郎刘琨之诔》)⑧
> 地名对:涉姑鄣而环迴,望乐池而顾慕。(《宋孝武宣贵妃诔》)⑨

———————————
① 穆克宏:《刘师培与〈文选〉学研究》,《许昌学院学报》,2008 年,第 71 页。
② 刘勰撰,范文澜注:《文心雕龙注》,人民文学出版社 2006 年版,第 520 页。
③ 姚思廉撰:《梁书·萧几传》,中华书局 1973 年版,第 596-597 页。
④ 萧子显撰:《南齐书·文学传论》,中华书局 1999 年版,第 617 页。
⑤ 刘勰撰,范文澜注:《文心雕龙注》,人民文学出版社 2006 年版,第 675 页。
⑥ 穆克宏:《刘师培与〈文选〉学研究》,《许昌学院学报》,2008 年,第 71 页。
⑦ 萧统编,李善注:《文选》下册,中华书局 1977 年版,第 793 页。
⑧ 欧阳询撰,汪绍楹校:《艺文类聚》卷四十八,上海古籍出版社 1982 年版,第 870 页。
⑨ 萧统编,李善注:《文选》下册,中华书局 1977 年版,第 795 页。

连绵字对：涉姑繇而环迥，望乐池而顾慕。(《宋孝武宣贵妃诔》)①

旌徘徊而北系，辖逶迟而不转。(《黄门侍郎刘琨之诔》)②

重叠字对：旌委郁于飞飞，龙逶迟于步步。(《宋孝武宣贵妃诔》)③

从上引谢庄《宋孝武宣贵妃诔》《黄门侍郎刘琨之诔》中的对仗形式可知，作者已运用到器物对、数目对、地名对、连绵字对、重叠字对等多种对句类型，而且在诔文中多次出现，化用灵活。

又如典事运用。西晋诔文大家潘岳对帝王后妃的哀悼之作不同于其伤悼亲友之诔，如《世祖武皇帝诔》《景献皇后哀策文》等，作者在诔文中通过描写盛大送葬场面，大笔勾勒皇室丧葬的无上风光，在营造庄严肃穆氛围的同时也满足了皇族权贵的虚荣心理。而谢庄诸诔除"金玉其外"，也同样具有一定的政治文化深意。宋孝武帝欲改封爱妃之子为太子，却又碍于礼数，谢庄敏锐体察帝王心意，诔文从孝武帝与殷贵妃的关系出发，典实贴合诔主的身份、地位，如"照车去魏"典出齐魏之会。《文选》李善注引《史记》曰："齐威王与魏惠王会田于郊。魏王问曰：'王亦有宝乎？'威王曰：'无有。'魏王曰：'若寡人，小国也，尚有径寸之珠，照车前后十二乘者十枚。奈何以万乘之国，而无宝乎？'"④"联城辞赵"典出赵国失去价值连城的和氏璧；"寔邦之媛"典出《诗经·墉风·君子偕老》："展如之人兮，邦之媛也。"⑤"高唐溇雨"，传说楚襄王游高唐，梦见巫山神女，幸之而去。战国楚宋玉《高唐赋》有序云："昔者楚襄王与宋玉游于云梦之台，望高唐之观。"⑥特别是"赞轨尧门"一典，出于《汉书》，讲的是汉武帝钩弋夫人赵婕妤怀孕十四个月而生昭帝，武帝听说尧也是十四个月而生，遂命婕妤生昭帝的门为尧母门之事。谢庄行文至此，步步迎合王意，正中孝武帝欲改立子鸾为太子的下怀，无怪乎皇太子刘子业即位后对谢庄耿耿于怀，欲除之而后快。

谢诔还丽而有韵，自由转韵，十分讲求音律和谐，斯诔曰："移气朔兮变罗纨，白露凝兮岁将阑。庭树惊兮中帷响，金釭暖兮玉座寒。纯孝擗其俱毁，共气摧其同栾。仰昊天之莫报，怨凯风之徒攀。茫昧与善，寂寥余庆。丧过乎哀，棘实灭

① 萧统编，李善注：《文选》下册，中华书局 1977 年版，第 795 页。
② 欧阳询撰，汪绍楹校：《艺文类聚》卷四十八，上海古籍出版社 1982 年版，第 870 页。
③ 萧统编，李善注：《文选》下册，中华书局 1977 年版，第 795 页。
④ 萧统编，李善注：《文选》下册，中华书局 1977 年版，第 793 页。
⑤ 周振甫译注：《诗经译注》，中华书局 2005 年版，第 67 页。
⑥ 严可均校辑：《全上古三代秦汉三国六朝文》，中华书局 1958 年版，第 73 页。

性。世覆冲华,国虚渊令。呜呼哀哉。"①上引之诔文片段转韵一次,共押二韵。第一韵押寒、删、铣,韵脚"纵""阑""寒""栾""攀""善",韵母相同,韵部相同或相邻;第二韵押敬,韵脚"庆""性""令",韵母相同,韵部相同。前后的平、仄声韵转换自然流畅,音韵流转回旋,悲戚之情娓娓道来。

谢庄还充分发挥了四言肃穆雅正的特色,句间与联间,平仄规律交替,大量出现在诔文中,分析如下:

起(首)段曰:皇帝痛披殿之既闻(仄),悼泉途之已宫(平)。巡步檐而临蕙路(仄),集重阳而望椒风(平)。呜呼哀哉(平)!天宠方降(仄),王姬下姻(平)。肃雍揆景(仄),陟屺爰臻(平)。

承段曰:毓德素里(仄),接景宸轩(平)。处丽缔绤(仄),出懋苹蘩(平)。修诗贲道(仄),称图照言(平)。翼训姒帷(仄),赞轨尧门(平)。绸缪史馆(仄),容与经阃(平)。《陈风》绳藻(仄),临《象》分徽(平)。游艺殚数(仄),抚律穷机(平)。踌躇冬爱(仄),怊怅秋晖(平)。

转段曰:题凑既肃(仄),龟筮既辰(平)。阶撤两奠(仄),庭引双辒(平)。维慕维爱(仄),曰子曰身(平)。恸皇情于容物(仄),崩列辟于上旻(平)。崇徽章而出寰甸(仄),照殊策而去城阆(平)。

合(末)段曰:毓德素里(仄),接景宸轩(平)。处丽缔绤(仄),出懋苹蘩(平)。修诗贲道(仄),称图照言(平)。翼训姒帷(仄),赞轨尧门(平)。绸缪史馆(仄),容与经阃(平)。《陈风》绳藻(仄),临《象》分徽(平)。游艺殚数(仄),抚律穷机(平)。踌躇冬爱(仄),怊怅秋晖(平)。②

可见,在谢庄的宣贵妃诔中上下句间平仄相反,各联韵脚一致,皆押平声韵。这类平仄规整的叙事节奏,占到全诔的绝大多数篇幅,读来音韵平缓绵长而有力,使得表情雅正肃穆。同时,在全诔起承转合各段中,"转段"与"合段"规律更为明显,如诔文中间:"联跗(平)齐颖(仄),接萼(仄)均芳(平)。以蕃(平)以牧(仄),烛代(仄)辉梁(平)。""帷轩(平)夕改(仄),鞯辂(仄)晨迁(平)。离宫(平)天邃(仄),别殿(仄)云悬(平)。灵衣(平)虚袭(仄),组帐(仄)空烟(平)。"结尾部分:"晨辒(平)解凤(仄),晓盖(仄)俄金(平)。山庭(平)寝日(仄),隧路(仄)抽阴

① 萧统编,李善注:《文选》下册,中华书局1977年版,第794页。
② 萧统编,李善注:《文选》下册,中华书局1977年版,第793-795页。

（平）。重扃阘（仄）兮灯已黯（仄），中泉寂（仄）兮此夜深（平）。销神躬（平）于壤末（仄），散灵魄（仄）于天浔（平）。"上述段落中，上下联句脚以"仄平"形式互相颠倒，一句（半联）中平节仄节交替，上下联四节间"仄顶仄，平顶平"，同时上下半联间相对的各节平仄也相反，呈现规律交替，无怪于李兆洛《骈体文钞》载谭献对谢庄此诔的评价为"工绝"①。

中国古代的诗文皆讲究平仄音韵，清代李渔曾谓："世人但知四六之句，平间仄、仄间平非可混施叠用，不知散体之文，亦复如此。'平仄仄平平仄仄，仄平平仄仄平平'，二语乃千古作文之通诀，无一语、一字可废声音者也。"②事实上，南朝时人已充分认识到谢庄在此类实用文体创作上的音调讲求了。在范晔看来，有韵之文与无韵之笔在其时已呈现日渐明显的区别，他在《狱中与诸甥侄书》中提及的"宫商""清浊"即是"韵"，并以自己无法尽情作"文"为憾，对子侄辈中的谢庄评价甚高，认为他"最有其分"③，范晔、谢庄在当世皆以通晓音律著称，遍照金刚《文镜秘府论·四声论》曾引隋刘善经之言："今读范侯（范晔）赞论，谢公（谢庄）赋表，辞气流靡，罕有挂碍。斯盖独悟于一时，为知声之创首也。"④刘氏夸赞范、谢二人"为知声之创首"的文章多非韵文，故范晔所谓"年少中，谢庄最有其分，手笔差易，文不拘韵故也"⑤便容易理解了，知谢庄对此类论表类实用文体在当时虽无人为押韵之自觉，然有自然音调之讲求。

另一方面，谢庄哀祭文逸而有情。萧统《文选》选录哀祭文二十三篇，其中诔文排在此类之首，有八篇，分别为曹植《王仲宣诔》、潘岳《杨荆州诔》《杨仲武诔》《夏侯常侍诔》《马汧督诔》、颜延之《阳给事诔》《陶征士诔》、谢庄《宋孝武宣贵妃诔》，它们所哀祭的对象有亲友、臣僚，也有帝王、后妃。其中谢庄之诔即赞美后妃才德的应制之作，谢庄曾险因诔文中"冀训姒幄，赞轨尧门"⑥一语而丧命，颇有传奇色彩。据史书记载，殷淑仪卒于大明六年（462）四月，宋孝武帝悲痛异常，并亲作《拟汉武李夫人赋》以示悼念。谢庄时为吏部尚书，领国子博士，奉诏作《殷贵妃哀策文》《宋孝武宣贵妃诔》，而丘灵鞠《挽歌诗》三首、谢超宗《殷淑仪

---

① 李兆洛著：《骈体文钞》，上海古籍出版社 2001 年版，第 344 页。
② 中国戏曲研究院编：《中国古典戏曲论著集成》，李渔《闲情偶寄》卷三《宾白第四·声务铿锵》，中国戏剧出版社 1959 年版，第 52 页。
③ 沈约撰：《宋书·范晔传》，中华书局 1974 年版，第 1819 页。
④ 遍照金刚撰，卢盛江校笺：《文镜秘府论校笺》天卷，中华书局 2019 年版，第 78 页。
⑤ 沈约撰：《宋书·范晔传》，中华书局 1974 年版，第 1830 页。
⑥ 萧统编，李善注：《文选》下册，中华书局 1977 年版，第 793 页。

诔》、殷琰《宣贵妃诔》,以及江智渊《宣贵妃挽歌》也是同时之作,可谓同题而作者众矣,又何以惟谢庄之诔称道至今? 除艺术水平、创作影响外,情感因素更应考虑在内。

对谢庄的诔文,历来褒贬不一,贬其者认为是谄媚应制之作,有学者指出:"(《宋孝武宣贵妃诔》)不过仍然是陈辞旧调,并无多少精彩之处,只是因为殷氏宠冠后宫,谢庄又差一点为此丧生,所以才特别为人注意。"① 褒其者指出其创作逸气与深情兼备,誉为"殊有宕逸之气"②。古代学者对其多为赞美之辞,并有"逸气"之评。许梿评曰:"陡起绝奇"③"叙述死后情形,语语悽绝"④"调逸思哀"⑤"由生而卒,由卒而葬,叙次不紊,综核有法。而一句一词,于严峻中仍有逸气,所以不可及。"⑥"气"为作品精神面貌、表现气势,曹丕曾谓:"文以气为主。"⑦而何为"逸气"?《文心雕龙·体性》曰:"才有庸俊,气有刚柔""风趣刚柔,宁或改其气。"⑧鲍照也有"逸气",不过那是一种阳刚之气,潘德舆《养一斋诗话》载:"玄晖(谢朓)之隽骨与鲍明远(鲍照)之逸气,可称六朝健者。"⑨《昭昧詹言》卷六称:"鲍诗全在字句讲求,而行之以逸气……明远虽以俊逸有气为独妙,而字字练,步步留,以涩为厚,为一步滑。凡太练涩则伤气,明远独俊逸,又时出奇警,所以独步千秋。"⑩而谢庄的"逸气"乃阴柔之气,其诔文词句、音韵和谐流畅,"殊有宕逸之气",词汇的选择偏于素净、清雅,体式严峻中带有流动逸气。

新变后的南朝诔文呈现精丽流美而韵味十足的特点,谢庄的《宋孝武宣贵妃诔》和《殷贵妃谥策文》写得哀感动人,情调缠绵徘徊,透露出时代文风抒情化的一面,虽代人言情,但缓急有度、情韵悠长。据《南史·后妃列传》载,孝武帝读谢庄诔文后,还曾掩面流涕叹曰:"不谓当今复有此才!"并连带产生洛阳纸贵的社

---

① 曹道衡、沈玉成编著:《南北朝文学史》,人民文学出版社 2006 年版,第 71-72 页。
② 李兆洛著:《骈体文钞》,上海古籍出版社 2001 年版,第 343 页。
③ 沈泓、汪政注,许梿评选:《六朝文絜》,浙江古籍出版社 2017 年版,第 300 页。
④ 沈泓、汪政注,许梿评选:《六朝文絜》,浙江古籍出版社 2017 年版,第 306 页。
⑤ 沈泓、汪政注,许梿评选:《六朝文絜》,浙江古籍出版社 2017 年版,第 307 页。
⑥ 沈泓、汪政注,许梿评选:《六朝文絜》,浙江古籍出版社 2017 年版,第 309 页。
⑦ 曹丕等著:《典论、四六谈尘、容斋四六丛谈、四六话》,商务印书馆 1936 年版,第 349 页。
⑧ 刘勰撰,范文澜注:《文心雕龙注》,人民文学出版社 2006 年版,第 505 页。
⑨ 潘德舆著,朱德慈辑校:《养一斋诗话》,中华书局 2010 年版,第 20 年。
⑩ 方东树著,汪绍楹校点:《昭昧詹言》,人民文学出版社 1984 年版,第 164-165 页。

会效应："都下传写，纸墨为之贵。"①后谢庄险些因此赋丧命，这更加深了《宣贵妃诔》的政治传奇性。张溥谓："谢希逸为殷淑仪哀文，孝武流涕，都下传写。及废帝即位，则衔恨尧门，几犯芒刃。一文之出，祸福悬途，即作者讵能先觉乎！"②谢庄为文之心往往受人质疑，但其作未必无情，我们知道，应制文要想写好且博得帝王青睐不是件易事，由于作者本就与诔主相交不深或无缘得见，更需投注充沛的感情去填补这一空缺，由此在行文时会频繁诉诸想象与移情，其所思所想都来源现实，故善诔者易在当世博得美誉。

谢庄还有《黄门侍郎刘琨之诔》一文，乃为忠义之士所作，让人联想到潘岳《马汧督诔》，潘诔讲述了马敦建立战功后却被诬屈死之事，行文充满浩然正气，有义愤更带歌颂，诔曰："精冠白日，猛烈秋霜。稜威可厉，懦夫克壮。……潜隧密攻，九地之下。惬惬穷城，气若无假。昔命悬天，今也惟马。"③马督守保卫孤城英勇无畏，然枉死狱中，潘岳对此发出哀悼愤懑之叹。而谢庄之诔虽比潘岳诔文情感抒发含蓄，却也充满悱恻哀感的情调，诔曰：

> 秋风散兮凉叶稀，出吴州兮谢江几。瞻国门兮笼云路，睇旧里兮惊客衣。魂终朝而三夺，心一夜而九飞。过建春兮背阙庭，历承明兮去城辇。旌徘徊而北系，辖透迟而不转。挽掩隧而辛嘶，骥含愁而鸣偋。顾物色之共伤，见车徒之相法。④

刘琨之为竟陵王刘诞的司空主簿，大明三年刘诞叛乱，琨之不从其事被杀，后赠黄门侍郎。作者应诏作诔，用易于抒情的楚辞调，把刘琨之丧命广陵写得哀感悲切、令人动容。谢庄不愧为写诔高手，将所抒之情与所渲染之景有机交融，句法错落，语言平易而流畅，文学韵味颇浓，在应制文中可谓独具特色。

除上述篇目外，谢庄还存有《孝武帝哀策文》与《皇太子妃哀策文》两篇宫廷应制哀策之作，工雅平稳，哀而有度，具有典型的文学程式性，即"短序＋哀辞"，比较二哀策的小序，不难发现它们虽致哀对象不同，展开程式却完全一致：

> 应门洞望，驰道南除，蕝途已撤，郁岜将虚，哀子嗣皇帝，擗摽池绋，周遑旌轸，攀七纬之崩沦，恸三灵之徂尽，百神慕而行云沉，万国哀而素

---

① 李延寿撰：《南史》，中华书局 1975 年版，第 324 页。
② 张溥辑，殷孟伦注：《汉魏六朝百三家集题辞注》，人民文学出版社 1960 年版，第 184 页。
③ 萧统编，李善注：《文选》下册，中华书局 1977 年版，第 787 页。
④ 欧阳询撰，汪绍楹校：《艺文类聚》卷四十八，上海古籍出版社 1982 年版，第 870 页。

霜霤。衣冠缅邈,弓剑不追,敢缉讴颂,髣髴希夷。(《孝武帝哀策文》)①

　　楹凝桂酒,庭肃龙辒,风吹国路,云起郊门。皇帝伤总緫之掩彩,悼副袆之灭华。行光既晏,长河又斜,顾而言曰:琁瑶有毁,郁烈无烟。翦素裁简,授之史臣。(《皇太子妃哀策文》)②

上引序文部分皆按照出殡之景、叙说哀情、授命史臣的程式展开,着重在中段叙哀痛时使用六言对句,若继续比较后面大段哀辞部分,同样可以看出高度一致的书写程式,这类现象并不是作者创作中的个例,谢庄哀策文前承宋初颜延之《宋文元袁皇后哀策文》,后启南齐沈约《齐明帝哀策文》等创作,已具备南朝哀策文体的普遍格式特征。

　　综上,谢庄作为元嘉后期宫廷哀祭文的代表作家,在此应制文体创作上有大家风范,变而能新,逸而有情,形成深具影响的文学程式。

第三节　刘宋政治中的公牍之作

　　最后考察刘宋政治中谢庄言事陈政的公牍文。谢庄现存公牍文包括《索虏互市议》《申言节俭诏书事》《上搜才表》《让吏部尚书表》《谢赐貂裘表》《让中书令表》《奏改定刑狱》《为尚书八座奏封皇子郡王》《为尚书八座奏改封郡长公主》《为八座太宰夏王表请封禅》(存疑)《上封禅仪注疏》(存疑)《庆皇太子元服上至尊表》《皇太子元服上皇太后表》《东海王让司空表》《北中郎新安王拜司徒章》《又为北中郎将谢兼司徒章》《泰始元年改元大赦诏》等十七篇,有议、表、奏、疏、章、诏等多种公牍文体类型,其中以章表类数量最多,它们属于上行类文书,在汉魏时期使用渐广,文体功能也渐趋成熟,如《文体刍言》评:"汉魏人多有此作(章),唐以后无之。"③"汉初始具此体(表),或曰秦始皇时已有之,然文不可见。其可见者,自东汉以后,其初与奏同为言事之作。"④"自秦已有之(奏),而文不可见,汉

---

①　欧阳询撰,汪绍楹校:《艺文类聚》卷十三,上海古籍出版社1982年版,第258页。
②　欧阳询撰,汪绍楹校:《艺文类聚》卷十六,上海古籍出版社1982年版,第303页。
③　吴曾祺著:《涵芬楼文谈》卷首附录《文体刍言》,商务印书馆1933年版,第103页。
④　吴曾祺著:《涵芬楼文谈》卷首附录《文体刍言》,商务印书馆1933年版,第103页。

世始多用之。"①"（议）录自秦以后，至后人刻集，或谓之奏议，或谓之疏议，盖名异而实未尝不同。"②"若奏议则秦汉已有之矣。"③章、表、奏、议在汉魏阶段得到迅速发展，并且属于文学性相对较强的公牍子类，"章表""奏议"等还出现合称现象，刘勰《文心雕龙·章表》即以类相从，谓："原夫章表之为用也，所以对扬王庭，昭明心曲。既其身文，且亦国华。"④"章以造阙，风矩应明，表以致禁，骨采宜耀：循名课实，以章为本者也。"⑤又如，古人往往以"奏议"指代公文，清修《四库全书》"史部"立"诏令奏议类"，即专门收录"奏议"文集。在南朝阶段，章表为臣下向帝王上奏的公文，有章、表、奏、议、对、疏、上书等多种名类，具"辅政""经国"的政治性，语言往往以典雅谦恭著称，即所谓"奏议宜雅，书论以理。"⑥"论精微而朗畅，奏平彻以闲雅。"⑦谢庄现存十七篇公牍即以上行章表文为主，张溥言："明帝定乱，命（谢庄）作赦诏，酌酒立成，云子业'事秽东陵，行汙飞走'，虽钟鼓讨伐之辞，殆直自快胸怀矣。文章四百余首，今仅存此。封禅仪注奏，藻丽云汉，欲摹长卿。搜才定刑二表与索虏互市议，雅人之章，无忝国器。"⑧据知，张溥提及了谢庄五篇著名章表，即《泰始元年改元大赦诏》《为八座太宰江夏王表请封禅》《上搜才表》《奏改定刑狱》与《索虏互市议》，它们的文学性相较于诗歌辞赋而言较弱，却最能体现谢庄的政治思想及情操，结合谢庄其余公牍作品，我们可大致将它们分成独善免祸、应制颂德与兼济为政三大类，这些时政书写也折射出刘宋政治的诸多面向与议题，略述如次。

其一，独善免祸。晋宋之际，寒门武人建立起刘宋政权，并形成与贵族拮抗的军政势力，据《宋书》载："先是高祖遗诏，京口要地，去都邑密迩，自非宗室近戚，不得居之。"⑨高门贵族丧失军事支配权，这一情势在刘裕时期便被固定下来，有学者指出："（刘宋早期）军事力量的形成是建立在排除贵族这一基础之上的，而且它还朝着自我完善的方向发展。"⑩故宋文帝等表面上虽尊重上层高门

---

① 吴曾祺著：《涵芬楼文谈》卷首附录《文体刍言》，商务印书馆 1933 年版，第 102 页。
② 吴曾祺著：《涵芬楼文谈》卷首附录《文体刍言》，商务印书馆 1933 年版，第 102 页。
③ 吴曾祺著：《涵芬楼文谈》卷首附录《文体刍言》，商务印书馆 1933 年版，第 96 页。
④ 刘勰撰，范文澜注：《文心雕龙注》，人民文学出版社 2006 年版，第 408 页。
⑤ 刘勰撰，范文澜注：《文心雕龙注》，人民文学出版社 2006 年版，第 408 页。
⑥ 曹丕等著：《典论、四六谈尘、容斋四六丛谈、四六话》，商务印书馆 1936 年版，第 444 页。
⑦ 陆机著，张少康集释：《文赋集释》，人民文学出版社 1996 年版，第 99 页。
⑧ 张溥辑，殷孟伦注：《汉魏六朝百三家集题辞注》，人民文学出版社 1960 年版，第 184-185 页。
⑨ 沈约撰：《宋书》，中华书局 1974 年版，第 2019 页。
⑩ 川胜义雄著，徐谷梵、李济沧译：《六朝贵族制社会研究》，上海古籍出版社 2007 年版，第 234 页。

士族,而军权却再也回不到贵族之手了。与此同时,遭遇朝廷的猜忌和打压,谢氏家族至谢庄一辈已辉煌不在。面对帝王的屡次试探及"委以重任",谢庄不得不认真思考其御用文人的处境及身份定位,小心谨慎地一再上表请辞,以求保身存命,故此类章表往往兼具说理与陈情的功能。

孝建元年(454),谢庄转任吏部尚书,被委以掌管官吏选拔和任用的重任。吏部尚书为掌管全国官吏的任免、考课、升降、调动事务的长官,位高权重。同时,孝武帝又增设一名吏部尚书来互相牵制,间接削权。谢庄屡次推托身体有病,要求免去职务,并上《让吏部尚书表》,陈情曰:"且不习冠制,赵客兴鉴,未闲统驭,郑臣有规,匪瘠身讥。"①《文章辨体序说》言:"表,明也,标也,标著事绪使之明白以告乎上也。"②表作为一种实用文体,由于其所呈对象的特殊性,一般风格典雅,遵循规范。而谢庄上表的目的是急于保身全家,难免多情感外露之处,如其《与大司马江夏王义恭笺》《与左仆射书》等也是陈情辞官,特别是前篇虽为书信之体,实与刘宋政治有千丝万缕的联系,颇有李密《陈情表》之情致,反复陈说,一再请辞。除此他还作有《让中书令表》,表云:"伏惟陛下,登驭震维,临齐璿政,泽与风翔,恩从云动。臣闻壁门天邃,凤沼神深,丝纶王言,出纳帝命。自非望允当时,誉宣庠塾,未有谬垂曲宠,空席兹荣,在于年壮,犹不可勉。况今绵痼,百志俱沦。"③中书令原为汉武帝时宦者任之,掌传宣诏命之官,至南北朝时,任中书令者多为当时有文学名望的人。谢庄一再上表请辞高官美宦,可谓用心良苦,思虑长远。

其二,应制颂德。高门贵族之势在南朝已如强弩之末,他们普遍采取防御的姿态,然其文化影响力还是广泛存在的,甚至在元嘉时期普遍受到礼赞,深具文化话语权,同时寒门皇权也需要他们贡献颂歌,点缀升平。

古代奏议包含诸多传统封建礼教观念及阿谀逢迎之辞,谢庄除有朝堂谢恩礼仪之章《北中郎新安王拜司徒章》《又为北中郎将谢兼司徒章》外,应制颂德的文章占其章表文的绝大多数。出于应制的需要,谢庄创作了许多明显歌功颂德的章表,如《谢赐貂裘表》《为东海王让司空表》《为八座太宰江夏王表请封禅》(存疑)《为尚书八座奏封皇子郡王》《庆皇太子元服上至尊表》等,古之"章表"一词,时或为公牍之代称,一般指的是臣僚所作的上行类公文,而在谢庄下行类公牍

① 欧阳询撰,汪绍楹校:《艺文类聚》卷四十八,上海古籍出版社 1982 年版,第 857-858 页。
② 吴讷著,于北山校点:《文章辨体序说》,人民文学出版社 1962 年版,第 37 页。
③ 欧阳询撰,汪绍楹校:《艺文类聚》卷四十八,上海古籍出版社 1982 年版,第 874 页。

中，其代上所拟之宽赦诏《泰始元年改元大赦诏》①，也是其应制颂德类文章中的代表作。

谢庄礼仪之章，以谢恩颂德为主旨。今仅存两篇，即《北中郎新安王拜司徒章》《又为北中郎将谢兼司徒章》，皆为偏向于谢恩的章牍。《文心雕龙》曰："章以谢恩。"②《文体明辨》谓："及考后汉，论谏庆贺，间亦称章。"③据笔者统计，严可均辑录先唐章文三十三篇，以汉魏六朝居多，其中西汉、陈代阙如，两晋、北朝仅余一篇，前者为西晋裴秀《平吴表章》，后者为北魏温子升《魏帝纳皇后群臣上礼章》，另有庆贺类七篇、谢恩类十八篇，其余辞让、进谏等类别均不超过二篇，可知其时章文功用以庆贺谢恩为主，现存谢庄之章的基本功用集于"谢贺"一端，符合章类体用。

谢庄应制之诏，肩负敷政使命，达布四野。詹锳议曰："'诏'，是向臣民发布的告示、命令，所以与'令'为同义词。"④泰始元年（465）十二月，宋明帝刘彧即皇帝位，谢庄上《泰始元年改元大赦诏》，这篇诏书较好地体现出了应制颂德的特点，如曰："高祖武皇帝德洞四瀛，化绵九服。太祖文皇帝以大明定基；世祖孝武皇帝以下武宁乱。日月所照，梯山航海；风雨所均，削衽袭带。所以业固盛汉，声溢隆周。"⑤作者以赞美歌颂的笔调对宋明帝前的三位"明君"进行褒扬，追溯刘宋所兴之由。继而对前废帝刘子业"人面兽心"的种种暴行及带来的灾难进行抨击，谓："子业凶器自天，忍悖成性，人面兽心，见于龆日，反道败德，著自比年。其狎侮五常，怠弃三正，矫诬上天，毒流下国，实开辟所未有，书契所未闻。再罹遘密，而无一日之哀；齐斩在躬，方深北里之乐。虎兕难匣，凭河必彰，遂诛灭上宰，穷蛑逆之酷，虐害国辅，究拏戮之刑。子鸾同生，以昔憾殄殪。敬猷兄弟，以睚眦歼夷。……百僚危气，首领无有全地；万姓崩心，妻子不复相保。所以鬼哭山鸣，星钩血降，神器殆于驭索，景祚危于缀旒。"⑥谢庄曾因"赞轨尧门"而九死一生，这是他抹不去的梦魇，故云："子鸾同生，以昔憾殄殪。敬猷兄弟，以睚眦歼夷"，待刘子业即位，对殷贵妃的子女戮之唯恐不尽，兄弟手足之间睚眦必报，没有半

① 据严可均《全宋文》所辑 18 篇宽赦诏，仅有谢庄此诏为代作。
② 刘勰撰，范文澜注：《文心雕龙注》，人民文学出版社 2006 年版，第 406 页。
③ 吴讷，徐师曾著，于北山，罗根泽点校：《文章辨体序说·文体明辨序说》，人民文学出版社 1962 年版，第 121 页。
④ 刘勰著，詹锳义证《文心雕龙义证》，上海古籍出版社 1989 年版，第 723 页。
⑤ 沈约撰：《宋书·明帝纪》，中华书局 1974 年版，第 153 页。
⑥ 沈约撰：《宋书·明帝纪》，中华书局 1974 年版，第 153 页。

点亲情可言,种种暴行致使"百僚危气""万姓崩心""鬼哭山鸣,星钩血降,神器殆于驭索,景祚危于缀旒",前废帝失败的结局早已注定。谢庄行文饱含一己凄怆之情,但更多的是"借题发挥",为应制颂德服务。此外,谢庄多篇谢让之表、拜请之奏,与上述大赦诏在应制颂德方面如出一辙,文学性弱,作为史料对待更具价值。

其三,兼济为政。宋文帝励精图治,百废俱兴,曾于元嘉年间三次北伐,可惜胡马临江,终结了元嘉盛世,然这番元嘉之治的盛世景象被子民长久地称道与缅怀。元嘉三十年(453),太子刘劭弑父自立,改元太初。宋文帝第三子刘骏起兵讨伐。四月至建康新亭,即皇帝位,是为宋世祖孝武皇帝。孝武帝即位,大展拳脚,颁布了许多有益民生的政教法令,如下《举才诏》鼓励广举有才秀孝,时除侍中的谢庄自以为发挥才华的时机到来,连上《索虏互市议》《申言节俭诏书事》等一系列章奏表达政见,望获擢用。据《宋书》本传载:"世祖即位,索虏求互市,江夏王义恭、竟陵王诞、建平王宏、何尚之、何偃以为宜许;柳元景、王玄谟、颜竣、谢庄、檀和之、褚湛之以为不宜许。时遂通之。大明二年,虏寇青州,为刺史颜师伯所破,退走。"①公元 453 年,北魏向刘宋提出开放边境贸易的要求,孝武帝随即下诏让群臣讨论,谢庄《索虏互市议》是在此背景下诞生,当时却未被采纳。在文中谢庄细致阐述、层层分析,极富政治远见,预见了索虏不讲诚信、终会背约的结果,议曰:"臣愚以为獯猃弃义,唯利是视,关市之请,或以觇国,顺之示弱,无明柔远,距而观衅,有足表强。"②谢庄还对比分析敌我双方的心态与实力,事实也证明谢庄之论具有先见性,史载:"大明二年,虏寇青州,为刺史颜师伯所破,退走。"③果然一味迁就、迎合于国于民都将造成不利的影响。

宋孝武帝在登基后,还曾颁下节俭诏书,谢庄针对此事作《申言节俭诏事书》④,希冀申言节俭一事可以得到很好地贯彻,文曰:"'贵戚竞利,兴货廛肆者,悉皆禁制。'此实允惬民听。其中若有犯违,则应依制裁纠。若废法申恩,便为令有所屈。此处分伏愿深思,无缘明诏既下,而声实乖爽。臣愚谓大臣在禄位者,尤不宜与民争利,不审可得在此诏不? 拔葵去织,实宜深弘。"⑤有学者指出南朝

① 沈约撰:《宋书·谢庄传》,中华书局 1974 年版,第 2168 页。
② 沈约撰:《宋书·谢庄传》,中华书局 1974 年版,第 2168 页。
③ 沈约撰:《宋书·谢庄传》,中华书局 1974 年版,第 2168 页。
④ 张溥《汉魏六朝百三家集·谢光禄集》提名《请弘风则表》。
⑤ 沈约撰:《宋书·谢庄传》,中华书局 1974 年版,第 2169 页。

第四章 谢庄的其他文章创作

文士奏疏中多有相关表述："不论是对'富兼贫'的批判，对'井田制'的憧憬，还是重农主义的治国思想，自战国两汉以来久已成为思想传统中的经典表述，在六朝奏疏中也绝不鲜见。"①这些都反映出士族群体对兼济为政传统的继承，谢庄上书亦普遍带有忧国忧民、兼济为政的儒家情怀。同时，从中我们还能看到法家的峻切，先秦法家认为执政之忌乃是"废法申恩"，在法令面前必须绝无私人恩情可言，并主张严格执法而不加宽贷，谢庄公牍亦表现出明显的严刑峻法特征。

此外，谢庄的《上搜才表》《奏改定刑狱》等也是具有真知灼见的优秀章表，对于今人了解当时的察选人才与申韩治术有一定的帮助。

前者《上搜才表》作于宋孝武帝刘骏孝建元年（454），谢庄时为左卫将军、吏部尚书，因察选人才途径过窄，官员任免大权皆掌于吏部尚书之手，遂上此表，实为响应孝武帝即位后多次下诏选才任能的举措，在一番纵论铺垫后，谢庄认为："如臣愚见，宜普命大臣，各举所知，以付尚书，依分铨用。若任得其才，举主延赏；有不称职，宜及其坐。重者免黜，轻者左迁，被举之身，加以禁锢，年数多少，随愆议制。若犯大辟，则任者刑论。又政平讼理，莫先亲民，亲民之要，实归守宰……今莅民之职，自非公私必应代换者，宜遵六年之制，进获章明庸堕，退得民不勤扰。如此则下无浮谬之愆，上靡弃能之累，考绩之风载泰，樵薪之歌克昌……"②谢庄指出在人才选用上"宜普命大臣，各举所知，以付尚书，依分铨用"，并对其任职及其举荐者实行连坐，赏罚分明。据宫崎市定所论，宋齐两代九品官人法已固定，"根据家格在一定范围内任用为官吏，进退黜陟"③，同时在寒人掌机要的背景下，也有着双轨制并行的现状，即一方面"贵族垄断清官"④，一方面"庶族充任勋位"⑤，谢庄《上搜才表》虽有一定的贵族阶层局限性，但也进行了某种程度的调和，在士庶间其以申韩之术保障举才之途。

后者《奏改定刑狱》作于大明元年（457），宋孝武帝起用谢庄为都官尚书以掌管刑法，谢庄结合古训今事畅谈："臣闻明慎用刑，厥存姬典，哀矜折狱，实晖吕命。罪疑从轻，既前王之格范……逮汉文伤不辜之罚，除相坐之令，孝宣倍深文之吏，立鞠讯之法，当是时也，号称刑清……顷年军旅余弊，劫掠犹繁，监司讨获，

① 林晓光著：《王融与永明时代：南朝贵族及贵族文学的个案研究》，上海古籍出版社 2014 年版，第 300 页。
② 沈约撰：《宋书·谢庄传》卷八十五，中华书局 1974 年版，第 2170 页。
③ 宫崎市定著，韩昇、刘建英译：《九品官人法研究：科举前史》，中华书局 2008 年版，第 17 页。
④ 宫崎市定著，韩昇、刘建英译：《九品官人法研究：科举前史》，中华书局 2008 年版，第 17 页。
⑤ 宫崎市定著，韩昇、刘建英译：《九品官人法研究：科举前史》，中华书局 2008 年版，第 17 页。

多非其实……臣近兼讯,见重囚八人,旋观其初,死有余罪,详察其理,实并无辜。恐此等不少,诚可怵惕也。"①谢庄洞若观火,提出改定刑狱的建议:"愚谓此制宜革。自今入重之囚,县考正毕,以事言郡,并送囚身,委二千石亲临核辩,必收声吞衅,然后就戮。若二千石不能决,乃度廷尉,神州统外,移之刺史,刺史有疑,亦归台狱。"②作者冀望改定刑狱以达"必令死者不怨,生者无恨。庶鬻棺之谚,辍叹于终古;两造之察,流咏于方今"③的目的,此奏结尾谦称自己法家治术所学尚浅:"臣学阙申、韩,才寡治术,轻陈庸管,惧乖国宪。"④事实上,自汉代以来此类在公牍中出现的谈论刑法的书写,在表面上总有着儒家崇尚宽简的表达,而谢庄《奏改定刑狱》追述怀念的是汉文孝宣时之法令刑清,针对时弊提出应对的申韩治术,儒法兼施。这番依据事实提出建议,并发出"必令死者不怨,生者无恨"的恳切言论,对于身处南朝时代背景的作者而言是难能可贵的。

谢庄以上独善免祸、应制颂德与兼济为政等类别公牍之作最能反映他的政治思想及情操,这些公牍也包含刘宋政治的诸多议题,并在艺术上有一定的特色,张燮曰:"(谢庄)表奏诸体,蔚矣其文。"⑤如惯于用典,《泰始元年改元大赦诏》之"事秒东陵,行汗飞走"⑥,"东陵"指《庄子·骈拇》:"伯夷死名于首阳之下,盗跖死利于东陵之上。二人者,所死不同,其于残生伤性均也,奚必伯夷之是而盗跖之非乎!"⑦以"东陵"代称古人跖;《让吏部尚书表》:"招才琴钓之上,取士歌牧之中"⑧,指吕尚(姜太公)垂钓、驺忌鼓琴事,泛指贤士隐居;《申言节俭诏书事》:"拔葵去织"⑨,指《史记·循吏列传》:"(公仪休)食茹而美,拔其园葵而弃之。见其家织布好,而疾出其家妇,燔其机,云:'欲令农士工女,安所雠其货乎?'"⑩乃为居官不与民争利的典故。谢庄之文虽尚不至于过多的堆砌典故,然这些公牍还是明显存在内容狭窄的问题,以文学作品待之难免乏味,但谢庄是具有抱负的政治家,分析时政条分缕析,其主张与谢灵运颇为相似,即对内要求不限门阀、

① 沈约撰:《宋书·谢庄传》卷八十五,中华书局 1974 年版,第 2172-2173 页。
② 沈约撰:《宋书·谢庄传》卷八十五,中华书局 1974 年版,第 2173 页。
③ 沈约撰:《宋书·谢庄传》卷八十五,中华书局 1974 年版,第 2173 页。
④ 沈约撰:《宋书·谢庄传》卷八十五,中华书局 1974 年版,第 2173 页。
⑤ 张燮著,王京州笺注:《七十二家集题辞笺注》,上海古籍出版社 2016 年版,第 208 页。
⑥ 沈约撰:《宋书·明帝纪》,中华书局 1974 年版,第 153 页。
⑦ 郭庆藩撰,王孝鱼点校:《庄子集释》中册,中华书局 2008 年版,第 323 页。
⑧ 欧阳询撰,汪绍楹校:《艺文类聚》卷四十八,上海古籍出版社 1982 年版,第 857 页。
⑨ 沈约撰:《宋书·谢庄传》,中华书局 1974 年版,第 2169 页。
⑩ 司马迁著:《史记》,中华书局 2006 年版,第 695 页。

广用人才、扩大言路，对外提倡收复中原、反对妥协、拒绝和议，通过这些公牍体现出的作者在政治上的远见性是值得赞扬的。同时，某些篇目在具体内容上还丰富了中古语汇，具有一定的创新性，如《北中郎新安王拜司徒章》中"辨其动植"①一句，"动植"一词指的是动物与植物，这在谢庄创作于同时稍后的《孝武帝哀策文》中也出现"祯被动植"的同词表述，晋宋之际的谢灵运，在提及动物与植物时，还是分述的，如《山居赋》："植物既载，动类亦繁。飞泳骋透，胡可根源。"②直到谢庄创作，才首次出现目前可考的以"动植"指代动植物的合称语汇，新造语词的例子还有不少，此不赘述。

---

① 欧阳询撰，汪绍楹校：《艺文类聚》卷四十七，上海古籍出版社 1982 年版，第 838 页。
② 严可均校辑：《全上古三代秦汉三国六朝文》，中华书局 1958 年版，第 2606 页。

第五章　形文·声文·情文：谢庄文学创作论

　　谢庄文学创作具有美文化、抒情性倾向，既有形文"典之繁，对之密"，也有声文"别宫商，识清浊"，还有情文"唱颂风习，清雅可怀"等主要特征，这些既是其自身文学才华的外显，又反映出典型的时代特色。

　　谢庄身处晋宋文学因革之际，清人沈德潜谓："诗至于宋，性情渐隐，声色大开，诗运一转关也。"①当时的文坛处于"诗运转关"，各类文体艺术形式的探讨也越发受刘宋文人的重视，总体往往呈现词采先于性情之风貌。南朝刘勰《文心雕龙·情采》曾系统概括前人创作及理论，指出："故立文之道，其理有三：一曰形文，五色是也；二曰声文，五音是也；三曰情文，五性是也。五色杂而成黼黻，五音比而成韶夏，五情发而为辞章，神理之数也。"②这里的"形文""声文"与"情文"是刘勰得出的"美文"的三个层面特征。一般而言，形文与声文可以看作是情文的具体表现，后者情文才是美文真正要达到的目的。文学创作实践与相关理论往往并不同步，理论是在大量创作实践基础上的科学总结，然其势之起确有端倪可寻，质变前有量变蓄力的过程，而谢庄正是处于美文化创作的转关蓄力期，其创作便具有上述典型的三文之美，即形文上的"典之繁，对之密"，声文上的"别宫商，识清浊"，以及情文上的"唱颂风习，清雅可怀"，分述如下。

---

①　沈德潜著，霍松林校注：《说诗晬语》卷上，人民文学出版社 1979 年版，第 203 页。
②　刘勰撰，范文澜注：《文心雕龙注》，人民文学出版社 2006 年版，第 537 页。

第一节 形文："典之繁，对之密"

通过前述章节对谢庄诗、赋、文特色的具体分析，可知其创作对于外在艺术形式的追求是丰富的，在情感表达抒发上却没有那么多样化，即形文、声文与情文发展的不协调。而正是由于谢庄着力于诗文形式美、音韵美的挖掘，也使得其成为永明声律创变之先声成为可能。考察谢庄的诗文创作，可以看出他首先在用典与对仗上颇下功夫，正如南朝钟嵘《诗品》序言所论："颜延、谢庄，尤为繁密，于时化之。故大明、泰始中，文章殆同书钞。"①谢庄等人创作力求典繁、对密，创作倾向于"繁密"。后继效仿者水平不高，"于时化之"，造成"大明、泰始中，文章殆同书钞"的现象。诗文形式上的"典之繁""对之密"，可以说是谢庄自身创作特征中令人"诟病"的一点，但却是时风的真实反映，也是构成其作品总体特征的重要组成部分之一。

一、典之繁

用典，又称用事，可以是运用古书里的语词或人事，也可以是局部地模拟古语，它能够使得文本间的关系被唤起，语义容量扩大。南朝时人便已对典事之用有了总结，刘勰《文心雕龙》专列"事类"篇曰："事类者，盖文章之外，据事以类义，援古以证今者也。"②关于用典之妙，刘永济先生《文心雕龙校释·丽辞篇》说过："文家用古事以达今意，后世谓之用典，实乃修辞之法，所以使言简而意赅也。故用典所贵，在于切意，切意之典，约有三美；一则意婉而尽，二则藻丽而富，三则气畅而凝。"③用典是给文章增色的手段之一，它给诗文以绮丽之美，但用典过于繁密就会使"文章殆同书钞"，晦涩难读。当时的文坛领袖颜延之曾以"错彩镂金"的诗风引领着文学创作的潮流，探究根源这与士人的仕途进退有关。在士庶文化优势消长、社会尚文日笃的时代氛围中，为获提拔，文人们在诗文中以博学相标榜无疑是一条"终南捷径"，而事实上过分重视社会需求而忽视了情感抒发，也会造成像颜延之类作家"生前名噪，身后寂寞"的结局。

---

① 钟嵘著，曹旭集注：《诗品集注》，上海古籍出版社 1994 年版，第 10-11 页。
② 刘勰撰，范文澜注：《文心雕龙注》，人民文学出版社 2006 年版，第 614 页。
③ 刘永济编著：《文心雕龙校释》，正中书局 1948 年版，第 43 页。

谢庄诗文既有局部地模拟古语,又有运用古书里的语词或人事,这些皆属于使事用典的范畴。据笔者统计,其中引自《诗经》《尚书》《楚辞》中的典事最多,皆在十则以上,其余从多到少依次为《周易》《左传》《淮南子》《周礼》《庄子》《穆天子传》《论语》《礼记》《管子》《山海经》《古诗十九首》《孝经》《韩非子》《国语》《文子》《老子》《列女传》《吕氏春秋》等,此外还有很多引自《史记》《汉书》《三国志》等史料文献的只言片语。

作为占据文化优势的名门望族之后,谢庄在诗文作品中引经据典是其炫耀知识的手段,也是其展现才华的方式。谢庄经常把众多典故堆垛在一起,晦涩处不免造成文与情的分离。但不可否认,有些典故运用得恰到好处会给文章增色不少,使行文言简意赅,收到意在言外的效果。如《申言节俭诏书事》中"拔葵去织"①一典,乃为居官不与民争利的典故,来自《史记·循吏列传》:"(公仪休)食茹而美,拔其园葵而弃之。见其家织布好,而疾出其家妇,燔其机,云:'欲令农士工女,安所雠其货乎?'"②联系上下文:"'贵戚竞利,兴货廛肆者,悉皆禁制。'此实允惬民听。其中若有犯违,则应依制裁纠。若废法申恩,便为令有所屈。此处分伏愿深思,无缘明诏既下,而声实乖爽。臣愚谓大臣在禄位者,尤不宜与民争利,不审可得在此诏不?拔葵去织,实宜深弘。"③谢庄于此一方面表达了对孝武帝刘骏下"节俭诏"强调"不与民争利"的赞成与回应,另一方面也流露出对诏书内容是否能被认真执行下去的担心与忧虑。还有《奏改定刑狱》中"昔齐女告天,临淄台殒;孝妇冤戮,东海愆阳,此皆符变灵祇,初咸景纬"④句,谢庄也巧妙地在对句中嵌入了典事,其中"齐女告天,临淄台殒"的典故是关于"庶女告天,振风袭于齐台"的传说,而"孝妇冤戮,东海愆阳"则是有关东海孝妇含冤而死,终得平反的故事,都是较为人所熟知的呼述冤情的典故。结合谢庄上书主张改革刑狱的内容:"臣闻明慎用刑,厥存姬典,哀矜折狱,实晖吕命。罪疑从轻,既前王之格范……臣近兼讯,见重囚八人,旋观其初,死有余罪,详察其理,实并无辜。恐此等不少,诚可怵惕也……旧官长竟因毕,郡遣督邮案验,仍就施刑。督邮贱吏,非能异于官长,有案验之名,而无研究之实。愚谓此制宜革。自今入重之囚,县考正毕,以事言郡,并送囚身,委二千石亲临核辩,必收声吞峄,然后就戮。若二千石

---

① 沈约撰:《宋书·谢庄传》,中华书局 1974 年版,第 2169 页。
② 司马迁著:《史记》,中华书局 2006 年版,第 695 页。
③ 沈约撰:《宋书·谢庄传》,中华书局 1974 年版,第 2169 页。
④ 沈约撰:《宋书·谢庄传》,中华书局 1974 年版,第 2173 页。

不能决，乃度廷尉，神州统外，移之刺史，刺史有疑，亦归台狱。"①大明元年（457），宋孝武帝起用谢庄为都官尚书以掌管刑法，庄提出改定刑狱的建议，其中最重要的一条便是"必令死者不怨，生者无恨"，"齐女""孝妇"是当时流传较广的熟典，运用在此可谓既为文雅正、契合文意，又起到以情感人、广而告之的效果。

二、对之密

考察谢庄的诗文可以发现，意义的排偶、文句的对仗十分显著，尤其诗歌偶对呈现密集的状态，外在形式上的对之密也是谢庄创作的重要特征之一。

王力先生《汉语诗律学》曾归纳对句种类，共计有十一类二十八门，罗宗强先生据此分析得出以下结论："如果根据王力先生的分类衡量元嘉文学的对句，除干支对、反义连用字对和饮食门之外，其余二十五种对元嘉文学中都已出现，而谢灵运诗中就有二十一种。"②笔者通过对谢庄诗歌（特别是五言诗）的对句情况进行考察，发现其种类已达二十五种之多（即除干支对、饮食对、鸟兽鱼虫对），其中还有运用难度较高的反义连用字对，在数量上超过谢灵运的二十一种，现归纳如下：

（一）天文对

> 凯风扇朱辰，白云流素节。（《歌白帝辞》）③
>
> 舞凤泛龙常，轮霞浮玉轫。（《烝斋应诏诗》）④
>
> 委霰下璇蕤，叠雪翻琼藻。（《和元日雪花应诏诗》）⑤
>
> 掩映顺云悬，摇裔从风扫。（《和元日雪花应诏诗》）⑥
>
> 烟竟山郊远，雾罢江天分。（《侍宴蒜山诗》）⑦
>
> 仙乡降朱霭，神郊起青云。（《侍宴蒜山诗》）⑧
>
> 林远炎天隔，山深白日亏。（《游豫章西山观洪崖井诗》）⑨

① 沈约撰：《宋书·谢庄传》，中华书局 1974 年版，第 2172-2173 页。
② 罗宗强著：《魏晋南北朝文学思想史》，中华书局 2006 年版，第 156 页。
③ 沈约撰：《宋书·乐志》卷二十，中华书局 1974 年版，第 570 页。
④ 徐坚等著：《初学记》卷十三，中华书局 1962 年版，第 319 页。
⑤ 冯惟讷编，吴琯校刊：《古诗纪》卷五十六，影印文渊阁《四库全书》本。
⑥ 冯惟讷编，吴琯校刊：《古诗纪》卷五十六，影印文渊阁《四库全书》本。
⑦ 欧阳询撰，汪绍楹校：《艺文类聚》卷八，上海古籍出版社 1965 年版，第 143 页。
⑧ 欧阳询撰，汪绍楹校：《艺文类聚》卷八，上海古籍出版社 1965 年版，第 143 页。
⑨ 欧阳询撰，汪绍楹校：《艺文类聚》卷二十八，上海古籍出版社 1965 年版，第 503 页。

隐暧松霞被，容与涧烟移。(《游豫章西山观洪崖井诗》)①

燕起知风舞，础润识云流。(《喜雨诗》)②

微风清幽幌，余日照青林。(《北宅秘园》)③

（二）时令对

夕天霁晚气，轻霞澄暮阴。(《北宅秘园》)④

冽泉承夜湛，零雨望晨浮。(《喜雨诗》)⑤

辍机起春暮，停箱动秋衿。(《七夕夜咏牛女应制诗》)⑥

（三）地理对

游阴腾鹄岭，飞清起凤池。(《游豫章西观洪崖井诗》)⑦

翔州凝寒气，秋浦结清阴。(《自浔阳至都集道里名为诗》)⑧

（四）宫室对

珠殿釭未沫，瑶庭露已深。(《七夕夜咏牛女应制诗》)⑨

崇馆非陈宇，茂苑岂旧林。(《自浔阳至都集道里名为诗》)⑩

（五）器物对

苏旗简庙律，笋钺畅乾灵。(《侍宴蒜山诗》)⑪

龙旌拂纤景，凤盖起流云。(《侍宴蒜山诗》)⑫

击辕歌至世，抚壤颂惟馨。(《江都平解严诗》)⑬

---

① 欧阳询撰，汪绍楹校：《艺文类聚》卷二十八，上海古籍出版社1965年版，第503页。
② 欧阳询撰，汪绍楹校：《艺文类聚》卷二，上海古籍出版社1965年版，第28页。
③ 欧阳询撰，汪绍楹校：《艺文类聚》卷六十五，上海古籍出版社1965年版，第1161页。
④ 欧阳询撰，汪绍楹校：《艺文类聚》卷六十五，上海古籍出版社1965年版，第1161页。
⑤ 欧阳询撰，汪绍楹校：《艺文类聚》卷二，上海古籍出版社1965年版，第28页。
⑥ 欧阳询撰，汪绍楹校：《艺文类聚》卷四，上海古籍出版社1965年版，第77页。
⑦ 欧阳询撰，汪绍楹校：《艺文类聚》卷二十八，上海古籍出版社1965年版，第503页。
⑧ 欧阳询撰，汪绍楹校：《艺文类聚》卷五十六，上海古籍出版社1982年版，第1008页。
⑨ 欧阳询撰，汪绍楹校：《艺文类聚》卷四，上海古籍出版社1965年版，第77页。
⑩ 欧阳询撰，汪绍楹校：《艺文类聚》卷五十六，上海古籍出版社1982年版，第1008页。
⑪ 欧阳询撰，汪绍楹校：《艺文类聚》卷八，上海古籍出版社1965年版，第143页。
⑫ 欧阳询撰，汪绍楹校：《艺文类聚》卷八，上海古籍出版社1965年版，第143页。
⑬ 欧阳询撰，汪绍楹校：《艺文类聚》卷五十九，上海古籍出版社1965年版，第1066页。

迴舻祐绳户,收棹掩荆关。(《山夜忧》)①

（六）衣饰对

舍簪神区外,整褐灵乡垂。(《游豫章西观洪崖井诗》)②

陆离迎宵佩,倏烁望昏簪。(《七夕夜咏牛女应制诗》)③

（七）文具对

山经亟旋览,水牒勤敷寻。(《自浔阳至都集道里名为诗》)④

（八）文学对

方见六诗和,永闻九德润。(《烝斋应诏诗》)⑤

（九）草木花果对

合颖行盛茂,分穗方盈畴。(《喜雨诗》)⑥

转蕙方因委,层华正氛氲。(《侍宴蒜山诗》)⑦

青苔芜石路,宿草尘蓬门。(《怀园引》)⑧

（十）形体对

回首瞻东路,延翮向秋方。(《怀园引》)⑨

（十一）人事对

击辕歌至世,抚壤颂惟馨。(《江都平解严诗》)⑩

观生识辛渥,睇服惭揾恪。(《烝斋应诏诗》)⑪

---

① 孙星衍辑:《续古文苑》卷四,商务印书馆 1937 年版,第 228 页。
② 欧阳询撰,汪绍楹校:《艺文类聚》卷二十八,上海古籍出版社 1965 年版,第 503 页。
③ 欧阳询撰,汪绍楹校:《艺文类聚》卷四,上海古籍出版社 1965 年版,第 77 页。
④ 欧阳询撰,汪绍楹校:《艺文类聚》卷五十六,上海古籍出版社 1982 年版,第 1008 页。
⑤ 徐坚等著:《初学记》卷十三,中华书局 1962 年版,第 319 页。
⑥ 欧阳询撰,汪绍楹校:《艺文类聚》卷二,上海古籍出版社 1965 年版,第 28 页。
⑦ 欧阳询撰,汪绍楹校:《艺文类聚》卷八,上海古籍出版社 1965 年版,第 143 页。
⑧ 孙星衍辑:《续古文苑》卷四,商务印书馆 1937 年版,第 229-230 页。
⑨ 孙星衍辑:《续古文苑》卷四,商务印书馆 1937 年版,第 229-230 页。
⑩ 欧阳询撰,汪绍楹校:《艺文类聚》卷五十九,上海古籍出版社 1965 年版,第 1066 页。
⑪ 徐坚等著:《初学记》卷十三,中华书局 1962 年版,第 319 页。

观德欣临籍,瞻道乐游汾。(《侍东耕诗》)①

(十二)人伦对

朝晏推物泰,通渥抃身宁。(《江都平解严诗》)②

(十三)代名对

调石飞延露,裁金起承云。(《侍宴蒜山诗》)③

(十四)方位对

中权临楚路,前茅望吴云。(《从驾顿上诗》)④

西郊灭烟浈,东溟起昭晋。(《烝斋应诏诗》)⑤

琁居照汉右,芝驾肃河阴。(《七夕夜咏牛女应制诗》)⑥

(十五)数目对

方见六诗和,永闻九德润。(《烝斋应诏诗》)⑦

笙镛流七始,玉帛承三造。(《烝斋应诏诗》)⑧

(十六)颜色对

凯风扇朱辰,白云流素节。(《歌黄帝辞》)⑨

紫阶协笙镛,金途展应辣。(《烝斋应诏诗》)⑩

青溪如委黛,黄沙似舒金。(《自浔阳至都集道里名为诗》)⑪

---

① 欧阳询撰,汪绍楹校:《艺文类聚》卷三十九,上海古籍出版社 1965 年版,第 703 页。

② 欧阳询撰,汪绍楹校:《艺文类聚》卷五十九,上海古籍出版社 1965 年版,第 1066 页。

③ 欧阳询撰,汪绍楹校:《艺文类聚》卷八,上海古籍出版社 1965 年版,第 143 页。

④ 欧阳询撰,汪绍楹校:《艺文类聚》卷五十九,上海古籍出版社 1965 年版,第 1066 页。

⑤ 徐坚等著:《初学记》卷十三,中华书局 1962 年版,第 319 页。

⑥ 欧阳询撰,汪绍楹校:《艺文类聚》,上海古籍出版社 1965 年版,第 77 页。

⑦ 徐坚等著:《初学记》卷十三,中华书局 1962 年版,第 319 页。

⑧ 徐坚等著:《初学记》卷十三,中华书局 1962 年版,第 319 页。

⑨ 沈约撰:《宋书·乐志》卷二十,中华书局 1974 年版,第 570 页。

⑩ 徐坚等著:《初学记》卷十三,中华书局 1962 年版,第 319 页。

⑪ 欧阳询撰,汪绍楹校:《艺文类聚》卷五十六,上海古籍出版社 1982 年版,第 1008 页。

（十七）人名对

鲁显阙微迹，秦良灭芳音。（《自浔阳至都集道里名为诗》）①

（十八）地名对

眇眇高湖旷，遥遥南陵深。（《自浔阳至都集道里名为诗》）②

观道雷池侧，访德茅堂阴。（《自浔阳至都集道里名为诗》）③

讯远博望崖，采赋梁山岑。（《自浔阳至都集道里名为诗》）④

稽榭诚淹留，烟台信遐临。（《自浔阳至都集道里名为诗》）⑤

（十九）同义连用字对

委霰下璇蕤，叠雪翻琼藻。（《和元日雪花应诏诗》）⑥

肃镳奉晨发，恭带厕朝闻。（《侍东耕诗》）⑦

幽愿平生积，野好岁月弥。（《游豫章西观洪崖井诗》）⑧

翔州凝寒气，秋浦结清阴。（《自浔阳至都集道里名为诗》）⑨

（二十）反义连用字对

夭桃晨暮发，春莺旦夕喧。（《怀引》）⑩

（二十一）连绵字对

容裔泛星道，逶迤济烟浔。（《七夕夜咏牛女应制诗》）⑪

陆离迎宵佩，倏烁望昏簪。（《七夕夜咏牛女应制诗》）⑫

---

① 欧阳询撰，汪绍楹校：《艺文类聚》卷五十六，上海古籍出版社 1982 年版，第 1008 页。
② 欧阳询撰，汪绍楹校：《艺文类聚》卷五十六，上海古籍出版社 1982 年版，第 1008 页。
③ 欧阳询撰，汪绍楹校：《艺文类聚》卷五十六，上海古籍出版社 1982 年版，第 1008 页。
④ 欧阳询撰，汪绍楹校：《艺文类聚》卷五十六，上海古籍出版社 1982 年版，第 1008 页。
⑤ 欧阳询撰，汪绍楹校：《艺文类聚》卷五十六，上海古籍出版社 1982 年版，第 1008 页。
⑥ 冯惟讷编，吴琯校刊：《古诗纪》卷五十六，影印文渊阁《四库全书》本。
⑦ 欧阳询撰，汪绍楹校：《艺文类聚》卷三十九，上海古籍出版社 1965 年版，第 703 页。
⑧ 欧阳询撰，汪绍楹校：《艺文类聚》卷二十八，上海古籍出版社 1965 年版，第 503 页。
⑨ 欧阳询撰，汪绍楹校：《艺文类聚》卷五十六，上海古籍出版社 1982 年版，第 1008 页。
⑩ 孙星衍辑：《续古文苑》卷四，商务印书馆 1937 年版，第 229-230 页。
⑪ 欧阳询撰，汪绍楹校：《艺文类聚》，上海古籍出版社 1965 年版，第 77 页。
⑫ 欧阳询撰，汪绍楹校：《艺文类聚》，上海古籍出版社 1965 年版，第 77 页。

（二十二）重叠字对

眇眇高湖旷，遥遥南陵深。（《自浔阳至都集道里名为诗》）①

（二十三）副词对

珠殿釭未沫，瑶庭露已深。（《七夕夜咏牛女应制诗》）②
崇馆非陈宇，茂苑岂旧林。（《自浔阳至都集道里名为诗》）③

（二十四）助词对

涧鸟鸣兮夜蝉清，橘露靡兮蕙烟轻。（《山夜忧》）④

（二十五）连介词对

暑未沉而井悶，寓方霆而海溟。（《瑞雪咏》）⑤

据知，其中天文对、器物对、地名对等数量相对较多，与注重刻画自然及物象的时代文风吻合。具体而言，谢庄诗歌对仗种类繁多，意象出现密集，其《七夕夜咏牛女应制诗》等诗便为全篇对偶，五言诗大都为"二一二"的句型，即名词或形容词中间夹一动词，但也还有少数"二二一"句型，如："眇眇高湖旷，遥遥南陵深。……观道雷池侧，访德茅堂阴。"（《自浔阳至都集道里名为诗》）⑥"二三"句型："讯远博望崖，采赋梁山岑。"（《自浔阳至都集道里名为诗》）⑦"二二一"句型："澄淳玄化阐，希微寂理孚。"（《八月侍华林曜灵殿八关斋诗》）⑧在诗中语句意义上的节奏停顿方面，谢灵运失对之处已较少，而事实上谢庄则更少，细究以上五言诗可发现他鲜有在语义上失对的情况出现，甚至其二首八句的五言诗歌《侍东耕诗》《侍宴蒜山诗》，皆四联全对。可以说，身处文学审美迅速发展时期，谢庄在对句上的努力与其时文章追求形式美的文学趋向相一致，而下述声律上的创作尝试则对后人有较大的启示意义。

---

① 欧阳询撰，汪绍楹校：《艺文类聚》卷五十六，上海古籍出版社 1982 年版，第 1008 页。
② 欧阳询撰，汪绍楹校：《艺文类聚》，上海古籍出版社 1965 年版，第 77 页。
③ 欧阳询撰，汪绍楹校：《艺文类聚》卷五十六，上海古籍出版社 1982 年版，第 1008 页。
④ 孙星衍辑：《续古文苑》卷四，商务印书馆 1937 年版，第 228 页。
⑤ 孙星衍辑：《续古文苑》卷四，商务印书馆 1937 年版，第 226-227 页。
⑥ 欧阳询撰，汪绍楹校：《艺文类聚》卷五十六，上海古籍出版社 1982 年版，第 1008 页。
⑦ 欧阳询撰，汪绍楹校：《艺文类聚》卷五十六，上海古籍出版社 1982 年版，第 1008 页。
⑧ 欧阳询撰，汪绍楹校：《艺文类聚》卷七十六，上海古籍出版社 1982 年版，第 1294 页。

第二节　声文:"别宫商,识清浊"

　　谢庄没有留下有关声律创作的理论性论著,其对声韵的掌握情况主要是通过其时文士群体的赞誉及其诗文创作实践等反映出来的。范晔在《狱中与诸甥侄书》中说:"性别宫商,识清浊,斯自然也。观古今文人,多不全了此处,纵有会此者,不必从根本中来。言之皆有实证,非为空谈。年少中,谢庄最有其分,手笔差易,文不拘韵故也。吾思乃无定方,特能济难适轻重。"①在当时文坛领袖范晔的眼中,年轻一辈的谢庄对于五声之韵的掌握是"最有其分"的,"宫商""清浊"本是传统琴曲音乐等上的名称,五音即五声:宫、商、角、徵、羽,《孟子·离娄上》有"不以六律,不能正五音"②之言,《周礼·春官》载:"皆文之以五声,宫商角徵羽""听人声与律吕之声合,谓之为音。或合宫声,或合商声,或合角徵羽之声,听其人之声则知宜歌何诗,若然经云,以六律为之音。"③谢庄"别宫商,识清浊",其知音识律有其家学渊源,也是其自身修养及爱尚的反映。

　　首先,雅道传承,擅通音律。谢氏家族作为东晋南朝一流的文化世族,子弟除了文学创作,还具多方面的艺术才华,如谢尚、谢安等皆精通音乐、善于弹琴,《世说新语·雅量》就记录了一则谢安因琴交友的故事:"戴公从东出,谢太傅往看之。谢本轻戴,见,但与论琴书。戴既无吝色,而谈琴书愈妙,谢悠然知其量。"④戴逵因妙于琴书而被谢太傅认为深有雅量,从轻视转而青眼。南北朝时期,琴曲是世人重要的雅趣之一,产生了如萧衍《琴要》、柳恽《乐议》等琴著,据传有署名谢希逸的《琴论》《雅琴名录》等,均有一定影响。从对自然音律的玩习,到乐谱上宫商、清浊的熟识,再到心领神会地运用于诗文之中,谢庄以其"别宫商,识清浊"的创作实践达到了沈约所谓的"天机启则律吕自调"⑤的状态。范晔十分了解后辈谢庄,曾于《狱中给诸甥侄书》中称赞他知音识律:"性别宫商,识清浊,斯自然也。观古今文人,多不全了此处""年少中,谢庄最有其分,手笔差易,

---

　　① 沈约撰:《宋书·范晔传》,中华书局 1974 年版,第 1830 页。

　　② 汉赵岐注,宋孙奭疏,清阮元校刻:《十三经注疏·孟子注疏·卷七上·离娄章句上》(清嘉庆刊本),中华书局 2009 年版,第 5909 页。

　　③ 汉郑玄注,唐贾公彦疏,清阮元校刻:《十三经注疏·周礼注疏·卷二十三·春官宗伯第三·大师》(清嘉庆刊本),中华书局 2009 年版,第 1719 页。

　　④ 刘义庆著,余嘉锡笺疏:《世说新语笺疏·雅量》,中华书局 1983 年版,第 440 页。

　　⑤ 严可均校辑:《全上古三代秦汉三国六朝文·答陆厥书》,中华书局 1958 年版,第 3125 页。

文不拘韵故也。"①可以得到当时的文坛领袖如此的点名称赏,可见谢庄在音律方面的造诣非同一般。

其次,儒家情怀,清雅典正。操古琴在我国古代社会中是受过良好教育的文人、士大夫们共同的高雅艺术爱好,桓谭《新论》谓:"八音之中,惟弦为最,而琴为之首。"②古时,琴可泛指音乐,还与儒家情怀联系在一起,古人喜欢用不同的琴曲表达儒家济世情怀,如《泽畔吟》《将归操》《猗兰操》《龟山操》等用以展现的是文人穷厄之怀才不遇,而《文王操》《克商操》等则是达济天下的琴曲。显然,传统文人以儒家学说为理论指导,从古琴音乐中分出与道家以琴达养生之趣相对的儒家的济世之情,琴曲自古与儒家思想有密切关联,谢庄的《琴论》便是以儒家思想精神为指导的音乐理论著作,现散见于宋代郭茂倩所编的《乐府诗集》中,虽有学者指出其归属存疑,然在古代相当长的一段时间内,诸多学者皆将其先与南朝谢庄联系在一起,而非某位无迹无作可考的托名琴师谢希逸,亦可说明作为大族名士的谢庄深谙富有儒家典正、道家清雅等情怀的琴曲名目的合理性,结合《琴论》内容,如载:"和乐而作,命之曰'畅',言达则兼善天下而美畅其道。忧愁而作,命之曰'操',言穷则独善其身而不失其操也。'引'者,进德修业,申达之名也。'弄'者,性情和畅,宽泰之名也。其后西汉时有庆安世者,为成帝侍郎,善为双凤离鸾之曲;齐人刘道强能作单鸟寡鹤之弄;赵飞燕亦善为归风送远之操,皆妙绝当时,见称后世。若夫心意感发,声调谐应,大弦宽和而温,小弦清廉而不乱,攫之深,醳之愉,斯为尽善矣。古琴曲有五曲、九引、十二操。"③由上文可见,谢庄创作的杂言诗《怀园引》《长笛弄》《山夜忧吟》(又名《山夜忧》)等标明"引""弄""吟"等很可能就是借鉴了琴曲音乐的理论术语,不仅句式错落,音韵谐畅,内容上也别有寄托。

此外,《琴论》指出儒家的"达""穷"与琴音中的和乐而作之"畅"与忧愁而作之"操"是相对应的,用调的不同反映了主观的情性之不同:"若夫心意感发,声调谐应,大弦宽和而温,小弦清廉而不乱,攫之深,醳之愉,斯为尽善矣。"④作为名人雅士,谢庄诗文创作普遍遵循这种琴曲上的儒家作风,即温和不乱、雅正可采,如《七夕夜咏牛女应制诗》:"辍机起春暮,停箱动秋衿。璇居照汉右,芝驾肃河阴。容裔泛星道,逶迤济烟浔。陆离迎宵佩,候烁望昏簪。俱倾环气怨,共歇浃

---

① 沈约撰:《宋书·范晔传》,中华书局 1974 年版,第 1819 页。
② 桓谭撰,朱谦之辑:《新辑本桓谭新论》,中华书局 2009 年版,第 46 页。
③ 郭茂倩编:《乐府诗集》,中华书局 1979 年版,第 822 页。
④ 郭茂倩编:《乐府诗集》,中华书局 1979 年版,第 822 页。

年心。珠殿缸未沫，瑶庭露已深。夕清岂淹拂，弦辉无人临。"①牛郎织女的传说向来为文人墨客所钟爱，从汉代《古诗十九首》、曹丕《燕歌行》到孟郊《古意》，在表现这一主题时或有所寄托，或发其感慨，而谢庄该诗虽应制情境明显，兴寄不深，却清新雅致，韵律流动，温和雅正。

琴音伴随着谢庄的生活、交游及创作，其作品中"别宫商，识清浊"的声文特点十分突出，这种特色与谢庄不仅借鉴琴曲的"宫商""清浊"，还进一步将古琴音乐的儒家精神融会贯通于创作是分不开的。谢庄诗文普遍音节和谐、节奏感强，创作上的具体表现散见前述谢庄诗、赋、文各章以及末章部分，此不赘述。

第三节　情文："唱颂风习，清雅可怀"

谢庄行文上思想情感的自然流露可称之为"情文"，具有唱颂风习、清雅可怀的特点，与前述形文、声文共同构成谢庄文学创作的重要风格特征。

一、唱颂风习

作为构成谢庄美文创作的"三文"之一，"情文"既是前述"情文""声文"有机组成，又是"美文"真正要达到的目的。谢庄这类作品深具唱颂风习。普遍用事对仗晦涩繁密，对后世相应创作具有一定影响。

"颂"最初为《诗经》"六义"（风、雅、颂、赋、比、兴）之一，由《周颂》《鲁颂》与《商颂》组成，是祭祀和颂圣的乐曲。作为一类舞曲歌辞，它的内容多是歌颂祖先的功业的。后世的颂多承袭先秦传统，四字行文，典正肃雅。作为南朝宫廷御用文人，谢庄创作范围包括从五言诗、郊庙歌辞到应制赋、奉诏文，特别是他的礼乐郊庙之作，唱颂言词频繁出现，如《宋世祖庙歌》二首之一的《世祖孝武皇帝歌》曰："帝锡二祖，长世多祜。于穆睿考，龚圣承矩。玄极弛驭，乾纽坠绪。辟我皇维，缔我宋宇。刷定四海，肇构神京。复礼辑乐，散马堕城。泽牣九有，化浮八瀛。庆云承掖，甘露飞甍。肃肃清庙，徽徽闓宫。舞蹈象德，笙磬陈风。黍稷非盛，明德惟崇。神其歆止，降福无穷。"②此诗主要歌颂世祖孝武皇帝，即孝武帝刘骏，四字而下，雅正肃穆，以舜禹二祖起篇，继曰："于穆睿考，龚圣承矩。玄极

---

① 欧阳询撰，汪绍楹校：《艺文类聚》，上海古籍出版社1965年版，第77页。
② 沈约撰：《宋书·乐志》卷二十，中华书局1974年版，第581页。

弛驭,乾纽坠绪。"其中引用《诗经·周颂·维天之命》中"维天之命,于穆不已"句,以及《尚书·五子之歌》"荒坠厥绪,覆宗绝祀"句等,郊庙诗作紧承着《诗经》《尚书》篇什之句,这类持正雅颂之篇反映出谢庄形文的典繁、对密,声文的韵律和谐,是对先秦以来传统颂诗的进一步继承,也是时代文风多元发展、满足多种创作需求的结果。与谢庄同时的王韶之歌颂章太后的《七庙享神歌》亦是如此:"奕奕寝庙,奉璋在庭。笙簧既列,牺象既盈。黍稷匪芳,明祀惟馨。乐具礼充,洁羞荐诚。神之格思,介以休祯。济济群辟,永观厥成。"①(《宋宗庙登歌八首之七庙享神歌》)王诗总体立意也不高,无外乎歌功颂德、粉饰太平。有关谢庄唱颂风习之作,在前几章已多有涉及,故此不展开论述。

结合前述谢庄的创作环境背景,不难理解其情感抒发的局促,也正是因为这种复杂性使得谢庄那些清雅可怀之文在其众多创作中显得特出,成为其情文的典范之作。

二、清雅可怀

谢庄清雅之作当以《月赋》为代表,该赋不仅在形文、声文方面独树一帜,也是谢庄情文的典范之作,全篇佳句频出,行文摇曳生姿,笼罩清雅之气(详见第三章第一节"谢庄《月赋》:名以赋显,赋以境绝"),斯赋曰:

> 绿苔生阁,芳尘凝榭。悄焉疚怀,不怡中夜。……临濬壑而怨遥,登崇岫而伤远。于时斜汉左界,北陆南躔;白露暧空,素月流天。沉吟齐章,殷勤陈篇。……美人迈兮音尘阙,隔千里兮共明月。临风叹兮将焉歇?川路长兮不可越。……月既没兮露欲晞,岁方晏兮无与归;佳期可以还,微霜沾人衣!②

好发迟暮之悲与离别之情是古今辞赋作者创作上的共同倾向,往往给人一种"一叶落而知天下秋"的悲天悯人情怀,谢庄《月赋》亦带有普遍指向及真实情感:"美人迈兮音尘阙,隔千里兮共明月。临风叹兮将焉歇?川路长兮不可越。"《月赋》文尾的两首诗表面上是思念友人,实则暗示了自己在变幻莫测的时局中的忧惧意识。清代许梿曾评:"(《月赋》)以二歌总结全局,与怨遥伤远相应。深情婉致,有味外味。"③此时谢氏一族唯有谢庄一支尚能维持高位,他却内缨疾病,外遇猜

---

① 逯钦立辑校:《先秦汉魏晋南北朝诗》,中华书局1983年版,第118页。
② 萧统编,李善注:《文选》上册,中华书局1977年版,第196-198页。
③ 沈泓、汪政注,许梿评选:《六朝文絜》,浙江古籍出版社2017年版,第14页。

忌,若遭到打击,谢氏家族可能就会从此一蹶不振,衰落下去,念及此,自然会让谢庄有所感喟。魏晋文人钟情于山水,"秋冬之际,尤难为怀!"①从晋至南朝,谢氏家族之山水诗文,往往以其对宇宙人生的至深体悟、淡淡轻愁而感人至深。除赋作,谢庄的个别五言及杂言诗也有清雅可怀的特点,如《怀园引》《北宅秘园》《游豫章西观洪崖井诗》等,谢庄诗歌巧构山水园林意境,气候清雅,带有南朝士族雅道相传的雍容闲雅之气,成为具有潜在影响力的传统范式和其诗歌重要的文学史价值之一。(详见第二章第四节)甚至在谢庄的郊庙歌辞中,也不乏清雅之作:"百川如镜,天地爽且明。云冲气举,德盛在素精。木叶初下,洞庭始扬波。夜光彻地,翻霜照悬河。庶类收成,岁功行欲宁。淡地奉渥,馨宇承秋灵。"②这首《歌白帝辞》从语义节奏上看,未必是一首成功的九言诗,而谢庄大胆地将九言引入祭祀场合,读来清新不失雅正,整齐又寓变化,板滞却带灵动,是一种有益的尝试。其中"木叶初下,洞庭始扬波"一句化用屈原《九歌·湘夫人》中"袅袅兮秋风,洞庭波兮木叶下"③而能不着痕迹,反映出诗人营造清雅情境的高明手法及出于《楚辞》一脉的诗学渊源。

综上,谢庄文学创作的形文、声文与情文整体上是统一的,反映出一定的时代特色与作家个人风格。形文与声文的灵活运用使谢庄诗文充满美感,这利于其情文的形成。不过在一定程度上,情文之动人还取决于作家内在文气的养成。魏文帝曹丕言"文以气为主"④,刘勰也认为情文本应先于形文、声文:"练于骨者,析辞必精;深乎风者,述情必显。捶字坚而难移,结响凝而不滞,此风骨之力也。"⑤刘勰论情文,把主观情感置于文辞组织之前,强调以内在情感的抒发为基础,"雕琢情性"是他对于美文原则性的认识。谢庄创作上的情文偏于雅颂一脉,反映出作为创作主体的谢庄在以情纬文方面的个人取向,具体可联系首章对于其创作环境背景的论述来理解。

同时,谢庄创作上"三文"发展不完全同步,与时代文风有一致性,又有超前性。清代沈德潜说过:"诗至于宋,性情渐隐,声色大开,诗运一转关也。"⑥各类文体艺术形式的探讨越来越受刘宋文人的重视,谢庄的文学创作深受家道仕途、时代文风等因素影响,其创作有形文"典之繁,对之密"、声文"别宫商,识清浊"及

① 刘义庆著,余嘉锡笺疏:《世说新语笺疏》,中华书局 1983 年版,第 63 页。
② 沈约撰:《宋书·乐志》卷二十,中华书局 1974 年版,第 570 页。
③ 屈原,林家骊注译:《楚辞·九歌·湘夫人》,中华书局 2010 年版,第 50 页。
④ 曹丕等著:《典论、四六谈尘、容斋四六丛谈、四六话》,商务印书馆 1936 年版,第 349 页。
⑤ 刘勰撰,范文澜注:《文心雕龙注》,人民文学出版社 2006 年版,第 513 页。
⑥ 沈德潜著:《说诗语晬》,上海古籍出版社 1963 年版,第 532 页。

情文"唱颂风习,清雅可怀"等主要特征,"三文"不同程度地反映出与时代文风的一致性,而声文同时还有超前性,在永明体产生前夕,谢庄诗文读来音韵和谐,体现出音律方面的积极探索,这是谢庄在创作实践上十分可贵的尝试,实可谓永明文学之先声。

第六章　谢庄的文学史地位和影响

据前述，谢庄的文学史地位和影响在很大程度上由《月赋》奠定，该赋是谢庄创作上形文、声文、情文相统一的杰作。而作为谢家后起之秀，谢庄实际上是诗、赋、文兼善、具有多方面艺术才华的士族文人，在南朝刘宋时期发挥着较大的社会影响力。故本章将在前文探讨的基础上，再从下述三节补充界定谢庄的文学史地位及影响。

第一节　谢庄在刘宋时代社会地位与风雅积淀

谢庄既是刘宋政坛柱石，望族清流领袖，而且作为谢家宝树，能诗善文，能书善画，风雅积淀深厚，兼享政界、文坛双重美誉，是名副其实的谢氏家族后起之秀。

谢庄为政坛清流，望族领袖。谢庄生于宋武帝永初二年（421），时年谢瞻病卒，此后五年谢晦又兵败被杀。宋文帝元嘉十年（433），即谢庄十三岁时，其父谢弘微病卒，同族叔父辈的谢惠连、谢灵运也不幸先后离世，而同辈份的谢朓在谢庄死前两年，即宋孝武帝大明八年（433）才出生。此段时间的谢氏家族在政治上唯有谢庄一支平流进取，官至尚书，执掌中枢，苦撑晋宋之际风雨飘摇中的家族门庭。同时，谢庄身历多朝，在晋宋之际波诡云谲的政治风暴中，以家国为出发点及归宿的政治立场与态度从未动摇，当刘劭自立为帝，封庄为司徒左长史意欲拉拢时，面对乱臣贼子的威逼利诱，谢庄毅然靠向武陵王刘骏一边，最终里应外合诛灭了二凶，成就了刘骏帝业。固然谢庄站对阵营，跻身帝王亲信，但起于寒素的刘宋皇族始终对他怀有戒心，谢庄所奏之建言，没有得到帝王的回应。孝武帝一度任用谢庄为吏部尚书,却间接削权,分设两人来互相牵制,明显看重的是谢氏高门子弟的身份与影响力。然整体而言,在寒素升降显著的刘宋一朝,谢庄作为世族文人已算是身处高位、享受殊誉。

　　谢庄为谢家宝树,能诗善文。谢氏家族在文学创作上代有人才,沈约《宋书》中为陈郡谢氏立传就有近十人,《中国文学家大辞典·魏晋南北朝卷》载有陈郡谢氏家族成员的文学家就有二十五人之多①。在陈郡谢氏家族中,谢灵运与谢朓的文学史影响深远,有"大小谢"之称,如以《文选》辑录来看,谢灵运就有四十首诗入选,谢朓也有诗二十一首、文二篇入选,而谢庄仅有一赋一文被辑入《文选》,可以说在当世的文学影响力远不及大小谢,然谢庄的诗文创作数量不少,相比于谢灵运、谢朓等也不遑多让。仅就基本著录情况而言,《旧唐书·经籍志》《新唐书·艺文志》著录谢灵运、谢庄诗文皆有十五卷、谢朓诗文十卷。只可惜谢庄所著文章多已佚,《隋书·经籍志》今录《谢庄集》十九卷,下注:"梁十五卷。"《宋史·艺文志》著录一卷,《通志》《国史经籍志》著录十九卷。明张燮辑录《谢光禄集》三卷,收入《七十二家集》。明张溥辑《谢光禄集》一卷,收入《汉魏六朝百三家集》。严可均《全上古三代秦汉三国六朝文·全宋文》辑录谢庄文三十六篇,吴汝纶评选《谢光禄集选》一卷,收入《汉魏六朝百三家集选》,丁福保辑录《谢希逸集》,收入《汉魏六朝名家集初刻》,逯钦立《先秦汉魏晋南北朝诗·全宋诗》辑录谢庄诗二十七首。② 通过整理可知,今系名谢庄的诗文计有六十一篇,分别为诗二十七首,赋四篇(存疑一篇),文三十篇(存疑二篇),相较于其他先唐文学家存世作品数量,谢庄现存诗文并不少。

　　南朝刘宋大明、泰始年间是宫体诗的发轫期,也是山水诗文的繁荣、过渡期,而谢庄的诗文创作正是处于刘宋元嘉后期及孝建、大明时期。他善于灵活运用五音、五行创作诗文,前者如其杂言诗、赋作,后者如郊庙歌辞,而且创作类型丰富多样,有社会功能性的《喜雨诗》《江都平解严诗》等,有重自然抒情性的《游豫章西观洪崖井诗》《北宅秘园》《怀园引》等,又有娱乐消闲性的《自浔阳至都集道里名为诗》《侍宴蒜山诗》《七夕夜咏牛女应制诗》等,还有体物写志性的《瑞雪咏》《和元日雪花应诏诗》等,类型众多,其诗还受到钟嵘品评:"希逸诗,气候清雅。

---

　　① 曹道衡等编:《中国文学家大辞典·魏晋南北朝卷》,中华书局 1996 年版,第 444-458 页。
　　② 逯钦立《先秦汉魏晋南北朝诗》辑录谢庄五言及杂言诗共十六首,收录其郊庙歌辞十一首,共二十七首。另有标明辑自《海录碎事》卷六的《诗》:"诞发兰仪,光启玉度。"实截取自谢庄《宋孝武宣贵妃诔》一文,不计入其中。

不逮于王（微）、袁（淑），然兴属闲长，良无鄙促也。"①谢庄受钟嵘关注并予以品评本身就是对其创作典型性及价值的一种默认与肯定，且钟氏"气候清雅"之论也深中肯綮。萧子显《南齐书·文学传论》提出："若无新变，不能代雄。"②宋齐山水诗之清风、梁陈宫体诗之因子已在其诗中孕育成长，此类谢庄创作的"新变"给齐梁文学艺术多元发展以很好的启迪，间接带动了后世永明、宫体等各类诗体诗风的萌发或发展。

与此同时，长时间宫廷御用文人的身份使得谢庄往往在宫廷题材创作、应酬唱和捷对中展露出非凡的才华。孝建年间，宋孝武帝刘骏与群臣联手创作有《华林都亭曲水联句效柏梁台诗》，诗云："九宫盛事予旒纩。三辅务根诚难亮。策拙枌乡惭恩望。折冲莫效兴民谣。侍禁卫储恩逾量。臣谬叨宠九流旷。喉唇废职方思让。明笔直绳天威谅。"③此次参与联句的都是藩王和重臣，谢庄时为吏部尚书，亦位其列，遂创作了其中的第六句，深得孝武帝赞赏。除上述联句外，《宋书》卷二十九载："大明五年，正月戊午元日，花雪降殿庭。时右卫将军谢庄下殿，雪集衣，还，白上以为瑞，于是公卿并作花雪诗。"④谢庄所作即为《和元日雪花应诏诗》，此类均为带有文字游戏性质的同题应制创作，一定程度上反映出时代重文学艺术特质的新风，但从只有谢庄作品留存于世的现实，就足见其作品在同题作品的水平以及在后代的影响力。而这种在文学创作上成为时代翘楚的声誉在谢氏家族中大抵只有稍前的大谢谢灵运和稍后的小谢谢朓享有过。

此外，谢庄还能书善画，乃"一时之风流领袖"⑤。谢庄承谢氏高门之雅道，有善画制图之巧，唐代张彦远《历代名画记》卷六谓："（谢庄）性多巧思，善画。制木方丈，图天下山川土地，各有分理。离之则州郡殊，合之则寓内为一，作《画琴帖序》自序其画。"⑥近人马宗霍《书林藻鉴》卷七引贺方回语："（庄）字画遒劲，势若飞动。"⑦谢庄书画兼善，现存《与左仆射书》，因形神皆美，作为书法作品为《淳化阁帖》所收，题名《昨还帖》。宋代陈思《书小史》卷六赞谢庄："善行书。"⑧明代董其昌《戏鸿堂帖》云："谢庄诗帖摹本，书法似《阁帖》所谓萧子云者。小加妍隽，

---

① 钟嵘著，曹旭集注：《诗品集注》，上海古籍出版社1994年版，第64页。
② 萧子显撰：《南齐书·文学传论》，中华书局1999年版，第617页。
③ 逯钦立校注：《先秦汉魏南北朝诗》，中华书局1983年版，第1224页。
④ 沈约撰：《宋书》，中华书局1974年版，第2167-2177页。
⑤ 严可均校辑：《全上古三代秦汉三国六朝文》，中华书局1958年版，第3263页。
⑥ 张彦远撰：《历代名画记》，商务印书馆1936年版，第215页。
⑦ 永瑢等编：影印《文渊阁四库全书》，商务印书馆1984年版，第564页。
⑧ 陈思撰：《书小史》，中国书店2018年版，第161页。

宋高宗书近之。"①后世书法名家王铎曾临摹谢庄《昨还帖》,《戏鸿堂》《玉烟堂》等丛帖中的《瑞雪咏帖》也属名谢庄。

综上所述,谢庄为刘宋清流领袖,一度位高权重。同时,诗文风流,书画双绝,享有较高的社会政治及文化地位。尤其是谢庄文学创作,无论是数量、种类,还是创作水平、影响皆不容小觑,亦在同时代文人与以风流雅道传家的谢氏家族中一时无二。

第二节　谢庄与"元嘉三大家"

南朝刘宋时期,在文学创作上最引人瞩目的莫过于"元嘉三大家":谢灵运、颜延之和鲍照。以他们为代表的诗风,注重运用辞藻偶对,描绘物貌景色,被严羽《沧浪诗话》称为"元嘉体"。谢庄主要生活在宋文帝元嘉及孝武帝孝建、大明年间,其仕宦生涯、文学交游与谢、颜、鲍三大家有极大的渊源,其创作风格明显受到他们的影响。罗宗强先生曾评价:"代表元嘉文学思想倾向的作家的创作活动,则上起晋宋之交,如谢灵运和颜延之;下及大明、泰始之际,如鲍照和谢庄。"②罗先生将谢庄与三大家相提并论,认为其可代表元嘉体创作的方向,谢庄也确是三大家之后继承和发展元嘉体诗风成就最突出的文人,他不仅近绍大谢自然清风、呼应延年雅颂之习,还承和明远新变之潮,在元嘉文学中占有一席之地,对后世,特别是永明文学有较大的影响。

其一,对大谢山水诗歌清雅之风的传承。谢灵运(385—433),名公义,字灵运,小名客儿,东晋南朝著名诗人,是谢氏家族文学创作的领军人物,其族侄谢庄在艺术风格上既与他存在差异,又有明显的承继关系,特别是在山水诗作"清"的特点上,正是接受大谢影响的这类作品成为谢庄集中格外清新悦目的成功之作。幽深意境的营构是谢灵运山水作品的特点之一,而谢庄袭之更显清冷。观谢灵运《登永嘉绿嶂山》一诗:"裹粮仗轻策,怀迟上幽室。行源径转远,距陆轻未毕。澹潋结寒姿,团栾润霜质。涧委水屡迷,林迥岩逾密。眷西谓初月,顾东疑落日。践夕奄昏曙,蔽翳皆周悉。"③大谢沿着溪潭赏景,见水竹相映,以"寒姿"谓水,"霜质"指竹,并用"团栾"形容竹之形貌,伴随着翠竹碧潭,诗人眼前之景蜿蜒向

① 永瑢等编:影印《文渊阁四库全书》,商务印书馆1984年版,第564页。
② 罗宗强著:《魏晋南北朝文学思想史》,中华书局2006年版,第173页。
③ 逯钦立辑校:《先秦汉魏晋南北朝诗》,中华书局1983年版,第1162页。

前，游踪所至，月升日落，前路迷密，仿佛置身朦胧幽深之境。对比谢庄《游豫章西山观洪崖井诗》，可见两者皆有余韵悠然之妙，希逸诗曰："幽愿平生积，野好岁月弥。拾簪神区外，整褐灵乡垂。林远炎天隔，山深白日亏。游阴腾鹄岭，飞清起凤池。隐暧松霞被，容与涧烟移。将遂丘中性，结驾终在斯。"①谢庄借鉴了谢灵运山水诗写景的铺陈、角度的变化、词句的锤炼等方面的长处，显示出较高的功力，"游阴""飞清"自带清冷之气，"腾起"于"鹄岭""凤池"，更显神秘莫测。"松霞被""涧烟移"等句摹景生动，画面感极强，尤"林远炎天隔，山深白日亏"句，具有园林障景之妙，意境幽深，耐人咀嚼，谢氏家族后期如谢朓诗风的清新秀丽，正是秉承此一影响着南朝一代诗风的审美风格（详见第二章第四节）。

其二，对延年雅颂作品繁密之习的呼应。南朝在文学创作方面存在"贵于用事"的风气，所谓"事"即典故，"用事"与"隶事"含义相同，皆是指征引典故。按钟嵘所说，此风从刘宋颜延之、谢庄始，在他们的影响下，"大明、泰始中，文章殆同书钞"，创作成了"且表学问"、炫耀知识的工具。梁代萧子显将当时文学创作分为三派，其中就有以颜延之、谢庄为代表的"缉事比类，非对不发"的隶事一体："今之文章，作者虽众，总而为论，略有三体：……次则缉事比类，非对不发，博物可嘉，职成拘制。或全借古语，用申今情，崎岖牵引，直为偶说。唯睹事例，顿失清采。此则傅咸五经，应璩指事，虽不全似，可以类从。"②颜延之（384—456），字延年，南朝刘宋文学家，文坛领袖，与谢庄同为庙堂文人，在文学创作方面都有"繁密"的特点。谢庄诗文创作惯于用典，这在前述多有分析，颜延之的骈文、诗歌也好用事，如其《郊祀歌》："奫威宝命，严恭帝祖。表海炳岱，系唐胄楚。灵鉴潜文，民属睿武。奄受敷锡，宅中拓宇。亘地称皇，馨天作主。月窟来宾，日际奉土。开元首正，礼交乐举。六典联事，九官列序。有牷在涤，有洁在俎。以荐王衷，以答神祜。"③文坛泰斗颜延之郊祀一类的典雅创作风气对后辈有潜移默化的影响，谢庄曾创作多首郊庙歌辞，在用事铺排方面与延年《郊祀歌》等就如出一辙。时人对二人身后的评价也有相似之处，钟嵘更将他们系之而论："颜延、谢庄，尤为繁密，于时化之。故大明、泰始中，文章殆同书钞。"④他们死后的谥号都为"宪子"，所谓"宪"是指"博文多能、行善可纪"⑤，对颜、谢二人是一种褒奖，"将

---

① 欧阳询撰，汪绍楹校：《艺文类聚》卷二十八，上海古籍出版社 1965 年版，第 503 页。
② 萧子显撰：《南齐书·文学传论》，中华书局 1999 年版，第 617 页。
③ 郭茂倩编：《乐府诗集》，中华书局 1979 年版，第 13-14 页。
④ 钟嵘著，曹旭集注：《诗品集注》，上海古籍出版社 1994 年版，第 10-11 页。
⑤ 张爱芳、贾贵荣编选：《历代名人谥号谥法文献辑刊》第四册，北京图书馆出版社 2004 年版，第 43 页。

相群臣的谥号,也是以当时道德标准来衡量,给以褒贬评价,目的是用来树立榜样,作为惩恶劝善的手段,使生者以之砥砺,由此谥法就成为历朝统治者所重视的制度,成为维护礼教、巩固政权的一种典制。"①再结合前文对颜、谢"知音之交"的论述,可见他们不仅多有相似之处,而且为文、为人在当时普遍受到肯定,是传统封建文人拿来效仿的典型代表。

　　其三,对明远诗歌创作新变之潮的承和。刘宋大明、泰始年间涌现了通俗化的诗风趋向,在诗体形式、语言等方面,鲍照等诗人冲破了五言古诗原有的局限,大量创作在当时尚被视为"险俗"的杂言乐府,开始形成以五言或七言句式为主体的杂言诗体,这种诗体至唐代更得以发扬光大。鲍照(416—466),字明远,南朝刘宋文学家,其创作的《拟行路难》主要以七言句为主,又夹杂三言和五言,以三字尾节奏为基础,显得流动而不呆板,诗人内心激荡起伏的情感波澜,在长短自如的句式中得到了最为恰切、同步的表现,如《拟行路难》其四:"泻水置平地,各自东西南北流。人生亦有命,安能行叹复坐愁! 酌酒以自宽,举杯断绝歌路难。心非木石岂无感,吞声踯躅不敢言!"②诗中五、七言参差不齐的组合,形成一抑一扬、一缓一急的节奏,而于此声调抑扬之间,七言句在诗中起着主旋律的作用,凡是用七言句式的地方往往就是全诗感情的至高点。清人周济《宋四家词选目录序论》就曾指出音韵和声调对作品风格的影响很大:"东真韵宽平,支先韵细腻,鱼歌韵缠绵,萧尤韵感慨,各具声响,莫草草乱用。阳声字多则沉顿,阴声字多则激昂。重阳间一阴,则柔而不靡;重阴间一阳,则高而不危。"③同时,谢庄的杂言诗因语言因素改变了匀称对应的节奏,显得灵活多姿,长短错落,如《山夜忧》由三三三三五五七起头,后转入六言和赋体句交替,接着是骚体、五言和赋体句交替,最后以七言、五言收束。骚体、赋体的舒缓与三、五言的急促调和于同一诗作中,圆融和谐,音乐节奏较为流利明快。唐代如李白《鸣皋歌送岑征君》一类歌行也可能受到谢庄杂言创作的影响④。在文学交游中,鲍明远也创作过类似谢希逸的杂言作品,两人还有互相唱和之作,皆有"新变"的尝试,明远在技巧,希逸在音韵,但谢庄不如鲍照才大,最终是鲍照在乐府杂言这一领域开创出新天地。

　　① 张爱芳,贾贵荣编选:《历代名人谥号谥法文献辑刊》第四册,北京图书馆出版社2004年版,第1页。
　　② 钱仲联增补集说校:《鲍参军集注》,上海古籍出版社2005年版,第229页。
　　③ 唐圭璋编:《词话丛编》,中华书局1986年版,第1645页。
　　④ 曹道衡编:《中古文学史论文集》,中华书局2002年版,第250页。

总之，谢庄与"元嘉三大家"谢灵运、颜延之、鲍照在文学创作上关系紧密，他不仅近绍大谢自然清风、呼应延年雅颂之习，还承和明远新变之潮，在元嘉文学中占有一席之地，对后世，特别是永明文学有较大的影响。

第三节　永明先声

"永明"是南朝齐武帝萧赜的年号，从公元 483 年至公元 493 年，共十一年。其时，周颙发现汉字的平、上、去、入四种声调，始著《四声切韵》(今佚)，同时的著名诗人沈约又根据四声和双声叠韵来研究诗句中声、韵、调的配合，指出平头、上尾、蜂腰、鹤膝、大韵、小韵、旁纽、正纽等八种声病必须避免。据《南齐书·陆厥传》载："永明末，盛为文章，吴兴沈约、陈郡谢朓、琅琊王融以气类相推毂，汝南周颙善识声韵，约等文皆用宫商，以平上去入为四声，以此制韵，不可增减，世呼为'永明体'。"① 文人们将这些理论用于创作实践，便形成了一种不同于前人的新诗体，后人称之为"永明体"，该体的形式特点是利用汉字的平、上、去、入四种声调，将四声音调不同的文字按一定规则组织排列起来，使文章产生抑扬顿挫的声韵美，对唐代近体诗的出现及唐诗的繁荣都有深远的影响。

谢庄虽处于永明体诞生之前的南朝刘宋初年，然其创作已渐开永明文学之先声。南朝自刘宋元嘉至萧齐永明时期，"文笔之辨"已不断深入，诗歌创作也逐渐摆脱对于乐律的依附，追求声律的经营，永明新诗呼之欲出。生活在刘宋后期的谢庄或多或少表现出对韵律、偶对的探索，其骈散结合的行文特色使得笔与文既有区别又有联系，反映出"美文"的衍化。刘师培先生曾谓："惟音律由疏而密，实本自然，非由强制。试即南朝之文审之，四六之体，粗备于范晔、谢庄，成于王融、谢朓，而王、谢亦复渐开律体。影响所及，讫于隋、唐，文则悉成四六，诗则别为近体，不可谓非声律论开其先也。又四六之体既成，则属对日工，篇幅益趋于恢广，此亦必然之理。"② 从创作上看，谢庄粗备四六，渐开律体，其作已呈元嘉体至永明体的过渡痕迹，其中声律便是关键一环。这一显著特色前几章诗、赋、文中已有涉及，下面就其时声律之辩、谢庄睹律条件及表现等再作进一步详细探讨，以确立谢庄作为"永明先声"的重要地位。

---

① 萧子显撰：《南齐书》，中华书局 1997 年版，第 230 页。
② 刘师培著：《中国中古文学史讲义·宋齐梁陈文学概略》，上海古籍出版社 2006 年版，第 76 页。

一、声律之辩

永明文学最大的特点是讲求声律,而谢庄的诗文创作颇具声律特色,范晔称其"最有其分"①,高度认可其能力。在"自然音律"向"人为声律"的过渡中,谢庄及其自然声韵造诣具有重要的价值,这从其时声律探讨中也可看出。

南朝沈约与陆厥两人关于声律问题有过辩论,可略见自然音律中的"五音"与诗歌中"四声"之间的微妙关系。沈约认为声律之说:"自骚人以来,多历年代,虽文体稍精,而此秘未睹。至于高言妙句,音韵天成,皆暗与理合,匪由思至。张、蔡、曹、王,曾无先觉;潘、陆、颜、谢,去职弥远。"②意谓在自己以前的人们对声律之秘的认识还处于朦胧状态,不甚明了。后陆厥在《与沈约书》中对此反驳云:"自魏文属论,深以清浊为言;刘祯奏书,大明体势之致。岨峿妥帖之谈,操末续颠之说,兴玄黄于律吕,比五色之相宣,苟此秘未睹,兹论为何所指邪?故愚谓前英已早识宫徵,但未屈曲指的,若今论所申。至于掩瑕藏疾,合少谬多,则临淄所云人之著述,不能无病者也。非知之而不改,谓不改则不知,斯曹、陆又称竭情多悔,不可力强者。"③陆厥言之凿凿地指出如曹丕、刘祯等人"已早识宫徵",绝非"此秘未睹"。事实上,两人之辩貌似都在讨论声律,但前者乃"人为声律",后者为"自然音律",有所区别。罗宗强《魏晋南北朝文学思想史》曾明确指出:"他们(沈约与陆厥)虽讨论同一个问题,却是从不同的层面上说的。陆厥从一般了解声音知识上说,沈约则从精于声律上说,两人的要求,实有精粗之别。"④此"一般了解声音知识"即处于"自然音律"状态,而"精于声律"便趋于人为。王运熙《中国文学批评通史》一书在"魏晋南北朝卷"中也认为:"曹丕此处本是言才气优劣,未必包含声律而言。……所谓刘祯体势之说,今难详考;《文心雕龙·定势》所载刘祯论势之言,当是指文章气势,亦非指声律。'岨峿妥帖'云云,指陆机《文赋》所云。《文赋》言及音声迭代、五色相宣,确是自觉地注意到了声律问题,但'或妥帖而易施,或岨峿而不安'等语,乃指构思遣词言,并非指声律。……书中所云'宫徵'、'宫商律吕'也是借音乐术语指语言的声律。"⑤"一代辞宗"沈约声

---

① 严可均校辑:《全上古三代秦汉三国六朝文》,中华书局 1958 年版,第 1830 页。
② 沈约撰:《宋书·谢灵运传论》,中华书局 1974 年版,第 1779 页。
③ 严可均校辑:《全上古三代秦汉三国六朝文》,中华书局 1958 年版,第 796 页。
④ 罗宗强著:《魏晋南北朝文学思想史》,天津教育出版社 2006 年版,第 172 页。
⑤ 王运熙等著:《中国文学批评通史·魏晋南北朝卷》,上海古籍出版社 2007 年版,第 243 页。

律论的阐释策略离不开"借音乐术语"，五声并非沈氏一人独得之秘，有其发展的漫长过程，自然音律"五音"（宫、商、角、徵、羽）之秘确已早睹，连沈约自己也承认有可能存在个别人在创作中会出现"天机启则律吕自调"①的情况，王运熙先生也曾指出在这其中刘宋的"范晔、谢庄可说是永明声律论的先驱人物"②。

范晔出身顺阳范氏家族，谢庄则来自陈郡阳夏谢氏家族，皆为名门士族之后，他们雅道相承，自身极高的文化修养也流露在声律之用上。《文镜秘府论》引元兢《诗髓脑》，谈到过五音与四声的关系："声有五声，角徵宫商羽也，分于文字四声，平上去入也。宫商为平声，徵为上声，羽为去声，角为入声。"③确实，音律与音乐之间有着天然的联系："古之教歌，先揆以法，使疾呼中宫，徐呼中徵。夫商徵响亮，宫羽声下，抗喉矫舌之差，攒唇激齿之异，廉肉相准，皦然可分。"④范晔诗文皆工，善弹琵琶，曾称自己"性别宫商""吾于音乐，听功不及自挥，但所精非雅声为可恨，然至于一绝处，亦复何异邪"⑤，并说在后生晚辈中谢庄于律是"最有其分"的："性别宫商，识清浊，斯自然也。观古今文人，多不全了此处，……年少中，谢庄最有其分，手笔差易，文不拘韵故也。"⑥范晔早逝，著有《后汉书》，主要成就在史学一路，而谢庄虽没能提出声律理论，在实际创作上的声律运用还比较简单，但其创作实践却带动了自然音律向人为声律的过渡，启发其他作家继续探索、解答运用声律于诗文创作，故其先驱功绩不容置疑，这点也得到了历代学者的认可。古往今来肯定谢庄"别宫商，识清浊"之声律造诣者不在少数，如钟嵘《诗品》卷下言："齐有王元长者，尝谓余云：'宫商与二仪俱生，自古词人不知之。唯颜宪子乃云：律吕音调，而其实大谬；唯见范晔、谢庄，颇识之耳。'"⑦郭绍虞《宋诗话辑佚》卷下（《蔡宽夫诗话》）载："声韵之兴，自谢庄、沈约以来，其变日多。四声中又别其清浊以为双声，一韵者以为叠韵，盖以轻重为清浊耳，所谓'前有浮声，则后有切响是也'。"⑧至黄侃《文心雕龙札记·总术札记》谓："文笔以有韵、无韵为分，盖始于声律既兴之后，滥觞于范晔、谢庄。"⑨范文澜《文心雕龙注》

① 严可均校辑：《全上古三代秦汉三国六朝文》，中华书局1958年版，第3116页。
② 王运熙等著：《中国文学批评通史·魏晋南北朝卷》，上海古籍出版社2007年版，第225页。
③ 遍照金刚撰，卢盛江校笺：《文镜秘府论校笺》，中华书局2019年版，第39页。
④ 刘勰撰，范文澜注：《文心雕龙注》，人民文学出版社2006年版，第552页。
⑤ 沈约撰：《宋书·范晔传》，中华书局1974年版，第1830页。
⑥ 沈约撰：《宋书·范晔传》，中华书局1974年版，第1819页。
⑦ 钟嵘著，曹旭集注：《诗品集注》，上海古籍出版社1994年版，第94页。
⑧ 郭绍虞著：《宋诗话辑佚》，上海古籍出版社1994年版，第1037页。
⑨ 黄侃著：《文心雕龙札记·总术札记》，中华书局1985年版，第254页。

"声律"注一曰:"谢庄深明声律,故其所作《赤鹦鹉赋》,为后世律赋之祖。"①可见,谢庄在声律上探索之功不仅在当时,而且在现在仍得到广泛认同,他正是处于由自然至人工的重要过渡阶段。

二、睹律条件

考察谢庄"可睹声律之秘"的各方面条件也确实成熟,且是多因素融合的结果,具体可从以下内、外两点来加以分析。

一方面,时代环境的温床效应。谢庄所处的时代正逢元嘉盛世,昔日豪门士族在寒族当权的情势下逐渐衰落,转而以文炫博,坚守文学风流的最后阵地。元嘉文学思想的重要特点之一便是加深了对文学形式美的探讨,山水题材的大量出现反映士人们对物态美的追求。同时,玄学没有完全退出人们视野,儒学、佛教、道家思想并行不悖、多元并存。至宋文帝元嘉年间,文帝设立儒、玄、文、史四馆,文学独立分科,儒学欣欣向荣,王室普遍好文,整个社会学术风气浓厚,而继之的孝武帝也非常重视人才的培养,至明帝时更是设立总明观,招徕学士。佛教在刘宋得到统治阶级提倡、士大夫崇信,社会上普遍有士人、佛徒交游的局面,此为佛教梵文与汉语诗歌声律创作结合提供了有利条件,诗律研究之风渐盛,陈寅恪先生的《四声三问》就曾探讨过四声发现与佛经转读之关系。② 此外,魏李登《声类》、晋吕静《韵集》等书虽已佚,其社会影响尚存。在此政治相对稳定、思想较为自由、文化迅速发展的时代环境中,文学朝着追求自身审美形式、声律探讨及情感抒发的方向发展着。有了外部时代环境的温床滋养,谢庄的创作自然会受其影响更注重自身的形式美,特别是声律美的琢磨。

另一方面,也是较为关键的一点,即谢庄个人内在艺术素质的养成。前述其个人好尚及家学是谢庄惯于运用音律于文学创作的主因。由晋入宋,寒族摇身成为统治阶层,世族势力受到重大打击,谢氏子弟虽仕途受挫,仍不弃雅道,除了文学创作,还具有多方面的艺术才华,如谢安颇有书法功底,犹善行书;谢尚作有《大道曲》,今收于《乐府诗集》;谢庄擅长书法、绘画等,音乐造诣高。宋代朱长文《琴史》卷四载:"谢庄字希逸,以文藻风概独冠于当时。历典枢要,以中书令卒。史虽不言其善琴,然故传希逸作《琴名》,今所存古人名氏,班班可识,意即希逸所撰也。非属意于丝桐者,讵能勤勤于此哉?"③朱长文提及的谢庄《琴名》,很有

---

① 刘勰撰,范文澜注:《文心雕龙注》,人民文学出版社 2006 年版,第 555 页。
② 陈寅恪著:《金明馆丛稿初编》,三联书店 2001 年版,第 367-368 页。
③ 永瑢等编:《影印文渊阁四库全书》,台湾商务印书馆 1984 年版,第 14 页。

可能就是今尚见于《说郛》《琴曲集成》等的《雅琴名录》。此外，宋代郭茂倩《乐府诗集》中十四次引到谢庄《琴论》，《崇文总目·乐类》及《通考·经籍考》卷十三还有谢庄《琴谱三均手诀》一卷。三均，即谓黄钟、仲吕、无射，该手诀记有唐、虞至宋世善琴者姓名及古曲名，今已佚。此外，刘宋皇族素有爱乐之风，出镇外藩的诸王在吴声歌曲的环境氛围中，根据或仿效西部地区的民歌制作了许多西曲歌。谢庄在出仕初期多有随王外镇的经历，于音律辞曲方面日渐熏染，也对他内在综合素养的形成有一定影响。

音乐与文学创作，特别与诗歌创作在某些地方是相通的。法国文学家罗曼·罗兰在《音乐在通史上的地位》中指出："各种艺术是经常互相影响的，它们彼此交流，或者由于自然的演化而越出自己的范畴，侵入相近的艺术领域……各种艺术之间并不像许多理论家所声称的那样壁垒森严；相反地，经常有一种艺术向另一种艺术开放门户。各种艺术都会延展，在别的艺术中得到超绝的造诣。"[1]谢庄个人高超的音乐艺术素养使其"可睹声律之秘"并将其运用于创作成为了可能，宋代葛立方《韵语阳秋》卷四曰："南北朝人士多喜作双声叠韵，如谢庄、羊戎、魏收、崔岩辈，戏谑谈谐之语，往往载在史册，可得而致焉。"[2]唐代李延寿《南史》卷二十亦载："王玄谟问庄何者为双声，何者为叠韵。答曰："玄护为双声，磝碻为叠韵。"[3]这是一些有关双声叠韵的最早记载，且都与谢庄关系紧密。其时，"双声"是指起音相同的字，"叠韵"则为收音相同的字，后世的"声类""韵类"就是以它们聚集而成的，这些记载也说明了谢庄已具备一定的睹律条件，对这方面的知识有了一定的积累，并可以运用到实践创作中去。此外，在创作技巧方面，谢庄在作品运用声律上的造诣还可能和佛经转读、译经之考文审音存在微妙的联系，其现存《八月侍华林曜灵殿八关斋诗》就是对佛教八关斋活动的描述。

三、先声表现

谢庄知晓"双声叠韵"，具备审音能力，惜无音韵理论方面的书册流传下来，但他并不是理论家，而是诗人、赋家，相关声律之秘可从他的诗文中表现出来。

首先，在平仄声韵等安排上，谢庄已较符合沈约提出的配置要求，即"若前有浮声，则后须切响。一简之内，音韵尽殊；两句之中，轻重悉异"[4]的声律原则。

---

① 罗曼·罗兰：《音乐在通史上的地位》，《音乐译丛》，1958年，第2期。
② 葛立方著：《韵语阳秋》，上海古籍出版社1984年版，第1167页。
③ 李延寿撰：《南史》，中华书局1975年版，第366页。
④ 沈约撰：《宋书·谢灵运传论》，中华书局1974年版，第1779页。

六朝时期,四声(平上去入)有着朝二元化(平仄)发展的趋向①,卢盛江教授曾指出:"沈约声律基本思想又一方面,是二元化倾向。这里所说的低与昂,浮声与切响,轻与重,都是两两相对。不论声、韵、调,都有对立的二元,对立的二元交互组合(所谓低昂互节,前有浮声,后须切响,音韵尽殊,轻重悉异等等),形成诗歌的声律抑扬之美。不一定有平仄二元的明确思想,因为不仅有四声的二元,也有音韵和声纽的二元。"②在《文镜秘府论》"文二十八种病"中,"八病"的前四种是关于四声的规律,后四种是关于双声叠韵的规律,而谢庄便是在双声叠韵上较有造诣的文人,且在创作中也因声、韵、调对立的二元,以及对立的二元之交互组合,使得其创作产生出声律抑扬之美。前述章节提及谢庄一些双声或叠韵词的运用极具灵动的美感,如"联翩""潺湲""徘徊"(《怀园引》)③"顾慕"(《长笛弄》)④等,余韵悠长。谢庄在诗歌中对于双声、叠韵字词的使用,也反映出他利用汉语特殊的语音结构进行创作的能力,及其对汉语音韵学知识的掌握。又如谢庄《宋孝武宣贵妃诔》转韵自由,音律和谐:"移气朔兮变罗纨,白露凝兮岁将阑。庭树惊兮中帷响,金釭暗兮玉座寒。纯孝擗其俱毁,共气摧其同栾。仰昊天之莫报,怨凯风之徒攀。茫昧与善,寂寥余庆。丧过乎哀,棘实灭性。世覆冲华,国虚渊令。呜呼哀哉。"⑤上引片段转韵一次,共押二韵。第一韵押寒、删、铣,韵脚"纨""阑""寒""栾""攀""善",韵母相同,韵部相同或相邻;第二韵押敬,韵脚"庆""性""令",韵母相同,韵部相同。前后的平、仄声韵转换自然流畅,音韵流转回旋,悲戚之情娓娓道来。对于韵律的安排,谢庄在诗赋作品中也多有体现⑥,见如:

　　　夕天霁晚气,轻霞澄暮阴。微风清幽幌,余日照青林。收光渐窗歇,穷园自荒深。绿池翻素景,秋槐响寒音。伊人倦同爱,弦酒共棲寻。

────────────

　　① 据《宋书·谢灵运传论》所载"若前有浮声,则后须切响"之论,以"浮声"与"切响"相对,有学者认为,这"暗示着两大声类的对立",同时"亦呈现出明显的平仄对立",并进一步指出:"虽然沈约、谢朓等永明体诗人所提倡的诗论是以四声递用为原则的,但根据以上所举的几首例诗来看,则可以肯定,在他们的声律里已经潜在着走向四声二元化的因素。"文见兴膳宏:《从四声八病到四声二元化》,载于《唐代文学研究》,1992年第00期,第494页。

　　② 卢盛江:《齐梁声律论几个问题新探》,《江西师范大学学报(哲学社会科学版)》,2010年第5期,第72页。

　　③ 孙星衍辑:《续古文苑》卷四,商务印书馆1937年版,第229-230页。

　　④ 孙星衍辑:《续古文苑》卷四,商务印书馆1937年版,第230页。

　　⑤ 萧统编,李善注:《文选》下册,中华书局1977年版,第794页。

　　⑥ 参见于安澜著:《汉魏六朝韵谱》"魏晋宋谱"部分,据笔者统计,其中涉及谢庄诗文韵部及作品共有四十一大部韵三十五首(篇)之多,河南大学出版社2012年版。

（《北宅秘园》）①

　　南皋别鹤仿行汉，东邻孤管入青天。沉痾白发共急日，朝露过隙讵赊年。（《山夜忧》）②

　　徒观其柔仪所践，帧藻所挺，华景夕映，容光晦鲜。慧性昭和，天机自晓。审国音于寰中，达方声于遐表。及其云移霞峙，霰委雪翻。陆离翚渐，容裔鸿轩。跃林飞岫，焕若轻电。溢烟门，集场围，晔若夭桃被玉园。至于气淳体净，雾下崖沉。月图光于绿水，云写影于青林。遡还风而耸翮，霭清露而调音。（《赤鹦鹉赋》）③

前篇《北宅秘园》是谢庄五言诗的代表作之一，已较为注重声律和谐；中篇《山夜忧》是一首杂言诗作，上文截取部分置于唐人七律中也毫不逊色；后篇《赤鹦鹉赋》虽为残篇，行文用韵未达标准律赋平仄皆相反的规则，如"跃林飞岫（仄），焕若轻电溢烟门（平）。集场栖围（仄），晔若夭桃被玉园（平）"，句中"岫""门"与"围""园"平仄相反，然而上下联句尾之"门""园"平仄却是相同的。同时，全赋除"及其""至于"二处连接词外，几乎句句对仗，形式上可以看出谢庄对行文节奏点的准确把握和对辞赋由骈转律的尝试，在韵脚的处理与句式的对仗方面已有所突破，无怪乎范文澜先生在《文心雕龙注》"声律篇"中注曰："谢庄深明声律，故其所作《赤鹦鹉赋》，为后世律赋之祖。"④聂石樵称其"音节之和谐，属对之工切，可以领会得到。"⑤谢庄在该赋中运用声律，可谓对同代及后世创作带来了较重要的启示。

　　其次，通过考察不难发现，谢庄"属意于丝桐"，在其作品中，特别是诗歌中大量运用与音乐有关的语汇，见如："腾吹寒山""鸣琴荐""风篁成韵""听朔管之秋引""于是弦桐练响，音容选和。徘徊房露，惆怅阳阿。"（《月赋》）⑥"至于《肆夏》已升，《采齐》既荐。始徘徊而龙偃，终沃若而鸾盼；迎调露于飞钟，赴承云于惊箭；写秦垧之弥尘，状吴门之曳练；穷虞庭之蹈蹀，究遗野之环袄……是以击辕之蹈，抚埃之舞，相与而歌曰……"（《舞马赋》）⑦"方深北里之乐。"（《泰始元年改元

①　欧阳询撰，汪绍楹校：《艺文类聚》卷六十五，上海古籍出版社1965年版，第1161页。
②　孙星衍辑：《续古文苑》卷四，商务印书馆1937年版，第228页。
③　欧阳询撰，汪绍楹校：《艺文类聚》卷九十一，上海古籍出版社1982年版，第1575页。
④　刘勰撰，范文澜注：《文心雕龙注》，人民文学出版社2006年版，第555页。
⑤　聂石樵著：《魏晋南北朝文学史》，中华书局2007年版，第374页。
⑥　萧统编，李善注：《文选》上册，中华书局1977年版，第196-197页。
⑦　沈约撰：《宋书·谢庄传》，中华书局1974年版，第2175页。

大赦诏》)①"乐正歌风,司成颂德。"(《皇太子元服上皇太后表》)②"招才琴钓之上,取士歌牧之中。"(《让吏部尚书表》)③"舞缀畅,钟石融。"(《迎神歌诗》)④"《肆夏》式敬,升歌发德。"(《登歌词》)⑤"朱弦玉籥,式载琼芳。"(《宣皇太后庙歌》)⑥"紫阶协笙镛。"(《悉斋应诏诗》)⑦"笙镛流七始。"(《和元日雪花应诏诗》)⑧"调石飞延露,裁金起承云。"(《侍宴蒜山诗》)⑨"弦酒共棲寻。"(《北宅秘园》)⑩"击辕歌至世,抚壤颂惟馨。"(《江都平解严诗》)⑪"边箫当夜闻。"(《从驾顿上诗》)⑫上引《房露》《阳阿》《调露》《承云》《北里》《延露》等是古曲名;《肆夏》《采齐》是古乐论;《七始》等为古乐章名;琴、篁、弦桐、辕、钟石、朱弦玉籥、笙镛、石(磬)、箫等为古乐器。在众多乐器中,谢庄最为喜爱琴。琴是中国古代格调高、演奏技巧难的乐器之一,还与儒家济世之情、道家养生之趣有着较深渊源,尤其是前者,历代封建正统文人所创作的琴曲,一般内涵较复杂深奥,还常与儒家哲理相通,无较高音乐修养很难领略欣赏,清初戏剧家李渔曾云:"丝竹之音推琴为首,古乐相传至今,其已变而未尽变者独此一种……琴音易响而难明,非身习者不知,惟善弹者能听。伯牙不遇子期,相如不得文君,尽日挥弦,总成虚鼓。"⑬古琴常与儒家情怀联系在一起,古人喜用不同的琴曲表达儒家济世情怀,如《泽畔吟》《将归操》《猗兰操》及《龟山操》等用以展现的是文人穷厄之怀才不遇,而《文王操》《克商操》等则是达济天下的琴曲。显然,传统文人以儒家学说为理论指导,从古琴音乐中分出与道家以琴达养生之趣相对的儒家的济世之情。故钟情古琴的谢庄在以五音(宫、商、角、徵、羽)比附四声韵律方面有得天独厚的优势,确是"性别宫商,识清浊,斯自然也"⑭,其诗文创作音声和谐,已"兴属闲长,

---

① 沈约撰:《宋书·明帝纪》,中华书局 1974 年版,第 153 页。
② 欧阳询撰:汪绍楹校:《艺文类聚》卷十六,上海古籍出版社 1982 年版,第 300 页。
③ 欧阳询撰:汪绍楹校:《艺文类聚》卷四十八,上海古籍出版社 1982 年版,第 857 页。
④ 沈约撰:《宋书·乐志》卷二十,中华书局 1974 年版,第 569 页。
⑤ 沈约撰:《宋书·乐志》卷二十,中华书局 1974 年版,第 569 页。
⑥ 沈约撰:《宋书·乐志》卷二十,中华书局 1974 年版,第 581 页。
⑦ 徐坚等著:《初学记》卷十三,中华书局 1962 年版,第 319 页。
⑧ 冯惟讷编,吴琯校刊:《古诗纪》卷五十六,影印文渊阁《四库全书》本。
⑨ 欧阳询撰:汪绍楹校:《艺文类聚》卷八,上海古籍出版社 1965 年版,第 143 页。
⑩ 欧阳询撰:汪绍楹校:《艺文类聚》卷六十五,上海古籍出版社 1965 年版,第 1161 页。
⑪ 欧阳询撰:汪绍楹校:《艺文类聚》卷五十九,上海古籍出版社 1965 年版,第 1066 页。
⑫ 欧阳询撰:汪绍楹校:《艺文类聚》卷五十九,上海古籍出版社 1965 年版,第 1066 页。
⑬ 李渔著:《闲情偶记》,浙江古籍出版社 1985 年版,第 632 页。
⑭ 沈约撰:《宋书·范晔传》,中华书局 1974 年版,第 1830 页。

良无鄙促"①。在时风熏染及文人们的探索、尝试之下,对声音宛转动听的要求与永明声律论之运用四声、避忌声病虽还不能等同,但追求语言声音美的心理无疑会加强,对语音美的感受也会更敏锐,这也有助于锻炼、提高齐梁作家辨字审音的能力。

最后,形对是声对的前提。事物发展变化往往经历由易向难的过程,声调配搭的和谐宛转要较字句形式的整齐排偶来得复杂,而字句及意义的排偶乃声音对仗的"模范"。考察谢庄的诗歌可以发现,意义的排偶对仗程度也毫不逊色于声音的律化状况,并渐渐摆脱早期对仗不避同字、只求可对的情况,尽量求工整、精巧。在前述已提及谢庄创作"形文"之密于用对,并列举其诗歌多达二十五种对句的情况,此不赘述。事实上除诗歌创作外,谢庄的赋、文也讲究对句,可谓"试即南朝之文审之:四六之体,粗备于范晔、谢庄。"②谢庄对骈体文创作的五类基本结构已掌握多数并能灵活使用,见如:

> 四四式:腼胱警阙,朒魄示冲。(《月赋》)③
> 六六式:引一息于魂内,扰百绪于眼前。(《悦曲池赋》)④
> 四四四四式:收掩之旨,虓虎结辙;掠夺之使,白刃相望。(《泰始元年改元大赦诏》)⑤
> 四六四六式:汉文和亲,岂止彭阳之寇;武帝修约,不废马邑之谋。(《索虏互市议》)⑥
> 百僚危气,首领无有全地;万姓崩心,妻子不复相保。(《泰始元年改元大赦诏》)⑦

其中,"四四式""六六式"是早期骈体文发展的主要形式,南朝后期庾信《哀江南赋序》中还出现一种"六四六四式":"申包胥之顿地,碎之以首;蔡威公之泪尽,加之以血。"(庾信《哀江南赋序》)⑧这种对句体式在谢庄文中还未出现,反映出骈体文发展渐趋复杂、灵活的趋势。

此外,据现有研究可知,谢庄诗歌内部的律化程度反映出向永明声律创作的靠拢情况。刘跃进《门阀士族与永明文学》一书曾据六朝诗歌律化情况,做出过

① 钟嵘著,曹旭集注:《诗品集注》,上海古籍出版社1994年版,第64页。
② 刘师培著:《中国中古文学史讲义·宋齐梁陈文学概略》,上海古籍出版社2006年版,第76页。
③ 萧统编,李善注:《文选》上册,中华书局1977年版,第197页。
④ 欧阳询撰,汪绍楹校:《艺文类聚》,上海古籍出版社1982年版,第174页。
⑤ 沈约撰:《宋书·明帝纪》,中华书局1974年版,第153页。
⑥ 沈约撰:《宋书·谢庄传》,中华书局1974年版,第2168页。
⑦ 沈约撰:《宋书·明帝纪》,中华书局1974年版,第153页。
⑧ 严可均校辑:《全上古三代秦汉三国六朝文》,中华书局1958年版,第3922页。

"诗歌的律句超过半数以上,是从永明诗人开始的"的结论,并随书附列下表①:

	作品篇数及句数	严格律句	特殊律句	总计	比例
颜、谢	7首48句	10	7	17	35%
王融	16首112句	46	19	65	58%
沈约	32首252句	118	42	160	63%
谢朓	44首366句	177	71	248	64%
萧纲兄弟	31首230句	128	33	161	70%

从上表可清楚地看出元嘉到齐梁诗歌律化状况,元嘉时期颜、谢的合律句明显少于永明体提出后王融、沈约等的创作,但据徐明英统计可知:"谢庄诗中的合律的句子其实更多,总计有七十五例,占总数的百分之六十三。不仅超过半数,而且超过永明诗人王融。"②从其对合律句的统计来看③,谢庄诗歌律化的程度已经与永明诗人较为靠近,甚至与沈约、谢朓的合律比例不分伯仲,他们之间所不同的也许就在于具体理论的提出。

早在"建安之杰"曹植的五言诗中,整饬的文句、和谐的音韵已露端倪,如《公宴》诗中"秋兰被长坂,朱华冒绿池。潜鱼跃清波,好鸟鸣高枝"④等已是初步的对偶句,音韵上也大致具有平仄相对的形式。而谢庄对字音形式的探索,对诗赋中音韵、声调的运用,继承了曹植、谢灵运、颜延之的创作经验,自身还有一定程度的不合律之处,这也属正常现象,因为中国自古以来在文学创作上就有尚质倾向,重视作品内容,在形式上便乏刻意追求,往往会产生观古人作品有或合或不合声律的结果。诗歌自南朝渐向"人为艺术"靠拢,由浑厚纯朴转向精妍新巧,在古近体变革中,即使理论上提出永明声律论,实际创作上还有个慢慢发展、完善的过程,如在声律运用初期,沈约自己在理论和创作实践上尚存在脱节,就此情况,启功先生《诗文声律论稿》有言:"沈约提倡四声之说,而在所提的具体办法中,却只说了宫与羽(李延寿说宫与商、角与徵),低与昂,浮声与切响,轻与重,都

① 刘跃进著:《门阀士族与永明文学》,生活·读书·新知三联书店1996年版,第124页。

② 徐明英:《谢混、谢灵运、谢庄、谢朓与东晋南朝文学变迁》,扬州大学2004年硕士学位论文,第28页。

③ 据徐明英论文修正,新增谢庄五言诗律句"平平仄仄仄""仄仄仄平仄"二式,故相应律句多出七例。参见徐明英、熊红菊:《谢庄诗歌律化初探——兼与刘跃进先生商榷》,《长春师范学院学报》,2004年第1期,第71页。案:前人仅就谢庄诗歌五、七言律句进行统计,查其三言、四言等诗歌律句,亦有一定数量。

④ 萧统编·李善注:《文选》下册,中华书局1977年版,第282页。

是相对的两个方面，简单说，即是扬与抑，事实上也就是平与仄。从他们实际注意声调抑扬这现象上看，可知沈约等人在音理上虽然发现了'四声'，但在写作运用上，却只是要高低相间和抑扬相对。"①但这无法抹杀沈约在声律上的贡献，林家骊先生《沈约研究》一书中亦指出："沈约的永明声律论尽管存在许多缺点，但其基本精神符合汉语语音的特点，它的优点是显而易见的，所起的作用基本上也是积极的。"②毕竟新学说在产生之前必定会有一个孕育期。陆厥说曹刘已睹音律之秘，虽言及的只是自然音律，若没有它，也不会发展到沈约规定的"十字之文，颠倒相配"③的人为声律。因此，在声律方面对谢庄类探索家理应抱有宽容的态度，首先应肯定其实践之功。

客观而论，从传统音律学发展到永明声律论过程中，谢庄虽无具体声律理论贡献，然其诗赋的律化程度如前述在某些地方已不逊于齐代永明诗人，善别宫商清浊之能也受到当世学者的广泛肯定。谢庄在"自然音律"与"人为声律"之间积极地探索，发挥了过渡作用，其永明文学先声之功不容抹杀。

结　语

谢庄宋世翘楚，能诗善文，秉承谢氏家族清雅之风。南朝钟嵘《诗品》引而论之，为其诗置品，萧统亦辑其一赋一诔入《文选》，光大其文。我们一般认为，谢庄的文学史地位和影响在很大程度上是由辑入《文选》的名篇《月赋》奠定的，进一步审视其全部诗文作品不难发现，谢庄专攻庙堂应制，兼善诗赋，声韵相谐，其作为永明文学先声之地位尤应引起充分重视。

本书正是通过对谢庄诗文作品展开研究与笺注，全面考察南朝士族文人谢庄，尤其是其作品的声律特点，最终确定其作为永明先声的重要价值与意义。具体而言，全书包括"南朝名士谢庄的家世交游""谢庄的诗歌创作""谢庄的辞赋创作""谢庄的其他文章创作""谢庄的文学创作论"，以及"谢庄的文学史地位与影响"等六章内容。在家世层面，首章介绍在极其严峻的时代背景下，高门贵子谢庄凭借自己的努力，成为时之清流领袖，在朝为官，与僚友诗文唱和，思想上既有儒家传统，又杂有玄、释之风，凡此种种从各个角度塑造着他诗文的艺术品格。

① 启功著：《诗文声律论稿》，中华书局 2008 年版，第 109-110 页。
② 林家骊著：《沈约研究》，杭州大学出版社 1999 年版，第 282 页。
③ 严可均校辑：《全上古三代秦汉三国六朝文》，中华书局 1958 年版，第 3099 页。

在创作层面,随后几章重点围绕现存谢庄的诗、赋、文,辨析相关问题,力求深入分析南朝士族文学家谢庄的诗文创作,审视其"形文""声文"与"情文"等方面的主要特色;探讨谢庄作为永明先声的创作实践,论析其"别宫商,识清浊"的背景、条件及表现;揭示以谢庄为代表的南朝士族文人的生存状况及文学心态,特别突出谢庄文学创作在元嘉文学向永明文学过渡中的作用,重点揭示其在永明体实践创作中的地位及对后世的重要影响。可以肯定地说,谢庄以其识音知韵的天赋与积极的探索成为连接元嘉体与永明体的纽带,其诗文的律化程度在某些地方已不逊于齐梁诗人,实开永明文学先声。

最后附录包括"谢光禄集笺注"与"谢希逸琴学著述"两部分。前者整理校注谢庄作品六十一篇,包括诗二十七首,赋四篇(存疑一篇),文三十篇(存疑二篇),诗文按同一文体内考证之时间先后为序,所校诗文选取成书较早或收录较完备者为底本,并参校《文选》旧注等,汇合比勘,笺注疏通文义,于注解词义、典实外,酌加串释;后者将传世文献中系名为谢庄(谢希逸)的《琴论》《雅琴名录》整理于后,存疑在此,展示现存谢庄作品中与音韵相关文献之全貌,以期明其能开永明声律之先绝非偶然。

附录一　谢光禄诗文笺注

凡　例

　　一、《谢光禄集》，即《谢庄集》，收录南朝文人谢庄作品。按辑录时代之先后，《隋书·经籍志》著录该集十九卷，下注："梁十五卷。"《通志》《国史经籍志》录十九卷，《日本国见在书目录》录二十卷，《旧唐书·经籍志》《新唐书·艺文志》皆录十五卷，《宋史·艺文志》录一卷，明张燮辑录《谢光禄集》三卷，收入《七十二家集》，明张溥辑《谢光禄集》一卷，收入《汉魏六朝百三家集》，《傅是楼书目》著录《谢光禄集》一卷，清人严可均《全上古三代秦汉三国六朝文·全宋文》辑录谢庄文三十六篇，吴汝纶评选《谢光禄集选》一卷，收入《汉魏六朝百三家集选》，丁福保辑录《谢希逸集》，收入《汉魏六朝名家集初刻》，逯钦立《先秦汉魏晋南北朝诗·全宋诗》辑录谢庄诗十七首。兹编兼收上述谢庄诗（二十七首）、赋（四篇，存疑一篇）与文（三十篇，存疑二篇），共六十一篇，笺注编年，藉见一作者之全。

　　二、兹编笺注作品选取成书较早或收录较为完备者为底本，其中谢庄之诗，以《艺文类聚》《宋书·乐志》《古诗纪》《续古文苑》《初学记》为底本，参校逯钦立《全宋诗》等；谢庄之赋，以《文选》李善本、《宋书·谢庄传》《艺文类聚》为底本，参校《文选》九条本、室町本、陈八郎本、朝鲜正德本、奎章阁本等。谢庄之文，以《文选》李善本、《宋书·明帝纪》《宋书·袁顗传》《宋书·谢庄传》《艺文类聚》《初学记》，以及明翻刻素府本《淳化阁帖》为底本，参校《宋书·礼志》等。所取以雠校者，除《宋书》《南史》《艺文类聚》《初学记》等史书类书，以及《文选》《古诗纪》《续古文苑》、逯钦立《全宋诗》、严可均《全宋文》等总集外，还益以前人辑佚和研究成果。

　　三、校语说明引文来源等，并比勘异文。文字尽量依底本，间有改易，必斟酌其于文理较合，于义为胜，又有他本可据者，其为异体、别写或明显伪误者不出校，凡底本不误而他本显误者不出校，凡底本有误或有疑者在正文中径改，于校语中说明。兹编按诗、赋、文等文体类别排列，同一文体内以考证之时间先后为序，作年难考者，置于同一文体之末，疑为前人误辑或存疑者，亦笺注编入，待考。

诗

侍宴蒜山诗

（元嘉十七年）[一]

龙旌拂纤景，凤盖起流云[二]。转蕙方因委，层华正氛氲[三]。烟竟山郊远，雾罢江天分[四]。调石飞延露，裁金起承云[五]。

【校】

[题]文见《艺文类聚》卷八。

【笺注】

[一]蒜山，位于今江苏镇江地区。诗题中的蒜山在历史上有着重要的意义，它本是京口的一个平顶小丘，因其上生长很多野蒜而得名。作为山而言，蒜山规模很小，而其所处的京口，即镇江（在建康东面长江南岸），却具有非常重要的战略军事地位。同时，京口还是刘宋皇帝的故乡，宋文帝和他的父亲宋武帝刘裕都在京口出生，据史载，宋文帝在位时曾二次巡视京口，并迁来数千户人家充实该地。谢庄此诗描写皇家出游盛况与蒜山优美景象，画面生动，情趣盎然。据《宋书·谢庄传》载："（谢庄）初为始兴王浚后军法曹行参军。"又，《宋书·刘浚传》载："（刘浚）及出镇京口，听将扬州文武二千人自随，优游外籓，甚为得意。"元嘉十七年（440），谢庄为始兴王刘浚后军法曹行参军，而同时期，颜延之也在刘浚幕下任后军谘议参军、御史中丞等职，范晔则任后军长史，知本诗当作于谢庄任职始兴王刘浚幕下时期，同期鲍照也有《蒜山被始兴王命作》等同题创作存世，故暂系本诗于宋文帝元嘉十七年（440）①，谢庄时年二十岁。

[二]龙旌，绘龙旗帜，古时天子仪仗之一。《敦煌曲子词·望江南》："每抱沉机扶社稷，一人有庆万家荣，早愿拜龙旌。"拂，拂拭、掠过。纤，弯曲。《考工记·矢人》："中弱则纤。"郑玄注："纤，曲也。"凤盖，饰有凤凰的伞盖，古时天子仪仗之一。

[三]蕙，蕙兰。委，通"萎"，凋零。华，花。氛氲，盛貌，亦谓香气浓郁。唐白居易《朱陈村》："去县百余里，桑麻青氛氲。"

---

① 赫兆丰将此诗系于元嘉二十六年，参见赫兆丰撰：《谢庄文学创作系年考》，《古籍整理研究学刊》，2022年第6期，第40页。

附录一　谢光禄诗文笺注

117

[四]竟，完，尽。东晋陶潜《拟古》其七："歌竟长叹息。"

[五]石，古乐器名，石磬，古代八音之一。《宋书·乐志一》："八音二曰石，石，磬也。"延露，古俚曲名。《淮南子·人间训》："夫歌《采菱》，发《阳阿》，鄙人听之，不若此《延路》、《阳局》。"高诱注："《延路》、《阳局》，鄙歌曲也。"金，八音之一。《周礼·春官·大师》："皆播之以八音，金、石、土、革、丝、木、匏、竹。"承云，传说为黄帝乐曲。《楚辞·远游》王逸注："《承云》，即《云门》，黄帝乐也。"

游豫章西观洪崖井诗

（元嘉二十年）[一]

幽愿平生积，野好岁月弥[二]。舍簪神区外，整褐灵乡垂[三]。林远炎天隔，山深白日亏[四]。游阴腾鹄岭，飞清起凤池[五]。隐暖松霞被，容与涧烟移[六]。将遂丘中性，结驾终在斯[七]。

【校】

[题]文见《艺文类聚》卷二十八，题名《游豫章西山观洪崖井诗》。今据逯钦立《全宋诗》卷六，题名《游豫章西观洪崖井诗》。

【笺注】

[一]豫章，即豫章台，在今江西新建地区。洪崖井，位于新建西山下，为一处炼丹井。元嘉二十年（443）二月，谢庄出任庐陵王刘绍南中郎谘议参军，并随其至江州。据《宋书·谢庄传》载："（谢庄）初为始兴王浚后军法曹行参军，转太子舍人，庐陵王文学，太子洗马，中舍人，庐陵王绍南中郎谘议参军。"又，《宋书·武三王传》载："义真无子，太祖以第五子绍字休胤为嗣。元嘉九年，袭封庐陵王。少而宽雅，太祖甚爱之。（元嘉）二十年，出为南中郎将、江州刺史，时年十二。"结合诗中"游阴腾鹄岭，飞清起凤池"等句，知本诗当作于谢庄在江州七年期间（元嘉二十年至元嘉二十六年），故暂系年于元嘉二十年（443），谢庄时年二十三岁。

[二]幽愿、野好，指诗人对隐居的向往。积、弥，谓久远。《诗经·大雅·卷阿》："俾尔弥尔性。"

[三]舍簪，谓舍弃官宦仕途。簪，簪缨，古代达官贵人的冠饰，借指高官显宦。神区，谓神明所在的区域，即仙境。《文选·鲍照〈舞鹤赋〉》："践神区其既远，积祀祀而方多。"吕延济注："神区，神明之区域。"整褐，整理粗布衣。灵乡，神明所居之处。垂，同"陲"，旁边。《广韵》："陲，边也。"

[四]炎天，南方，谓炎热天气。《淮南子·天文训》："南方曰炎天。"亏，不足。

[五]游阴，流动之密云。腾鹄，当为今江西新建地区岭名。飞清，升腾之水雾。凤池，凤池山，今福建闽侯县升山西。《福州府志·山川一》："凤池山在（侯官）升山西。"

[六]隐暖，草木盛茂貌。容与，悠闲随波貌。先秦屈原《九章·涉江》："船容与而不进兮，淹回水而凝滞。"

[七]丘,田畴。丘中性,谓躬耕田园,复归自然。语自东晋陶潜《归园田居》其一:"少无适俗韵,性本爱丘山。"结驾,拴车驾,谓定居。东晋郭璞《游仙诗》:"纵酒濛汜滨,结驾寻木末。"

自浔阳至都集道里名为诗

(元嘉二十六年)[一]

山经亟旋览,水牒勌敷寻[二]。稽榭诚淹留,烟台信遐临[三]。翔州凝寒气,秋浦结清阴[四]。眇眇高湖旷,遥遥南陵深[五]。青溪如委黛,黄沙似舒金[六]。观道雷池侧,访德茅堂阴[七]。鲁显阙微迹,秦良灭芳音[八]。讯远博望崖,采赋梁山岑[九]。崇馆非陈宇,茂苑岂旧林[十]。

【校】

[题]文见《艺文类聚》卷五十六,原作"寻阳",今据《全宋诗》卷六作"浔阳"。

[山经亟旋览]《艺文类聚》卷五十六作"函旋览",今据《全宋诗》卷六作"亟旋览"。

[稽榭诚淹留]《艺文类聚》卷五十六作"淹流",今据《全宋诗》卷六作"淹留"。

【笺注】

[一]浔阳,指浔阳郡,今湖北黄梅地区。元嘉二十六年(449)七月,谢庄随庐陵王刘绍回建康,十月担任随王刘诞咨议参军,随其至襄阳。据《宋书·谢庄传》载:"(谢庄)又转随王诞后军谘议,并领记室。分左氏《经传》,随国立篇,制木方丈,图山川土地,各有分理,离之则州别郡殊,合之则宇内为一。"又,《宋书·刘诞传》载:"(元嘉)二十六年,出为都督雍、梁、南北秦四州、荆州之竟陵、随二郡诸军事、后将军、雍州刺史。""以广陵凋弊,改封随郡王。上欲大举北讨,以襄阳外接关、河,欲广其资力,乃罢江州军府,文武悉配雍州,湘州入台税租杂物,悉给襄阳。"知本诗当作于谢庄随庐陵王自江州返京(建康)之际,故系年于元嘉二十六年(449)①,谢庄时年二十九岁。

[二]山经,先秦古籍《山海经》之《山经》部分,记上古诸山。亟,屡次。旋览,回顾。水牒,记河道水系之文献。勌,同"倦",疲劳。敷寻,广泛寻访。

[三]淹留,逗留。南朝齐谢朓《杜若赋》:"荫绿竹以淹留,藉幽兰而容与。"信,确实。遐临,久留。遐,久远。《尚书·太甲下》:"若升高,必自下;若陟遐,必自迩。"

[四]翔州,吉祥之地。翔,通"祥"。秋浦,秋季水滨。

[五]眇眇,辽远。《文选·陆机〈文赋〉》:"心懔懔以怀霜,志眇眇而临云。"李善注:"眇眇,高远貌。"高湖,高邮湖,在今江苏高邮地区。南陵,南陵戍,今安徽繁昌地区。

[六]委黛,妇女弯曲之眉。委,弯曲。舒金,舒展平缓之金。

[七]雷池,池水,今安徽望江地区,源头在湖北黄梅地区,称为大雷水。

---

① 赫兆丰将此诗系于元嘉二十二年,参见赫兆丰撰:《谢庄文学创作系年考》,《古籍整理研究学刊》,2022 年第 6 期,第 41 页。

[八]鲁显、秦良，分别为鲁国和秦国的贤人。

[九]博望、梁山，皆为古山名。岑，小而高的山。

[十]崇馆，高耸的官舍。陈宇，陈旧的房舍。茂苑，花木茂美的苑囿。旧林，禽鸟往日栖息之所。

怀园引

（元嘉二十六年）[一]

　　鸿飞从万里，飞飞河岱起[二]。辛懃越霜雾，联翩溯江汜[三]。去旧国，违旧乡，旧山旧海悠且长。回首瞻东路，延翮向秋方[四]。登楚都，入楚关，楚地萧瑟楚山寒。岁去冰未已，春来雁不还。风肃幌兮露濡庭，汉水初绿柳叶青[五]。朱光蔼蔼云英英，新禽喈喈又晨鸣[六]。菊有秀兮松有蕤，忧来年去容发衰[七]。流阴逝景不可追，临堂危坐怅欲悲。轩凫池鹤恋阶墀，岂忘河渚捐江湄[八]。试讬意兮向芳荪，心绵绵兮属荒樊[九]。想绿苹兮既冒沼，念幽兰兮已盈园[十]。夭桃晨暮发，春莺旦夕喧[十一]。青苔芜石路，宿草尘蓬门[十二]。遭吾游夫鄢郢，路修远以萦纡[十三]。羌故园之在目，江与汉之不可踰[十四]。目还流而附音，候归烟而讬书[十五]。还流兮潺湲，归烟容裔去不旋[十六]。念卫风于河广，怀邶诗于毖泉[十七]。汉女悲而歌飞鹄，楚客伤而奏南弦[十八]。武巢阳而望越，亦依阴而慕燕[十九]。咏零雨而卒岁，吟秋风以永年[二十]。

【校】

[题]文见《续古文苑》卷四。

[鸿飞从万里]"万"前原缺一字，今据《艺文类聚》卷六十五补"从"字。

[飞飞河岱起]《续古文苑》卷四作"河代"，今据《艺文类聚》卷六十五作"河岱"。

[旧山旧海悠且长]原无"旧山"二字，今据《全宋诗》卷六补。

[朱光蔼蔼云英英]《艺文类聚》卷六十五作"霭霭"，今据《续古文苑》卷四作"蔼蔼"。

[新禽喈喈又晨鸣]《艺文类聚》卷六十五作"离禽"，今据《续古文苑》卷四作"新禽"。

[菊有秀兮松有蕤]《全宋诗》卷六作"菊有秃兮"，今据《续古文苑》卷四作"菊有秀兮"。

[试讬意兮向芳荪]《续古文苑》卷四作"细芳荪"，今据《全宋诗》卷六作"向芳荪"。

[想绿苹兮既冒沼]原无"兮"字，今据《艺文类聚》卷六十五补。

[念幽兰兮已盈园]原无"兮"字，今据《艺文类聚》卷六十五补。

[夭桃晨暮发]《续古文苑》卷四作"夭梅"，今据《艺文类聚》卷六十五、《全宋诗》卷六作"夭桃"。

【笺注】

[一]怀园引，"引"为乐府歌行体之称，音节、格律较自由，形式有五言、七言、杂言。谢庄在襄阳怀念建康故园而作《怀园引》，它是一首兼有《楚辞》曲调、风格典雅流丽的杂言诗。据

《宋书·沈怀文传》载："随王诞镇襄阳，出为后军主簿，与谘议参军谢庄共掌辞令。"又，《宋书·谢庄传》载："转随王诞后军谘议，并领记室。分左氏《经传》，随国立篇，制木方丈，图山川土地，各有分理，离之则州别郡殊，合之则宇内为一。"结合诗中"登楚都，入楚关""羌故园之在目，江与汉之不可踰"等句，暂系本诗于宋文帝元嘉二十六年（449）①，谢庄时年二十九岁。

〔二〕鸿，大雁。《诗经·小雅·鸿雁》："鸿雁于飞，肃肃其羽。"毛传："大曰鸿，小曰雁。"河岱，黄河、泰山。《说文解字·水部》："河，水出敦煌塞外，昆仑山发原，注海。"《尔雅·释山》："河南华，河西岳，河东岱。"郭璞注："岱宗，泰山。"

〔三〕辛勤，殷勤恳切。勤，同"勤"。越，度过。联翩，鸟类飞舞貌。《文选·陆机〈文赋〉》："浮藻联翩，若翰鸟缨缴而坠曾云之峻。"李周翰注："联翩，鸟飞貌。"遡，通"溯"，逆流而上。江汜，江边。汜，通"涘"。

〔四〕瞻，向上或向前看。《诗经·小雅·节南山》："民具尔瞻。"延翮，伸展翅膀。秋方，西方。古代阴阳家以春夏秋冬四季，分指东南西北四方。《文选·张衡〈东京赋〉》："飞云龙于春路，屯神虎于秋方。"薛综注："秋方，西方也。"

〔五〕肃，幽静。幌，帷幔。《集韵》："幌，帷也。"濡，沾湿。《诗经·曹风·候人》："维鹈在梁，不濡其翼；彼其之子，不称其服。"汉水，指汉江，长江重要支流，与长江、淮河、黄河并称为"江淮河汉"。

〔六〕朱光，日光。《文选·张载〈七哀诗〉之二》："朱光驰北陆，浮景忽西沉。"李善注："朱光，日也。"蔼蔼，光线暗淡貌。西汉司马相如《长门赋》："望中庭之蔼蔼兮，若季秋之降霜。"英英，光亮轻明貌。《诗经·小雅·白华》："英英白云，露彼菅茅。"朱熹集传："英英，轻明之貌。"喈喈，象声词，拟黄鸟和鸣声。《诗经·周南·葛覃》："黄鸟于飞，集于灌木，其鸣喈喈。"

〔七〕葳，花木茂盛下垂之态。《说文解字·艸部》："葳，草木华垂貌。"衰，衰弱。

〔八〕景，光，喻光阴。《说文解字·日部》："景，光也。"轩凫，指鹤。凫，本为野鸭。《左传·闵公二年》："卫懿公好鹤，鹤有乘轩者。"阶墀，台阶。《说文解字·土部》："墀，涂地也。"渚，水中小洲。《诗经·召南·江有汜》："江有渚，之子归，不我与。"捐，舍弃。江湄，江岸。《诗经·秦风·蒹葭》："所谓伊人，在水之湄。"毛传："湄，水隒也。"

〔九〕讬意，寄托情意。荪，香草名。先秦屈原《九歌·湘君》："薜荔柏兮蕙绸，荪桡兮兰旌。"陆侃如注："荪桡，是用荪草饰的桡。"樊，篱笆。《诗经·小雅·青蝇》："营营青蝇，止于樊。"毛传："樊，藩也。"

〔十〕冒沼，覆满沼泽。《诗经·召南·采蘩》："于以采蘩，于沼于沚。"孔疏："白蒿非水草，言沼沚者，谓于其旁采之也。"盈园，长满园林。

〔十一〕夭桃，艳盛的桃花。《诗经·周南·桃夭》："桃之夭夭。灼灼其华。"毛传："夭夭，其室壮也。灼灼，华之盛也。"喧，声音大。《玉篇》："喧，大语也。"

〔十二〕青苔，青色的苔藓。《淮南子·泰族训》："穷谷之污，生以青苔。"高诱注："青苔，水

---

① 赫兆丰将此诗系于元嘉二十七年，参见赫兆丰撰：《谢庄文学创作系年考》，《古籍整理研究学刊》，2022年第6期，第41页。

垢也。"宿草，墓地上隔年的草。《礼记·檀弓上》："朋友之墓，有宿草而不哭焉。"孔颖达疏："宿草，陈根也，草经一年则根陈也，朋友相为哭一期，草根陈乃不哭也。"

[十三]遭，转方向。先秦屈原《离骚》："遭吾道夫昆仑兮，路悠远以周流。"王逸注："遭，转也，楚人名转曰遭。"鄢郢，代指楚都。萦纡，曲折盘旋貌。

[十四]羌，楚人发语词。踰，越过。

[十五]还流、归烟，去向故园的水与云。附音，捎带音信。讬书，托递书信。讬，同"托"。

[十六]潺湲，水缓流貌。先秦屈原《九歌·湘夫人》："慌忽兮远望，观流水兮潺湲。"容裔，从容娴丽貌。《文选·曹植〈洛神赋〉》："六龙俨其齐首，载云车之容裔。"刘良注："容裔，行貌。"

[十七]河广、毖泉，皆为《诗经》篇目。《诗经·卫风·河广》："谁谓河广，一苇杭之。谁谓宋远，跂予望之。"《诗经·邶风·泉水》："毖彼泉水，亦流于淇。有怀于卫，靡日不思。"

[十八]飞鹄，汉乐府诗《飞鹄行》，又名《艳歌何当行》。南弦，南音。《左传·成公九年》："晋侯观于军府，见钟仪，问之曰：'南冠而系者，谁也？'有司对曰：'郑人所献楚囚也。'……使与之琴，操南音。"

[十九]武巢阳而望越，亦依阴而慕燕，化用《古诗十九首》之"胡马依北风，越鸟巢南枝"句，犹谓不忘故土。

[二十]零雨，语自《诗经·豳风·东山》："我徂东山，慆慆不归。我来自东，零雨其濛。"谓慢而细的小雨。永年，长寿。《尚书·毕命》："资富能训，惟以永年。"

宋明堂歌九首·其一·迎神歌诗
（孝建元年）[一]

地纽谧，乾枢回[二]。华盖动，紫微开[三]。旌蔽日，车若云[四]。驾六龙，乘絪缊[五]。晔帝京，辉天邑[六]。圣祖降，五灵集[七]。构瑶虡，耸珠帘[八]。汉拂幌，月栖檐。舞缀畅，钟石融[九]。驻飞景，郁行风[十]。爇萧盛，洁牲牷[十一]。百礼肃，群司虔[十二]。皇德远，大孝昌。贯九幽，洞三光[十三]。神之安，解玉銮[十四]。景福至，万宇欢[十五]。

【校】
[题]文见《宋书·乐志》卷二十。
[驾六龙]《乐府诗集》卷二作"六气"，今据《宋书》卷二十作"六龙"。

【笺注】
[一]迎神歌诗，古时在祈福免灾的仪式活动上，多有此类配以鼓乐的歌辞，以迎接神灵降临。据《南齐书·乐志》载："明堂歌辞，祠五帝。汉郊祀歌皆四言，宋孝武使谢庄造辞，庄依五行数，木数用三，火数用七，土数用五，金数用九，水数用六。"又，"超宗所撰，多删颜延之、谢庄辞以为新曲，备改乐名。"知谢庄创作的《宋明堂歌》系列共有九首，本诗为第一首，后建元二年

(455)，谢超宗更是借鉴了谢庄明堂歌辞进行撰作。据《宋书·天文志》载："孝建元年，十月乙丑，荧惑犯进贤星。吏部尚书谢庄表解职，不许。"又，《宋书·谢庄传》载："孝建元年，迁左卫将军。"又，《通典》卷一百四十一载："孝武帝建元元年，……（孝武）又使谢庄造郊庙舞乐、明堂诸乐歌诗。"知本组诗歌创作于谢庄左卫将军、吏部尚书任上，当系年于宋孝武帝孝建元年（454）①，谢庄时年三十四岁。

[二]地纽，地维。谧，静止。乾枢，天轴。回，运转。

[三]华盖，古星名。西汉王褒《九怀·思忠》："登华盖兮乘阳，聊逍遥兮播光。"紫微，星官名，紫薇垣，三垣之一。

[四]旌，有装饰的旗帜。

[五]六龙，借指太阳。神话传说日神乘车，驾以六龙，羲和为御者。西汉刘向《九叹·远游》："贯澒濛以东朅兮，维六龙于扶桑。"绲缊，云烟氤氲缭绕貌。

[六]晔，闪光貌。《后汉书·张衡传》："列缺晔其照夜。"李贤注："晔，光也。"帝京、天邑，指帝王之都。

[七]五灵，指麟、凤、龟、龙、白虎。西晋杜预《春秋左氏传序》："麒凤五灵，王者之嘉瑞也。"

[八]瑶阤，堂帘下的玉台阶。《文选·张衡〈西京赋〉》："金阤玉阶，彤庭辉辉。"李善注引《广雅》："阤，砌也。"

[九]舞缀，舞乐。《礼记·乐记》："故其治民劳者，其舞行缀远；其治民逸者，其舞行缀短。"郑玄注："民劳则德薄，鄸相去远，舞人少也；民逸则德盛，鄸相去近，舞人多也。"缀，舞人站位。钟石，钟和磬，古代乐器。《汉书·礼乐志》："和亲之说难形，则发之于诗歌咏言，钟石筦弦。"

[十]飞景，日光。东晋葛洪《抱朴子·畅玄》："乘流光，策飞景。"行风，流动之风，谓施行德政。

[十一]懋，盛大。粢盛，古时盛于祭祀器皿以供祭祀的谷物。《公羊传·桓公十四年》："御廪者何？粢盛委之所藏也。"何休注："黍稷曰粢，在器曰盛。"牲牷，古时祭祀所用纯色全牲。《左传·桓公六年》："吾牲牷肥腯，粢盛丰备。"杜预注："牲，牛羊豕也；牷，纯色完全也。"

[十二]肃、虔，恭敬之意。

[十三]九幽，地底最深处。三光，指日、月、星。

[十四]玉銮，车铃美称，又指仙人车驾。南朝梁沈约《和竟陵王游仙》："夭矫乘绛仙，螭衣方陆离。玉銮隐云雾，溶溶纷上驰。"

[十五]景福，大福。《诗经·周颂·潜》："以享以祀，以介景福。"

宋明堂歌九首·其二·登歌词

（孝建元年）[一]

雍台辨朔，泽宫练辰[二]。洁火夕照，明水朝陈[三]。六瑚贲室，八羽华庭[四]。

_____

① 赫兆丰将谢庄《宋明堂歌九首》系于大明五年四月至六年正月之间，参见赫兆丰撰：《谢庄文学创作系年考》，《古籍整理研究学刊》，2022年第6期，第40页。

附录一 谢光禄诗文笺注

昭事先圣，怀濡上灵[五]。《肆夏》式敬，升歌发德[六]。永固鸿基，以绥万国[七]。

【校】

[题]文见《宋书·乐志》卷二十。

[《肆夏》式敬]《乐府诗集》卷二作"戒敬"，今据《宋书》作"式敬"。

【笺注】

[一]登歌，古时在祭祀、朝会大典上由乐师登堂演奏的歌曲。本组诗歌系年于宋孝武帝孝建元年(454)，见《迎神歌诗》注一。

[二]雍台，辟雍，古时大学。朔，古代天子向诸侯颁下的历日与政令。《周礼·春官·太史》："颁告朔于邦国。"郑玄注："天子颁朔于诸侯，诸侯藏之祖庙，至朔，朝于庙，告而受行之。"泽宫，古时习射取士之所。《周礼·夏官·司弓矢》："泽共射椹质之弓矢。"汉郑玄注引郑司农："泽，泽宫也。所以习射选士之处也。"练辰，选择时日。《汉书·礼乐志》："练时日，侯有望。"颜师古注："练，选也。"

[三]洁火，明净光洁的灯火。明水，祭祀所用净水。洁火与明水、夕照与朝陈相对成文。

[四]六瑚，商朝盛黍稷的六类祭器。贲室，装饰屋室。八羽，八佾，古代天子用的一种乐舞。佾，舞列，纵横都是八人，共六十四人。

[五]昭事，谓祭祀。《诗经·大雅·大明》："昭事上帝，聿怀多福。"高亨注："昭，借为劭。《说文》：'劭，勉也。'此句言文王勤勉侍奉上帝。"怀濡，感戴恩泽。

[六]《肆夏》，古时乐章名，《九夏》之一。《周礼·春官·大司乐》："王出入则令奏《王夏》，尸出入则令奏《肆夏》，牲出入则令奏《昭夏》。"郑玄注："三夏，皆乐章名。"式敬，用以表示恭敬。升歌，祭祀、宴会登堂时演奏的乐歌。发德，用以彰显道德。

[七]鸿基，谓王业。三国蜀刘禅《策丞相诸葛亮诏》："朕以幼冲，继承鸿基。"绥，安抚。《诗经·大雅·民劳》："惠此中国，以绥四方。"

宋明堂歌九首·其三·歌太祖文皇帝词

（孝建元年）[一]

维天为大，维圣祖是则。辰居万宇，缀旒下国[二]。内灵八辅，外光四瀛[三]。蒿宫仰盖，日馆希旌[四]。复殿留景，重檐结风[五]。刮楹接纬，达响承虹[六]。设业设虡，在王庭[七]。肇禋祀，克配乎灵[八]。我将我享，维孟之春[九]。以孝以敬，以立我烝民[十]。

【校】

[题]文见《宋书·乐志》卷二十。

【笺注】

[一]太祖文皇帝,南朝宋文帝刘义隆,刘宋第三位皇帝,武帝刘裕第三子,谥号"文",庙号"太祖",故谓太祖文皇帝。本组诗歌系年于宋孝武帝孝建元年(454),见《迎神歌诗》注一。

[二]缀旒,表率。《诗经·商颂·长发》:"受小球大球,为下国缀旒。"毛传:"缀,表;旒,章也。"郑玄笺:"缀,犹结也;旒,旌旗之垂者也。"

[三]八辅,八州。四瀛,四海。

[四]蒿宫,周代以嵩为柱的宫殿。《大戴礼记·明堂》:"周时德泽洽和,蒿茂大,以为宫柱,名蒿宫也,此天子之路寝也。"仰,高。日馆,谓皇宫内院。希,少。旌,有装饰的旗帜。

[五]复殿,双层椽笮结构的宫殿。重檐,两层屋檐。《礼记·明堂位》:"复庙重檐。"郑玄注:"重檐,重承壁材也。"孔颖达疏引皇侃曰:"谓就外檐下壁复安板檐,以辟风雨之洒壁。"

[六]刮楹,刮碰楹柱。接纬,拴系连接。纬,指织物的横线。《说文解字·糸旁》:"纬,织横丝也。"后引申为地理上的东西横路,此指建筑上的横向拴连。达响承虹,谓四通八达的窗户与屋外飞虹相连。

[七]设业设虡,业、虡为古代挂钟鼓的木架子。语自《诗经·周颂·有瞽》:"设业设虡,崇牙树羽。"

[八]肇,祭坛。禋祀,古时祭天礼仪,后泛指祭祀。克,能够。《尔雅》:"克,能也。"

[九]我将我享,语自《诗经·周颂·我将》:"我将我享,维羊维牛,维天其右之。"郑玄笺:"将,犹奉也。"孔颖达疏:"以将与享相类,当谓致之于神。"将、享,奉献。

[十]以孝以敬,语自《孝经·士章》:"故以孝事君,则忠以敬事长则顺,忠顺不失,以事其上,然后能保其禄位,而守其祭祀,盖士之孝也。"立我烝民,语自《诗经·周颂·思文》:"立我烝民,莫菲尔极。"烝民,百姓。

宋明堂歌九首·其四·歌青帝辞

(孝建元年)[一]

参映夕,驷照晨[二]。灵乘震,司青春[三]。雁将向,桐始蕤[四]。柔风舞,暄光迟[五]。萌动达,万品新[六]。润无际,泽无垠[七]。

【校】

[题]文见《宋书·乐志》卷二十。

【笺注】

[一]青帝,又称苍帝、木帝,古代神话五大天帝之一,位于东方,为司春之神。《周礼·天官·大宰》:"祀五帝。"唐贾公彦疏:"五帝者,东方青帝威灵仰,南方赤帝赤熛怒,中央黄帝含枢纽,西方白帝白招拒,北方黑帝叶光纪。"本组诗歌系年于宋孝武帝孝建元年(454),见《迎神歌诗》注一。

[二]参,星宿名,又名参水猿,西方七宿第七宿。映夕,谓参星在日落时现于西方。驷,星宿名,又名房星、房日兔,东方青龙第四宿。照晨,谓房星在日出时现于东方。

[三]灵,指青帝。乘震,管理东方。青春,春天。

[四]蕤,草木盛放貌。《说文解字·艸部》:"蕤,草木华垂貌。"

[五]暄光,春光。迟,缓慢。《诗经·豳风·七月》:"春日迟迟,采蘩祁祁。"

[六]萌动,谓始生。达,新苗出土貌。万品,谓万物。

[七]润无际,泽无垠,指润泽无边无际。

宋明堂歌九首·其五·歌赤帝辞

(孝建元年)[一]

龙精初见大火中[二]。朱光北至圭景同[三]。帝位在离实司衡[四]。水雨方降木槿荣[五]。庶物盛长咸殷阜[六]。恩覃四溟被九有[七]。

【校】

[题]文见《宋书·乐志》卷二十。

[帝位在离实司衡]《乐府诗集》卷二作"帝在",今据《宋书》卷二十作"帝位在"。

[恩覃四溟被九有]《乐府诗集》卷二作"四冥",今据《宋书》卷二十作"四溟"。

【笺注】

[一]赤帝,又称"赤熛怒",古代神话五大天帝之一,位于南方,为司夏之神。本组诗歌系年于宋孝武帝孝建元年(454),见《迎神歌诗》注一。

[二]龙精,蚕。《周礼》"禁原蚕"注引《蚕书》:"蚕为龙精,月值大火则浴其种。"

[三]朱光,日光。《文选·张载〈七哀诗〉之二》:"朱光驰北陆,浮景忽西沉。"李善注:"朱光,日也。"圭景,圭影,土圭与日影。《文选·张衡〈东京赋〉》:"土圭测景,不缩不盈。"李善注引郑玄:"土,度也;缩,短也;盈,长也。谓圭长一尺五寸,夏至之日,竖八尺表,日中而度之,圭影正等,天当中也。"

[四]在离,处于南方。语自《周易·说卦》:"离也者,明也,万物皆相见,南方之卦也。"司衡,主宰。

[五]木槿,植物名,落叶灌木或小乔木。

[六]庶物,谓万物。殷阜,富足。

[七]恩覃,恩惠深厚广大。覃,蔓延。《尔雅》:"覃,延也。延,长也。"四溟,四海。九有,天下。

宋明堂歌九首·其六·歌黄帝辞

(孝建元年)[一]

履建宅中宇,司绳御四方[二]。裁化遍寒燠,布政周炎凉[三]。景丽条可结,霜明冰可折[四]。凯风扇朱辰,白云流素节[五]。分至乘结晷,启闭集恒度[六]。帝运缉万有,皇灵澄国步[七]。

【校】

[题]文见《宋书·乐志》卷二十。

【笺注】

[一]黄帝,古代神话五大天帝之一,位于中央,为执掌中央之神。《史记·天官书》:"皇帝行德,天天为之起。"张守节正义:"黄帝,中央含枢纽之帝。"本组诗歌系年于宋孝武帝孝建元年(454),见《迎神歌诗》注一。

[二]履建,践行王图霸业。履,四履,犹言四境。建,建侯之地。宅,任职。司绳,负责颁行法令。中宇、四方,谓天下。

[三]裁化,裁决化解纠纷。寒燠,冷热。《说文解字·火部》:"燠,热在中也。"布政,施政。

[四]霜明,谓白霜、严霜。

[五]凯风,南风。朱辰,夏令时节。素节,秋令时节。

[六]分至,二分二至,即春分、秋分、夏至、冬至。《左传·僖公五年》:"凡分至启闭,必书云物。"杜预注:"分,春、秋分也。至,冬、夏至也。"结晷,构造轨道。《说文解字·日部》:"晷,日景也。"此处引申为轨道。启闭,立春、立夏为启,立秋、立冬为闭。恒度,一定的法度。

[七]帝运,皇家世运。万有,谓万物。皇灵,祖先。国步,国家命运。

宋明堂歌九首·其七·歌白帝辞

(孝建元年)[一]

　　百川如镜,天地爽且明。云冲气举,德盛在素精[二]。木叶初下,洞庭始扬波[三]。夜光彻地,翻霜照悬河[四]。庶类收成,岁功行欲宁[五]。浃地奉渥。罄宇承秋灵[六]。

【校】

[题]文见《宋书·乐志》卷二十。

【笺注】

[一]白帝,古代神话五大天帝之一,位于西方,为司秋之神。本组诗歌系年于宋孝武帝孝建元年(454),见《迎神歌诗》注一。

[二]百川,河流的总称。云冲气举,即云气冲举。冲举,谓飞升成仙。素精,犹元精,天地精气。

[三]木叶,树叶。出自先秦屈原《九歌·湘夫人》:"袅袅兮秋风,洞庭波兮木叶下。"

[四]彻地,遍地,到处。翻霜,白浪翻滚貌。悬河,瀑布。《水经注·清水》:"瀑布乘岩,悬河注壑,二十余丈,雷赴之声,震动山谷。"

[五]庶类,万物。岁功,一年收成。《汉书·律历志》:"立闰定时,以成岁功。"

[六]浃地,大地。奉渥,给予恩泽。罄宇,谓整个世界、天地。秋灵,秋天谷熟而成的灵气。

宋明堂歌九首·其八·歌黑帝辞

（孝建元年）[一]

岁既晏，日方驰[二]。灵乘坎，德司规[三]。玄云合，晦鸟归[四]。白云繁，亘天涯[五]。雷在地，时未光。饬国典，闭关梁[六]。四节遍，万物殿[七]。福九域，祚八乡[八]。晨晷促，夕漏延[九]。太阴极，微阳宣[十]。鹊将巢，冰已解。气濡水，风动泉[十一]。

【校】

[题]文见《宋书·乐志》卷二十。

[岁既晏，日方驰]《乐府诗集》卷二作"岁月既晏方驰"，今据《宋书》卷二十作"岁既晏，日方驰"。

[晦鸟归]《宋书》卷二十作"鸟路"，今据《乐府诗集》卷二作"鸟归"。

【笺注】

[一]黑帝，颛顼，古代神话五大天帝之一，位于北方，为司冬之神。本组诗歌系年于宋孝武帝孝建元年（454），见《迎神歌诗》注一。

[二]晏，晚。《论语·子路》："冉子退朝，子曰：'何晏也？'"皇疏："晏，晚也。"驰，速逝。三国蜀诸葛亮《诫子书》："年与时驰，意与日去。"

[三]乘坎，乘危履险。坎，谓低洼之地，困窘之境。《说文解字·土部》："坎，陷也。"司规，执掌法规。

[四]玄云，黑云。晦鸟，谓傍晚之鸟。晦，昏暗。先秦屈原《九章·涉江》："山峻高以蔽日兮，下幽晦以多雨。"

[五]繁，众多。《诗经·小雅·正月》："正月繁霜，我心忧伤。"亘，绵延。

[六]饬，整顿。国典，国家的典章制度。关梁，关口和桥梁。

[七]四节，指春夏秋冬四季。西晋陆机《塘上行》："四节逝不处，繁华难久鲜。"

[八]九域，九州。祚，赐福。八乡，八方。

[九]晷、漏，古代测时仪器。《后汉书·律历志中》："圆仪晷漏，与天相应，不可复尚。"

[十]太阴，北方之神。微阳，阳气始生。

[十一]濡，沾湿。《诗经·曹风·候人》："维鹈在梁，不濡其翼；彼其之子，不称其服。"

宋明堂歌九首·其九·送神歌辞

（孝建元年）[一]

蕴礼容，余乐度[二]。灵方留，景欲暮。开九重，肃五达[三]。凤参差，龙已秩[四]。云既动，河既梁[五]。万里照，四空香。神之车，归清都[六]。琁庭寂，玉殿虚[七]。睿化凝，孝风炽[八]。顾灵心，结皇思[九]。[鸿庆遐鬯，嘉荐令芳[十]。翊帝明德，永祚深光[十一]。

【校】

[题]文见《宋书·乐志》卷二十。

[琁庭寂]《南齐书》卷十一作"璇"，今据《宋书》卷二十作"琁"。

[睿化凝]《南齐书》卷十一作"鸿"，今据《宋书》卷二十作"睿"。

[鸿庆遐邑，嘉荐令芳。翊帝明德，永祚深光]后四句据《南齐书》卷十一《昭夏乐》补，《乐府诗集》卷二将《送神歌》和《昭夏乐》分两篇收入。"翊帝"原作"并帝"，今据《乐府诗集》卷二作"翊帝"。

【笺注】

[一]送神歌，古时祭祀，祭毕有送神归去的歌曲。本组诗歌系年于宋孝武帝孝建元年（454），见《迎神歌诗》注一。

[二]蕴，蓄藏。礼容，礼制仪容。度，法度。

[三]九重，天门。五达，谓通达五方的大路。《尔雅·释宫》："五达谓之康，六达谓之庄。"

[四]参差，古乐器名，洞箫。相传为舜造，象凤翼参差不齐。先秦屈原《九歌·湘君》："望夫君兮未来，吹参差兮谁思？"秣，喂养。《诗经·周南·汉广》："之子于归，言秣其马。"毛传："秣，养也。"

[五]梁，架桥。

[六]清都，神话传说中天帝所居之宫阙。先秦屈原《远游》："集重阳入帝宫兮，造旬始而观清都。"

[七]琁庭，亦作璿庭，指仙宫。玉殿，宫殿的美称。

[八]睿化，圣明的教化。炽，昌盛。

[九]灵心，大自然的意志，神灵的心意。皇思，宏大之思，亦可指帝王的思绪。《说文解字·王部》："皇，大也。从自。自始也。始王者，三皇大君也。"

[十]鸿庆，鸿大的福祉。遐，久远。邑，古代重大庆典活动时用的香酒，代指宗庙祭祀。嘉荐，祭品。令芳，美好的芳香。

[十一]翊帝，辅佐天子。翊，同"翼"，辅佐。

喜雨诗

（孝建二年）[一]

　　燕起知风舞，础润识云流[二]。冽泉承夜湛，零雨望晨浮[三]。合颖行盛茂，分穗方盈畴[四]。

【校】

[题]文见《艺文类聚》卷二。

[燕起知风舞]《艺文类聚》作"鹅起"，今据《全宋诗》卷六作"燕起"。

【笺注】

[一]喜雨，谓久旱后得雨而喜悦。《谷梁传·僖公三年》："雨云者，喜雨也。喜雨者，有志乎民者也。"本诗描写了谢庄因降雨润物而倍感喜悦之情，据《宋书·符瑞志中》载："孝建二年三月戊午，甘露降丹阳秣陵尚书谢庄园竹林，庄以闻。"结合诗中"洌泉承夜湛，零雨望晨浮""合颖行盛茂，分穗方盈畴"等句，久旱逢甘露的场景，令诗人喜不自禁，甚至为此而作诗。本诗极有可能因甘露降而作，故暂系于刘宋孝武帝孝建二年（455）三月，谢庄时年三十五岁。

[二]础，柱下石磴。《淮南子·说林训》："山云蒸，柱础润。"高诱注："础，柱下石礩也。"

[三]洌泉，冷泉。西晋应贞《临丹赋》："览丹源之洌泉，眷悬流之清波。"湛，澄清貌。零雨，谓徐徐而下之小雨。《诗经·豳风·东山》："我来自东，零雨其濛。"孔颖达疏："道上乃遇零落之雨，其蒙蒙然。"高亨注："零雨，又慢又细的小雨。"浮，显现。

[四]合颖，禾苗一茎生二穗，谓祥瑞之象。盈畴，谓丰收。畴，已经耕作的田地。《孟子·尽心上》："易其田畴，薄其税敛，民可使富也。"

江都平解严诗

（大明三年）[一]

肃旗简庙律，耸钺畅乾灵[二]。朝晏推物泰，通渥抃身宁[三]。击辕歌至世，抚壤颂惟馨[四]。

【校】

[题]文见《艺文类聚》卷五十九。

[肃旗简庙律]《艺文类聚》卷五十九作"兰庙律"，今据《全宋诗》卷六作"简庙律"。

【笺注】

[一]江都，今江苏扬州地区。本诗是谢庄对孝武帝派兵平定广陵之事的赞美逢迎之作，较为缺乏真情实感。大明三年（459）四月，南兖州刺史竟陵王刘诞据广陵城（江都）反，孝武帝派兵讨伐，据《宋书·孝武帝纪》载："（秋七月）克广陵城，斩诞。悉诛城内男丁，以女口为军赏；是日解严。"故本诗当作于刘宋孝武帝大明三年（459）七月，谢庄时年三十九岁。

[二]肃旗，庄肃之旗。庙律，朝廷法制。《宋书·黄回传》："新亭背叛，投拜寇场，异规既扇，庙律几殆。"耸钺，挥舞武器。乾灵，上天。《晋书·苻生载记》："乾灵祇祐皇家，永保无穷之美矣。"

[三]晏，晴和。《说文解字·日部》："晏，天清也。"渥，恩深泽厚。《诗经·小雅·信南山》："既优既渥。"《说文解字·水部》："渥，霑也。"抃，拍手表示欢欣。《吕氏春秋·古乐》："帝喾乃令人抃。"高诱注："两手相击曰抃。"

[四]击辕，敲打车辕中乐成声。三国魏曹植《与杨德祖书》："击辕之歌，有应《风》《雅》，匹夫之思，未易轻弃也。"抚壤，轻击古代一种游戏器具。三国魏曹植《名都篇》："连翩击鞠壤，巧捷惟万端。"惟，有。馨，芳香。《说文解字·香部》："馨，香之远闻者也。"此谓可流传广远之德行声誉。

侍东耕诗

（大明四年）[一]

肃镳奉晨发，恭带厕朝闻[二]。仙乡降朱蔼，神郊起青云[三]。阴台承寒彩，阳树迎初熏[四]。观德欣临籍，瞻道乐游汾[五]。

【校】

[题]文见《艺文类聚》卷三十九。

[阳树迎初熏]《全宋诗》卷六作"近初熏"，今据《艺文类聚》卷三十九作"迎初熏"。

【笺注】

[一]古时谓天子籍田为东耕，籍田即天子、诸侯征用民力耕种的田。本诗为谢庄颂君王圣德功业而作，据《宋书·礼志》载："耕籍之礼尚矣，汉文帝修之……元嘉二十年，太祖将亲耕，以其久废，使何承天撰定仪注……宋太祖东耕后，乃班下州郡县，悉备其礼焉……宋孝武大明四年，又修此礼。"又，《宋书·孝武帝纪》载："四年春正月辛未，四驾祠南郊。甲戌，宕昌王奉表献方物。乙亥，车驾躬耕藉田，大赦天下。"史载与谢庄生平经历相符合的东耕籍田之礼有两次，即元嘉二十一年正月与大明四年正月，考谢庄元嘉年间未在京履职，而在江州庐陵王刘绍南中郎谘议参军任上，故本诗暂系于刘宋孝武帝大明四年(460)，谢庄时年四十岁。

[二]肃，整理。镳，马嚼子。《说文解字·金部》："镳，马衔也。"此谓乘骑。恭带，腰带。厕，参与。《文选·潘岳〈秋兴赋〉》："摄官承乏，猥厕超列。"李善注引《苍颉篇》："厕，次也，杂也。"

[三]朱蔼，即"朱霭"，红色云气，古人认为的祥瑞之兆。

[四]阴台，古时置于北郊祭祀土神之台。彩，光色。阳树，春天复苏之树。初熏，谓春季草木初发的香气。南朝梁江淹《别赋》："陌上草薰。"注："香气也。"

[五]籍，通"藉"，天子亲耕。游，古时君王春天巡行。《尚书·无逸》："文王不敢盘于游用。"

和元日雪花应诏诗

（大明五年）[一]

从候昭神世，息燧应颂道[二]。玄化尽天秘，凝功毕地宝[三]。笙镛流七始，玉帛承三造[四]。委霰下璇蕤，叠雪翻琼藻[五]。积曙境寓明，联萼千里杲[六]。掩映顺云悬，摇裔从风扫[七]。发昲烛俀前，腾瑞光图表[八]。泽厚见身末，恩踰悟生眇[九]。竦诚岱驾肃，侧志梁銮矫[十]。

【校】

[题]文见《古诗纪》卷五十六。

[玉帛承三造]《古诗纪》卷五十六作"玉息"，今据《全宋诗》卷六作"玉帛"。

【笺注】

[一]据《宋书·符瑞志下》载："大明五年正月戊午元日，花雪降殿庭。时右卫将军谢庄下殿，雪集衣。还白，上以为瑞。于是公卿并作花雪诗。"大明五年(461)，时值春节，群臣上朝拜贺，忽逢下雪，谢庄因之作诗献于殿前。孝武帝视之为吉兆，遂命群下各作《雪花诗》。《资治通鉴》亦载："(大明五年)春，正月，戊午朔，朝贺。雪落太宰义恭衣，有六出，义恭奏以为瑞；上悦。"本诗当作于刘宋孝武帝大明五年(461)元日，谢庄时年四十一岁。

[二]候，预测。神世，神明之世。息燧，熄灭烽火，谓停止战事。颂道，夹道祝颂赞美。

[三]玄化，圣德教化。凝功，巩固功绩。地宝，谓五地之物生。

[四]笙镛，古乐器名。笙，簧管乐器。镛，奏乐时表示节拍的大钟。七始，古乐论。以十二律中的黄钟、林钟、太簇为天地人之始。姑洗、蕤宾、南吕、应钟为春夏秋冬之始，合称"七始"。玉帛，圭璋和束帛。古时祭祀、会盟、朝聘等均用之。三造，三朝，正月一日，为岁、月、日之始，故曰三朝。

[五]委霰，浓密之雪花。霰，雪珠。《诗经·小雅·頍弁》："如彼雨雪，先集维霰。"毛笺："将大雨雪，始必微温，雪自上下，遇温气而搏，谓之霰。"璇蕤，玉色花。璇，美玉。蕤，花木茂盛下垂之态。《说文解字·艸部》："蕤，草木华垂貌。"翻，飞。

[六]境寓，疆域。萼，本指花朵盛开，此谓雪花。杲，白。《说文解字·木部》："杲，明也。"

[七]摇裔，摇动衣襟。裔，衣服的边缘。

[八]发觉，显豁。《淮南子·本经训》："夫人相乐无所发觉，故圣人为之作乐以和节之。"图表，图谶表征之意。

[九]恩踰，恩远。踰，同"逾"，超过。眇，微妙。《老子》："故恒无欲也，以观其眇。"

[十]竦诚，恭敬诚挚。竦，恭敬。《说文解字·立部》："竦，敬也。"段注："敬者，肃也。"驾，谓帝王车马轿舆。侧志，偏重于德行。銮，帝王车驾。《说文解字·金部》："銮，人君乘车，四马镳八銮铃，象鸾鸟声，和则敬也。"矫，雄健貌。

瑞雪咏

(大明五年)[一]

玄管洽，幽诗平[二]。火洲灭，日壑清[三]。龙关沙蒸，河徼云惊[四]。暑未沉而井闿，寓方霾而海溟[五]。山飞白雪。叶中符而掩皇州，降千□而瑞神世[六]。始蓝蓝以蕤转，终俳徊而烟曳[七]。状素镜之晨光，写金波之夜晰[八]。晰景兮便娟，冠集灵兮蔼望仙[九]。溢迎风兮湛承露，亘临华兮被通天[十]。幂遥途而界远绮，丽青墀而镜列钱[十一]。及其流彩犹抟，凝明亟积，郊隰均映，江峦齐奕[十二]。审伊宫之踰丈，信钘阿之盈尺[十三]。洞秋方之玉园，果仙京之珠泽[十四]。若夫贞性贲道，润德晖经[十五]。载途演其柈，同云宣其灵[十六]。既昭化于卫术，亦阐义于齐庭[十七]。结秋竹之丽响，引幽兰之微馨。窃惟鸿化远洎，玄风遐施[十八]。浃纬称祥，磬埏作瑞[十九]。调露之乐既兴，大闺之歌已被[二十]。春光兮冬泽，长无愆于平施[二十一]。

【校】

[题]文见《续古文苑》卷四。《艺文类聚》卷二题名《杂言咏雪》，《初学记》卷二题名《瑞雪咏》，今据《续古文苑》等题名《瑞雪咏》。

[玄管洽]《续古文苑》卷四作“元管”，今据《全宋诗》卷六作“玄管”。

[河儌云惊]《全宋诗》卷六作“河徼”，今据《续古文苑》卷四作“河儌”。

[宇方霾而海溟]《续古文苑》卷四作“曳曳”，今据《全宋诗》卷六作“海溟”。

[信钘阿之盈尺]《初学记》卷二作“铜阿”，今据《续古文苑》卷四作“钘阿”。

[玄风遐施]《续古文苑》卷四作“元风”，今据《全宋诗》卷六作“玄风”。

【笺注】

[一]瑞雪，应时祥瑞之雪。咏，属于乐府歌行体之称，音节、格律较为自由，形式有五言、七言等。逯钦立《全宋诗》卷六，《瑞雪咏》下注有“大明元年诏敕作”，今考《宋书》《南史》等，未见大明元年谢庄有因瑞雪降而奉诏敕作诗的记载，因是大明五年之误注，据《宋书·符瑞志下》载：“大明五年正月戊午元日，花雪降殿庭。时右卫将军谢庄下殿，雪集衣。还白，上以为瑞。于是公卿并作花雪诗。”又，《南史·宋本纪中》载：“五年春正月戊午朔，华雪降，散为六出，上悦，以为瑞。”结合《艺文类聚》卷二《瑞雪咏》的题名为《杂言咏雪》，极有可能其时谢庄既作有五言《和元日雪花应诏诗》，又有杂言《瑞雪咏》，故暂系本诗于刘宋孝武帝大明五年(461)①，谢庄时年四十一岁。

[二]玄管，发声玄远之管乐器。洽，和谐。豳诗，指《诗经·豳风·七月》，出自《周礼·春官·籥章》：“中春，昼击土鼓，吹《豳诗》，以逆暑。”郑玄注：“《豳诗》，《豳风·七月》也。吹之者，以籥为之声，《七月》言寒暑之事，迎气，歌其类也，此‘风’也而言‘诗’，‘诗’总名也。”

[三]火洲，传说南海古地名。《三国志·魏志·齐王芳传》：“西域重译献火浣布。”裴松之注引汉杨孚《异物志》：“斯调国有火州，在南海中。其上有野火，春夏自生，秋冬自死。”日窒，古地名，暂不可考。

[四]龙关，漠北少数民族设置的关隘。南朝梁江淹《齐太祖高皇帝诔》：“冰州炎儌，来献其琛；雁海龙关，亦柔好音。”胡之骥注：“龙关，单于龙庭之关也。”河儌，河道缠绕。儌，通“徼”，纠缠，儌绕不明。朱骏声《说文通训定声·小部》：“儌，假借为徼。”

[五]晷，日光白昼。《说文解字·日部》：“晷，日景也。”《汉书·李寻传》：“辉光所烛，万里同晷。”閟，幽静。霾，昏暗模糊。溟，幽深。

[六]叶，协。《老残游记》：“犀牛一角叶箜篌。”中符，中孚。《周易·中孚》：“中孚，豚鱼

① 赫兆丰将此诗系于大明元年，参见赫兆丰撰：《谢庄文学创作系年考》，《古籍整理研究学刊》，2022年第6期，第46页。

吉,利涉大川,利贞。"孔颖达疏:"信发于中,谓之中孚。"后亦指诚信。皇州,京城。神世,神明之世。

[七]菶菶,烟霭氤氲或香气郁盛。西晋左思《蜀都赋》:"郁菶菶以翠微,崛巍巍以峨峨。"俳佪,同"徘徊",徘徊流连之意。曳,飘摇。

[八]素镜,太阳。金波,月光。晰,同"晢",光亮。

[九]便娟,轻盈秀美貌。先秦屈原《大招》:"丰肉微骨,体便娟只。"集灵,汉宫殿名,为皇帝祀神、求仙之所。《三辅黄图·甘泉宫》:"集灵宫、集仙宫、存仙殿、存神殿……皆武帝宫观名也。"

[十]溢,水满流出。湛,露水浓貌。亘,绵延。

[十一]幂,覆盖。青墀,宫殿前的青色台阶,即宫廷。镜,映照。列钱,宫殿墙上的装饰物。

[十二]流彩,闪耀之色彩。彩,色彩。抟,鸟类向高空盘旋飞翔。亟积,持续积累。郊隰,郊野低湿之地。奕,光明。

[十三]伊,发语词。踰丈,距离远。钘,山名。《穆天子传》:"至于钘山之下。"郭璞注:"即井钘山也。"顾实疏:"井钘即井陉山,在今直隶正定府井陉县。"阿,山坡。盈尺,距离近。

[十四]秋方,西方。古之阴阳家以春夏秋冬四季分指东南西北四方。《文选·张衡〈东京赋〉》:"飞云龙于春路,屯神虎于秋方。"薛综注:"秋方,西方也。"玉园,园囿。珠泽,古代地名。《穆天子传》:"天子北征,舍于珠泽。"郭璞注:"此泽出珠,因名之云。今越巂平泽出青珠是。"

[十五]贞性,坚贞不渝之秉性。赍,光彩华美貌。《广雅》:"赍,美也。"润德,恩德。晖,辉映。

[十六]载途,满路。楙,美盛。同云,语自《诗经·小雅·信南山》:"上天同云,雨雪雰雰。"朱熹集传:"同云,云一色也。将雪之候如此。"故以"同云"指降雪之典。

[十七]昭化,显著感化。卫术,谓先秦卫国变法改革之术。阐义,阐明义理。齐庭,谓先秦齐国广开言路,臣子当庭进谏之事。

[十八]洎,至,达到。《说文解字·水部》:"洎,灌釜也。"玄风,天子无为而治之教化。遐施,散布于边远之地。遐,谓边远。《尚书·太甲下》:"若升高,必自下;若陟遐,必自迩。"孔传:"言善政有渐如登高升远,必用下近为始,然后终致高远。"

[十九]浃,整个儿的。《左传·成公九年》:"浃辰之间而楚克其三都。"纬,古筝上的弦。西汉刘向《九叹·愍命》:"破伯牙之号钟兮,挟人筝而弹纬。"王逸注:"纬,张弦也。言乃破伯牙号钟所鼓之鸣琴,反持凡人小筝,急张其弦而弹之也。"磬,古代打击乐器。埏,大地,地之边际。《文选·司马相如〈封禅文〉》:"上畅九垓,下泝八埏。"李善注引孟康曰:"埏,地之八际也。"

[二十]调露,乐曲名。《文选·任昉〈奉答敕示七夕诗启〉》:"宁足以继想《南风》,克谐《调露》。"李善注引宋均曰:"《调露》,调和致甘露也,使物茂长之乐。"刘良注:"四节不相违,谓之《调露》之乐。"大闉,古乐曲名。

[二十一]冬泽,冬天的雨露。无愆,没有超过。《诗经·卫风·氓》:"匪我愆期。"毛传:

"愆,过也。"平施,平均施与。《周易·谦》："地中有山,谦。君子以裒多益寡,称物平施。"孔颖达疏："称物平施者,称此物之多少,均平而施。"

从驾顿上诗

（大明五年）[一]

中权临楚路,前茅望吴云[二]。冀马依风蹀,边箫当夜闻[三]。

【校】

[题]文见《艺文类聚》卷五十九。

【笺注】

[一]从驾,随从皇帝出行。顿,侨置顿丘县,属徐州新昌郡。据《宋书·谢庄传》载："大明五年,（谢庄）又为侍中,领前军将军。"又,《宋书·孝武帝纪》载："大明五年九月丁卯,（孝武帝）行幸琅邪郡,囚系悉原遣。"结合本诗"从驾""中权""楚路""边箫"等词,知大明五年谢庄领前军将军,从建康随孝武帝前往楚地,即彭城（徐州）,此区域接近刘宋边境。孝武帝行幸之琅邪郡属彭城（徐州）,治费县（今山东费县）,而时侨置顿丘县（今安徽滁州）恰为至彭城的必经之地。本诗当作于刘宋孝武帝大明五年（461）九月①,谢庄时年四十一岁。

[二]中权,本指中军制定谋略,此谓中军。《左传·宣公十二年》："前茅虑无,中权,后劲。"杜预注："中军制谋,后以精兵为殿。"前茅,原指古代行军的先头部队,此谓先行者。

[三]冀马,古时冀州北所产之马匹。《后汉书·刘表传赞》："鱼俪汉舳,云屯冀马。"李贤注引《左传》："冀之北土,马之所生。"蹀,顿足,此谓马行貌。当夜,在夜间。

宋世祖庙歌二首·世祖孝武皇帝歌

（泰始元年）[一]

帝锡二祖,长世多祜[二]。于穆叡考,袭圣承矩[三]。玄极驰驭,乾纽坠绪[四]。辟我皇维,缔我宋宇[五]。刊定四海,肇构神京[六]。复礼辑乐,散马堕城[七]。泽牣九有,化浮八瀛[八]。庆云承披,甘露飞甍[九]。肃肃清庙,徽徽閟宫[十]。舞蹈象德,笙磬陈风[十一]。黍稷非盛,明德惟崇[十二]。神其歆止,降福无穷[十三]。

【校】

[题]文见《宋书·乐志》卷二十。

[于穆叡考]《乐府诗集》卷八作"睿考",今据《宋书》卷二十作"叡考"。

[袭圣承矩]《乐府诗集》卷八作"龚圣",今据《宋书》卷二十作"袭圣"。

---

① 赫兆丰将此诗系于元嘉二十二年,参见赫兆丰撰:《谢庄文学创作系年考》,《古籍整理研究学刊》,2022年第6期,第41页。

［缔我宋宇］《诗纪》作"宗"，注云，一作"宋"，今据《宋书》卷二十作"宋"。

［刊定四海］《乐府诗集》卷八作"刷定"，今据《宋书》卷二十作"刊定"。

【笺注】

［一］世祖孝武皇帝，即孝武帝刘骏，刘宋文帝第三子。刘骏历元凶之祸，斩杀弑父太子刘劭，即帝位，公元453—464年在位。谢庄《宋世祖庙歌二首》分别歌颂孝武帝刘骏和宣皇太后。据史载，宣皇太后为宋文帝沈婕好容姬，卒于元嘉三十年(453)，而至宋明帝即位(465)，谥曰宣太后，即宣皇太后。故此庙歌当作于明帝泰始元年(465)①，谢庄时年四十五岁。

［二］帝，尧帝。锡，赐予。《诗经·大雅·崧高》："既成藐藐，王锡申伯；四牡蹻蹻，钩膺濯濯。"郑笺："召公营位，筑之已成，以形貌告于王，王乃赐申伯。"二祖，舜和禹。长世，历世久远。多祜，多福。祜，福。《诗经·小雅·信南山》："曾孙寿考，受天之祜。"

［三］于穆，对美好的赞叹。《诗经·周颂·清庙》："于穆清庙，肃雍显相。"毛传："穆，美也。"叡考，英明的思虑。叡，深明。《说文解字·奴部》："叡，深明也，通也。"

［四］玄极，天顶。东晋葛洪《抱朴子·君道》："是以七政不乱象于玄极，寒温不谬节而错集。"此谓北方最远边界。驰驭，放松对马匹的驾御。乾纽，朝纲。坠绪，行将断绝的皇统。《尚书·五子之歌》："荒坠厥绪，覆宗绝祀。"孔传："太康失其业以取亡。"

［五］皇维，皇纲。《楚辞·天问》："斡维焉系，天极焉加？"王逸注："维，纲也。"缔，构造，连接。《说文解字·糸部》："缔，结不解也。"西汉贾谊《过秦论》："合从缔交。"注："连接也。"

［六］刊定，平定。肇构，始建。肇，开始。先秦屈原《离骚》："皇览揆余初度兮，肇锡余以嘉名。"神京，帝都。

［七］散马，散放战马回山中。隳城，毁城。

［八］牣，盈满。《说文解字·牛部》："牣，满也。"九有，九州岛。八瀛，八海。

［九］掖，宫殿正门两旁之门。甍，屋脊。北魏郦道元《水经注·浙江水》："山中有五精舍，高甍凌虚，垂帘带空。"

［十］肃肃，静谧清幽。清庙，太庙。《文选·司马相如〈上林赋〉》："登明堂，坐清庙。"郭璞注："清庙，太庙也。"徽徽，静谧貌。閟宫，神庙。

［十一］象德，以君主德行为榜样。《白虎通·礼乐》："歌者在堂上，舞在堂下何？歌者象德，舞者象功，君子尚德而下功。"《礼记·乐记》："然则先王之为乐也，以法治也，善则行象德矣。"郑玄注："象德，民之行顺君之德也。"笙磬，古乐器名，笙和磬。陈风，呈现展示风教。

［十二］黍稷，黍和稷，古代主要农作物。

［十三］歆止，歆享。北宋王安石《明堂乐章二首》："神既歆止，有闻惟馨。"

宋世祖庙歌二首·宣皇太后庙歌

（泰始元年）[一]

禀祥月辉，毓德轩光[二]。嗣徽妫汭，思媚周姜[三]。母临万宇，训蔼紫房[四]。

---

① 赫兆丰将此诗系于前废帝时期，参见赫兆丰撰：《谢庄文学创作系年考》，《古籍整理研究学刊》，2022年第6期，第40页。

朱弦玉籥，式载琼芳[五]。

【校】

［题］文见《宋书·乐志》卷二十。

【笺注】

［一］宣皇太后，刘宋文帝沈婕妤，讳容姬，生明帝。谥宣太后，即宣皇太后，陵号崇宁。庙歌，宗庙祭祀的歌辞。此庙歌当作于明帝泰始元年(465)，谢庄时年四十五岁，见《世祖孝武皇帝歌》注一。

［二］禀祥，领受祥瑞。毓德，修养德性。轩光，轩辕星的光辉。轩辕，星名。《文选·谢庄〈月赋〉》："增华台室，扬采轩宫。"李善注："轩宫，轩辕之宫……《淮南子》曰：'轩辕者，帝妃之舍。'高诱曰：'轩辕，星名。'"

［三］嗣徽，谓君王承继前人的美德盛业。语自《诗经·大雅·思齐》："大姒嗣徽音。"郑玄笺："徽，美也。嗣大任之美音，谓续行其善教令。"高亨注："嗣，继也。徽音，美誉也。"妫汭，借称舜的配偶娥皇与女英。语自《尚书·尧典》："厘降二女子妫汭，嫔于虞。"孔传："降，下嫔妇也，舜为匹夫，能以义理下帝女之心。"段玉裁撰异："厘，整治之意；降，下也，整治下二女于妫汭。"思媚周姜，思慕周姜的德行。语自《诗经·大雅·思齐》："思媚周姜，京室之妇。"周姜，指周太王妃，文王之母，姓姜。

［四］母临，以母仪照临。蔼，和善。紫房，皇太后所居的宫室。《文选·左思〈吴都赋〉》："素华斐，丹秀芳，临青壁，系紫房。"张铣注："紫房，果之紫者，系于木上。"

［五］朱弦，琴瑟类弦乐器。玉籥，玉饰的管乐器。琼芳，色泽如玉的香草。先秦屈原《九歌·东皇太一》："瑶席兮玉瑱，盍将把兮琼芳。"王夫之通释："芳草色如琼也。"

燕斋应诏诗

（作年待考）[一]

霜露凝宸感，肃傀动天引[二]。西郊灭烟浐，东溟起昭晋[三]。舞风泛龙常，轮霞浮玉轫[四]。紫阶协笙镛，金途展应棘[五]。方见六诗和，永闻九德润[六]。观生识幸渥，睎服惭辅恪[七]。

【校】

［题］文见《初学记》卷十三。

［金途展应棘］《初学记》卷十三作"转应"，据《全宋诗》卷六作"应棘"。

【笺注】

［一］燕斋应诏诗，谢庄的侍宴应诏之作，起以自然节气变动之景，着力歌颂宫室音乐、皇上功德。作年待考。

［二］宸，屋宇。《说文解字·宀部》："宸，屋宇也。"段注："屋者以宫室上覆言之，宸谓屋

边。"肃僾，庄严感伤貌。僾，仿佛。《说文解字·人部》："僾，仿佛也。从人，爱声。"

[三]渰，阴云。《说文解字·水部》："渰，雨云貌。"东溟，东海。昭晋，明亮。

[四]龙常，龙旗。轮霞，霞光。玉轫，车轮垫木的美称，借指车子。轫，车轮垫木。《说文解字·车部》："轫，碍车也。"

[五]紫阶，帝宫的台阶。笙镛，古乐器名。金途，皇路。应輮，谓小鼓。《隋书·音乐志上》："扬羽翟，鼓应輮。"

[六]六诗，六义。《周礼·春官·大师》："教六诗：曰风，曰赋，曰比，曰兴，曰雅，曰颂。"九德，贤人所具之九种优秀品质，有多种说法。《逸周书·常训》："九德：忠、信、敬、刚、柔、和、固、贞、顺。"

[七]睇，望。服，职位。惭，羞愧。輴恪，谓遗憾。輴，灵车。《淮南子·说山训》："曾子攀柩车，引輴者为之止也。"恪，同"吝"，不好。

七夕夜咏牛女应制诗

(作年待考)[一]

辍机起春暮，停箱动秋衿[二]。琁居照汉右，芝驾肃河阴[三]。容裔泛星道，逶迤济烟浔[四]。陆离迎宵佩，倏烁望昏簪[五]。俱倾环气怨，共歇浃年心[六]。珠殿釭未沬，瑶庭露已深[七]。夕清岂淹拂，弦辉无人临[八]。

【校】

[题]文见《艺文类聚》卷四。

[琁居照汉右]《全宋诗》卷六作"璇居"，今据《艺文类聚》作"琁居"。

[弦辉无人临]《全宋诗》卷六作"无久"，今据《艺文类聚》作"无人"。

【笺注】

[一]七夕，即七夕节，在每年农历七月七日，是中国民间的传统节日。牛女，即牛郎织女。七夕被赋予美丽的爱情传说，相传牛郎与织女于七夕佳节在鹊桥相会。作年待考。

[二]辍，停止。停，留存。衿，同"襟"，汉服的交领。

[三]琁居，传说中仙人的居所。汉右，汉水西岸。芝驾，有华盖的彩车。南朝陈张正见《从籍田应衡阳王教作》："兰场俨芝驾，桂圃芳瑶席。"此谓仙人之车。河阴，黄河南岸。

[四]容裔，从容娴丽貌。《文选·张衡〈东京赋〉》："建辰旒之太常，纷焱悠以容裔。"吕向注："容裔，从风转薄貌。"《文选·左思〈吴都赋〉》："荆艳楚舞，吴愉越吟，翕习容裔，靡靡愔愔。"刘良注："容裔、靡靡、愔愔，闲丽也。"星道，银河。逶迤，游移徘徊貌。三国魏李康《运命论》："俛仰尊贵之颜，逶迤势利之间。"烟浔，雾蒙蒙的水边。浔，水体边缘的陆地。《说文解字·水部》："浔，庢深也。"

[五]陆离，参差错综貌。宵佩，夜佩。《说文解字·宀部》："宵，夜也。"《说文解字·人部》："佩，大带佩也。"倏烁，闪烁不定貌。西晋挚虞《思游赋》："俯游光逸景倏烁徽霍兮，仰流

旌垂旄焱攸撒纆。"

[六]倾,竭尽。歇,消失。浃,遍及。《荀子·君道》:"古者先王审礼,以方皇周浃于天下。"王先谦集解引郝懿行曰:"周、浃,皆偏也。"

[七]釭,灯。南朝齐王融《咏幔》:"但愿置樽酒,兰釭当夜明。"沬,通"昧",微暗。《周易·丰》:"日中见沬。"

[八]夕清,傍晚天气晴朗貌。淹拂,逗留照拂。

北宅秘园

（作年待考）[一]

夕天霁晚气,轻霞澄暮阴[二]。微风清幽幌,余日照青林[三]。收光渐窗歇,穷园自荒深[四]。绿池翻素景,秋槐响寒音[五]。伊人倘同爱,弦酒共栖寻[六]。

【校】

[题]文见《艺文类聚》卷六十五。

【笺注】

[一]本诗为谢庄五言诗的代表作之一,已较为注重声律和谐,处于从谢灵运到谢朓山水诗创作的中间环节。作年待考。

[二]霁,雨后明朗。《说文解字·雨部》:"霁,雨止也。"晚气,暮色。轻霞,淡霞。

[三]幌,用于遮挡或障隔的幔子。青林,苍翠的树林。

[四]歇,消失。先秦屈原《九章·悲回风》:"薠蘅槁而节离兮,芳以歇而不比。"

[五]翻,飘动。素景,日月的光辉。寒音,凄凉的声音。西晋潘岳《河阳县作》:"鸣蝉厉寒音,时菊耀秋华。"

[六]倘,倘若。弦,弹奏弦乐。栖寻,栖息游寻。

八月侍华林曜灵殿八关斋诗

（作年待考）[一]

玉桴乘夕远,金枝终夜舒[二]。澄淳玄化阐,希微寂理孚[三]。

【校】

[题]文见《艺文类聚》卷七十六。

【笺注】

[一]华林,指华林园,建于三国吴,故址在今江苏南京鸡鸣山台城内。八关斋,八关斋戒,《十善戒经》:"八戒斋者,是过去现在诸佛如来为在家人制出家法。"八戒斋是针对在家佛教徒,随分随力而修学出家戒法的一种权巧法门。作年待考。

[二]玉桴,击鼓杖的美称,此谓鼓声。金枝,有金饰的灯。舒,安宁。

[三]澄淳,明净平和。希微,空寂玄妙或虚无微茫。《老子》:"听之不闻名曰希,搏之不得

名曰微。"河上公注："无声曰希，无形曰微。"寂，安详闲静。孚，为人所信服。《左传·庄公十年》："公曰：'牺牲玉帛，弗敢加也。必以信。'对曰：'小信未孚，神弗福也。'"杜预注："孚，大信也。"

山夜忧

（作年待考）[一]

庭光尽，山明归。松昏解，渚懵稀[二]。流风乘轩卷，明月缘河飞[三]。乃斡西枻，乱幽濚。出药屿而淹留，过香潭而一憇[四]。屿侧兮初薰，潭垂兮菈葿[五]。或倾华而阒景，亦转彩而途云[六]。云转兮四岫沉，景阒兮双路深[七]。草将濡而坰晦。树未飑而涧音[八]。涧鸟鸣兮夜蝉清。橘露麾兮蕙烟轻[九]。凌别浦兮值泉跃，经乔林兮遇猨惊[十]。跃泉屡环照，惊猨亟啼啸。徒芳酒而生伤。友尘琴而自吊[十一]。吊琴兮悠悠，影惑兮心妯[十二]。逢镂山之既渥，承润海之方流[十三]。身无厚于蜩甍，恩有重于嵩丘[十四]。仰绝炎而缔愧，谢泪河而轸忧[十五]。夜永兮忧绵绵，晨寒起长渊[十六]。南翚别鹤仡行汉，东邻孤管入青天[十七]。沉痾白发共急日，朝露过隟讵赊年[十八]。年去兮发不还，金膏玉沥岂留颜[十九]。迥舻祐绳户，收棹掩荆关[二十]。

【校】

［题］文见《续古文苑》卷四。

［山明归］《续古文苑》卷四作"山羽"，今据《全宋诗》卷六作"山明"。

【笺注】

［一］《山夜忧》，又名《山夜忧吟》，谢庄这些标明"引""弄""吟"等的杂言诗很可能是借鉴了琴曲音乐的理论术语，不仅句式错落，音韵谐畅，内容上也别有寄托。诗中从"乃斡西枻"到"树未飑而涧音"部分，《全宋文》《艺文类聚》《汉魏六朝百三家集》未载，今据《全宋诗》《续古文苑》补。作年待考。

［二］昏，昏暗。解，消散。渚，水中小块陆地。懵，昏昧模糊。北宋沈括《梦溪笔谈》："此懵然者为之也。"

［三］轩卷，飞举貌。河飞，在河面上升腾。

［四］斡，旋转。枻，船桨，谓划船。濚，水滨。憇，同"憩"，小睡。

［五］薰，烟气。垂，旁边。菈葿，谓烟霭氤氲或香气郁盛。西晋左思《蜀都赋》："郁菈葿以翠微，崛巍巍以峨峨。"

［六］阒景，幽静的景色。阒，原指掩门躲藏，引申为幽闭。《说文解字·门部》："阒，闭门也。"

［七］四岫，泛指四面山峦。岫，峰峦。《说文解字·山部》："岫，山穴也。"

［八］濡，沾湿。《诗经·曹风·候人》："维鹈在梁，不濡其翼；彼其之子，不称其服。"坰，郊

野。晦,昏暗。颲,发出风声。

[九]靡,无。蕙烟,和暖的烟雾。

[十]别浦,河流入江海处。乔林,树木高大的丛林。猨,同"猿",外形像猴的哺乳动物。

[十一]芳酒,美酒。吊,伤痛。

[十二]悠悠,忧思貌。惑,忧伤。心妯,心有悲怆。《诗经·小雅·鼓钟》:"淮有三洲,忧心且妯。"毛传:"妯,动也。"郑玄笺:"妯之言悼也。"

[十三]镂,可供刻镂用的刚坚的铁。渥,湿润。《诗经·小雅·信南山》:"既优既渥。"《说文解字·水部》:"渥,霑也。"

[十四]无厚,薄。蜩毳,谓鸟兽的细毛。蜩,蝉的总名。《说文解字·虫部》:"蜩,蝉也。"毳,鸟兽细毛。《说文解字·毛部》:"毳,兽细毛也。"嵩丘,高山。

[十五]炎,太阳。缔,郁结。泪河,泪流如河。轸忧,谓忧伤悲痛。轸,原指古代车厢底部四周的横木。《说文解字·车部》:"轸,车后横木也。"此谓伤痛。先秦屈原《九章·哀郢》:"出国门而轸怀兮,甲之朝吾以行。"

[十六]绵绵,连续不断貌。渊,深潭。西晋陆机《答张士然诗》:"余固水乡士,总辔临清渊。"

[十七]睪,通"泽",水草丛杂地。孤管,悠远管乐。

[十八]沉痾,病重。急日,危急之时。过隟,同"过隙",时日短促。讵,岂。

[十九]金膏,道教传说中的仙药。《穆天子传》:"黄金之膏。"郭璞注:"膏,亦犹玉膏,皆其精汋也。"玉沥,玉膏,传说服之即可得仙道。

[二十]迴舻,掉转船头。舻,有窗户的小船。祍,拉拽。收棹,收起船桨。荆关,柴扉,此指隐者住所。

长笛弄
(作年待考)[一]

月起悠悠□,当轩孤管流[二]。□郁顾慕,含羁含楚复含秋[三]。青苔蔓,荧火飞,骚骚落叶散衣[四]。□夜何长,君吹勿近伤。夜长念緜緜,吹伤减人年[五]。

【校】
[题]文见《续古文苑》卷四。
【笺注】
[一]弄,乐府歌行体之称,音节、格律较自由,形式有五言、七言等。作年待考。
[二]悠悠,遥思貌。先秦屈原《九辩》:"袭长夜之悠悠。"孤管,悠远管乐。管,古代的单管乐器,此指长笛。
[三]郁,郁闷。《管子·内业》:"忧郁生疾。"顾慕,声驻而下不散貌。《文选·嵇康〈琴赋〉》:"或徘徊顾慕,拥郁抑按。"吕向注:"顾慕、拥郁、抑按,声驻而下不散貌。"羁,旅寓。北周庾信《思旧铭》:"为羁终岁,门人谢焉。"

[四]骚骚，急疾貌。散衣，常服。《仪礼·士丧礼》："祭服次，散衣次。"郑玄注："襚衣以下袍茧之属。"贾公彦疏："袍茧有著之异名，同入散衣之属也。"

[五]緜緜，同"绵绵"，连续不断貌。人年，人的寿命。

赋

月赋

（元嘉二十八年）[一]

陈王初丧应刘，端忧多暇[二]。绿苔生阁，芳尘凝榭。悄焉疚怀，不怡中夜[三]。乃清兰路，肃桂苑。腾吹寒山，弭盖秋阪[四]。临濬壑而怨遥，登崇岫而伤远[五]。于时斜汉左界，北陆南躔。白露暧空，素月流天[六]。沉吟齐章，殷勤陈篇[七]。抽毫进牍，以命仲宣[八]。

仲宣跪而称曰：臣东鄙幽介，长自丘樊[九]。昧道懵学，孤奉明恩[十]。臣闻沉潜既义，高明既经[十一]。日以阳德，月以阴灵[十二]。擅扶光于东沼，嗣若英于西冥[十三]。引玄兔于帝台，集素娥于后庭[十四]。朒朓警阙，朏魄示冲[十五]。顺辰通烛，从星泽风[十六]。增华台室，扬采轩宫[十七]。委照而吴业昌，沦精而汉道融[十八]。

若夫气霁地表，云敛天末[十九]。洞庭始波，木叶微脱[二十]。菊散芳于山椒，雁流哀于江濑[二十一]。升清质之悠悠，降澄辉之蔼蔼[二十二]。列宿掩缛，长河韬映[二十三]。柔祇雪凝，圆灵水镜[二十四]。连观霜缟，周除冰净[二十五]。君王乃厌晨欢，乐宵宴。收妙舞，弛清县[二十六]。去烛房，即月殿[二十七]。芳酒登，鸣琴荐[二十八]。

若乃凉夜自凄，风篁成韵[二十九]。亲懿莫从，羁孤递进[三十]。聆皋禽之夕闻，听朔管之秋引[三十一]。于是弦桐练响，音容选和[三十二]。徘徊房露，惆怅阳阿[三十三]。声林虚籁，沧池灭波[三十四]。情纡轸其何讬，愬皓月而长歌[三十五]。

歌曰：美人迈兮音尘阙，隔千里兮共明月[三十六]。临风叹兮将焉歇，川路长兮不可越。歌响未终，余景就毕。满堂变容，回遑如失[三十七]。又称歌曰：月既没兮露欲晞，岁方晏兮无与归[三十八]。佳期可以还，微霜霑人衣！[三十九]

陈王曰："善。"乃命执事，献寿羞璧[四十]。敬佩玉音，复之无斁[四十一]。

【校】

[题]文见《文选》卷一三。

［不怡中夜］《艺文类聚》卷一、《文选》室町本、陈八郎本、朝鲜正德本、奎章阁本并作"弗怡"，今据《文选》李善本卷一三作"不怡"。

［乃清兰路］《文选》李善本卷一三作"廼清"，今据《文选》九条本、室町本、陈八郎本、朝鲜正德本、奎章阁本作"乃清"。

［弭盖秋阪］《文选》九条本、陈八郎本、朝鲜正德本、奎章阁本并作"秋坂"，今据《文选》李善本卷一三作"秋阪"。

［殷勤陈篇］《艺文类聚》卷一作"殷懃"，今据《文选》李善本卷一三作"殷勤"。

［擅扶光于东沼］《文选》陈八郎本、朝鲜正德本、奎章阁本并作"扶桑"，尤袤《李善与五臣同异》附见于后："五臣作扶桑。"九条本旁记："五臣本作桑。"奎章阁本注记："善本作光字。"今据《文选》李善本卷一三、《艺文类聚》卷一作"扶光"。

［嗣若英于西冥］《文选》朝鲜正德本、奎章阁本并作"若木"，今据《文选》李善本卷一三作"若英"。《艺文类聚》卷一作"西溟"，今据《文选》李善本卷一三作"西冥"。

［扬采轩宫］《文选》九条本、陈八郎本、朝鲜正德本、奎章阁本并作"扬彩"，今据《文选》李善本卷一三作"扬采"。

［降澄辉之蔼蔼］《艺文类聚》卷一作"澄晖"，今据《文选》李善本卷一三作"澄辉"。

［长河韬映］《文选》九条本、室町本并作"韬暎"，今据《文选》李善本卷一三作"韬映"。

［柔祇雪凝］《艺文类聚》卷一、《文选》九条本、陈八郎本、朝鲜正德本、奎章阁本并作"柔祇"，今据《文选》李善本卷一三作"柔祇"。

［于是弦桐练响］《文选》九条本、室町本、陈八郎本、朝鲜正德本、奎章阁本并作"丝桐"，今据《文选》李善本卷一三作"弦桐"。

［徘徊房露］《文选》九条本、室町本并作"俳佪"，今据《文选》李善本卷一三作"徘徊"。

［微霜霑人衣］《文选》陈八郎本、朝鲜正德本、奎章阁本并作"露人衣"，今据《文选》李善本卷一三作"霑人衣"。

［乃命执事，献寿羞璧］《文选》李善本卷一三作"廼命"，今据《文选》九条本、室町本、陈八郎本、朝鲜正德本、奎章阁本并作"乃命"。《文选》陈八郎本、朝鲜正德本、奎章阁本并作"荐璧"，今据《文选》李善本卷一三作"羞璧"。

【笺注】

［一］《月赋》为谢庄的代表作，萧统辑其入《文选》卷一三。据《南史·谢弘微传》载："孝建元年，（谢庄）迁左将军。庄有口辩，孝武尝问颜延之曰：'谢希逸《月赋》何如？'答曰：'美则美矣，但庄始知"隔千里兮共明月"。'帝召庄以延之答语语之，庄应声曰：'延之作《秋胡诗》，始知"生为久离别，没为长不归"。'帝抚掌竟日。"据知，《月赋》当作于孝建元年（454）之前，并为颜延之、孝武帝等所议论赞誉。结合赋中"洞庭始波，木叶微脱"等句，谢庄创作时所处之地极有可能在秋日洞庭湖周边地区。又，《宋书·孝武帝纪》载："（元嘉二十八年，刘骏）迁都督江州荆州之江夏豫州之西阳晋熙新蔡四郡诸军事、南中郎将、江州刺史，持节如故。"以及《宋书·文帝纪》载："（元嘉二十八年）六月壬戌，以北中郎将武陵王骏为江州刺史。"史书所云之"荆州之江夏"，近洞庭湖，六月后，继之而来的季节便是落叶萧瑟之秋，与《月赋》所绘之景吻合，故

附录一　谢光禄诗文笺注

该赋极有可能作于南朝刘宋文帝元嘉二十八年（451）秋，谢庄时年三十一岁。

[二]陈王，指曹植，陈王为其封号。《三国志·陈思王植传》："陈思王植，字子健。"应刘，即应玚与刘桢，皆为"建安七子"成员。三国魏曹丕《与吴质书》："昔年疾疫，亲故多离其灾，徐、陈、应、刘，一时俱逝，痛可言邪？"端忧，闲愁深忧。暇，闲。《文选》李周翰注："端然忧愁，以多闲暇。"

[三]悄，忧伤貌。《诗经·陈风·月出》："舒窈纠兮，劳心悄兮。"毛传："悄，忧也。"疢怀，忧伤。不怡，不乐。《尔雅》："疢，病也。怡，乐也。"西汉司马迁《报任少卿书》："陵败书闻，主上为之食不甘味，听朝不怡。"中夜，半夜。《尚书·冏命》："休惕惟厉，中夜以兴，思免厥愆。"孔传："言常惊惧惟危，夜半以起。"

[四]清，打扫。兰路，谓兰草芳香之道路。肃，清扫。唐杨巨源《送裴中丞出使》："《龙韬》何必陈《三略》，虎旅由来肃万方。"桂苑，谓植有桂树香木之苑囿。《文选》李善注："桂苑，有桂之苑。"腾吹，腾扬而起的箫管吹奏之乐。东汉王逸《楚辞注》："腾，驰也。"弭盖，谓停车。弭，停止。盖，车上伞篷，此谓车。阪，山坡。

[五]澝壑，深谷。澝，幽深的。《尚书·舜典》："澝哲文明，温恭允塞。"崇岫，高山。岫，峰峦。

[六]斜汉，秋季向西南斜之银河。汉，指银河。左界，在东方划一道界线。北陆，虚宿，位于北方的二十八宿之一。南躔，太阳线已由北移南，即秋冬间天象。素月，皎洁之月。《伤歌行》："昭昭素明月，辉光烛我床。"流天，月移照射天空貌。

[七]沉吟，低诵。齐章，《诗经》篇章，即《诗经·齐风·东方之日》："东方之月兮，彼姝者子，在我闼兮。"殷勤，反复吟诵貌。陈篇，《诗经》篇章，即《诗经·陈风·月出》："月出皎兮，佼人僚兮。舒窈纠兮，劳心悄兮。"

[八]仲宣，王粲，建安七子成员，被誉为"七子之冠冕"。《三国志·王粲传》："王粲，字仲宣，山阳高平人也。"

[九]东鄙，东部僻远地方。幽介，卑微孤介之辈。丘樊，山野园圃。《尔雅》："樊，藩也。"

[十]昧道懵学，使道理学问昏暗不明，谓学识浅陋。孤明恩奉，辜负君王的恩命。孤，通"辜"，辜负。明恩，谓陈王明哲指令。

[十一]沉潜，大地。高明，天空。《尚书·洪范》："沉潜刚克，高明柔克。"孔传："沉潜，谓地；高明，谓天。"

[十二]阳德，太阳之德属阳，谓阳气。阴灵，月亮之灵属阴，谓月气。《春秋说题辞》："阳精为日。"《春秋感精符》："月者阴之精。"

[十三]擅，独具，谓月盛于东。扶光，扶桑之光，谓日光。扶，扶桑，传说中日出处的木名。东沼，咸池，传说中日出沐浴之处。《淮南子·天文训》："日出于旸谷，浴于咸池，拂于扶桑，是谓晨明。"嗣，继续，谓月始生于西。若英，古代神话中若木的花。西冥，昧谷，传说中日落之处。《尚书·尧典》："宅西，曰昧谷。"孔传："昧，冥也，日入于谷而天下冥，故曰昧谷。"

[十四]玄兔，指月。玄，黑。东汉张衡《灵宪》："月者，阴者，阴精之宗，积而成兽，象兔。"帝台，天庭。素娥，指月。素，月之清辉。娥，嫦娥。后羿之妻食不死药奔月而去，留下嫦娥奔

月传说。后庭,宫庭或房室的后园,此谓陈王后宫。

[十五]朒朓,旧历月初,月见于东方,月末则月见于西方。《说文解字·月部》:"朒,朔而月见东方,缩朒然。朓,晦而月见西方也。"警阙,谓朒朓失度,故警示人君德之所阙。警,告诫。阙,同"缺"。胐魄,新月初现貌。示冲,谓胐魄得所,示人君谦冲之德。冲,冲和谦虚。

[十六]顺辰,谓月顺十二辰次序而行。辰,指十二辰,即十二星次。通烛,普照。从星泽风,指月运动进入箕、毕二星的天区,就会相应出现下雨刮风现象。泽风,下雨刮风。《尚书·洪范》:"月之从星,则以风雨。"孔传:"月经于箕则多风,离于毕则多雨。"

[十七]台室,三台星座。轩宫,轩辕星座。《淮南子》:"轩辕者,帝妃之舍也。"

[十八]委照,光华斜照。吴业昌,孙吴基业昌盛。西晋张勃《吴录》:"武烈皇帝母有身,梦肠出绕吴昌门。孙坚妻吴氏,梦月在其怀而生长沙桓王。又梦月在怀而生大皇帝。"沦精,月亮下沉,谓月入李氏之怀。汉道融,谓西汉王道明达。《汉书·元后传》:"初,李亲任政君在身,梦月入其怀……及王莽之兴,由孝元后历汉四世为天下母,飨国六十余载,群弟世权,更持国柄,五将十侯,卒成新都。"

[十九]霁,雨止天晴。《说文解字·雨部》:"霁,雨止也。"敛,收敛。天末,天边。

[二十]洞庭始波,木叶微脱,洞庭,洞庭湖。木叶,树叶。语自《楚辞·九歌·湘夫人》:"嫋嫋兮秋风,洞庭波兮木叶下。"

[二十一]山椒,山顶。先秦屈原《离骚》:"驰椒丘且焉止息。"流哀,谓雁哀鸣声流荡。江濑,江边沙滩。《说文解字·水部》:"濑,水流沙上也。"

[二十二]清质,澄清月亮。悠悠,遥远缓慢貌。《诗经·王风·黍离》:"知我者谓我心忧,不知我者谓我何求,悠悠苍天,此何人哉?"毛传:"悠悠,远意。"蔼蔼,盛多柔和貌。西晋陆机《艳歌行》:"蔼蔼风云会,佳人一何繁。"

[二十三]列宿,指二十八宿众星。先秦屈原《九章·惜往日》:"情冤见之日明兮,如列宿之错置。"掩缛,光彩掩映。《说文解字·糸部》:"缛,繁采饰也。"长河,银河。韬映,掩藏光芒。

[二十四]柔祇,大地。祇,地神。雪凝,谓大地披着月光,如笼罩着雪。圆灵,天空。水镜,谓皓月当空,天色如水,透亮如镜。

[二十五]连观,互相连接的楼台。观,楼台。三国魏徐干《七喻》:"连观飞榭。"霜缟,谓月光若霜洁白。周除,周围台阶。除,台阶。《说文解字·阜部》:"除,殿陛也。"

[二十六]弛,废。清县,钟磬类发音清亮之打击乐器,谓清妙之乐。县,同"悬",悬挂架上的钟磬乐器。

[二十七]烛房,明烛所照之厅堂,谓行乐场所。月殿,月光所照之宫殿,指月宫。

[二十八]登、荐,指进献,谓边喝酒弹琴边赏月。

[二十九]若乃,至于。凉夜自凄,夜凉如水让人生出凄冷感受。风篁,风吹竹丛之声。篁,竹林。《说文解字·竹部》:"篁,竹田也。"

[三十]亲懿,至亲好友。羁孤,羁旅孤独之人。递进,相继而来。

[三十一]聆,听。皋禽,鹤之别称。《诗经·小雅·鹤鸣》:"鹤鸣于九皋。"朔管,羌笛。秋引,商声曲调,此调多凄清之音。

[三十二]弦桐，琴之别称。东汉桓谭《新论》："神农始削桐为琴，练丝为弦。"练响，调弦选曲。音容，乐曲格调声貌。选和，选择与乐曲和谐之曲调。郑玄《礼记注》："选，可选择也。"

[三十三]房露，古曲名，即《防露》。《文选》李善注："《房露》，盖古曲也……房与防古字通。"阳阿，古乐曲名。战国楚宋玉《对楚王问》："客有歌于郢中者，其始曰《下里》《巴人》，国中属而和者数千人；其为《阳阿》《薤露》，国中属而和者数百人；其为《阳春》《白雪》，国中属而和者不过数十人。"

[三十四]声林，因风吹而发出声响的树林。虚籁，寂寥无声。《文选》吕延济注："谓风止林籁虚而不鸣。"沦池，因风吹而泛着波纹的池塘，与声林成对。

[三十五]纡轸，隐痛委屈。先秦屈原《九章·怀沙》："郁结纡轸兮，离愍而长鞠。"王逸："纡，曲；轸，痛也。"愬，即"诉"，倾述。

[三十六]美人，谓思念之人。迈，遥远。音尘，消息。阙，通"缺"，断绝。

[三十七]歇，停息。川路，山川行路。越，超越。景，通"影"，指月影。就毕，谓月影隐没。变容，因心情而改变面容。迴遑如失，似有所失貌。《后汉书·黄宪传》："是时同郡戴良，才高倨傲，而见宪未尝不正容，及归，惘然若有失也。"

[三十八]晞，干。《诗经·秦风·蒹葭》："蒹葭萋萋，白露未晞。"毛传："晞，干也。"方，将要。晏，晚。《论语·子路》："冉子退朝，子曰：'何晏也？'"皇疏："晏，晚也。"

[三十九]佳期，好日子。微霜，轻霜。

[四十]执事，仆从。羞，进献。璧，玉璧。

[四十一]敬佩玉音，此处是对王粲言语之敬称。玉音，谓美善文辞。复之无斁，语自《诗经·周南·葛覃》："服之无斁。"复，谓反复体味其中深意。斁，厌倦。《尔雅》："斁，厌也。"

赤鹦鹉赋

（元嘉二十九年）[一]

徒观其柔仪所践，赪藻所挺，华景夕映，容光晦鲜[二]。惠性生昭，和机自晓[三]。审国音于寰中，达方声于裔表[四]。及其云移霞峙，霰委雪翻[五]。陆离翚渐，容裔鸿轩[六]。跃林飞岫，焕若轻电溢烟门[七]。集场栖圃，晔若夭桃被玉园[八]。至于气淳体净，雾下崖沉。月图光于绿水，云写影于青林。遡还风而耸翮，霑清露而调音[九]。

【校】

[题]文见《艺文类聚》卷九十一。

[惠性生昭，和机自晓]《初学记》卷三十作"慧性昭和，天机自晓"，今据《艺文类聚》卷九十一作"惠性生昭，和机自晓"。

[审国音于寰中]《初学记》卷三十作"中寰"，今据《艺文类聚》卷九十一作"寰中"。

[达方声于裔表]《初学记》卷三十、《全宋文》卷三十四并作"遐表"，今据《艺文类聚》卷九

十一作"裔表"。

[容裔鸿轩]《初学记》卷三十作"容与",今据《艺文类聚》卷九十一作"容裔"。

[集场栖圃]《艺文类聚》卷九十一作"集场圃",今据《全宋文》卷三十四作"集场栖圃"。

[至于气淳体净]《初学记》卷三十作"渚净",今据《艺文类聚》卷九十一作"体净"。

[月图光于绿水]《全宋文》卷三十四作"圆光",今据《艺文类聚》卷九十一作"图光"。

【笺注】

[一]赤鹦鹉,古代作为贡物以供在位者赏玩的红色珍异禽鸟。元嘉二十九年(452),南平王铄献赤鹦鹉,普诏群臣为赋,袁淑览庄赋后赞叹不已。据《宋书·谢庄传》载:"(元嘉)二十九年,(谢庄)除太子中庶子。时南平王铄献赤鹦鹉,普诏群臣为赋。太子左卫率袁淑文冠当时,作赋毕,赍以示庄;庄赋亦竟,淑见而叹曰:'江东无我,卿当独秀。我若无卿,亦一时之杰也。'遂隐其赋。"据知本赋作于谢庄太子中庶子任上,当系年于南朝刘宋文帝元嘉二十九年(452),谢庄时年三十二岁。

[二]柔仪,柔顺的仪表。践,通"善",美好。赪,红。挺,生长。《后汉书·杨赐传》:"华狱所挺,九德纯备。"李贤注:"挺,生也。"华景,日光。西晋陆机《长安有狭邪行》:"轻盖承华景,腾步蹑飞尘。"

[三]惠,通"慧",聪慧。昭,光。和,和谐。

[四]审,明白。寰中,天下。方声,方言。裔表,边远荒芜之地。裔,边远之地。《左传·文公十八年》:"流四凶族,混沌、穷奇、梼杌、饕餮,投诸四裔,以御螭魅。"

[五]霰,雪珠。南朝梁沈约《奉和竟陵王郡县名》:"阳泉濯春藻,阴邱聚寒霰。"委,堆积。《庄子·养生主》:"牛不知其死也,如土委地。"

[六]陆离,光彩绚丽貌。翚,山雉的羽毛。容裔,从容娴丽貌。《文选·左思〈吴都赋〉》:"荆艳楚舞,吴愉越吟,翕习容裔,靡靡恬恬。"刘良注:"容裔、靡靡、恬恬,闲丽也。"鸿轩,鸿雁高飞。《文选·颜延之〈五君咏·向常侍〉》:"交吕既鸿轩,攀嵇亦凤举。"李善注:"轩,飞貌。"

[七]岫,峰峦。焕若,光耀貌。唐裴铏《传奇·孙恪》:"忽车马焕若,服玩华丽,颇为亲友之疑讶。"轻电,闪电。隋卢思道《神仙篇》:"飞策扬轻电,悬旌耀彩霓。"烟门,烟气环绕形成门之状。

[八]晔,盛美。夭桃,艳丽之桃花,喻少女容颜之美。玉园,美轮美奂之园庭。

[九]遡,面对。还风,暴风。耸翮,振翅。东晋王嘉《拾遗记》:"邻中相谓曰:'昨见张家有一白鹤耸翮入云。'"调音,调弄歌喉。

舞马赋

(大明二年)[一]

天子驭三光,总万宇,挹云经之留宪,裁河书之遗矩[二]。是以德泽上昭,天下漏泉,符瑞之庆咸属,荣怀之应必躔[三]。月晷呈祥,乾维效气,赋景河房,承灵天驷,陵原郊而渐影,跃采渊而泳质,辞水空而南僄,去轮台而东洎,乘玉塞而归宝,奄芝庭而献祕[四]。及其养安骐校,进驾龙涓,辉大驭于国皁,贲上襄于帝闲,超益野而踰绿地，轶兰池轹紫燕[五]。五王晦其术，十氏懵其玄，东门岂或状，西河不能传[六]。既秾苕以均性，又佩蘅以崇躅，卷雄神于绮文，蓄奔容于帷烛，蕴箫云之锐景，戢追电之逸足，方叠熔于丹缟，亦联规于朱驳[七]。观其双璧应范，三封中图，玄骨满，燕室虚，阳理竟，潜策纡，汗飞赭，沫流朱[八]。至于《肆夏》已升，《采齐》既荐，始徘徊而龙俛，终沃若而鸾昈，迎调露于飞钟，赴承云于惊箭，写秦垧之弥尘，状吴门之曳练，穷虞庭之蹈躞，究遗野之环衪[九]。若夫躐实之态未卷，凌远之气方撼，历岱野而砥碣石，跨沧流而轶姑余，朝送日于西坂，夕归风于北都，寻琼宫于倏瞬，望银台于须臾[十]。

若乃日宣重光，德星昭衍，国称梁、岱伫踌，史言坛场望践，鄗上之瑞彰，江间之祯阐，荣镜之运既臻，会昌之历已辨，感五纆之程符，鉴群后之荐典[十一]。圣主将有事于东岳，礼也。于是顺斗极，乘次蹛，戒悬日于昭旦，命月题于上年[十二]。騑騑翼翼，泛修风而浮庆烟，肃肃雍雍，引八神而诏九仙[十三]。下齐郊而掩配林，集嬴里而降祊田，蒲轩次巘，瑄璧承峦，金检兹发，玉牒斯刊，盛节之义洽，升中之礼殚，亿兆悦，精祇欢，聆万岁于曾岫，烛神光于紫坛[十四]。是以击辕之蹈，抚埃之舞，相与而歌曰：葺朝盖兮泛晨霞，灵之来兮云汉华[十五]。山有寿兮松有茂，祚神极兮觊皇家[十六]。

然后悟圣朝之绩，号庆荣之烈，比盛乎天地，争明乎日月，茂实冠于胥、庭，鸿名迈于勋、发[十七]。业底于告成，道臻乎报谒，巍巍乎，荡荡乎，民无得而称焉[十八]。

【校】

[题]文见《宋书·谢庄传》卷八十五。

[乘玉塞而归宝]《初学记》卷二十九作"登璧门"，今据《宋书·谢庄传》卷八十五作"乘玉塞"。

[天下漏泉]《全宋文》卷三十四作"天而下漏泉"，今据《宋书·谢庄传》卷八十五作"天下漏泉"。

[乾维效气]《艺文类聚》卷九十三作"乹维"，今据《宋书·谢庄传》卷八十五作"乾维"。

[赋景河房]《艺文类聚》卷九十三作"阿房"，今据《宋书·谢庄传》卷八十五作"河房"。

[十氏懵其玄]《全宋文》卷三十四作"孙氏"，今据《宋书·谢庄传》卷八十五作"十氏"。

[始徘徊而龙俛，终沃若而鸾昈]《全宋文》卷三十四分作"龙俯""鸾盼"，今据《宋书·谢庄传》卷八十五分作"龙俛""鸾昈"。

[若夫躐实之态未卷]《艺文类聚》卷九十三作"夫"，今据《宋书·谢庄传》卷八十五作"若夫"。

【笺注】

[一]舞马,饮宴奏乐时,舞马"以口衔杯,卧而复起"的一种表演。盛唐乐舞隆盛,其中一项精彩节目就是舞马。舞马之曲在中宗时为《饮酒乐》,在玄宗时为《倾杯乐》《升平乐》。大明二年(458),雍州地方长官向朝廷献舞马一匹,作为吉兆,孝武帝下诏令群臣以"舞马"作赋,时谢庄作《舞马赋》文辞华美,为人传颂。后帝又令其作《舞马歌》,令乐府歌之。据《宋书·谢庄传》载:"于是置吏部尚书二人,省五兵尚书,庄及度支尚书顾觊之并补选职。迁右卫将军,加给事中。时河南献舞马,诏群臣为赋,庄所上其词曰……又使庄作《舞马歌》,令乐府歌之。五年,又为侍中,领前军将军。"又,《宋书·顾觊之传》载:"大明元年,征守度支尚书,领本州中正。二年,转吏部尚书。"故知本赋当作于南朝刘宋孝武帝大明二年(458)①,谢庄与顾觊之同为吏部尚书,谢庄时年三十八岁。

[二]三光,指日、月、星。挹,通"抑",抑制。云经,传说中黄帝受命时上天所授之图籍。《左传·昭公十七年》:"昔黄帝氏以云纪,故为云师而云名。"杜预注:"黄帝受命有云瑞,故以云纪事,百官师长皆以云为名号。"宪,法令。裁,制裁。河书,河图洛书。遗矩,前人的法度准则。

[三]德泽上昭,谓感动上天,降下恩泽。天下漏泉,谓如泉水般泻漏的恩泽,润泽下民。语自《汉书·朱买臣传》:"成于文武,显于周公,德泽上昭,天下漏泉。"颜师古注:"漏,言润泽下霑,如屋之漏。"符瑞,吉祥的征兆。《管子·水池》:"是以人主贵之,藏以为宝,剖以为符瑞。"属,聚集。荣怀,谓国盛则民归。语自《尚书·秦誓》:"邦之杌陧,曰由一人;邦之荣怀,亦尚一人之庆。"孔传:"国之光荣,为民所归,亦庶几其所任用贤之善也。"蹥,轨迹,行迹。《尔雅》:"麇其迹蹥。"注:"脚所践也。"

[四]月晷,月影。乾维,天的纲维。河房、河龙,传说中的黄河龙马。房,房星。天驷,神马。原郊,郊外的原野。采渊,深潭。泳质,马过深潭之姿。水空,河流。南傺,趋向南方。轮台,古地名,今新疆轮台南。东洎,到东方去。玉塞,玉门关。芝庭,传说中仙家育芝处。祕,珍稀。

[五]养安,保持安稳。骐,青黑纹路的马匹。进驾,驾车马前进。涓,选择。西晋左思《魏都赋》:"量寸旬,涓吉日,陟中坛,即帝位。"大驭,周代为君王驾车之官。皁,同"皂",古称马十二匹为一皁。賁,华美光彩貌。上襄,上驾,最良之马。帝闲,皇帝的马厩。益野,富饶的田野。轶,超越。兰池、紫燕,指骏马。轹,超过。南朝梁刘勰《文心雕龙·辨骚》:"故能气往轹古,辞来切今,惊采绝艳,难与并能矣。"

[六]五王,五帝,即黄帝、颛顼、帝喾、尧、舜。十氏,战国时不法先王的十位博学之士,即范睢、魏牟、田文、庄周、慎到、田骈、墨翟、宋钘、惠施等。

[七]秼苢,用苢来喂马。均性,调节性情。蕲,杜蘅,香草名。崇躅,助长跳跃,顿足。绮文,绮纹,美丽花纹。蹕,通"蹥",追踪。锐景,迅速的身影。戢,约束。追电,追赶光电。逸

附录一 谢光禄诗文笺注

149

足，骏马。熔，陶冶。丹缟，将细白的生绢染成红色。规，典范。朱驳，骏马名，毛色黄赤相杂。

［八］双璧，此谓完美朝政。应范，合乎规范。燕室，燕巢。纡，屈抑苦闷。

［九］《肆夏》《采齐》，古乐章名，《九夏》之一。《淮南子·齐俗训》："古者非不知繁升降盘还之礼也，蹀《采齐》、《肆夏》之容也，以为旷日烦民而无所用，故制礼足以佐实喻意而已矣。"俛、眄，斜眼向下看。沃若，驯顺貌。《诗经·小雅·皇皇者华》："我马维骆，六辔沃若。"调露，乐曲名。《文选·任昉〈奉答敕示七夕诗启〉》："宁足以继想《南风》，克谐《调露》。"李善注引宋均曰："《调露》，调和致甘露也，使物茂长之乐。"刘良注："四节不相违，谓之《调露》之乐。"钟，通"锺"。承云，黄帝时乐曲。《竹书纪年》卷上："二十一年，作《承云》之乐。"坰，野外。吴门，春秋吴都阊门。曳练，铺开的白绢，喻白色云气或江水。虞庭，虞舜的朝廷。蹈蹀，舞蹈。遗野，弃置未用，隐于荒野。袨，盛服。《汉书·邹阳传》："夫全赵之时，武力鼎士袨服丛台之下者一旦成市，而不能止幽王之湛患。"

［十］蹑实，兽类足踏地面而行。蹑，足掌。《说文解字·足部》："跖，足下也。"段玉裁注："今所谓脚掌也。"摅，施展。碣石，山名，位于河北昌黎。沧流，青色水流。姑余，海名。西坂，西山坡。琼宫，玉饰之宫，即天宫。银台，传说中王母所居处。

［十一］重光，指日冕或日珥现象，古人认为是祥瑞之象。《汉书·儿宽传》："癸亥宗祀，日宜重光。"颜师古注引李奇："太平之世，日抱重光，谓日有重日也。"昭衍，光明广布。《史记·孝武本纪》："德星昭衍，厥维体祥。"梁、岱，山名。梁，今山东东平地区。岱，泰山。仁，停留。跸，帝王的车驾或行幸之处。坛场，古代设坛举行祭祀、继位、盟会、拜将等大典的场所。践，登基。鄗，山名，今河南荥阳境内。五繇，五卜。古时帝王巡狩，预卜五年，以占吉凶。符，征兆。群后，四方诸侯及九州岛牧伯，即公卿。

［十二］斗极，北斗星与北极星。次躔，躔次，日月星辰运行的度次。悬日、月题，皆指马。昭旦，清明的日子。上年，丰收年。

［十三］騑騑，马行走不止貌。翼翼，飞动貌。庆烟，彩色云霭，古视为祥瑞之气。肃肃，疾速貌。雍雍，和洽貌。

［十四］赢里，圈定的区域。祊田，周天子祭祀泰山，因汤沐之需而圈定的地域，后作为封邑赐给郑国，又称"邴田"。蒲轩，车之美称。巘，山。《诗经·大雅·公刘》："陟则在巘，复降在原。"毛传："巘，小山，别于大山也。"朱熹集传："巘，山顶也。"瑄璧，古代祭天用的大璧。金检，古代文稿美称。玉牒，古时帝王封禅、郊祀的玉简文书。盛节，盛大的礼仪。升中，古代帝王登山祭天上告，五岳高如在天中，登高近天以告天帝表其诚，后世伪为封禅之说。祇，地神。岫，峰峦。紫坛，帝王祭祀大典用的紫色祭坛。

［十五］击辕，敲打车辕中乐成声。东汉崔骃《上四巡颂表》："唐虞之世，樵夫牧竖，击辕中《韶》，感于和也。"抚埃，模仿抚摸拂拭灰尘的样子。云汉，银河。

［十六］祚，赐福。贶，赐予。《说文解字·贝部》："贶，赐也。"

［十七］茂实，盛德美业。胥、庭，太古帝王赫胥氏和大庭氏的并称。鸿名，盛名。勋、发，尧和周武王的并称。

［十八］告成，上报所完成的功业。报谒，报祭天地祖宗。巍巍、荡荡，形容道德之崇高。

语自《论语·泰伯》:"大哉尧之为君也！巍巍乎！唯天为大,唯尧则之。荡荡乎,民无能名焉。"朱熹集注:"巍巍,高大之貌;荡荡,广远之称也。"

悦曲池赋

（作年待考,作者存疑）[一]

　　北山兮黛柏,南江兮赪石[二]。赪岸兮若虹,黛树兮如画。暮云兮十重,朝霞兮千尺[三]。步东池兮夜未久,卧西窗兮月向山。引一息于魂内,扰百绪于眼前[四]。

【校】

[题]文见《艺文类聚》卷九。

[南江兮赪石]《全宋文》卷三十四作"南溪",今据《艺文类聚》卷九作"南江"。

[暮云兮十重]《全宋文》卷三十四作"十里",今据《艺文类聚》卷九作"十重"。

【笺注】

[一]曲池,曲折回绕之水池。先秦屈原《招魂》:"坐堂伏槛,临曲池些。"《悦曲池赋》为残篇,作年待考。有学者疑其为江淹所作《悦曲池》,乃后世误窜入谢庄集中①,作者存疑待考。

[二]黛柏,深青色柏树。赪石,红石。

[三]十重、千尺,形容多、高。

[四]百绪,众多烦乱思绪。唐方干《与长洲陈子美长官》:"枕上愁多百绪牵,时常睡觉在溪前。"

文

密诣世祖启事

（元嘉三十年）[一]

　　贼劭自绝于天,裂冠毁冕,穷弑极逆,开辟未闻,四海泣血,幽明同愤[二]。奉三月二十七日檄,圣迹昭然,伏读感庆[三]。天祚王室,叡哲重光[四]。殿下文明在岳,神武居陕,肃将乾威,龚行天罚,涤社稷之仇,雪华夷之耻,使弛坠之构,更获缔造,垢辱之甿,复得明目[五]。伏承所命,柳元景、司马文恭、宗悫、沈庆之等精甲十万,已次近道。殿下亲董锐旅,授律继进。荆、鄢之师,岷、汉之众,舳舻万里,旌旆亏天,九土冥符,群后毕会[六]。今独夫丑类,曾不盈旅,自相暴殄,省闱横流,百僚屏气,道路以目[七]。檄至,辄布之京邑,朝野同欣,里颂途歌,室家相庆,莫不望景耸魂,瞻云伫足[八]。先帝以日月之光,照临区宇,风泽所渐,无幽不

　　① 王丽:《谢庄文学探微》,山东大学 2012 年硕士学位论文,第 70-71 页。

洽[九]。况下官世荷宠灵，叨恩踰量，谢病私门，幸免虎口，虽志在投报，其路无由[十]。今大军近次，永清无远，欣悲踊跃，不知所裁[十一]。

【校】

[题]文见《宋书·谢庄传》卷八十五。张溥题名《与世祖启事》，今据严可均《全宋文》卷三十五所题作《密诣世祖启事》。

[叡哲重光]《全宋文》卷三十五作"睿哲"，今据《宋书·谢庄传》卷八十五作"叡哲"。

[司马文恭]丁福林《〈宋书〉考疑》认为"司马文恭"乃"马文恭"之误，"司"字衍，今据《宋书·谢庄传》卷八十五作"司马文恭"。

【笺注】

[一]世祖，刘宋孝武帝刘骏。启事，陈述事情的书札。据《宋书·谢庄传》载："世祖入讨，密送檄书与庄，令加改治宣布。庄遣腹心门生具庆奉启事密诣世祖……"又，《南史·谢庄传》载："孝武入讨，密送檄书与庄，令加改正宣布之。庄遣腹心门生具庆奉启事密诣孝武陈诚。"元嘉三十年(453)，武陵王刘骏在浔阳讨伐弑父自立的刘劭，并将讨伐刘劭的檄文密送谢庄，让他修改后公布于世。故本文当作于刘宋文帝元嘉三十年(453)，谢庄时年三十三岁。

[二]贼劭，指宋文帝太子刘劭。元嘉三十年(453)，刘劭政变弑父，自立为帝，后受到武陵王刘骏的讨伐，兵败被杀，史书称为"元凶"。幽明，本指有形无形之象，此谓人与鬼神。

[三]圣迹，往古圣人的遗迹。伏读，恭敬阅读。伏，表敬之词。

[四]天祚，上天赐福。叡哲，神圣明智，古代颂扬帝王用语。重光，喻累世盛德，辉光相承。

[五]陕，即"峡"，指长江三峡。肃将，敬献。《尚书·泰誓上》："皇天震怒，命我文考，肃将天威。"龚行天罚，即天降大罚。《后汉书·宦者传序》："虽袁绍龚行，芟夷无余，然以暴易乱，亦何云及！"李贤注："《尚书》曰：'龚行天罚。'"弛坠，毁废。

[六]荆，荆州，汉为十三刺史部之一。鄢，水名，源出湖北省保康县西南，今名蛮河。岷，山名，在四川省北部，绵延四川、甘肃两省边境，为长江、黄河分水岭，岷江、嘉陵江支流白龙江发源地。汉，地名，汉中的简称。秦置汉中郡，包括今陕西省南部及湖北省西北部，汉仍之。舳舻，舳，船尾。舻，船头。谓前后首尾相接之船。旌旆，旗帜。九土，九州岛。冥符，谓神授的符命。群后，指公卿。《文选·张衡〈东京赋〉》："于是孟春元日，群后旁庚。"李善注："群后，公卿之徒也。"

[七]独夫丑类，谓残暴之君、无道之徒。暴殄，灭绝。省闼，宫中，又称禁闼。古代中央政府诸省设于禁中，后因作中央政府的代称。横流，喻灾祸。道路，路上之人，谓众人。

[八]朝野，朝廷与民间。途歌，行人途中所唱之歌谣。耸魂，振作精神。

[九]区宇，天下。风泽，德泽。不洽，谓不周全。洽，周遍。东汉班固《西都赋》："元元本本，殚见洽闻。"注："洽，遍也。"

[十]宠灵，恩宠光耀。踰量，谓超过限度。踰，同"逾"，超过。无由，没有门径。《仪礼·

士相见礼》：“某也愿见，无由达。”郑玄注：“无由达，言久无因缘以自达也。”

索虏互市议

(元嘉三十年)^[一]

臣愚以为獯猃弃义，唯利是视，关市之请，或以觇国，顺之示弱，无明柔远，距而观衅，有足表强^[二]。且汉文和亲，岂止彭阳之寇；武帝修约，不废马邑之谋^[三]。故有余则经略，不足则闭关^[四]。何为屈冠带之邦，通引弓之俗，树无益之轨，招尘点之风^[五]。交易爽议，既应深杜；和约诡论，尤宜固绝^[六]。臣庸管多蔽，岂识国仪，恩诱降逮，敢不披尽^[七]。

【校】

[题]文见《宋书・谢庄传》卷八十五。

[距而观衅]《全宋文》卷三十五作“拒”，今据《宋书・谢庄传》作“距”。

【笺注】

[一]索虏，对北方少数民族的蔑称。索，发辫。北方民族多扎有发辫，遂曰索虏。互市，指民族或国家之间的贸易活动。议，公牍文体名，多用以论事说理或陈述意见。南朝梁刘勰《文心雕龙・章表》：“章表奏议，经国之枢机。”据《宋书・谢庄传》载：“元嘉二十七年，索虏寇彭城，虏遣尚书李孝伯来使，与镇军长史张畅共语，孝伯访问庄及王微，其名声远布如此。”“(元嘉三十年)世祖践阼，除侍中。时索虏求通互市，上诏群臣博议。庄议曰……”可知，元嘉三十年(453)，北魏向刘宋提出开放边境贸易的要求，孝武帝下诏让群臣商议，谢庄作议以陈。故本文当作于刘宋文帝元嘉三十年(453)，谢庄时年三十三岁。

[二]獯猃，即“獯鬻”，夏商时称獯鬻，周时称猃狁，秦汉称匈奴，后泛指北方少数民族。觇国，暗中观察国情。觇，暗中观察。《说文解字・见部》：“觇，窥也。”柔远，安抚远人或远方邦国。《汉书・段会宗传》：“足下以柔远之令德，复典都护之重职。”颜师古注：“柔远，言能安远人。”观衅，窥伺敌人的间隙。《左传・宣公十二年》：“会闻用师，观衅而动。”陆德明释文引服虔曰：“衅，间也。”

[三]汉文和亲，指汉文帝(刘恒)时和亲之事。文帝朝，匈奴单于带兵入汉，帝乃与单于言和亲事于彭阳。后二年，与匈奴结和亲，后背约入盗，令边备守。后四年，老单于死，孝文皇帝复与匈奴和亲。武帝修约，指汉武帝(刘彻)时修约之事。武帝即位，明和亲约束，匈奴亲汉，汉使计谋诱单于。单于贪马邑财物，以十万骑入武州塞。汉伏兵马邑旁，以伏单于。单于发觉后引兵还。自此，匈奴绝和亲。

[四]有余，有剩余。经略，经营治理。语自《左传・昭公七年》：“天子经略，诸侯正封，古之制也。”杜预注：“经营天下，略有四海，故曰经略。”

[五]何为，为什么。冠带，礼仪、教化。引弓，持弓。尘点，污染。

[六]诡论，谬论，欺世之论。南宋朱弁《曲洧旧闻》：“大言滔天，诡论灭世，盖指介甫也。”

[七]恩诱，施恩诱导。降逮，下及。披，陈述。

申言节俭诏书事

（元嘉三十年）[一]

"贵戚竞利，兴货廛肆者，悉皆禁制。"[二]此实允惬民听[三]。其中若有犯违，则应依制裁纠。若废法申恩，便为令有所屈[四]。此处分伏愿深思，无缘明诏既下，而声实乖爽[五]。臣愚谓大臣在禄位者，尤不宜与民争利，不审可得在此诏不[六]？拔葵去织，实宜深弘[七]。

【校】

[题]文见《宋书·谢庄传》卷八十五，张溥题名《请弘风则表》。

[悉皆禁制]《全宋文》卷三十五作"悉相"，今据《宋书·谢庄传》卷八十五作"悉皆"。

【笺注】

[一]申言，郑重陈说。节俭诏书事，本文为针对孝武帝登基后所下节俭诏书一事而提出的建议，据《宋书·谢庄传》载："上始践阼，欲宣弘风则，下节俭诏书，事在《孝武本纪》。庄虑此制不行，又言曰……"又，《宋书·孝武帝纪》载："（元嘉）三十年正月……（四月）己巳，即皇帝位，大赦天下，文武赐爵一等，从军者二等……（七月）辛酉，诏曰：'百姓劳弊，徭赋尚繁，言念未乂，宜崇约损。凡用非军国，宜悉停功。可省细作并尚方，雕文靡巧，金银涂饰，事不关实，严为之禁。供御服膳，减除游侈。水陆捕采，各顺时日。官私交市，务令优衷。其江海田池公家规固者，详所开弛。贵戚竞利，悉皆禁绝。'"刘宋孝武帝即位，下诏倡行节俭，一律禁止皇亲显贵逐利，谢庄时除侍中，针对皇帝所下节俭诏书提出相应建议，上呈事表。结合表中"贵戚竞利，兴货廛肆者，悉皆禁制"等句，与史载孝武帝七月下诏内容相符，故本文当作于刘宋文帝元嘉三十年（453）七月，谢庄时年三十三岁。

[二]贵戚，帝王亲戚。廛肆，谓街市。廛，古代城市平民的房地。《说文解字·广部》："廛，一亩半一家之居也。"

[三]允惬民听，与民众舆论相适合、谐和。允惬，适合。明张居正《答保定巡抚孙立亭书》："公以鸿渐之翼，困于燕雀，兹膺特简，允惬舆情。"

[四]屈，屈抑。

[五]乖爽，失误。《周书·晋荡公护传》："喜怒之间，时有乖爽。"

[六]不审，不审慎。

[七]拔葵去织，指官不与民争利之典。语自《史记·循吏列传》："（公仪休）食茹而美，拔其园葵而弃之。见其家织布好，而疾出其家妇，燔其机，云：'欲令农士工女，安所雠其货乎？'"

上搜才表

（孝建元年）[一]

臣闻功照千里，非特烛车之珍；德柔邻国，岂徒祕璧之贵[二]。故《诗》称珍悴,《誓》述荣怀,用能道臻无积,化至恭己[三]。伏惟陛下膺庆集图,缔宇开县,夕爽选政,昃旦调风,采言斯舆,观谣仄远,斯实辰阶告平,颂声方制[四]。臣窃惟隆陂所渐,治乱之由,何尝不兴资得才,替因失士[五]。故楚书以善人为宝,《虞典》以则哲为难[六]。进选之轨,既弛中代,登造之律,未阐当今[七]。必欲崇本康务,庇民济俗,匪更怙懘,奚取九成[八]。夫才生于时,古今岂贰,士出于世,屯泰焉殊[九]。升历中阳,英贤起于徐、沛,受策白水,茂异出于荆、宛,宁二都智之所产,七陕才之所集,实遇与不遇,用与不用耳[十]。今大道光亨,万务俟德,而九服之旷,九流之艰,提钧悬衡,委之选部[十一]。一人之鉴易限,而天下之才难原,以易限之鉴。镜难原之才,使国罔遗授,野无滞器,其可得乎[十二]。昔公叔与僎同升,管仲取臣于盗,赵文非私亲士疏嗣,祁奚岂谄仇比子,茹茅以汇,作范前经,举尔所知,式昭往牒[十三]。且自古任荐,赏罚弘明,成子举三哲而身致魏辅,应侯任二士而己捐秦相,白季称冀缺而畴以田采,张勃进陈汤而坐以褫爵[十四]。此先事之盛准,亦后王之彝鉴[十五]。如臣愚见,宜普命大臣,各举所知,以付尚书,依分铨用[十六]。若任得其才,举主延赏;有不称职,宜及其坐。重者免黜,轻者左迁,被举之身,加以禁锢,年数多少,随愆议制[十七]。若犯大辟,则任者刑论[十八]。

又政平讼理,莫先亲民,亲民之要,实归守宰,故黄霸治颍川累稔,杜畿居河东历载,或就加恩秩,或入崇辉宠[十九]。今莅民之职,自非公私必应代换者,宜遵六年之制,进获章明庸堕,退得民不勤扰[二十]。如此则下无浮谬之愆,上靡弃能之累,考绩之风载泰,樵薪之歌克昌[二十一]。臣生属亨路,身渐鸿猷,遂得奉诏左右,陈愚于侧,敢露刍言,惧氛恒典[二十二]。

【校】

[题]文见《宋书·谢庄传》卷八十五。

[臣闻功照千里,非特烛车之珍;德柔邻国,岂徒祕璧之贵]《南史》卷二十作"臣闻功倾魏后,非特照车之珍,德柔秦客,岂徒祕璧之贵",今据《宋书·谢庄传》卷八十五作"臣闻功照千里,非特烛车之珍;德柔邻国,岂徒祕璧之贵"。

[治乱之由]《南史》卷二十作"成败",今据《宋书·谢庄传》卷八十五作"治乱"。

[进选之轨,既弛中代]《南史》卷二十作"而进选之举既隳中代",今据《宋书·谢庄传》卷八十五作"进选之轨,既弛中代"。

[必欲崇本康务]《南史》卷二十作"丰本",今据《宋书·谢庄传》卷八十五作"崇本"。

[夫才生于时,古今岂贰,士出于世,屯泰焉殊]《宋书·谢庄传》卷八十五无此四语,据《南史》卷二十补。

[七陕才之所集]《南史》卷二十作"愚",今据《宋书·谢庄传》卷八十五作"才"。

[今大道光亨]《全宋文》卷三十五作"方亨",今据《宋书·谢庄传》卷八十五作"光亨"。

［而天下之才难原］《南史》卷二十作"难源"，今据《宋书·谢庄传》卷八十五作"难原"。

［使国罔遗授］《南史》卷二十作"遗贤"，今据《宋书·谢庄传》卷八十五作"遗授"。

［赏罚弘明］《南史》卷二十作"弘明赏罚"，今据《宋书·谢庄传》卷八十五作"赏罚弘明"。

［莫先亲民］《南史》卷二十作"亲人"，今据《宋书·谢庄传》卷八十五作"亲民"。

［或入崇辉宠］《南史》卷二十作"晖宠"，今据《宋书·谢庄传》卷八十五作"辉宠"。

［今莅民之职］《南史》卷二十作"莅人"，今据《宋书·谢庄传》卷八十五作"莅民"。

［宜遵六年之制］《南史》卷二十作"限"，今据《宋书·谢庄传》卷八十五作"制"。

［进获章明庸堕］《南史》卷二十作"进得"，今据《宋书·谢庄传》卷八十五作"进获"。

［退得民不勤扰］《南史》卷二十作"勤劳"，今据《宋书·谢庄传》卷八十五作"勤扰"。

［如此则下无浮谬之怨，上靡弃能之累］《南史》卷二十作"如此，则上靡弃能，下无浮谬"，今据《宋书·谢庄传》卷八十五作"如此则下无浮谬之怨，上靡弃能之累"。

【笺注】

［一］据《宋书·谢庄传》载："孝建元年，（谢庄）迁左卫将军……于时搜才路狭，乃上表曰……"又，《宋书·孝武帝纪》载："孝建元年春正月己亥朔，车驾亲祠南郊，改元，大赦天下……（正月）戊申，诏曰：'首食尚农，经邦本务，贡士察行，宁朝当道……褒甄之科，精为其格。四方秀孝，非才勿举，献答允值，即就铨擢。若止无可采，犹赐除署；若有不堪酬奉，虚窃荣荐，遣还田里，加以禁锢。尚书百官之元本，庶绩之枢机，丞郎列曹，局司有在。而顷事无巨细，悉归令仆，非所以众材成构，群能济业者也。可更明体制，咸责厥成，纠核勤惰，严施赏罚。'"结合表中"一人之鉴易限，而天下之才难原，以易限之鉴""如臣愚见，宜普命大臣，各举所知，以付尚书，依分铨用""宜遵六年之制，进获章明庸堕，退得民不勤扰"等句，与史载孝武帝该年正月十日所颁诏书内容相符，知谢庄时为左卫将军、吏部尚书，因察选人才途径过窄，官员任免大权皆掌于吏部尚书之手，遂上此表，故本表当作于宋孝武帝刘骏孝建元年（454）正月，谢庄时年三十四岁。

［二］功，功勋。千里，谓路途遥远或面积广阔。《左传·僖公三十二年》："师之所为，郑必知之，勤而无所，必有悖心，且行千里，其谁不知。"非特，不仅。烛车，喻珍贵之物。语自《史记·田敬仲完世家》："若寡人小国也，尚有径寸之珠，照车前后各十二乘者十枚，奈何以万乘之国无宝乎？"柔，安抚，润泽。南朝梁江淹《迎送神升歌》："灵之圣之，岁殷泽柔。"岂徒，何止。祕璧，稀有之美玉。

［三］殄悴，困苦。《诗经·大雅·瞻卬》："人之云亡，邦国殄瘁。"荣怀，谓国盛则民归。语自《尚书·秦誓》："邦之杌陧，曰由一人；邦之荣怀，亦尚一人之庆。"孔传："国之光荣，为民所归，亦庶几其所任用贤之善也。"用能，任用有才干的人。道臻无积，道德臻于完善，完全没有私心。恭己，谓恭谨以律己。

［四］膺，承当。缔，连接。宇，上下四方。爽，昌明。《尚书·大诰》："尔庶邦君，越尔御事，爽邦由哲。"孔颖达疏："爽，明也；由，用也。有明国事用智道。"选政，拴选职官提拔人才之事。昃，日西斜。调风，整顿风俗。厮舆，厮役。仄远，低贱卑微不亲近之人。辰阶，谓帝廷。南朝梁沈约《为临川王九日侍太子宴》："任伍辰阶，祚均河楚。"

［五］阪，谓倾危。《说文解字·阜部》："阪，坡者曰阪。"因，亲近。《左传·闵公元年》："亲有礼，因重固，闲携贰，覆昏乱，霸王之器也。"

［六］楚书，楚国史官记事之书。善人，有德之善人。《礼记·大学》："《楚书》曰：'楚国无以为宝，惟善以为宝。'"《虞典》，即《尚书·虞书》。则哲，即知人，语自《尚书·皋陶谟》："知人则哲，能官人。"

［七］进选，选拔。中代，中古。南朝梁刘勰《文心雕龙·祝盟》："中代祭文，兼赞言行，祭而兼赞，盖引神而作也。"登造，进用。阐，扩大。

［八］崇本，崇尚根本。康务，治理事务。康，治理。东汉蔡邕《独断》："安乐治民曰康。"务，工作事务。西汉晁错《论贵粟疏》："粟者，王者大用，政之本务。"济俗，救治世弊。怗懘，谓烦乱不和。《礼记·乐记》："宫为君，商为臣，角为民，徵为事，羽为物，五者不乱，则无怗懘之音矣。"孔颖达疏："怗，敝也；懘，败也。敝败，谓不和之貌也。"奚，文言疑问代词，什么，哪里。九成，犹九阕，乐曲终止叫成。语自《尚书·益稷》："箫韶九成，凤凰来仪"

［九］屯泰，《周易》中《屯》卦和《泰》卦之并称，谓安危险夷。《梁书·吕僧珍传》："与联契阔，情兼屯泰。"

［十］中阳，今山西中阳县。英贤，德才兼备的杰出人才。徐，今江苏徐州。沛，今江苏沛县。受箓，古代皇帝自称受命于天，接受所谓天赐的符命之书。白水，水名，源出湖北省枣阳市东大阜山，相传汉光武帝旧宅在此。南朝梁刘勰《文心雕龙·丽辞》："孟阳《七哀》云：'汉祖想枌榆，光武思白水。'此正对之类也。"荆，今湖北江陵县。宛，今河南南阳市。二都，即长安和洛阳。七陬，谓偏远之地。陬，水岸内曲处。《说文解字·阜部》："陬，水隈厓也。"

［十一］光亨，光显。万务，所有事项。俟，等待。九服，王畿以外的九等地区，指帝王和王后的九种服制。《周礼·夏官·职方氏》："乃辨九服之邦国：方千里曰王畿，其外方五百里曰侯服，又其外方五百里曰甸服，又其外方五百里曰男服，又其外方五百里曰采服，又其外方五百里曰卫服，又其外方五百里曰蛮服，又其外方五百里曰夷服，又其外方五百里曰镇服，又其外方五百里曰藩服。"旷，空间的广大。九流，九品人物。钧、衡，二者均喻法度。钧，造瓦器之转轮。衡，车辕端横木。选部，官署名。汉置，三国魏改为吏部，后成吏部代称。

［十二］限，限制。原，考究。镜，明察。遗授，弃置未授官职的人才。滞器，遗漏未用之人才。

［十三］公叔与僎同升，事出《论语·宪问》："公叔文子之臣大夫僎与文子同升诸公。子闻之，曰：'可以为文矣。'"何晏集解引孔安国曰："大夫僎本文子家臣，荐之使与己并为大夫，同升在公朝。"同升，谓与己一同升迁。赵文非私亲士谏嗣，疑据《礼记·檀弓下第四》载赵文子与叔誉观乎九原之事。祁奚岂诒仇比子，事出《左传》"祁奚荐贤"之事。《左传》："君子谓：'祁奚于是能举善矣。称其仇，不为诒。立其子，不为比。举其偏，不为党。《商书》曰：'无偏无党，王道荡荡。'其祁奚之谓矣。"茹茅，即"茅茹"。《周易·泰》："拔茅茹，以其汇，征吉。"王弼注："茅之为物，拔其根而相牵引者也。茹，相牵引之貌也。"作范，树立榜样。式昭，用以光大。往牒，往昔的典籍。

［十四］成子举三哲而身致魏辅，即《史记》载"璜成争相"之事。应侯任二士而己捐秦相，

指应侯荐贤之事。臼季称冀缺而畴以田采，冀缺，即郤缺，春秋时晋人，臼季见郤缺耕于冀野，夫妻相敬如宾，荐之于晋文公，后代赵盾为政。张勃进陈汤而坐以褫爵，即张勃因推荐陈汤而被革除爵位之事。

[十五]先事，谓先行其事。盛准，盛行的准则。后王，继承前辈王位的君主。彝鉴，永恒不变之龟鉴。

[十六]愚见，表示自己见解的谦辞。铨用，选拔任用。

[十七]免黜，罢免废黜。左迁，降官。愆，罪过。议制，衡量轻重以断罪。

[十八]大辟，死刑，古时五刑之一。刑论，判刑论罪。

[十九]守宰，地方长官。黄霸治颍川，黄霸为颍川太守，以外宽内明得吏民心，治为天下第一。累稔，累年。稔，年。《左传·襄公二十七年》："不及五稔。"注："稔，年也，熟也。谷一熟为一年。"杜畿，字伯侯，京兆杜陵（今陕西西安东南）人，杜畿为河东太守，崇宽惠，与民无为。秩，俸禄。

[二十]莅民，管理百姓。章明，昭著。庸堕，谓功过。庸，功劳。《左传·昭公四年》："虽齐不许，君庸多矣。"堕，废坏。《尚书·益稷》："万事堕哉。"

[二十一]浮谬，虚妄。弃能，遗贤。考绩之风载泰，按一定标准考核官吏的成绩，语自《尚书·舜典》："三载考绩。三考，黜陟幽明。"樕薪，喻国家选拔贤才，语自《诗经·大雅·棫朴》："芃芃棫朴，薪之樕之。"毛传："兴也……山木茂盛，万民得而薪之；贤人众多，国家得用蕃兴。"克昌，子孙昌盛，语自《诗经·周颂·雝》："燕及皇天，克昌厥后。"郑玄笺："文王之德安及皇天……又能昌大其子孙。"

[二十二]亨路，坦途。鸿猷，鸿业。刍言，自谦词，浅陋之言论。惧氛，戒惧尘俗之气。恒典，常典。《宋书·武帝纪》："夫量入为出，邦有恒典。"

让吏部尚书表

（孝建元年）[一]

招才琴钓之上，取士歌牧之中[二]。终能克夷景命，荣怀万宇[三]。岂容先私首曲，近有经过[四]。且不习冠制，赵客兴鉴，未闲统驭，郑臣有规，匪瘳身讥[五]。

【校】

[题]文见《艺文类聚》卷四十八。

[未闲统驭]《全宋文》卷三十五作"未间"，今据《艺文类聚》卷四十八作"未闲"。

【笺注】

[一]让，推辞。《尚书·尧典》："允恭克让。"孔颖达疏引郑玄曰："推贤尚善曰让。"吏部尚书，掌管全国官吏的任免、考课、升降、调动事务的长官。孝建元年（454），谢庄转任吏部尚书，被委以官吏选拔和任用的大权。庄屡托有疾，请免职务。据《宋书·谢庄传》载："其年，拜吏部尚书。庄素多疾，不愿居选部，与大司马江夏王义恭笺自陈。"宋孝武帝刘骏孝建元年（454）甲午，谢庄时为左卫将军、吏部尚书，上表求解职，本文当作于孝建元年（454），谢庄时年三十

四岁。

[二]招才,招徕贤才。取士,拔擢才士。琴钓之上、歌牧之中,指吕尚(姜太公)垂钓、骆忌鼓琴事,后泛指贤士隐居。

[三]克,胜任。《周易·大有》:"公用亨于天子,小人弗克。"孔颖达疏:"小人德劣,不能胜其位。"夷,讨平。景命,大命,指授予帝王之位的天命。荣怀,谓国盛则民归。语自《尚书·秦誓》:"邦之杌陧,曰由一人;邦之荣怀,亦尚一人之庆。"孔传:"国之光荣,为民所归,亦庶几其所任用贤之善也。"万宇,天下。

[四]曲,亲近之人。经过,指代身边之人。

[五]不习冠制,不熟悉道德礼制。赵客,战国时燕赵尚武多侠士,后遂以"赵客"泛指侠士。鉴,照察审辨的能力。统驭,统辖驾驭。匪,同"非",无。痏,忧伤。讥,劝谏。

谢赐貂裘表

(作年待考)[一]

臣庄言:主衣黄达宣敕,赐臣貂裘,瓯发袿开,玄华有曜[二]。靡毫柔毳,黯鉴自凝,固以彩越缀翚,光逾缉燕[三]。臣闻嚬笑不忘,韩裳勿假,绩以昭庸,楚纩爰建[四]。臣欢忭自歌,而同委衾之泽;勤劬未报,而叨解裘之宠[五]。空荷荣施,徒贲微驱[六]。承殊恩必识服以沦生,铭悦之情,罔知所寘[七]。臣受假无由躬拜,谨遣表[八]。

【校】

[题]文见《初学记》卷二十六。

[臣闻嚬笑不忘]《全宋文》卷三十五作"不妄",今据《初学记》卷二十六作"不忘"。

[楚纩爰建]《全宋文》卷三十五作"爰逮",今据《初学记》卷二十六作"爰建"。

[而同委衾之泽]《全宋文》卷三十五作"委衿",今据《初学记》卷二十六作"委衾"。

[勤劬未报]《全宋文》卷三十五作"勤劳",今据《初学记》卷二十六作"勤劬"。

【笺注】

[一]貂裘,貂皮所制衣裘。作年待考。

[二]主衣,古时官名,即尚衣,执掌帝王服玩。黄达,时任主衣之职。《南史·宋竟陵王诞传》:"咏之与建康右尉黄达往来,诞疑其宣漏,诬以罪被杀。"宣敕,发布命令。瓯,小匣子。《尚书·禹贡》:"包瓯菁茅。"孔传:"瓯,匣也。"发,通"废",放置。袿,衣襟,上衣前幅。玄华,华美颜色。曜,光辉。

[三]靡毫,细密纤细之毛。黯,深黑。鉴,光泽。凝,形成。《尚书·皋陶谟》:"抚于五辰,庶绩其凝。"孔传:"凝,成也。"彩,花纹。缀,缝合。翚,山雉羽毛。

[四]嚬笑,皱眉、欢笑之情感流露。《韩非子·内储说上》:"吾闻明主之爱一嚬一笑……今夫袴岂特嚬笑哉,袴之与嚬笑相去远矣。"不忘,随便。忘,通"妄"。假,谦词,指名不副实。

昭庸，显耀功劳。《国语·周语中》："服物昭庸，采饰显明。"韦昭注："庸，功也。冕服旗章所以昭有功，采色之饰所以显明德也。"楚纩，楚地丝绵，谓君上的赐与。纩，绵絮。《说文解字·系部》："纩，絮也。"

［五］欢忭，喜悦。勤劬，辛苦劳累。叨、忝，谦词，表示承受之意。

［六］荷，承受恩德。荣施，誉人施惠之辞。《左传·昭公三十二年》："俾我一人无征怨于百姓，而伯父有荣施，先王庸之。"贲，通"奋"，显露。

［七］殊恩，帝王之恩宠。沦生，度过此生。寔，止息。北齐颜之推《颜氏家训·诫兵》："吾既羸薄，仰惟前代，故寔心于此，子孙志之。"卢文弨补注："寔，犹息也。"

［八］假，给予。清梁启超《谭嗣同传》："假大兵权。"谨遣，恭敬地委派。

为沈庆之答刘义宣书

（孝建元年）[一]

皇纲绝而复纽，区夏坠而更维[二]。

【校】

［题］文见《文选》卷五十九。

【笺注】

［一］《文选》卷五十九所收王简栖《头陀寺碑文》一文，有"并振颓纲，俱维绝纽"句，下注："谢庄《为沈庆之答刘义宣书》曰：'皇纲绝而复纽，区夏坠而更维。'《说文》曰：'纽，系也。'"与谢庄《为沈庆之答刘义宣书》，即本篇内容相同。沈庆之，字弘先，吴兴武康（今浙江德清）人，南朝刘宋著名将领。据《南史·沈庆之传》载："庆之少有志力。孙恩之乱也，遣人寇武康，庆之未冠，随乡族击之，由是以勇闻。"刘义宣，彭城郡彭城县（今江苏徐州）人，南朝宋宗室、宰相，宋武帝刘裕第六子。初封竟陵王，任右将军。据《宋书·南郡王刘义宣传》载："而世祖（宋孝武帝刘骏）闺庭无礼，与义宣诸女淫乱，义宣因此发怒，密治舟甲。克孝建元年秋冬举兵。报豫州刺史鲁爽、兖州刺史徐遗宝使同。"刘义宣闻讯怒而起兵，孝建元年（454）二月，鲁爽接义宣约期举兵书信，后皆兵败被杀。结合本文内容，以及史书有关沈庆之、刘义宣相关记载，庆之先平定刘劭篡位、后克灭鲁爽叛军，将其首级送至刘义宣军中，打击了刘、臧叛军的士气。故暂系本文于刘宋孝武帝孝建元年（454），谢庄时年三十四岁。

［二］纽，连结，联系。《说文解字·系部》："纽，系也。一曰结而可解。"区夏，谓华夏。《尚书·康诰》："用肇造我区夏。"孔传："始为政于我区域诸夏。"维，连结。

与大司马江夏王义恭笺

（孝建元年）[一]

下官凡人，非有达概异识，俗外之志，实因羸疾，常恐奄忽，故少来无意于人间，岂当有心于崇达邪[二]。顷年乘事回薄，遂果饕非次，既足贻消明时，又亦取愧朋友[三]。前以圣道初开，未遑引退，及此诸夏事宁，方陈微请[四]。欸志未伸，仍荷今授，被恩之始，具披寸心，非惟在己知尤，实惧尘秽彝序[五]。

禀生多病，天下所悉，两胁癖疾，殆与生俱，一月发动，不减两三，每至一恶，痛来逼心，气余如綖[六]。利患数年，遂成痼疾，吸吸惙惙，常如行尸[七]。恒居死病，而不复道者，岂是疾痊，直以荷恩深重，思答殊施，牵课尫瘵，以综所忝[八]。眼患五月来便不复得夜坐，恒闭帏避风日，昼夜悟惛，为此不复得朝谒诸王，庆吊亲旧，唯被敕见，不容停耳[九]。此段不堪见宾，已数十日，持此苦生，而使铨综九流，应对无方之诉，实由圣慈罔已，然当之信自苦剧[十]。若才堪事任，而体气休健，承宠异之遇，处自效之途，岂苟欲思闲辞事邪[十一]。家素贫弊，宅舍未立，儿息不免粗粝，而安之若命，宁复是能忘微禄，正以复有切于此处，故无复他愿耳。今之所希，唯在小闲。下官微命，于天下至轻，在己不能不重。屡经披请，未蒙哀恕，良由诚浅辞讷，不足上感[十二]。

家世无年，亡高祖四十，曾祖三十二，亡祖四十七，下官新岁便三十五，加以疾患如此，当复几时见圣世，就中煎慄若此，实在可矜[十三]。前时曾启愿三吴，敕旨云"都不须复议外出"。莫非过恩，然亦是下官生运，不应见一闲逸。今不敢复言此，当付之来生耳。但得保余年，无复物务，少是养疴，此便是志愿永毕[十四]。在衡门下有所怀，动止必闻，亦无假居职，患于不能裨补万一耳[十五]。识浅才常，羸疾如此，孤负主上擢授之恩，私心实自哀愧[十六]。入年便当更申前请，以死自固。但庸近所诉，恐未能仰彻[十七]。公恩盼弘深，粗照诚恳，愿侍坐言次，赐垂拯助，则苦诚至心，庶获哀允[十八]。若不蒙降祐，下官当于何希冀邪。仰凭愍察，愿不垂吝[十九]。

【校】

[题]文见《宋书·谢庄传》卷八十五。

[两胁癖疾]《南史》卷二十作"癖疢"，今据《宋书·谢庄传》卷八十五作"癖疾"。

[吸吸惙惙]《南史》卷二十作"岋岋"，今据《宋书·谢庄传》卷八十五作"吸吸"。

[当复几时见圣世]《全宋文》卷三十五作"当服"。今据《宋书·谢庄传》卷八十五作"当复"。

[赐垂拯助]《南史》卷二十作"接助"，今据《宋书·谢庄传》卷八十五作"拯助"。

【笺注】

[一]据《宋书》《南史》本传，孝建元年，谢庄拜吏部尚书，素多疾，不愿居选部，与大司马江夏王义恭笺自陈。笺，公牍文体名，其中奏笺多用以上皇后、太子、诸王。据《宋书·谢庄传》载："其年，拜吏部尚书。庄素多疾，不愿居选部，与大司马江夏王义恭笺自陈，曰……"谢庄时为左卫将军、吏部尚书，上表求解职，不许，上书自陈，作《与大司马江夏王义恭笺》。结合笺文中"下官新岁便三十五""入年便当更申前请，以死自固"等语，本文当作于宋孝武帝刘骏孝建

元年(454)，谢庄时年三十四岁。

[二]达概，豁达气量。俗，通"欲"，想要。奄忽，死亡。少来，向来。崇达，显贵。

[三]顷年，近年。回薄，循环变化无常。果饕，贪食无厌。贻诮，见笑。

[四]未遑，无暇顾及。诸夏，周代分封的中原各个诸侯国，泛指中原地区。

[五]欵志，诚恳意愿。欵，同"款"。被，领受。非惟，不仅。尘秽，污染。彝序，常道。

[六]胁，身躯两侧自腋下至腰上的部分，亦指肋骨。癖，中医指两胁间的积块。綖，通"延"，延缓。

[七]吸吸惙惙，呼吸急促貌。

[八]恒居死病，长期患有不治之症。牵课，勉强。尫瘵，衰病。忝，有愧于。

[九]朝谒，入朝觐见。庆吊，庆贺与吊慰，即喜事与丧事。

[十]铨综，选拔罗致人材。九流，九品人物。诉，分辩，申辩。圣慈，圣明慈祥，旧称皇帝或皇太后。罔己，不尽。苦剧，艰难复杂。

[十一]事任，承担职务。体气，体质。宠异，帝王给以特殊的尊崇或宠爱。

[十二]哀恕，同情宽恕。辞讷，不善于言辞。

[十三]无年，寿命不长。煎怛，忧虑。可矜，可怜。

[十四]无复物务，没有事务。养疴，养病。

[十五]衡门，隐者所居。动止，行动举止。无假，不须。裨补，增加补益。

[十六]擢授，提升。哀愧，哀伤愧悔。

[十七]自固，巩固自身地位，确保安全。庸近，见识短浅。仰，旧时书牍中的敬词，多用于下对上。彻，透彻。

[十八]侍坐言次，在尊长近旁陪坐言谈之间。赐垂，垂恩赐允，对皇帝的敬辞。

[十九]仰凭，依靠。仰，表敬之词。愍，怜悯。

奏改定刑狱

（大明元年）[一]

臣闻明慎用刑，厥存姬典，哀矜折狱，实晖吕命[二]。罪疑从轻，既前王之格范；宁失弗经，亦列圣之恒训[三]。用能化致升平，道臻恭己[四]。逮汉文伤不辜之罚，除相坐之令，孝宣倍深文之吏，立鞫讯之法，当是时也，号称刑清[五]。陛下践位，亲临听讼，亿兆相贺，以为无冤民矣[六]。而比囹圄未虚，颂声尚缺。臣窃谓五听之慈，弗宣于宰物；三宥之泽，未洽于民谣[七]。顷年军旅余弊，劫掠犹繁，监司讨获，多非其实，或规免身咎，不虑国患，楚对之下，鲜不诬滥[八]。身遭鈇锧之诛，家婴孥戮之痛，比伍同闬，莫不及罪，是则一人罚谬，坐者数十[九]。昔齐女告天，临淄台殒，孝妇冤戮，东海愆阳，此皆符变灵祇，初感景纬[十]。臣近兼讯，见重囚八人，旋观其初，死有余罪，详察其理，实并无辜。恐此等不少，诚可怵惕也[十一]。

旧官长竟因毕,郡遣督邮案验,仍就施刑[十二]。督邮贱吏,非能异于官长,有案验之名,而无研究之实。愚谓此制宜革。自今入重之囚,县考正毕,以事言郡,并送囚身,委二千石亲临核辩,必收声吞衅,然后就戮[十三]。若二千石不能决,乃度廷尉,神州统外,移之刺史,刺史有疑,亦归台狱[十四]。必令死者不怨,生者无恨。庶鬻棺之谚,辍叹于终古;两造之察,流咏于方今[十五]。臣学阒申、韩,才寡治术,轻陈庸管,惧乖国宪[十六]。

【校】

[题]文见《宋书·谢庄传》卷八十五。

【笺注】

[一]刑狱,刑罚。《左传·文公六年》:"正法罪,辟刑狱。"大明元年(457),宋孝武帝起用谢庄为都官尚书以掌管刑法,庄提出改定刑狱的建议。据《宋书·谢庄传》载:"大明元年,起为都官尚书,奏改定刑狱……"又,《宋书·孝武帝纪》载:"(大明元年五月)癸酉,于华林园听讼……(八月)壬寅,于华林园听讼……(十二月)戊戌,于华林园听讼。"结合文中"陛下践位,亲临听讼"等句,知本文当作于刘宋孝武帝大明元年(457),谢庄时年三十七岁。

[二]明慎,明察审慎。厥,副词,乃。姬典,周朝典籍。折狱,判决诉讼案件。吕命,即《尚书·吕命》篇。

[三]格范,格调风范。恒训,常训。

[四]臻,极。恭己,恭谨以律己。

[五]汉文,汉文帝刘恒。不辜,无罪。相坐,谓一人有罪,连及他人。《文子·征明》:"相坐之法立,则百姓怨。"孝宣,汉武帝曾孙汉宣帝刘询。深文,制用法条苛细。鞫讯,审问。清顾炎武《书吴潘二子事》:"当鞫讯时,或有改辞以求脱者,吴子独慷慨大骂。"刑清,刑罚公正清明。《周易·豫》:"圣人以顺动,则刑罚清而民服。"

[六]践位,即位。亿兆,庶民百姓。

[七]五听,审察案情的五种方法。听,判断。《周礼·秋官·小司寇》:"以五声听狱讼,求民情。一曰辞听,二曰色听,三曰气听,四曰耳听,五曰目听。"郑玄注:"观其出言,不直则烦;观其颜色,不直则赧然;观其气息,不直则喘;观其听聆,不直则惑;观其眸子,视不直则眊然。"宰物,从政治民,掌理万物。三宥,古时王、公家族之人犯法,有宽恕三次之制。

[八]余弊,残留之陋俗。监司,监察。讨获,索取。诬滥,虚妄泛滥。

[九]鈇锧,古代斩人刑具,借指腰斩之罪。《公羊传·昭公二十五年》:"子家驹曰:'臣不佞,陷君于大难,君不忍加之以鈇锧,赐之以死。'"何休注:"鈇锧,要斩之罪。"婴,遭受。东晋袁宏《后汉纪》:"今我元元,婴此饥馑。"孥戮,诛及子孙。《尚书·甘誓》:"弗用命,戮于社,予则孥戮汝。"比伍,古时居民的基层编制。《周礼·地官·族师》:"五家为比,十家为联。五人为伍,十人为联。四闾为族,八闾为联。使之相保相受,刑罚庆赏,相相共,以受邦职,以役国事,以相葬埋。"闾,里巷。同闬,指乡里。《汉书·叙传下》:"绾自同闬,镇我北疆,德薄位尊,

非胙惟殃。"

[十]齐女告天，临淄台阴，谓向天诉冤。《文选·江淹〈诣建平王上书〉》："庶女告天，振风袭于齐台。"李善注《淮南子》曰："庶女告天，雷电下击，景公台陨，海水大出。"孝妇冤戮，东海愆阳，昔东海有孝妇，年少守寡，没有子女，小姑诬陷其杀死婆婆，孝妇含冤而死，郡中枯旱三年。于公言其冤屈，太守祭孝妇冢，以谢冤魂，乃天降大雨。阳，指冬暖悖于节。景纬，日与星。《文选·王融〈三月三日曲水诗序〉》："求中和而经处，揆景纬以裁基。"李善注："景，日；纬，星也。"

[十一]旋观，回顾。怵惕，戒惧。《尚书·冏命》："怵惕惟厉，中夜以兴，思免厥愆。"孔传："言常悚惧惟危，夜半以起，思所以免其过悔。"

[十二]官长，旧时行政单位的主管官吏。督邮，官名。汉置，郡的重要属吏，代表太守督察县乡，宣达教令，兼司狱讼捕亡。唐以后废。案验，查询验证。

[十三]二千石，代称"郡守"，汉制，郡守俸禄为二千石，即月俸百二十斛。辩，审辨判明。辩，通"辨"。衅，仇怨。

[十四]廷尉，官名。秦始置，九卿之一，掌刑狱。刺史，古代官名。原为朝廷所派督察地方之官，后沿为地方官职名称。台狱，古时御史台所设的监狱。

[十五]庶鬻棺之谚，指利欲熏心的人，不惜众人遭难。语自《汉书·刑法志》："谚曰：'鬻棺者欲岁之疫。'非憎人欲杀之，利在于人死也。今治狱吏欲陷害人，亦犹此矣。"谚，通"喭"，吊丧。南朝梁刘勰《文心雕龙·书记》："喭者，直语也。丧言亦不及文，故亦称喭。"辍，通"惙"，忧愁。终古，久远。先秦屈原《离骚》："怀朕情而不发兮，余焉能忍而与此终古。"两造，指诉讼的双方，原告和被告。《尚书·吕刑》："两造具备，师听五辞。"孔传："两，谓囚、证；造，至也。"察，明辨。方今，当今。

[十六]阇，通"谙"，熟知。《晋书·刑法志》："故谙事识体者，善权轻重。"申、韩，即"申韩之学"，战国时法家申不害和韩非的并称，代表法家。轻陈，短浅的陈述。庸管，采用法则。惧乖，忧虑违背。国宪，国家的法制或礼仪。

为尚书八座奏封皇子郡王

（作年待考）[一]

臣闻桐珪睦亲，书河汾之策，赐带怀贤，敬东平之祚[二]。谅以训经终始，义洽垣墉，第某皇弟等，器彩明敏[三]。令识颖悟，并宜宪章前典，光启祚宇，作屏王室，式雍帝载[四]。臣等参议，可封郡王。

【校】

[题]文见《艺文类聚》卷五十一。

【笺注】

[一]尚书八座,八座尚书。《晋百官名》:"尚书令,尚书仆射,六尚书,古为八座尚书。"奏,臣下呈送君王的公牍。东汉蔡邕《独断》:"凡群臣上书于天子者,有四名:一曰章,二曰奏,三曰表,四曰驳议……奏者亦需头。其京师官,但言'稽首',下言'稽首以闻'。"确切作年待考①。

[二]桐珪,同"桐圭",谓帝王封拜之符信。《史记·晋世家》:"成王与叔虞戏,削桐叶为珪以与叔虞曰:'以此封若。'……于是遂封叔虞于唐。"睦亲,对宗族和睦,对外亲友好。河汾,黄河、汾水的并称。怀,留恋。东平,汉代东平王刘苍。祚,福运。

[三]训经,谓以国之常法教民。《史记·秦始皇本纪》:"训经宣达,远近毕理,咸承圣志。"义洽,谓道德规范广博。垣墉,指墙,谓坚固。南朝梁刘勰《文心雕龙·程器》:"是以朴斫成而丹雘施,垣墉立而雕杇附。"器彩,谓才学。

[四]颖悟,聪明。宜,使,使合宜。光启,扩大。祚,赐福。帝载,帝王事业。

为尚书八座奏改封郡长公主
(作年待考)[一]

臣闻爵厚懿戚,国之恒典,景祚既新,礼与时渥[二]。永兴等七公主,可封郡长公主[三]。

【校】

[题]文见《艺文类聚》卷五十一。

【笺注】

[一]长公主,一般为皇帝嫡长女或有功的皇女、皇姊妹与皇姑。作年待考。

[二]懿戚,皇亲国戚。恒典,常典。景祚,景福。渥,福泽。

[三]永兴,永兴公主。刘裕称帝,封刘兴弟为永兴公主。宋文帝刘义隆即位,晋封长姐为会稽郡长公主。

为八座太宰江夏王表请封禅
(大明元年,作者存疑)[一]

惟皇天崇称大道始行揖让,迄于有晋,虽聿修前绪而迹沦言废,蔑记于竹素者,焉可单书[二]。绍乾维,建徽号,流风声,被丝管,自无怀以来,可传而不可朽者,七十有四君[三]。罔仁厚而道灭,鲜义浇而德宣,钟律之先,旷世绵绝,难得而闻[四]。《丘》《索》著明者,尚有遗炳[五]。故《易》称"先天弗违""后天奉时"。盖陶唐姚姒商姬之主,莫不由斯道也[六]。是以风化大洽,光熙于后。炎汉二帝,亦

① 赫兆丰将此文系于孝建元年至三年间,参见赫兆丰撰:《谢庄文学创作系年考》,《古籍整理研究学刊》,2022年第6期,第43页。

165

踵曩则，因百姓之心，听舆人之颂，龙驾帝服，镂玉梁甫，昌言明称，告成上灵[七]。况大宋表祥唐虞，受终素德，山龙启符，金玉显瑞，异采腾于轸墟，紫烟蔼于邦甸，锡冕兆九五之征，文豹赴天历之会[八]。诚二祖之幽庆，圣后之冥休[九]。道冠轩、尧，惠深亭毒；而独执冲约，未言封禅之事，四海窃以恧焉[十]。臣闻惟皇配极，惟帝祀天，故能上稽乾式，照临黔首，协和穹昊，膺兹多福[十一]。高祖武皇帝明并日月，光振八区，拯已溺之晋，济横流之世，拨乱宁民，应天受命，鸿徽洽于海表，威棱震乎沙外[十二]。太祖文皇帝体圣履仁，述业兴礼，正乐颂，作象历，明达通于神祇，玄泽被乎上下[十三]。仁孝命世，叡武英挺，遭运屯否，三才烟灭，迺龙飞五洲，凤翔九江，身先八百之期，断出人鬼之表，庆烟应高牙之建，风耀符发迹之辰，亲翦凶逆，躬清昏壒，天地革始，夫妇更造，岂与彼承业继绪，拓复禹迹，车一其轨，书罔异文者，同年而议哉[十四]！今龙麟已至，凤皇已仪，北李已实，灵茅已茂，雕气降雾于宫树，珍露呈味于禁林，嘉禾积穗于殿甍，连理合干于园簌，皆耀质离宫，植根兰圃。至夫霜毫玄文，素翮颋羽，泉河山岳之瑞，草木金石之祥，方畿憬途之谒，抗驿绝祖之奏，彪炳杂沓，粤不可胜言[十五]。太平之应，兹焉富矣。宜其从天人之诚，遵先王之则，备万乘，整法驾，修封泰山，瘗玉岱趾，延乔、松于东序，诏韩、岐于西厢，麾天阍，使启关，谒紫宫、朝太一，奏钧天、咏云门，赞扬幽奥，超声前古，岂不盛哉[十六]！伏愿时命宗伯，具兹典度[十七]。

江淮鄙上之使，结轨于璧门，西鹈北采之译，相望于道路[十八]。

【校】

[题]文见《宋书·礼志》卷三与《初学记》卷十三。明代张溥《汉魏六朝百三家集》有《为八座江夏王请封禅表》，《宋书·礼志》卷三存《太宰江夏王义恭表》，皆无《初学记》卷十三所载："江淮鄙上之使，结轨于璧门，西鹈北采之译，相望于道路"四句，疑有删节，或各是一篇，今合为《为八座太宰江夏王表请封禅》。

【笺注】

[一]八座，又称"八坐"，封建时代中央政府的八种高级官员。夏王，即江夏王刘义恭，南朝刘宋宗室、宰相，宋武帝刘裕第五子。据《宋书·礼志》卷三所引，本文当作于宋孝武帝大明元年(457)，然作者身份存疑待考。谢庄时年三十七岁，起为都官尚书。

[二]揖让，古之宾主相见礼节，此谓礼乐文德。《周礼·秋官·司仪》："司仪掌九仪之宾客摈相之礼，以诏仪容、辞令、揖让之节。"《汉书·礼乐志》："揖让而天下治者，礼乐之谓也。"聿修，继承发扬先人的德业。《诗经·大雅》："无念尔祖，聿修厥德。"迹沦言废，谓踪迹不可寻觅，著述不复存在。竹素，即竹帛，史册书籍之谓。《三国志·吴志·陆凯传》："明王圣主取士以贤，不拘卑贱，故其功德洋溢，名流竹素。"

[三]乾维，天的纲维，谓朝纲君权。徽号，尊崇帝后或其先王及宗庙等的称号。

[四]义浇,谓薄德寡义。浇,浮薄,浅薄。《庄子·缮性》:"浇醇散朴。"《玉篇·水部》:"浇,薄也。"

[五]《丘》《索》,即《九丘》《八索》,传说中三皇五帝时期之古书,《左传·昭公十二年》:"是良史也,子善视之。是能读《三坟》《五典》《八索》《九丘》。"遗炳,余辉。

[六]先天弗违,后天奉时,意为先于天时而天不违背人意,后于天时,人则尊奉天时。语自《周易·乾·文言》:"先天而天弗违,后天而奉天时。"姚姒,即虞舜和夏禹。相传舜为姚姓,禹为姒姓,故称。《宋书·礼志三》:"盖陶唐姚姒商姬之主,莫不由斯道也。"

[七]曩,以往。舆人,谓众人。《国语·晋语三》:"惠公入,而背外内之赂。舆人诵之。"韦昭注:"舆,众也。"梁甫,即梁父,泰山下之小山,古时死人丛葬之地。

[八]邦甸,公邑之田所在,王都郊外之地。《尚书·武成》:"邦甸侯卫,骏奔走,执豆笾。"孔传:"邦国甸侯卫服诸侯皆大奔走于庙执事。"文豹,豹子。因其皮有斑文,故称。

[九]冥休,谓阴间离婚。冥,古有冥婚,为亡人觅配偶。休,休书。

[十]亭毒,养育,化育。《老子》:"长之育之,亭之毒之,养之覆之。"《文选·刘孝标〈辩命论〉》:"生之无亭毒之心,死之岂虔刘之志。"李周翰注:"亭、毒,均养也。"冲约,淡泊俭约。《晋书·乐广传》:"性冲约,有远识,寡嗜欲,与物无竞。"恶,惭愧。《说文解字·心部》:"恶,惭也。从心,而声。"

[十一]乾式,天道。黔首,百姓。《礼记·祭义》:"明命鬼神,以为黔首则。"郑玄注:"黔首,谓民也。"孔颖达疏:"黔首,谓万民也。黔,谓黑也。凡人以黑巾覆头,故谓之黔首。"穹昊,穹苍。《周书·宣帝纪》:"穹昊在上,聪明自下。"

[十二]海表,海外,中国四境以外僻远之地。沙外,北方边远地区。

[十三]履仁,躬行仁道。玄泽,圣恩。《文选·应祯〈晋武帝华林园集诗〉》:"玄泽滂流,仁风潜扇。"李善注:"玄泽,圣恩也。"

[十四]屯否,《周易》的《屯》卦和《否》卦的并称,艰难困顿之谓。东汉王粲《初征赋》:"逢屯否而底滞兮,忽长幼以羁旅。"高牙,牙旗。《文选·潘岳〈关中诗〉》:"桓桓梁征,高牙乃建。"李善注:"牙,牙旗也。兵书曰:牙旗,将军之旗。"李周翰注:"牙,大旗也。"此谓高官官衔。昏壒,阴暗之飞尘,喻动乱。拓复,恢复扩大。

[十五]霜毫,白色兽毛。玄文,黑色花纹。先秦屈原《九章·怀沙》:"玄文处幽兮,蒙瞍谓之不章。"姜亮夫校注:"玄文,黑文也。"素翮,白色鸟翅。赪羽,红色羽毛。憬途,远途。彪炳,文采焕发。杂沓,纷杂繁多貌。粤,古与"曰"通用,用于句首。《尔雅》:"粤,曰也。又,于也。"胜言,尽言。

[十六]万乘,万辆兵车。古时一车四马为一乘。《韩非子·五蠹》:"万乘之国莫敢自顿于坚城之下,而使强敌裁其弊也。"法驾,天子车驾的一种。天子的卤簿分大驾、法驾、小驾三种,其仪卫之繁简各有不同。《史记·吕太后本纪》:"乃奉天子法驾,迎代王于邸。"裴骃集解引蔡邕曰:"天子有大驾、小驾、法驾。法驾上所乘,曰金根车,驾六马,有五时副车,皆驾四马,侍中参乘,属车三十六乘。"瘗玉,古代祭山礼仪,治礼毕埋玉于坑。《汉书·武帝纪》:"(天汉三年)三月,(武帝)行幸泰山,修封,祀明堂,因受计。还幸北地,祠常山,瘗玄玉。"三国魏邓展注:

"瘗，埋也。"东序，相传为夏代的大学，也是国老养老之所。《礼记·王制》："夏后氏养国老于东序。"天阍，天帝的守门人。先秦屈原《远游》："命天阍其开关兮，排阊阖而望予。"紫宫，星官名，紫微垣，借指帝王宫禁。钧天，即"钧天广乐"，天上的音乐。原指传说中天帝住的地方，引申为帝王。云门，周六乐舞之一，用于祭祀天神，相传为黄帝时所作。

[十七]宗伯，官名，掌宗庙祭祀等事，即后世礼部之职。

[十八]鄗，山名，在今河南荥阳境内。结轨，轨迹交结，形容车辆络绎不绝。璧门，宫门。西鹣，即比翼鸟。《史记·封禅书》："东海致比目之鱼，西海致比翼之鸟。"北采，山名，今址不详。译，通"绎"，寻绎。

黄门侍郎刘琨之诔

（大明三年）[一]

秋风散兮凉叶稀，出吴州兮谢江几[二]。瞻国门兮耸云路，睇旧里兮惊客衣[三]。魂终朝而三夺，心一夜而九飞。过建春兮背阙庭，历承明兮去城辇[四]。旌徘徊而北系，辒逶迟而不转[五]。挽掩隧而辛嘶。骥含愁而鸣俛[六]。顾物色之共伤，见车徒之相泫[七]。

【校】

[题]文见《艺文类聚》卷四十八。

【笺注】

[一]黄门侍郎，官名。南朝以后掌管机密文件，备皇帝顾问，地位日益重要。刘琨之，宋武帝刘裕族弟刘遵考之子，为刘宋文帝六子竟陵王刘诞的司空主簿。后诞叛变，命其为中兵参军，琨之推辞不受，被刘诞杀害。后赠黄门郎，帝诏庄作诔。据《宋书·宗室传》载："（刘遵考）子澄之，顺帝升明末贵达。澄之弟琨之，为竟陵王诞司空主簿。（大明三年四月）诞作乱，以为中兵参军，不就，絷系数十日，终不受，乃杀之。追赠黄门郎。诏吏部尚书谢庄为之诔。"又，《宋书·孝武帝纪》载："（秋七月）克广陵城，斩诞。悉诛城内男丁，以女口为军赏；是日解严。"本诔当作于刘宋孝武帝大明三年(459)七月，谢庄时年三十九岁。

[二]吴州，北周所置，今江苏江都县。谢，离开。江几，江畿，长江附近之地。南朝梁何逊《行经孙氏陵》："呼噏开伯道，叱咤掩江畿。"

[三]睇，眼睛斜看。客衣，客行者之衣着。

[四]建春，古代洛阳城门名。《文选》李善注引《河南郡境界簿》："洛阳县东城，第一建春门。"承明，古代天子左右路寝称承明，因承接明堂之后，故称"承明"，西汉刘向《说苑·修文》："守文之君之寝曰左右之路寝，谓之承明何？曰：承乎明堂之后者也。"城辇，指京城，旧称帝王所居为辇下。

[五]辒，运棺柩之车。逶迟，徐行貌。南朝梁江淹《别赋》："舟凝滞于水滨，车逶迟于山侧。"

［六］挽，哀悼。隧，墓道。俛，同"俯"，屈身低头。

［七］物色，景色。车徒，车马和仆从。泫，流泪。《陈书·陆瑜传》："遗迹余文，触目增泫。"

司空何尚之墓志

（大明四年）^[一]

远源长澜，自晋徂韩^[二]。潜川韬玉，霍岫腾鸾^[三]。处华民瞻，出光帝难^[四]。寂寞寿仁，茫昧报施^[五]。调于饪归，经难褰寄^[六]。晻暎留芳，烟煴作义^[七]。

【校】

［题］文见《艺文类聚》卷四十七。

【笺注】

［一］何尚之，字彦德，刘宋庐江灊人。尚之少时为陈郡谢混所知，与之游处。曾任中书侍郎、黄门侍郎、吏部尚书等职。大明四年（460），薨于位，时年七十九。追赠司空，侍中、中书令如故，谥曰简穆公。墓志，放在墓里刻有死者生平事迹的石刻。明吴讷《文章辨体序说》："墓志，则直述世系、岁月、名字、爵里，用防陵谷迁改。埋铭、墓记，则墓志异名。"据《宋书·何尚之传》载："（大明）四年，疾笃，诏遣侍中沈怀文、黄门侍郎王钊问疾。薨于位，时年七十九。追赠司空，侍中、中书令如故。"何尚之卒于公元460年，故本文当作于刘宋孝武帝大明四年（460），谢庄时年四十岁。

［二］澜，大波浪。《说文解字·水部》："澜，大波也。"徂，至。

［三］韬，蕴含。霍，围绕貌。岫，峰峦。腾鸾，凤凰腾跃。

［四］出，显露。难，恭敬。

［五］寂寞，辞世。唐杜甫《凤凰台》："西伯今寂寞，凤声久悠悠。"仁，仁人。茫昧，模糊不清。报施，谓报答。语自《左传·僖公二十四年》："报者倦矣，施者未厌。"杜预注："施，功劳也，有劳则望报过甚。"

［六］饪，煮熟，此谓死亡。褰，断绝。《文选·陆机〈拟行行重行行〉》："惊飙褰反信，归云难寄音。"吕向注："褰，绝也。惊风之来艳其反信，归云之去难以寄音。"

［七］晻暎，同"掩映"，彼此遮掩而互相衬托。烟煴，阴阳二气和合貌。《文选·张衡〈思玄赋〉》："天地烟煴，百卉含蓝。"旧注："烟煴，和貌。"李善注："《周易》曰：'天地烟煴，万物化醇。'"

上封禅仪注疏

（大明四年，作者存疑）^[一]

四年四月辛亥，有司奏曰：

臣闻崇号建极，必观俗以树教；正位居体，必採世以立言^[二]。是以重代列圣，咸由厥道。玄勤上烈，融章未分，鸣光委绪，歇而闳藏^[三]。若其显谥腾轨，则系缀声采,征略闻听[四]。爰洎姬、汉,风流尚存,遗芬余荣,绵映纪纬[五]。虽年绝世祀,代革精华,可得腾金彩,奏玉润,镂迹以燝今,镌德以丽远[六]。而四望埋禋歌之礼,日观弛修封之容,岂非神明之业难崇,功基之迹易泯[七]。自兹以降,讫于季末,莫不欲英弘徽位,详固洪声[八]。岂徒深默修文,渊幽驭世而已。谅以滕非虚奏,书匪妄埋,击雨恕神,淳荫复树,安得紫坛肃扺,竹宫载仁,散火投郊,流星奔座[九]。宝纬初基,厌灵命历,德振弛维,功济沦象,玄浸纷流,华液幽润,规存永驭,思详树远[十]。

太祖文皇帝以启遘泰运,景望震凝,采乐调风,集礼宣度,祖宗相映,轨迹重晖[十一]。圣上韫篆蕃河,仁翔衡汉,金波掩照,华耀停明,运动时来,跃飞风举,澄氛海、岱,开景中区,歆神还灵,颊天重耀,储正凝位于兼明,衮岳蕃华于元列[十二]。故以祥映昌基,系发篆素。重以班朝待典,饰令详仪,纂综沦芜,搜腾委逸,奏玉郊宫,禋珪玄畴,景集天庙,脉壤祥农,节至听阳,川丘夙礼,纲威巡止,表绥中甸,史流其咏,民挹其风[十三]。于是涵迹视阴,振声威响,历代之渠,沉□望内,安侯之长,贤王入侍,殊生诡气,奉俗还乡,羽族卉仪,怀音革状,边帛绝书,权光弛烛[十四]。天岱发灵,宗河开宝,崇丘沦鼎,振采泗渊,云皇王岳,搞藻□汉,并角即音,栖翔禁御,衮甲霜昩,翩舞川肆,荣泉流镜,后昭河源,故以波沸外关,云蒸内泽[十五]。若其雪趾青毳,玄文朱彩,日月郊甸,择木弄音[十六]。重以荣露腾轩,萧云掩阁,镐颖孳萌,移华渊禁,山舆仁衡,云鹣竦翼,海鳒泳流,江茅吐荫[十七]。校书之列,仰笔以饰辞,济、代之蕃,献邑以待礼[十八]。岂非神飔气昌,物瑞云照,蒲轩龟轸,□泉淳芳[十九]。

太宰江夏王臣义恭咀道遵英,抽奇丽古,该润图史,施详闿载,表以功懋往初,德耀炎、昊,升文中岱,登牒天关,耀冠荣名,摛振声号[二十]。而道谦称首,礼以虚挹,将使玄祇缺观,幽瑞乖期,梁甫无盛德之容,介丘靡升闻之响[二十一]。加穷泉之野,献八代之驷,交木之乡,奠绝金之楛,肃灵重表,珍符兼觌[二十二]。伏惟陛下谟详渊载,衍属休章,依征圣灵,润色声业,诹辰稽古,肃齐警列,儒僚展采,礼官相仪,悬蕤动音,洪钟竦节,阳路整卫,正途清禁[二十三]。于是绩环佩,端玉藻,鸣凤仁律,腾驾流文,间彩比象之容,昭明纪数之服[二十四]。徽焯天阵,容藻神行,翠盖怀阴,羽华列照[二十五]。乃诏联事掌祭,宾客赞仪,金支宿县,镛石润响[二十六]。命五神以相列,辟九关以集灵,警卫兵而开云,先雨祇以洒路[二十七]。霞凝生阙,烟起成宫,台冠丹光,坛浮素霭[二十八]。尔乃临中坛,备盛礼,天降祥锡,寿固皇根,谷动神音,山传称响[二十九]。然后辨年问老,陈诗观俗,归荐告神,奉遗清庙[三十]。光美之盛,彰乎万古;渊祥之烈,溢乎无穷[三十一]。岂不盛欤!

臣等生接昌辰，肃懋明世，束教管闻，未足言道[三十二]。且章志湮微，代往沦绝，拘采遗文，辩明训诂□□□□篷访邹、鲁，草滕书埋玉之礼，具竦石绳金之仪，和芝润瑛，镌玺乾封[三十三]。惧弗轨属上徽，辉当王则[三十四]。谨奉仪注以闻。

【校】

[题]文见《宋书·礼志》卷十六，又见张燮《七十二家集·谢光禄集》。

【笺注】

[一]仪注，即制度，仪节。大抵汉以来历朝皆有仪注，唐前仪注多见于《隋书·经籍志》，如《封禅仪》《军仪注》《嘉仪注》等，仪注为礼的重要组成部分，多为讲究进退俯仰、登降折旋的仪节。据文中"四年四月"等句，暂系本文于刘宋孝武帝大明四年(460)。《宋书·礼志》所载未标作者，以"有司"代之，张燮《七十二家集·谢光禄集》系名于谢庄，今存疑待考。

[二]崇号，尊贵的爵位。《后汉书·窦宪传论》："当青病奴仆之时，窦将军念咎之日，乃庸力之不暇，思鸣之无晨，何意裂膏腴、享崇号乎?"建极，谓帝王即位。

[三]重代，累代，累世。列圣，谓历代帝王、圣人。上烈，谓上代建有勋业者。《后汉书·臧宫传论》："虽怀玺纡绂，跨陵州县，殊名诡号，千队为群，尚未足以为比功上烈也。"

[四]显谥，昭彰帝王、贵族、大臣等生前事迹的称号。声采，声誉。闻听，听闻，多指上达帝王。

[五]爰，句首发语词，于，从。洎，到达。姬、汉，周朝和汉朝。遗芬，喻前人留下之盛德美名。

[六]世祀，世代祭祀，《左传·僖公十二年》："管氏之世祀也宜哉!"金彩，犹光彩。玉润，如玉般润朗光滑。镂，雕刻。燻，同"熏"，侵染。镌，雕刻。

[七]裎歌，升烟祭天以求福之歌。

[八]徽位，大位，帝位。洪声，大名声。

[九]深默，犹沉默。驭世，犹驭宇。《广韵》："驭，使马也。驭，古文御。"紫坛，紫色祭坛，谓帝王祭祀大典所用之祭坛。《汉书·礼乐志》："爰熙紫坛，思求厥路。"颜师古注："紫坛，坛紫色也。"

[十]弛维，废弛之纲纪。浸，熏陶。幽润，幽洁润泽。

[十一]泰运，大运。景望，崇高之声望。震凝，威望高而影响远及边地。调风，整顿风俗。重晖，谓前后相继的光辉业绩。东晋袁宏《三国名臣序赞》："仁义在躬，用之不匮。尚想重晖，载挹载味。"

[十二]韫箓，谓承受天命。衡汉，天宇，喻京都或宫苑。金波，光照若金之流波。海、岱，指青、徐二州。《尚书·禹贡》："海岱惟青州。"孔传："东北据海，西南距岱。"开景，开辟光明之局面。蕃华，谓盛开之花。

[十三]昌基，昌盛的基业。篆素，写篆书于素帛。班朝，谓整肃朝班。饰令，修整条令。纂综，纂集综合。沦芜，散乱。挹，汲取。

[十四]诡气，奇异之气。羽族，鸟类。权光，烽火。

[十五]发灵，显示灵验。天岱、宗河，谓祀天祀地之所，指六宗中的泰山、黄河。六宗有日、月、北辰之三天宗与岱山、河、海之三地宗。沦鼎，大鼎湮没，谓贵族之亡。《史记·封禅书》："周德衰，宋之社亡，鼎乃沦没，伏而不见。"泗渊，泗水。《水经注·泗水》："周显王四十二年，九鼎沦没泗渊。秦始皇时，而鼎见于斯水。"并角，应两角而合成一角。栖翔，止息与飞翔。禁御，禁止奸盗等犯罪活动的措施和效果。《左传·昭公六年》："昔先王议事以制，不为刑辟，惧民之有争心也，犹不可禁御，是故闲之以义，纠之以政，行之以礼，守之以信，奉之以仁。"咮，成鸟之喙。翩，飞翔。荣泉，清泉，美泉。

[十六]毳，鸟兽的青色细毛。玄文，黑色花纹。先秦屈原《九章·怀沙》："玄文处幽兮，蒙瞍谓之不章。"姜亮夫校注："玄文，黑文也。"朱彩，红色花纹。彩，花纹。择木，鸟兽选择树木栖息。弄音，禽鸟宛转鸣叫。

[十七]荣露，即甘露，古以降甘露为一种瑞兆。腾轩，腾跃高举。镐，即镐京，西周都城，今陕西西安附近。颍，即颍河，水名，在河南中部。孶萌，萌生，发生。云鹣，即鹣，比翼鸟。竦，同"耸"，耸动。海鲽，即鲽，比目鱼。与鹣一样，皆雌雄同行，后人以"鹣鲽情深"喻夫妻恩爱。

[十八]校书，校勘书籍。仰笔，仰赖书写。饰辞，修饰文辞。献邑，献出都邑。《史记·刺客列传》："曹沫者，鲁人也，以勇力事鲁庄公。庄公好力。曹沫为鲁将，与齐战，三败北。鲁庄公惧，乃献遂邑之地以和。犹复以为将。"待礼，以礼相待。

[十九]緫，和谐。蒱，即樗蒱。古之博戏，后指赌博。龟，即北方玄武七宿，其形如龟，又称龟蛇。轸，即轸宿，星宿名，南方七宿之一，居朱雀之尾。

[二十]咀，体味。《说文解字·口部》："咀，含味也。"丽古，依循往古。阒载，珍藏的典籍。炎、昊，炎帝神农氏与太昊伏羲氏。中岱，泰山。摘振，施展。升中，古代帝王登山祭天上告，五岳高如在天中，登高近天以告天帝表其诚，后世伪为封禅之说。

[二十一]虚挹，谦抑。玄祇，指天神、地祇。乖，违背。梁父，泰山下的小山，也指古时死人丛葬之地。介丘，微小的土山。西汉扬雄《法言·吾子》："升东岳而知众山之逦迤也，况介丘乎？"宋咸注："逦迤，犹卑眇也。介，小也。"靡，无。《诗经·邶风·泉水》："有怀于卫，靡日不思。"郑玄笺："靡，无也。"

[二十二]八代，八世。《文选·陆机〈辩亡论上〉》："于是讲八代之礼，蒐三王之乐。"李善注："八代，三皇、五帝也。"楛，荆类植物，茎可制箭杆。贶，赐予。《说文解字·贝部》："贶，赐也。"

[二十三]诹辰，犹诹吉，选择吉日。蕤，花木茂盛下垂之态。《说文解字·艸部》："蕤，草木华垂貌。"竦，同"耸"，耸动。正途，犹正道。东汉赵岐《〈孟子〉题辞解》："孟子闵悼尧、舜、汤、文、周、孔之业，将遂湮微，正途壅底，仁义荒怠，佞伪驰骋，红紫乱朱。"

[二十四]彩，花纹。比象，比拟象征。《左传·桓公二年》："五色比象，昭其物也。"杜预注："车服器械之有五色，皆以比象天地四方，以示器物不虚设。"

[二十五]徽，美好。《文选·左思〈魏都赋〉》："乾坤交泰而细缊，嘉祥徽显而豫作。"李周

翰注："徽，美也。"焯，明亮。《说文解字·火部》："焯，明也。从火卓声。《周书》曰：'焯见三有俊心。'"

[二十六]宿，星宿。镛，奏乐时表示节拍的大钟。

[二十七]五神，五方之神，指勾芒、祝融、后土、蓐收、玄冥。九关，九重天门或九天之关。先秦屈原《招魂》："魂兮归来，君无上天些。虎豹九关，啄害下人些。"王逸注："言天门凡有九重，使神虎豹执其关闭。"雨祇，司雨之神。

[二十八]阙，宫廷。西汉王褒《四子讲德论》："是以海内欢慕，莫不风驰雨集，袭杂并至，填庭溢阙。"

[二十九]中坛，古代为举行郊祀、封禅等大典而设的高台。《汉书·礼乐志》："帝临中坛，四方承宇。"

[三十]陈诗，采献民间诗歌。《礼记·王制》："命大师陈诗，以观民风。"郑玄注："陈诗，谓采其诗而视之。"孔颖达疏："此谓王巡守见诸侯毕，乃命其方诸侯大师是掌乐之官，各陈其国风之诗，以观其政令之善恶。"奉遗，赠送财物。清庙，太庙。《文选·司马相如〈上林赋〉》："登明堂，坐清庙。"郭璞注："清庙，太庙也。"

[三十一]光美，盛德美名。渊祥，深远吉善。

[三十二]昌辰，盛世。唐刘禹锡《代慰义阳公主薨表》："岂意遘兹短历，奄谢昌辰。"肃懋，慎勉。

[三十三]湮微，没落衰微。东汉赵岐《〈孟子〉题辞解》："孟子闵悼尧、舜、汤、文、周、孔之业，将遂湮微。"籓访，往访。籓，通"造"。滕书，帝王封禅所用金绳函封的玉册。埋玉，埋玉，一种祭神仪式。竦石，耸立的石头。乾封，晒干新筑的祭坛。封，封禅时所建祭坛。

[三十四]辉，光芒。《诗经·小雅·庭燎》："夜如何其。夜乡晨，庭燎有辉。"

皇太子妃哀策文
（大明五年）[一]

楹凝桂酒，庭肃龙辒，风吹国路，云起郊门[二]。皇帝伤总緌之掩彩，悼副祎之灭华[三]。行光既晏，长河又斜，顾而言曰：琁瑶有毁，郁烈无烟[四]。翦素裁简，授之史臣，其辞曰：

霍岫亏天，瀷流凝汉，祥发桐珪，庆昭金筭[五]。毓景帝出，飞芳戚闱。秘仪施谷，升音集灌[六]。月晷几望，娣袂维良，释帏春宫，承筐少阳[七]。五叶衍藻，四训抽光，葳蕤蕙振，婉娈琼相[八]。清徽就远，裖袗方搏，临华罢翠，当晔收兰[九]。复殿生响，长庑结寒，节移虚馈，气变容衣[十]。中庭草蔓，阶上萤飞，伤荣里第，痛溢朝闱[十一]。霜侵烛昧，风密帏凄，惊葭夕转，龙骖夜嘶[十二]。筵既诀分奠既撤，背青阙兮去神闱[十三]。旌掩郁而还泛，盖透迟而顾低[十四]。素绋敛维，华輴解驭。山巇恒阴，松阿不曙[十五]。离天渥兮就销沉，委白日兮即冥暮[十六]。菊有秀兮蘅有芬，德方远兮声弥树[十七]。

【校】

［题］文见《艺文类聚》卷十六。

［楹凝桂酒］《全宋文》卷三十五作"桂奠"，今据《艺文类聚》作"桂酒"。

［风吹国路］《全宋文》卷三十五作"风沉"，今据《艺文类聚》作"风吹"。

［伤荣里第］《全宋文》卷三十五作"伤萦"，今据《艺文类聚》作"伤荣"。

【笺注】

［一］皇太子妃，前废帝何皇后，讳令婉，庐江灊人。孝建三年(456)，纳为皇太子妃。大明五年(461)，薨于东宫徽光殿，时年十七，谥曰献妃。废帝即位，追崇献妃曰献皇后。哀策，即哀册，文体的一种。封建时代颂扬帝王、后妃生前功德的韵文多书于玉石木竹之上，行葬礼时由太史令读后埋于陵中。古代帝王死后，将遣葬日举行"遣奠"时所读的最后一篇祭文刻于册上，埋入陵中，称为哀策，或哀册。据《宋书·后妃传》载："前废帝何皇后，讳令婉，庐江灊人也。孝建三年，纳为皇太子妃。大明五年，薨于东宫徽光殿，谥曰献妃。废帝即位，追崇曰献皇后。明帝践阼，迁后与废帝合葬龙山北。""(大明)五年，(谢庄)又为侍中，领前军将军。"本文当作于刘宋孝武帝大明五年(461)，谢庄时年四十一岁。

［二］楹，厅堂前柱。辒，辒车，丧车，古代的一种卧车。郊门，郊关。《孟子·梁惠王下》："臣闻郊关之内，有囿方四十里。杀其麋鹿者，如杀人之罪。"赵岐注："郊关，齐四境之郊皆有关。"

［三］縗，覆盖尸体的衣衾。彩，花纹。副袆，王后的首饰和上服。

［四］行光，水中闪烁之光影。晏，尽。长河，天河，银河。琁瑶，玉颜。琁，同"璇"。郁烈，香气浓烈。

［五］翦，裁，修整，谓写作。霍岫，围绕峰峦。灊，古水名，今四川境内渠江。汉，汉水，汉江，为长江最长的支流。桐珪，帝王封拜之符信。《史记·晋世家》："成王与叔虞戏，削桐叶为珪以与叔虞曰：'以此封若。'……于是遂封虞于唐。"金箓，选妃之美称。

［六］毓，产生。《广雅》："毓，长也，稚也。"芳，懿德美誉。戚闱，贵戚居处。秘仪，隐藏仪形。《文选·颜延之〈宋文皇帝元皇后哀策文〉》："昭哉世族，祥发庆膺。秘仪景胄，图光玉绳。"李周翰注："秘，闭。景，大。胄，胤也。言后在室时，闭藏仪形于大族之家；及配于帝，图发容光于玉绳之内。宋有玉绳殿。"施谷，古时山中夹道。

［七］月晷，古时用月亮位置来指示时间的仪器，晷，影。袂，衣袖。《周易·归妹》："帝乙归妹，其君之袂，不如其娣之袂良。"王弼注："袂，衣袖，所以为礼容者也。"春宫，即东宫，太子宫。筐，盛物的竹器。少阳，指太子。

［八］五叶，五代，五世。训，教导。抽，萌发。婉娈，柔媚。

［九］清徽，高尚情操。祲沴，邪恶之气。晔，盛美。

［十］复殿，重叠的宫殿。响，回声。长庑，堂下四周较长的廊屋。容衣，又称魂衣，帝王生前的衣冠，陈设以供人祭奠。

［十一］蔓，草木茂盛貌。三国魏曹植《临观赋》："丘陵崛兮松柏青，南园蔓兮果载荣。"里第，私宅。

[十二]昧，不明显。莨，通"笳"，古管乐器。转，转调。龙骖，为皇帝驾车的骏马。

[十三]奠，祭品。青阙，宫阙，朝廷。南朝宋颜延之《直东宫答郑尚书道子》："流云蔼青阙，皓月鉴丹宫。"

[十四]掩郁，不明貌。逶迟，徐行貌。南朝梁江淹《别赋》："舟凝滞于水滨，车逶迟于山侧。"

[十五]軿，有帷盖的车子。《说文解字·车部》："軿，辎车也。"朱骏声："辎軿皆衣车，前后皆蔽曰辎，前有蔽曰軿。"松阿，生长松树的山陵，泛指山林。

[十六]销沉，凋落。白日，光阴。冥暮，喻晚年。

[十七]蘅，香草名，即杜蘅。

殷贵妃谥策文

（大明六年）[一]

维年月日，皇帝曰：咨故淑仪殷氏，惟尔含徽挺懋[二]。爰光素里，友琴流荇，实华紫掖，奉轩景以柔明发迹，处椒风以婉娈升名[三]。幽闲之范，日蔼层闱；繁祉之庆，方隆蕃世[四]。而当春掩藻，中波灭源[五]。朕用震悼，伤于厥心，松区已剪，泉冥将遂，宜旌德第行，式衍声芳[六]。今遣某官某册告谥曰宣，魂而有灵，尚兹宠渥，呜呼哀哉[七]。

【校】

[题]文见《艺文类聚》卷十五。

[惟尔含徽挺懋]《初学记》卷十作"挺茂"，今据《艺文类聚》卷十五作"挺懋"。

[奉轩景以柔明发迹]《初学记》卷十作"登誉"，今据《艺文类聚》卷十五作"发迹"。

[处椒风以婉娈升名]《全宋文》卷三十五作"婉娈"，今据《艺文类聚》卷十五作"婉娈"。

[今遣某官某册告谥曰宣]原无此十字，今据《全宋文》卷三十五补。

【笺注】

[一]张溥题名《宣贵妃谥册文》。殷贵妃，孝武帝刘骏宠妃，生始平孝敬王子鸾。策文，古代祭皇帝陵墓所用的哀策文体。史载，大明六年（462），四月，孝武帝宠妃宣贵妃薨，群臣作文哀悼，谢庄之作让刘骏流涕而叹："不谓当今复有此才。"本文当作于刘宋孝武帝大明六年（462），谢庄时年四十二岁。

[二]徽，美善。《尔雅·释诂》："徽，善也。"挺懋，杰出美好。

[三]爰，句首调节语气的助词，无义。素里，平常街巷。友琴，语自《诗经·周南·关雎》："窈窕淑女，琴瑟友之。"流荇，语自《诗经·周南·关雎》："参差荇菜，左右流之。"轩景，高敞明朗之景色。椒风，嫔妃住处。婉娈，柔顺。

[四]幽闲，柔顺娴静。繁祉，多福祉。

[五]掩藻，遮掩华美（辞藻）。中波，水中。

[六]震悼，惊愕悲悼。泉冥，阴间。遂，通"邃"，深远貌。旌德，表彰有德之人。第行，行第，在家族同辈中的排行。式衍，用以散布。声芳，美好之声名。

[七]宠渥，帝王的宠爱与恩泽。《周书·儒林传》："祗承宠渥，不忘恋本，深足嘉尚。"

宋孝武宣贵妃诔（并序）

（大明六年）[一]

　　惟大明六年夏四月壬子，宣贵妃薨[二]。律谷罢煖，龙乡辍晓[三]。照车去魏，联城辞赵[四]。皇帝痛披殿之既闻，悼泉途之已宫[五]。巡步檐而临蕙路，集重阳而望椒风[六]。呜呼哀哉！天宠方降，王姬下姻[七]。肃雍揆景，陟屺爱臻。国轸丧淑之伤，家凝寘庇之怨[八]。敢撰德于旂旐，庶图芳于钟万[九]。其辞曰：

　　玄丘烟煴，瑶台降芬[十]。高唐渫雨，巫山郁云[十一]。诞发兰仪，光启玉度[十二]。望月方娥，瞻星比婺[十三]。毓德素里，摛景宸轩[十四]。处丽绵纷，出懋苹蘩[十五]。修诗贲道，称图照言[十六]。翼训姒幄，赞轨尧门[十七]。绸缪史馆，容与经闱[十八]。《陈风》缉藻，临《象》分微[十九]。游艺殚数，抚律穷机[二十]。踌躇冬爱，怊怅秋晖。展如之华，寔邦之媛[二十一]。敬勤显阳，肃恭崇宪[二十二]。奉荣维约，承慈以逊。逮下延和，临朋违怨[二十三]。祚灵集祉，庆蔼迎祥[二十四]。皇胤璿式，帝女金相[二十五]。联跗齐颖，接萼均芳[二十六]。以蕃以牧，烛代辉梁[二十七]。视朔书氛，观台告祲[二十八]。八颂局和，六祈辍渗[二十九]。衡緫灭容，翚翟毁袿[三十]。掩彩瑶光，收华紫禁[三十一]。呜呼哀哉！

　　帷轩夕改，鞟辂晨迁[三十二]。离宫天邃，别殿云悬。灵衣虚袭，组帐空烟[三十三]。巾见余轴，匣有遗弦[三十四]。呜呼哀哉！

　　移气朔兮变罗纨，白露凝兮岁将阑[三十五]。庭树惊兮中帷响，金釭暖兮玉座寒[三十六]。纯孝擗其俱毁，共气摧其同栾[三十七]。仰昊天之莫报，怨凯风之徒攀[三十八]。茫昧与善，寂寥余庆。丧过乎哀，棘实灭性[三十九]。世覆冲华，国虚渊令[四十]。呜呼哀哉！

　　题凑既肃，龟筮既辰[四十一]。阶撤两奠，庭引双輴[四十二]。维慕维爱，曰子曰身[四十三]。恸皇情于容物，崩列辟于上旻[四十四]。崇徽章而出寰甸，照殊策而去城闉[四十五]。呜呼哀哉！

　　经建春而右转，循闾阖而迳渡[四十六]。旐委郁于飞飞，龙逶迟于步步。锵楚挽于槐风，咽边箫于松雾[四十七]。涉姑繇而环迴，望乐池而顾慕[四十八]。呜呼哀哉！

　　晨辒解凤，晓盖俄金[四十九]。山庭寝日，隧路抽阴[五十]。重扃閟兮灯已黯，中泉寂兮此夜深[五十一]。销神躬于壤末，散灵魄于天浔[五十二]。响乘气兮兰驭风，德

176

有远兮声无穷^[五十三]。呜呼哀哉！

【校】

［题］文见《文选》卷五十七。

［律谷罢煖］《艺文类聚》卷十五、《文选》室町本、北宋本、陈八郎本并作"罢煊"，今据《文选》李善本卷五十七作"罢煖"。

［天宠方降］《文选》九条本、室町本、陈八郎本、朝鲜正德本、奎章阁本并作"方隆"，今据《文选》李善本卷五十七作"方降"。

［家凝寘庇之怨］《文选》九条本、陈八郎本、朝鲜正德本、奎章阁本并作"阴姝"，《艺文类聚》卷十五作"寘姝"，今据《文选》李善本卷五十七作"寘庇"。

［敢撰德于旂旐］《文选》九条本作"所旐"，今据《文选》李善本卷五十七作"旂旐"。

［庶图芳于钟万］《文选》李善本卷五十七作"芳庶图于钟万"，今据《艺文类聚》卷十五作"庶图芳于钟万"。

［高唐潒雨］《艺文类聚》卷十五作"泄雨"，今据《文选》李善本卷五十七作"潒雨"。

［揵景宸轩］《全宋文》卷三十五作"栖景"，今据《文选》卷五十七作"揵景"。

［处丽絺绤］《文选》北宋本作"絺紘"，今据《文选》李善本卷五十七作"絺绤"。

［称图照言］《艺文类聚》卷十五作"昭言"，今据《文选》卷五十七作"照言"。

［翼训姒幄］《艺文类聚》卷十五作"姚幄"，今据《文选》卷五十七作"姒幄"。

［游艺殚数］《文选》室町本作"单数"，今据《文选》李善本卷五十七作"殚数"。

［抚律穷机］《文选》九条本、朝鲜正德本、奎章阁本并作"穷几"，今据《文选》李善本卷五十七作"穷机"。

［怊怅秋晖］《文选》九条本、陈八郎本、朝鲜正德本并作"怡怅"，今据《文选》李善本卷五十七作"怊怅"。

［寔邦之媛］《文选》九条本、陈八郎本、朝鲜正德本、奎章阁本并作"援"，今据《文选》李善本卷五十七作"媛"。

［敬勤显阳］《文选》九条本、陈八郎本、朝鲜正德本、奎章阁本并作"敬懃"，今据《文选》李善本卷五十七作"敬勤"。

［皇胤璿式］《文选》陈八郎本作"皇嗣"，今据《文选》李善本卷五十七作"皇胤"。《文选》室町本作"璇式"，《艺文类聚》卷十五作"璲式"，今据《文选》李善本卷五十七作"璿式"。

［以蕃以牧］《文选》九条本、陈八郎本、朝鲜正德本、奎章阁本并作"以藩"，今据《文选》李善本卷五十七作"以蕃"。

［视朔书氛］《文选》九条本、室町本、陈八郎本、朝鲜正德本、奎章阁本并作"视眂"，今据《文选》李善本卷五十七作"视朔"。《文选》北宋本、陈八郎本、朝鲜正德本、奎章阁本并作"气氛"，今据《文选》李善本卷五十七作"书氛"。

［衡緫灭容］《艺文类聚》卷十五作"藏容"，今据《文选》卷五十七作"灭容"。

[庭树惊兮中帷响]《艺文类聚》卷十五作"中睢"，今据《文选》卷五十七作"中帷"。

[共气攞其同栾]《全宋文》卷三十五作"同乐"，今据《文选》卷五十七作"同栾"。

[循间阖而迳渡]《文选》九条本、陈八郎本、朝鲜正德本、奎章阁本并作"遥度"，今据《文选》李善本卷五十七作"迳渡"。

[喝边箫于松雾]《艺文类聚》卷十五作"唱边箫"，今据《文选》卷五十七作"喝边箫"。

[涉姑繇而环迴]《艺文类聚》卷十五作"姑射"，今据《文选》卷五十七作"姑繇"。

[晨辒解凤]《文选》陈八郎本作"晨温"，今据《文选》李善本卷五十七作"晨辒"。

[晓盖俄金]《艺文类聚》卷十五作"俄今"，今据《文选》卷五十七作"俄金"。

[重扃阒兮灯已黯]《艺文类聚》卷十五作"閞"，今据《文选》卷五十七作"阒"。

【笺注】

[一]宣贵妃，刘宋武帝刘骏宠姬殷淑仪，殁后追进为贵妃，谥号"宣"。大明六年(462)，四月，孝武帝宠妃宣贵妃薨，群臣作文哀悼，谢庄之作让刘骏流涕而叹："不谓当今复有此才。"本文当作于刘宋孝武帝大明六年(462)，谢庄时年四十二岁。

[二]大明，刘宋孝武帝刘骏年号，前后共计八年(457—464)。刘骏，刘宋第五位皇帝(公元453—464年在位)，字休龙，小字道民，宋文帝刘义隆第三子。

[三]律谷，黍谷，山谷名。西汉刘向《别录》："邹衍在燕，有谷寒，不生五谷。邹衍吹律而温之至，生黍。"煖，同"煊"，温暖。龙乡，古地名，今河南开封。

[四]照车去魏，指齐威王对魏惠王之问，言齐国有可以照耀车子的宝珠。《文选》李善注引《史记》："齐威王与魏惠王会田于郊。魏王问曰：'王亦有宝乎？'威王曰：'若寡人，小国也，尚有径寸之珠，照车前后十二乘者十枚。奈何以万乘之国，而无宝乎？'"联珠辞赵，指赵国失去价值连城的和氏璧。《史记·廉颇蔺相如列传》："赵惠文王时，得楚和氏璧。秦昭王闻之，使人遗赵王书，愿以十五城请易璧。赵王与大将军廉颇诸大臣谋：'欲予秦，秦城恐不可得，徒见欺；欲勿予，即患秦兵之来。计未定，求人可使报秦者……'相如曰：'秦强而赵弱，不可不许。'王曰：'取吾璧，不予我城，奈何？'相如曰：'秦以城求璧而赵不许，曲在赵。赵予璧而秦不予赵城，曲在秦。均之二策，宁许以负秦曲。'王曰：'谁可使者？'相如曰：'王必无人，臣愿奉璧往使。城入赵而璧留秦；城不入，臣请完璧归赵。'赵王于是遂遣相如奉璧西入秦。"

[五]袚殿，宫中旁殿，贵妃所居。闲，寂静冷清。泉途，地下，指阴间。已宫，棺室。《风俗通》："梓宫者，礼，天子敛以梓器。宫者，存时所居，缘生事亡，因以为名。"

[六]步檐，檐下的走廊。西汉司马相如《上林赋》："步檐周流，长途中宿。"蕙路，长满香草的道路。重阳，指天。先秦屈原《远游》："集重阳入帝宫兮，造旬始而观清都。"洪兴祖补注："积阳为天，天有九重，故曰重阳。"椒风，汉代昭仪所居之宫名。

[七]王姬，周王室之女，此谓皇室之女。《诗经·召南·何彼襛矣序》："何彼襛矣，美王姬也。"陆德明释文："王姬，武王女，姬，周姓也。"下姻，下嫁。姻，婚嫁。《说文解字·女部》："壻家也。女之所因，故曰姻。"

[八]肃雍，称颂妇德敬和。《诗经·周颂·清庙》："于穆清庙，肃雍显相。"毛传："肃，敬；雍，和。"揆景，测量日影，以定时间或方位。景，同"影"。陟屺，思母之典。《诗经·魏风·陟

岵》：“陟彼岵兮，瞻望母兮。”郑玄笺：“此又思母之戒，而登岵山而望也。”国轸，谓隐痛。轸，悲痛。先秦屈原《九章·哀郢》：“出国门而轸怀兮，甲之鼌吾以行。”竄庇，谓失去庇护。竄，同"殒"，死亡。

[九]敢，冒昧，谦词。旍旒，同“旗旒”，旌旗。《宋书·乐志三》：“赫赫大魏，王师徂征……采旄蔽日，旗旒翳天。”庶，希望。钟，乐器。万，舞名，古时一种执羽而舞的武舞。《左传》：“九月，考仲子之宫，将万焉。公问羽数于众仲。对曰：'天子用八，诸侯用六，大夫四，士二。夫舞所以节八音而行八风，故自八以下。'公从之。于是初献六羽，始用六佾也。”

[十]玄丘：神仙居处。《列女传》：“契母简狄者，有娀氏之长女也。当尧之时，与其妹娣浴于玄丘之水。有玄鸟衔卵过而坠，五色甚好，简狄与其妹娣竞往取之。简狄得而含之，误而吞焉，遂生契焉。”瑶台，传说中的神仙居处。先秦屈原《离骚》：“望瑶台之偃蹇兮，见有娀之佚女。”芬，香气。

[十一]高唐，楚台观名，在云梦泽中。传说楚襄王游高唐，梦见巫山神女，幸之而去。战国楚宋玉《高唐赋》序：“昔者楚襄王与宋玉游于云梦之台，望高唐之观。”溁雨，飘洒之雨。

[十二]诞发，出生。东汉杨修《司空荀爽述赞》：“其德允明，诞发幼龄。”兰仪，娇美之容貌。玉度，美好之品德。南朝梁简文帝《九日侍皇太子乐游苑》：“副极仪天，金镳玉度。”

[十三]方娥，嫦娥。婺，星名，即婺女，二十八宿之一。

[十四]毓德，即育德，修德养性。《周易·蛊》：“蛊，君子以振民育德。”素里，平常街巷。捿景，寄身隐迹。捿，同“栖”。景，同“影”。宸轩，帝王居住宫室。

[十五]处丽，在室穿戴。絺绤，葛布统称。细葛为絺，粗葛为绤。出懋，勤勉做事。苹蘩，指妇职。语自《诗经·召南》"采苹""采蘩"篇。《诗经·召南·采蘩序》：“《采蘩》，夫人不失职也。夫人可以奉祭祀，则不失职矣。”

[十六]修诗，修习《诗经》。贲道，美饰道理。图，画物象。

[十七]翼训，辅弼训则。姒娌，与嫔妃共处于内庭。姒，古时同夫诸妾中称长者曰姒，幼者为娌。赞轨尧门，谓用心辅佐天子以成就其功业。《文选·谢庄〈宋孝武宣贵妃诔〉》：“翼训姒娌，赞轨尧门。”吕延济注：“翼，辅；赞，佐也。姒，禹姓也。轨，跡也。”

[十八]绸缪，深奥。《庄子·则阳》：“圣人达绸缪，周尽一体矣。”陆德明释文：“绸缪，犹缠绵也。又云：深奥也。”史馆，即三史《史记》《汉书》《东观汉纪》。容与，从容舒闲貌。经，即六经，《诗》《书》《礼》《易》《乐》《春秋》。

[十九]《陈风》，指《诗经·国风》篇章。《象》，指《周易》中断卦之辞。分微，分析细微之理。

[二十]游艺，游憩六艺中，谓艺术才能与修养。殚数，竭尽技艺。律，古之十二律，按音阶高低分六律与六吕。穷机，穷尽妙理。

[二十一]踌躇，从容自在貌。冬爱，冬日，喻慈爱。怊怅，即惆怅，感伤相望貌。秋晖，秋阳，一曰秋月。《左传·文公七年》：“酆舒问于贾季曰：'赵衰、赵盾孰贤？'对曰：'赵衰，冬日之日也；赵盾，夏日之日也。'”杜预注：“冬日可爱，夏日可畏。”李周翰：“冬爱，冬日；秋晖，秋月也。踌躇，行止貌。怊怅，相望貌。言于此时著篇章矣。”展如之华，寔邦之媛，语自《诗经·鄘

风·君子偕老》："展如之人兮，邦之媛也。"毛传："展，诚也。美女曰媛。"展如，真挚貌。媛，美人。

[二十二]敬勤，谨慎勤奋。显阳，宫殿名。《文选》李善注："宫曰崇宪，太后居显阳殿。"肃恭，端严恭敬。崇宪，太后居住宫殿之名。

[二十三]逮下，恩及下人。延和，厚道谦和。

[二十四]祚灵，昌盛国运。集祉，聚福。

[二十五]皇胤，帝王后代。璿式，美玉。金相，如金之质。

[二十六]联跗齐颖，接萼均芳，喻关系亲密之兄弟。语自《诗经·小雅·常棣》："常棣之华，鄂不韡韡，凡今之人，莫如兄弟。"

[二十八]视朔，古时天子、诸侯祭庙曰告朔，听政曰视朔。书氛，载有预示凶祸之云气。观台，瞭望天象之台。《左传·僖公五年》："公既视朔，遂登观台以望，而书，礼也。"杜预注："观台，台上构屋可以远观者也。"告祲，日边之云气，喻不祥之气。

[二十九]八颂，八种占筮之辞，龟占辞乃韵语，故曰颂。扃，关闭。六祈，古代祈祷鬼神以期消除灾异的六种祭祀。

[三十]衡緫，车马饰物，指宣贵妃之车。翚翟，后妃礼服。《后汉书·舆服志下》："观翚翟之文，荣华之色，乃染帛以效之，始作五采，成以为服。"《文选·谢庄〈宋孝武宣贵妃诔〉》："衡緫灭容，翚翟毁衽。"李善注："包咸《〈论语〉注》曰：'衡，轭也。'《周礼》曰：'王后之五路，重翟，锡面朱緫；厌翟，勒面缋緫；安车，雕面鷖緫。皆有容盖。'郑司农曰：'緫著马勒，直两耳与两镳。容谓幨车也。'"

[三十一]瑶光，古之祥瑞，即北斗七星之第七星名。紫禁，即宫禁。古以紫微垣喻帝王居处。

[三十二]帷轩，帷房，设置帷幔之室。軿辂，即軿车，有帷幕之车。

[三十三]离宫、别殿，谓正宫正殿外的殿堂。烟，香气。

[三十四]巾，巾箱。余轴，遗留之书画卷轴。匣，琴匣。遗弦，遗留之琴。

[三十五]气朔，示吉凶之云气与每月之朔日，后指节气岁时。罗纨，精美之丝织品。阑，晚。

[三十六]中帷，室内帷幔。金釭，金质之灯盏烛台。暧，昏暗。玉座，玉床。

[三十七]纯孝、共气，指皇子。擗，捶胸。同栾，消瘦。

[三十八]凯风，指《诗经》篇名，为赞美孝子之篇，后以其代指感念母恩之孝心。

[三十九]茫昧，模糊不清。《淮南子》："茫茫昧昧，从天之道。"灭性，因丧亲哀痛而毁损生命。

[四十]冲华，冲和美好之德性。渊令，极其美好。

[四十一]题凑，古时天子、大臣之椁制，椁室用大木累积而成，木头皆内向为椁盖，上尖下方，犹如屋檐四垂，谓题凑。《吕氏春秋·节丧》："诸养生之具，无不从者。题凑之室，棺椁数袭，积石积炭，以环其外。"高诱注："题凑，复絫。"龟筮，占卦。古时占卜用龟，筮用蓍，以其象与数定吉凶祸福。既辰，定下日子。

[四十二]輀,灵车,古代载柩车。两奠,陈设肉菜等奠品。

[四十三]维慕维爱,曰子曰身,《文选》五臣注刘向注曰:"维与曰,皆词也。慕,思。爱,惜也。子谓子云,身谓贵妃也。"《文选》李善注引沈约《宋书》曰:"大明六年子云薨。"

[四十四]容物,仪容服饰。列辟,诸侯。上旻,谓上天。旻,上天。《孟子·万章上》:"舜往于田,号泣于旻天,何为其号泣也?"

[四十五]徽章,以示尊崇的旗幡。《文选》李善注:"郑玄《礼记》注曰:'徽,旌旗也。'又曰:'旌,葬乘车所建也。'毛苌《诗》传曰:'章,旆也。'"寰甸,犹寰内。李善注:"《尚书》曰:五百里甸服。孔安国曰:规方千里之内,谓之甸服。"殊策,帝王对臣属特颁的策书。吕延济注:"殊策,谓特加策。"城闉,城内重门。李善注:"闉,城曲重门也。"

[四十六]建春,古代洛阳城门名。《文选》李善注引《河南郡境界簿》:"洛阳县东城,第一建春门。"阊阖,传说中西边天门。典出《淮南子·地形训》《离骚》,多指古宫名。

[四十七]楚挽,悲痛之挽歌。边箫,谓箫声远。

[四十八]姑繇,传说中的水名。《穆天子传》载周穆王妃盛姬病死葬于乐池之南,灵车至重璧之台,天子乃决姑繇之水以环绕丧车,名曰囧车。此处用作悼念贵妃之典。乐池,神话中的池名。《穆天子传》:"天子三日休于玄池之上,乃奏广乐,三日而终,是曰乐池。"

[四十九]辒,古代的一种卧车,此指丧车。《汉书·霍光传》:"载光尸枢以辒辌车。"颜师古注:"辒辌,本安车也,可以卧息。后因载丧,饰以柳翣,故遂为丧车耳。辒者,密闭;辌者,旁开窗牖,各别一乘,随事为名。后人既专以载丧,又去其一,总为藩饰。而合二名呼之耳。"解凤,车解凤饰。盖,车盖。俄,倾侧。金,金饰。

[五十]山庭,山林庭园。隧路,墓道。

[五十一]重扃,墓门。扃,关闭。中泉,黄泉。

[五十二]神躬,神魂。壤末,地下。天浔,天涯。唐王勃《出境游山》:"振翮凌霜吹,正月仁天浔。"

[五十三]响,谓遗音。兰,谓芳香。

庆皇太子元服上至尊表
(大明七年)[一]

伏惟皇太子殿下,明两承乾,元良作贰,抗法迁身,英华自远[二]。乐以修中,礼以治外,三善克懋,德成教尊[三]。今日昭辰,显加元服,对灵祇之望,俦上庠之欢[四]。率天馨世,莫不载跃[五]。

【校】

[题]文见《艺文类聚》卷十六。

[明两承乾]《艺文类聚》卷十六作"承乱",今据《全宋文》卷三十五作"承乾"。

[抗法迁身]《艺文类聚》卷十六作"迁身",今据《全宋文》卷三十五据作"迁身"。

[今日昭辰]《全宋文》卷三十五作"吉辰"，今据《艺文类聚》卷十六作"昭辰"。

【笺注】

[一]皇太子，指宋前废帝刘子业。元服，指冠，古称行冠礼为加元服。《仪礼·士冠礼》："令月吉日，始加元服。"至尊，皇帝代称，指孝武帝刘骏。《汉书·西域传上》："今遣使者承至尊之命，送蛮夷之贾。"表，公牍文体奏章之一种，多用于陈请谢贺。《释名·释书契》："下言上曰表，思之于内表施于外也。"据《宋书·孝武帝纪》载："（大明七年）冬十月壬寅，太子冠。"又《宋书·前废帝纪》："（大明）七年，加元服。"故本文当作于刘宋孝武帝大明七年（463），谢庄时年四十三岁。

[二]伏惟，下对上的敬词，多用于奏疏或信函。西晋李密《陈情事表》："伏惟圣朝以孝治天下，凡在故老，犹蒙矜育。"明两，此谓太子。《文选·谢瞻〈张子房〉诗》："明两烛河阴，庆霄薄汾阳。"李善注："明两、庆霄，皆喻宋高祖（刘裕）。"乾，指君位。元良，太子之代称。《礼记·文王世子》："一有元良，万国以贞，世子之谓也。"抗，对等。法，礼法。迁身，发扬自身。英华，美好的声誉。

[三]三善，指臣事君、子事父、幼事长的三种道德规范。克懋，能够劝勉。德成教尊，德成，德行有成。《礼记·文王世子》："德成而教尊，教尊而官正，官正而国治。"谓（掌权者）德行有成并以此教化国民，自己确立威望和尊严。

[四]昭辰，吉利的时日。显加，昭彰显扬。灵祇，天地之神。侔，相比。上庠，古代大学。《礼记·王制》："有虞氏养国老于上庠，养庶老于下庠。"郑玄注："上庠，右学，大学也。"

[五]率天，普天。馨世，整个世界。载跃，谓充满欢乐。载，承载。《荀子·王制》："水则载舟，水则覆舟。"

皇太子元服上皇太后表

（大明七年）[一]

离景承宸，枢光陪极[二]。毓问东华，飞英上序[三]。乐正歌风，司成颂德[四]。清明神镜，温文在躬[五]。练日简辰，显备元服[六]。懋三王之教，烛少阳之重[七]。

【校】

[题]文见《艺文类聚》卷十六。

【笺注】

[一]元服，指冠，古称行冠礼为加元服。皇太后，指孝武帝刘骏生母路淑媛，刘骏即位后尊其为皇太后。据《宋书·孝武帝纪》载："（大明七年）冬十月壬寅，太子冠。"故本文当作于刘宋孝武帝大明七年（463），谢庄时年四十三岁。

[二]景，太阳。宸，北极星所居，即紫微垣。南朝齐谢超宗《休成乐》："回銮转翠，拂景翔宸。"枢光，天枢星的光芒。南朝梁沈约《光宅寺刹下铭》："寿丘嫒嫒，电绕枢光。"极，北极星。

[三]毓，孕育。问，通"闻"，声誉。《诗经·大雅·文王》："宣昭义问。"朱熹集传："布明其善誉于天下。"东华，传说仙人东王公，又称东华帝君。飞英，喻行文流畅。明陈子龙《送宋辕

公应试金陵》："操笔飞英纵所如，六季文章体更疏。"上序，上庠，古代国家设立的大学。

[四]乐正，古时乐官之长。歌风，歌讽，歌咏吟诵。司成，谓主管世子品德教育。《礼记·文王世子》："乐正司业，父师司成。"孔颖达疏："父师，主太子，成就其德行也。"

[五]清明，清察明审。镜，明察。温文在躬，内心温和，举止文雅。

[六]练日，选择日期。练，通"拣"。简辰，选择日期。南朝梁王筠《昭明太子哀册文》："简辰请日，筮合龟贞。"

[七]懋，勉励。《说文解字·心部》："懋，勉也。"三王，指周之太王、王季、文王。《国语·周语下》："以太蔟之下宫，布令于商，昭显文德，底纣之多罪，故谓之宣，所以宣三王之德也。"韦昭注："三王，太王、王季、文王也。"烛，显现。少阳，谓太子。

东海王让司空表

（大明七年）[一]

臣侧观前载，与窥洪典，三事之授，惟帝其难[二]。臣乘少籍长久，分踰涯量，出满入泰，每究荣光[三]。不悟乾烛方远，义路同遗，下参弘化，上尸燮理，自非德仞具瞻，声湛民咏[四]。未有妄臻此泽，空集兹灵[五]。

【校】

[题]文见《艺文类聚》卷四十七。

[声湛民咏]《全宋文》卷三十五作"声堪"，今据《艺文类聚》卷四十七作"声湛"。

【笺注】

[一]东海王，庐江王祎，字休秀，文帝第八子。元嘉二十二年(445)，年十岁，封东海王。大明七年(463)，进司空，常侍、祭酒如故。司空，官名。相传少昊时所置，周为六卿之一，即冬官大司空，掌管工程。汉改御史大夫为大司空，与大司马大司徒并列为三公，后去大字为司空。据《宋书·孝武帝纪》载："(大明七年十月)癸亥，卫将军、开府仪同三司东海王祎为司空。"本文当作于刘宋孝武帝大明七年(463)，谢庄时年四十三岁。

[二]侧，用作谦词。前载，前代的记载。西晋刘琨《劝进表》："臣每览史籍，观之前载，厄运之极，古今未有。"窥，观看。洪典，《尚书》"洪范""尧典"篇，《尚书·洪范》阐发了一种天授大法、天授君权的神权行政思想。《尚书·尧典》记载了上古时代圣王帝尧施政期间的政典。三事，指三种官职。《尚书·立政》："任人、准夫、牧，作三事。"

[三]籍，借指固定职业。踰，即"逾"，超过。涯量，限量。满，充实。泰，安定。荣光，荣耀。

[四]乾烛，天道之光。乾，天。方远，遥远。义路，正道。《后汉书·李固传》："夫义路闭则利门开，利门开则义路闭也。"同遗，赠与。弘化，弘扬德化。尸，担任。燮理，协和治理。自非，倘若不是。德仞，道德的深广度，指古代长度单位，周制八尺，汉制七尺，引申义是测量深度。具瞻，谓为众人所瞻望。语出《诗经·小雅·节南山》："赫赫师尹，民具尔瞻。"毛传："具，

附录一　谢光禄诗文笺注

俱；瞻，视。"郑玄笺："此言尹氏汝居三公之位，天下之民俱视汝之所为。"湛，深沉厚重貌。

[五]妄，胡乱，随便。臻，增加。泽，雨露恩泽。空，随意空虚。集，收集增多。兹，此处，这儿。灵，神仙。

又为北中郎将谢兼司徒章

（大明七年）[一]

臣闻燮理阴阳，寅亮天地，弗惟其官，无人则阙[二]。司徒掌敷五典，职扰兆民[三]。岂悟乾灵罔匮，光渥方阐[四]。不次之任，殊绝藩岳[五]。岂可权尸三事，假备六符[六]。惭震周回，顾步交悸[七]。

【校】

[题]文见《艺文类聚》卷四十七。

[岂悟乾灵罔匮]《全宋文》卷三十五作"罔遗"，今据《艺文类聚》卷四十七作"罔匮"。

【笺注】

[一]中郎，官名。秦置，汉沿用，担任宫中护卫、侍从，分五官、左、右三中郎署。各署长官称中郎将，省称中郎。据《宋书·孝武十四王传》载："始平孝敬王子鸾，字孝羽，孝武帝第八子也。大明四年，年五岁，封襄阳王，食邑二千户。仍为东中郎将、吴郡太守。其年，改封新安王，户邑如先。五年，迁北中郎将、南徐州刺史，领南琅邪太守。母殷淑仪，宠倾后宫，子鸾爱冠诸子，凡为上所盼遇者，莫不入子鸾之府、国。及为南徐州，又割吴郡以属之。"又，《宋书·谢庄传》载："时北中郎将新安王子鸾有盛宠，欲令招引才望，乃使子鸾板庄为长史。"《宋书·孝武帝纪》载："（大明七年九月）庚寅，南徐州刺史新安王子鸾兼司徒。"谢庄于大明七年任子鸾北中郎将长史，曾代子鸾上章辞谢。故本文当作于刘宋孝武帝大明七年（463），时年谢庄四十三岁。

[二]燮理，协和治理。寅亮，恭敬信奉。《尚书·周官》："贰公弘化，寅亮天地，弼予一人。"孔传："敬信天地之教，以辅我一人之治。"无人，没有人才。阙，残缺。

[三]五典，《诗》《书》《易》《礼》《春秋》五经。职扰兆民，使万民和顺，安抚万民。《尚书·周官》："司徒掌邦教，敷五典，扰兆民。"扰，安定，安抚。兆民，万民。

[四]乾灵，上天。匮，穷尽，空乏。光渥方阐，光渥，浓艳的光彩。方，正在。阐，显露。

[五]不次之任，即不次之位，次，顺序，等第。旧指对于有才干的人不拘等级授予重要职位。东汉班固《汉书·东方朔传》："武帝初即位，征天下举方正贤良文学材力之士，待以不次之位。"殊绝藩岳，超绝诸侯或总领一方的地方长官。

[六]尸，执掌。三事，指正德、利用、厚生。六符，三台六星的符验，后成朝堂称颂之词。

[七]惭震，亦作"惨震"，羞惭震惊。南朝梁简文帝《上菩提树颂启》："学谢稽古，思非沉郁，不足以光扬盛德，髣髴一隅，顾惟刍言，伏纸惨震。"周回，回环，反复。顾步，徘徊自顾。悸，惶恐貌。

北中郎新安王拜司徒章

（大明八年）[一]

不惟震施罔匮,鸿庆方稠,燮调之重,遂臻非据,智小谋大,周家兴规[二]。少阳微暄,有鉴前史[三]。辨其动植,布其安抚,以倡九牧,阜成王教[四]。岂臣眇末,所能克荷[五]。

【校】

[题]文见《艺文类聚》卷四十七。

【笺注】

[一]中郎,官名。秦置,汉沿用,担任宫中护卫、侍从,分五官、左、右三中郎署。各署长官称中郎将,省称中郎。新安王,宋孝武帝刘骏第八子子鸾。子鸾,字孝羽,封号新安王。母为殷淑仪,宠倾后宫。大明四年(460),子鸾年五岁,封襄阳王。其年,改封新安王。八年,加中书令,领司徒。司徒,官名,相传少昊始置,唐虞因之。周时为六卿之一,曰地官大司徒,掌管国家的土地和人民的教化。汉哀帝元寿二年,改丞相为大司徒,与大司马、大司空并列三公。东汉时改称司徒。章,公牍文体之一,此处为臣下给君王的奏本。据《宋书·始平孝敬王子鸾传》载:"(大明)八年,(刘子鸾)加中书令,领司徒。"又,《宋书·孝武帝纪》载:"(大明八年)正月戊子,南徐州刺史新安王子鸾为抚军将军,领司徒,刺史如故。"故本文当作于刘宋孝武帝大明八年(464)正月,时年谢庄四十四岁。

[二]不惟,不仅。震施,施展威势。匮,穷尽。鸿庆,洪福,指王业。稠,动摇貌。燮调,协和,调理。臻,达到。非据,用为才不称职的谦词。周,巩固。东汉张衡《西京赋》:"岩险周固,衿带易守。"规,法度。

[三]少阳,东方,东宫,后指太子,又《易》"四象"之一。《系辞传》:"易有太极,是生两仪,两仪生四象,四象生八卦。"暄,温暖。

[四]动植,动物与植物。东晋南朝谢灵运《山居赋》:"植物既载,动类亦繁。飞泳骋透,胡可根源?"安抚,安抚。九牧,地方长官。阜成,使富厚安定。王教,王者之教化。

[五]眇末,细小琐屑。南朝宋颜延之《庭诰》:"虽尔眇末,犹扁庸保之上;事思反己,动类念物,则其情得而人心塞矣。"克荷,能够承当。《陈书·程文季传》:"故散骑常侍、前重安县开国公文季,纂承门绪,克荷家声。"

孝武帝哀策文

（大明八年）[一]

应门洞望,驰道南除,苹途已撤,郁邑将虚,哀子嗣皇帝,揙摽池绋,周遑旌轸,攀七纬之崩沦,恸三灵之徂尽,百神慕而行云沉,万国哀而素霜霣[二]。衣冠缅邈,弓剑不追,敢缉讴颂,髣髴希夷,其辞曰:

枢电皇根，月瑶国绪，胤裔丹陵，蝉联华渚[三]。二后在天，大行纂武，克睿克圣，重规袭矩[四]。昭昭金式，明明玉温[五]。望云其远，就日其尊。雨零露湛，冬暖春暄[六]。声芳纳麓，道昭宾门[七]。上德无称，至功不器[八]。怊怅四始，优游六位[九]。缀响兰深，缉言琼祕[十]。悠哉梁践，眇焉汾肆[十一]。敬业开寅，离经作翰[十二]。鸿起荆河，鸾游楚汉[十三]。泗滨霡明，江区承奂[十四]。陕左清郊，棠阴虚馆[十五]。地维不纽，乾纲弛机[十六]。羲庭薄蚀，紫路流飞，泣血孤涘，顾瞻川沂[十七]。孝贯枢极，义震寰围，誓钺皇郊，诏师牧甸[十八]。七景缔华，五云卷煽[十九]。雪怨园邑，扫耻瀛县[二十]。启圣宸居，集宝龙见[二十一]。王室多故，国步方蹇[二十二]。淮济裂冠，江荆毁冕[二十三]。东楚乱常，西华汩典[二十四]。动筹挥图，爰戡爰剪[二十五]。浃宙斯澄，绵区咸镜，修风晓逸，德星夕映[二十六]。潆露飞甘，舒云结庆[二十七]。祯被动植，信泊翔泳[二十八]。缺礼克宣，坠章必搆，方堂飨极，圆流肆胄[二十九]。南耸郊宫，北清灵囿[三十]。瑶轩春藉，翠华冬狩[三十一]。经纬穷文，克定尽武[三十二]。鄗上呈祥，介丘载仁[三十三]。在盈念冗，成功弗处[三十四]。荣镜中世，焉奕前古[三十五]。睿业初远，鸿化方亨[三十六]。丹云承日，素景媵星[三十七]。玉几去袭，缀衣在庭[三十八]。辞重阳之昭昭，降大夜之冥冥[三十九]。气贸炎凉，史诏龟筮[四十]。文物空严，銮和虚卫[四十一]。动蜃辂之透迟，顾璧羽之容裔[四十二]。出国门，分天地，向幽途，异身世。龙旌郁而青槐远，惊葭乱而白杨翳[四十三]。观初霜之变条，听秋风之下蕣[四十四]。桥山絙云，谷林亏日[四十五]。辇道结寒，松庭尽密。芝盖迫軨，上骧眷辔[四十六]。万寓肃其北軹，灵阿閴其深隘[四十七]。南维有时倾，离光不常镜[四十八]。腾英声与茂实，方流华于舞咏[四十九]。

【校】

[题]文见《艺文类聚》卷十三。

[敢缉讴颂]《全宋文》卷三十五作"敢谓"，今据《艺文类聚》卷十三作"敢缉"。

[缉言琼祕]《全宋文》卷三十五作"緝言"，今据《艺文类聚》卷十三作"缉言"。

[乾纲弛机]《艺文类聚》卷十三作"乹纲"，今据《全宋文》卷三十五作"乾纲"。

[泣血孤涘]《全宋文》卷三十五作"派涘"，今据《艺文类聚》卷十三作"孤涘"。

[启圣宸居]《全宋文》卷三十五作"宸盖"，今据《艺文类聚》卷十三作"宸居"。

[西华汩典]《全宋文》卷三十五作"汩兴"，今据《艺文类聚》卷十三作"汩典"。

[动蜃辂之透迟]《全宋文》卷三十五作"透迤"，今据《艺文类聚》卷十三作"透迟"。

[顾璧羽之容裔]《全宋文》卷三十五作"璧羽"，今据《艺文类聚》卷十三作"璧羽"。

[谷林亏日]《全宋文》卷三十五作"谷秋"，今据《艺文类聚》卷十三作"谷林"。

【笺注】

[一]孝武帝,刘宋文帝第三子,孝武帝刘骏,经历元凶之祸,斩弑父太子刘劭,即帝位,公元453—464年在位。哀策文,文体的一种。封建时代颂扬帝王、后妃生前功德的韵文,多书于玉石木竹之上。行葬礼时,由太史令读后,埋于陵中。据《宋书·谢庄传》载:"前废帝即位,以为金紫光禄大夫。初,世祖宠姬殷贵妃薨,庄为诔云:'赞轨尧门。'引汉昭帝母赵婕妤尧母门事,废帝在东宫,衔之。至是遣人诘责庄曰:'卿昔作殷贵妃诔,颇知有东宫不?'将诛之。"大明八年(464)夏,闰五月庚申,宋孝武帝崩。前废帝即位,以谢庄为金紫光禄大夫,责其"作殷贵妃诔",将之下狱。故本文当作于刘宋孝武帝大明八年(464),谢庄时年四十四岁。

[二]应门,古代王宫正门。《诗经·大雅·緜》:"乃立应门,应门将将。"毛传:"王之正门曰应门。"驰道,古时供君王行驶车马之道路。菆途,灵枢。郁鬯,香酒。擗摽,抚心拍胸,哀恸貌。语自《诗经·邶风·柏舟》:"静言思之,寤辟有摽。"朱熹集传:"辟,拊心也。摽,拊心貌。"高亨注:"辟,读为擗,拍胸也。"池绋,灵车。南朝齐谢朓《齐敬皇后哀策文》:"继池绋于通轨兮,接龙帐于造舟。"绋,同"绋",引棺的大绳索。周遑,仿徨。七纬,指日、月和金、木、水、火、土五星。三灵,指日、月、星。霣,坠落。

[三]缅邈,久远。绵,继续。髣髴,仿佛。希夷,玄妙虚寂之境。胤裔,子嗣后代。蝉联,连续相承。华渚,古时传说之地名。《宋书·符瑞志上》:"帝挚少昊氏,母曰女节,见星如虹,下流华渚,既而梦接意感,生少昊。登帝位,有凤皇之瑞。"

[四]二后,即周文王与周武王。《诗经·周颂·昊天有成命》:"昊天有成命,二后受之。"毛传:"二后,文武也。"纂,修治。克,能够。睿,圣,即孔子。重规袭矩,谓前后相合,合乎同样的规矩法度。

[五]昭昭、明明,谓明亮。玉温,如玉般温润。

[六]湛,露浓貌。春暄,春暖。

[七]纳麓,谓总揽大政。《尚书·舜典》:"纳于大麓,烈风雷雨弗迷。"孔传:"麓,录也。纳舜使大录万机之政。"宾门,荐引贤才的机构,语自《尚书·舜典》:"宾于四门,四门穆穆。"孔传:"四方诸侯来朝者,舜宾迎之,皆有美德,无凶人。"

[八]上德,帝德。无称,无可称述。不器,不象器皿一般,意谓用途不局限于某方面。《礼记·学记》:"大道不器。"郑玄注:"谓圣人之道,不如器施于一物。"《论语·为政》:"君子不器。"何晏集解引包咸曰:"器者各周其用,至于君子,无所不施。"

[九]怊怅,即惆怅,感伤相望貌。四始,农历正月旦、冬至、腊明日、立春。优游,从容致力于某事。六位,即君、臣、父、子、夫、妇。

[十]缀,装饰。琼祕,珍奇而不常见之美玉。

[十一]践,达到。肆,扩展。

[十二]离经,离经辨志。作翰,谓为柱石重臣。

[十三]荆河,长江自湖北省至湖南省段的别称。楚汉,指楚地汉水之滨。

[十四]泗滨,用泗滨石所作之磬,语自《尚书·禹贡》:"峄阳孤桐,泗滨浮磬。"孔传:"泗水涯水中见石,可以为磬。"奂,光彩鲜明。

[十五]陕，同"峡"，古地名。《汉书·地理志下》："南山，枀陕水所出，北至揟次入海。"颜师古注："枀，古松字也。陕音下夹反，两山之间也。松陕，陕名。"棠阴，原指棠树树荫，后指光阴。《文选·沈约〈齐故安陆昭王碑文〉》："凡我僚旧，均哀共戚。怨天德之无厚，痛棠阴之不留。"吕向注："言其光阴不复留也。"此喻惠政或良吏之惠行。虚馆，空着馆舍等待，此谓礼贤。《三国志·魏志·管宁传》："天下大乱，闻公孙度令行于海外，遂与原及平原王烈等至于辽东。度虚馆以候之。"

[十六]地维，喻纪纲。乾纲，朝纲。东晋范宁《〈春秋谷梁传〉序》："昔周道衰陵，乾纲绝纽。"机，通"几"，危险。

[十七]羲庭，太阳之谓。薄蚀，薄食。《史记·天官书论》："逆行所守，及他星逆行，日月薄蚀，皆以为占。"《吕氏春秋·明理》："其月有薄蚀。"高诱注："薄，迫也。日月激会相掩，名为薄蚀。"紫路，京城之路。流飞，流动飞扬，这里指纵横交错。沠，古水名。发源于今山西省繁峙县南，为滹沱河之源。涘，水边。沂，边际。

[十八]枢极，斗枢与北极星，喻中枢权力。寰围，京都周围千里以内之地，即王畿。钺，古兵器，圆刃，青铜制，形似斧而较大，盛行于殷周时。又有玉石制的，多用于礼仪。《尚书·顾命》："一人冕，执铺，立于西堂。"牧甸，郊外。

[十九]七景，指日、月与金、木、水、火、土五大行星。五云，五色瑞云，多作吉祥的征兆。煽，炽盛。

[二十]园邑，汉代为守护陵园所置的县邑。瀛县，古州名，北魏时置。治所在今河北省河间县。

[二十一]宸居，帝王居住之所。龙见，指王者能有治绩。《周易·乾》："见龙在田，利见大人。"高亨注："龙出现于田中，比喻大人活动于民间，人见之则有利。"

[二十二]故，意外变故之事。国步，国家的命运。步，时运。《诗经·大雅·桑柔》："於乎有哀，国步斯频。"毛传："步，行；频，急也。"高亨注："国步，犹国运。"蹇，困厄。

[二十三]淮济裂冠，江荆毁冕，淮济，淮水和济水。江荆，长江自湖北省至湖南省段的别称。裂冠、毁冕，撕裂冠冕。喻诸侯背弃礼法，侵犯天子的直接领地。后用作臣下推翻国君，夺取王位的代称。语自《左传·昭公九年》："伯父若裂冠毁冕，拔本塞源，专弃谋主，虽戎狄其何有余一人？"

[二十四]东楚乱常，西华汩典，东楚、西华，疑为东华、西华，分别为东王公（男仙）所居与西山母（女仙）所居。乱常、汩典，即扰乱纲常。

[二十五]筭、图，谋划。戡，平定。《尔雅》："戡，克也。"剪，除灭。

[二十六]浃宙，寰宇。绵区，广阔疆域。修风，使人感觉舒服的风。德星，古以景星岁星等为德星，认为国有道有福或有贤人出现，则德星现。

[二十七]溽露，多露水，溽，通"缛"。飞甘，甘雨。庆，福泽，祥瑞。《西京杂记》："云则五色而为庆，三色而成矞。"

[二十八]祯，吉祥。动植，动物与植物。被，延及。泊，淡泊。翔泳，谓飞鸟游鱼。

[二十九]克宣，损害旨意。坠章，已亡废的典章制度。搆，造成。飨，通"享"，使享受，使

受用。圆,指天。《淮南子·本经训》:"戴圆履方。"高诱注:"圆,天也。"

[三十]郊宫,天子祭天地的处所。灵囿,天子的范围。

[三十一]瑶轩,玉饰的车子。春藉,春日藉田。翠华,天子仪仗中以翠羽为饰的旗帜或车盖。冬狩,古代天子或王侯在冬季围猎。

[三十二]经纬,规划治理。克定,平定。《诗经·周颂·桓》:"桓桓武王,保有厥土,于以四方,克定厥家。"郑玄笺:"能定其家先王之业,遂有天下。"

[三十三]鄗,山名,今河南荥阳境内。介丘,大山。载,谓安定。仁,久立。

[三十四]盈,旺盛。冗,闲散。

[三十五]荣镜,光辉映照。乌奕,显耀。南朝齐王俭《高德宣烈乐》:"飨帝严亲,则天光大。乌奕前古,荣镜无外。"

[三十六]初远,刚刚扩展。鸿化,宏大的教化,旧时歌颂帝王的套语。亭,均衡。

[三十七]素景,即"素影",月影。媵,本指随嫁,此谓随附。

[三十八]玉几,玉饰矮桌。袭,敛尸之衣。缀衣、帐幄,古君王临终所用。《尚书·顾命》:"兹既受命还,出缀衣于庭,越翼日乙丑,王崩。"孔传:"缀衣,幄帐。"孔颖达疏:"缀衣是施张于王坐之上,故以为幄帐也。"

[三十九]重阳,指天。先秦屈原《远游》:"集重阳入帝宫兮,造旬始而观清都。"洪兴祖补注:"积阳为天,天有九重,故曰重阳。"昭昭,明亮貌。冥冥,昏暗貌。

[四十]贸,改变。炎凉,冷热。南朝梁萧统《答晋安王书》:"炎凉始贸,触兴自高。"

[四十一]文物,指车服旌旗仪仗之类。鸾和、和鸾,古代车上的铃铛。《诗经·小雅·蓼萧》:"和鸾雍雍,万福攸同。"毛传:"在轼曰和,在镳曰鸾。"

[四十二]辒辂,辒车,载棺的丧车。逶迟,徐行貌。南朝梁江淹《别赋》:"舟凝滞于水滨,车逶迟于山侧。"容裔,随风飘动貌。

[四十三]龙旌,画有龙的旗帜,天子仪仗之一。葭,初生的芦苇。《诗经·召南·驺虞》:"彼茁者葭,一发五豝。"毛传:"葭,芦也。"

[四十四]变条,霜落细枝貌。下蒂,花或瓜果与枝茎相连部分断裂。蒂,同"蒂"。

[四十五]桥山,山名,今陕西黄陵地区,传为黄帝葬处,沮水穿山而过,山状如桥。《史记·五帝本纪》:"黄帝崩,葬桥山。"裴骃集解引《皇览》:"黄帝冢在上郡桥山。"縆,通"亘",通贯。

[四十六]芝盖,车盖或伞盖,芝形如盖,故名。盖,即"盖"。迫軨,接近车栏。

[四十七]灵阿,仙山。闽,寂静。《说文解字·门部》:"闽,静也。"

[四十八]南维,南面的地维。地维为古代神话中维系大地四角的巨绳。离光,日光,离为日,故名。镜,映,照。

[四十九]英声,美好之名声。茂实,盛美之德业。西汉司马相如《封禅文》:"俾万世得激清流,扬微波,蜚英声,腾茂实。"流华,如水之月光。舞咏,舞蹈歌颂。

豫章长公主墓志铭

（大明八年）[一]

禀中枢之照,体星轩之华[二]。肃恭在国,掖庭钦其风;恪勤衡馆,庶族仰其

附录一 谢光禄诗文笺注

德^[三]。神叶灵条，爰自帝尧。文信启鲁，肇京于楚^[四]。宵烛载照，娥英是从^[五]。婉娩綷縩，优柔肃雍^[六]。蘅蕙有宝，金碧不居^[七]。泉庭一夜，里馆长芜^[八]。

【校】

[题]文见《艺文类聚》卷十六。

【笺注】

[一]豫章长公主，宋武帝刘裕之女。长公主先适徐乔，后嫁孙瑀。大明八年（464），公主薨。墓志铭，一种悼念性的文体，一般由志和铭两部分组成。志多用散文撰写，叙述逝者的姓名、籍贯、生平事略；铭则用韵文概括全篇，主要是对逝者一生的评价。明代徐师曾《文体明辨序说》言："按志者，记也；铭者，名也。"据《宋书·后妃传》载："瑀尚高祖少女豫章康长公主讳欣男……大明八年，公主薨。"故本文当作于刘宋孝武帝大明八年（464），谢庄时年四十四岁。

[二]禀，遵循，奉行。中枢，天体运行的中心。星轩，轩辕星官。古代以其中一颗大星为女主之象征。

[三]掖庭，宫中旁舍，妃嫔居住之地。衡馆，衡门之屋舍，借指士庶或隐者居住的简陋之处。《文选·王俭〈褚渊碑文〉》："迹屈朱轩，志隆衡馆。"吕延济注："衡馆，衡门也，谓隐逸处，横木为门也。"

[四]文信启鲁，肇京于楚，疑谓亡国绝祀。吕不韦灭东周，使嬴姓秦国变成吕姓秦国，秦国等于亡国绝祀，这就好比春申君黄歇为楚国灭了鲁国，后来芈姓楚国变成了黄姓楚国的往事。文信，吕不韦，号文信侯。肇，开创。先秦屈原《离骚》："皇览揆余初度兮，肇锡余以嘉名。"

[五]宵烛，指宵明和烛光，传说为帝舜之二女。娥英，娥皇、女英的并称。相传为帝尧二女，帝舜之二妃。

[六]婉娩，柔顺貌。《礼记·内则》："女子十年不出，姆教婉娩听从。"郑玄注："婉谓言语也，娩之言媚也，媚谓容貌也。"綷縩，葛布的统称。细葛曰絺，粗葛曰绤。《周礼·地官·掌葛》："掌葛掌以时徵絺绤之材于山农。"优柔，宽和温厚。

[七]蘅蕙，香草名。喻雅洁之君子美人。蘅，杜蘅。蕙，蕙兰。

[八]泉庭，墓穴。芜，丛生杂草。

让中书令表

（泰始元年）^[一]

伏惟陛下登驭震维，临齐璿政，泽与风翔，恩从云动^[二]。臣闻壁门天邃，凤沼神深，丝纶王言，出内帝命，自非望允当时，誉宣庠塾，未有谬垂曲宠，空席兹荣，在于年壮，犹不可勉^[三]。况今绵痼，百志俱沦^[四]。

【校】

[题]文见《艺文类聚》卷四十八。

[伏惟陛下登驭震维]《艺文类聚》卷四十八作"登取",今据《全宋文》卷三十五作"登驭"。

[临齐璿政]《全宋文》卷三十五作"璇",今据《艺文类聚》卷四十八作"璿政"。

[臣闻壁门天邃]《全宋文》卷三十五作"璧门",今据《艺文类聚》卷四十八作"壁门"。

[在于年壮]《艺文类聚》卷四十八作"平壮",今据《全宋文》卷三十五作"年壮"。

【笺注】

[一]中书令,官名。汉武帝时以宦者为之,掌传宣诏命。至南北朝时,任中书令者多为当时有文学名望的人。据《宋书·谢庄传》载:"(泰始元年,宋明帝)既即位,以庄为散骑常侍……顷之,(谢庄)转中书令,常侍、王师如故。"又,《宋书·蔡兴宗传》载:"义恭因使尚书令柳元景奏曰:'又谢庄……其疾以转差,今居此任,复为非宜,谓宜中书令才望为允。'"故本文当作于刘宋明帝泰始元年(465),谢庄时年四十五岁。

[二]震维,东方之地。震,东方。维,地。北周庾信《周谯国夫人步陆孤氏墓志铭》:"华亭冠冕,谷水弦歌。震维徙族,燕垂从官,塞入飞狐,关连鸣雁。"齐,整治。

[三]壁门,军营的门。《史记·绛侯周勃世家》:"亚夫乃传言开壁门。"天邃,相距遥远。凤沼,仙池。北宋梅尧臣《次韵景彝祀高禖书事》:"君门赐胙于何有,不似矜夸凤沼傍。"丝纶,王言,君王之言诰。《礼记·缁衣》:"王言如丝,其出如纶。王言如纶,其出如綍。"出内,出纳,谓上传君王之令,下达臣民之见。

[四]望,声望。庠塾,地方学校,《礼记·学记》:"古之教者,家有塾,党有庠。"谬,谦词。

[五]绵痼,亦作"緜痼",谓久治不愈之重病。《南齐书·庾杲之传》:"臣昨夜及旦,更增气疾,自省緜痼,顷刻危殆。"沦,亡失。

泰始元年改元大赦诏

（泰始元年）[一]

高祖武皇帝德洞四瀛,化绵九服[二]。太祖文皇帝以大明定基;世祖孝武皇帝以下武宁乱[三]。日月所照,梯山航海;风雨所均,削衽袭带[四]。所以业固盛汉,声溢隆周[五]。子业凶嚚自天,忍悖成性,人面兽心,见于龆日,反道败德,著自比年[六]。其狎侮五常,怠弃三正,矫诬上天,毒流下国,实开辟所未有,书契所未闻[七]。再罹遏密,而无一日之哀;齐斩在躬,方深北里之乐[八]。虎兕难匣,凭河必彰,遂诛灭上宰,穷衅逆之酷,虐害国辅,究孥戮之刑[九]。子鸾同生,以昔憾殄殪[十]。敬猷兄弟,以睚眦歼夷[十一]。征逼义阳,将加屠脍[十二]。陵辱戚藩,槚楚妃主[十三]。夺立左右,窃子置储,肆酖于朝,宣淫于国[十四]。事秽东陵,行汙飞走[十五]。积衅罔极,日月滋深。比遂图犯玄宫,志窥题凑,将肆枭、镜之祸,骋商、顿之心[十六]。又欲鸩毒崇宪,虐加诸父,事均宫闱,声遍国都,鸱枭小竖,莫不宠昵,朝廷忠诚,必也戮挫[十七]。收掩之旨,虓虎结辙;掠夺之使,白刃相望[十八]。

附录一 谢光禄诗文笺注

百僚危气，首领无有全地；万姓崩心，妻子不复相保[十九]。所以鬼哭山鸣，星钩血降，神器殆于驭索，景祚危于缀旒[二十]。

朕假寐凝忧，泣血待旦，虑大宋之基，于焉而泯，武、文之业，将坠于渊[二十一]。赖七庙之灵，藉八百之庆，巨猾斯殄，鸿沴时塞[二十二]。皇纲绝而复纽，天纬缺而更张[二十三]。猥以寡薄，属承乾统，上缉三光之重，俯顾庶民之艰[二十四]。业业矜矜，若履冰谷，思与亿兆，同此维新[二十五]。可大赦天下，改景和元年为泰始元年。赐民爵二级。鳏寡孤独不能自存者，人谷五斛[二十六]。逋租宿债勿复收[二十七]。犯乡论清议，赃汙淫盗，并悉洗除[二十八]。长徒之身，特赐原遣[二十九]。亡官失爵，禁锢旧劳，一依旧典[三十]。其昏制谬封，并皆刊削[三十一]。

【校】

[题]文见《宋书·明帝纪》卷八。

[必也戮挫]《全宋文》卷三十四作"必加"，今据《宋书·明帝纪》卷八作"必也"。

[景祚危于缀旒]《全宋文》卷三十四作"缀冕"，今据《宋书·明帝纪》卷八作"缀旒"。

[犯乡论清议]《全宋文》卷三十四作"乡我"，今据《宋书·明帝纪》卷八作"乡论"。

【笺注】

[一]张溥题名《宋明帝即位赦诏》，今从严可均《全宋文》卷三十四题名。诏，文体名。南朝梁萧统《〈文选〉序》："诏诰教令之流，表奏笺记之列……篇辞引序，碑碣志状，众制锋起，源流间出。"据《宋书·谢庄传》载："（宋明帝）太宗定乱，得出。及即位，以庄为散骑常侍、光禄大夫，加金章紫绶，领寻阳王师。顷之，转中书令，常侍、王师如故。寻加金紫光禄大夫，给亲信二十人，本官并如故。"又，《南史·谢庄传》载："明帝定乱得出，使为赦诏。庄夜出署门方坐，命酒酌之，已微醉，传诏停待诏成，其文甚工。"又，《宋书·明帝纪》载："泰始元年冬十二月丙寅，上即皇帝位。诏曰……"知本文当作于刘宋明帝泰始元年（465）冬十二月刘彧即皇帝位时，谢庄时任中书令，年四十五岁。

[二]高祖武皇帝，南朝刘宋武帝刘裕。公元420—422年在位。德洞四瀛，化绵九服，洞，深入。四瀛，四海，天下。九服，指全国各地区。此句谓以道德深入四海，以文化绵延天下。

[三]太祖文皇帝，南朝刘宋文帝刘义隆，刘裕第三子。公元424—453年在位，史称"元嘉之治"。大明，即《诗经·大雅·大明》，是周朝开国史诗的最后一篇。世祖孝武皇帝，南朝刘宋孝武帝刘骏，刘义隆第三子。公元452—464年在位。下武，即《诗经·大雅·下武》："下武维周，世有哲王。"郑玄笺："下，犹后也……后人能继先祖者，维有周家最大。"宁乱，平定元凶之祸乱，此指孝武皇帝刘骏平定元凶之祸。

[四]梯山，攀登高山，泛指远涉险阻。均，调和。削衽，谓改变服饰。袭，原指死者穿的衣襟在左边的内衣，此谓承袭。《说文解字·衣部》："袭，左衽袍。"朱骏声："凡殓死者，左衽不纽。"

[五]业固盛汉，声溢隆周，谓稳固的基业好比大汉盛世，美好的名声可比周朝气象。

[六]子业，即南朝刘宋第六位皇帝刘子业，宋孝武帝刘骏长子，为人狂悖无道，刑杀大臣，后遭湘东王刘彧等人弑杀，史称前废帝。历史上子业曾因谢庄所作《宋孝武宣贵妃诔》"赞轨尧门"句怀恨，欲置庄于死地。凶嚚，凶暴嚚张。忍悖，残忍狂悖。龆日，谓童年。龆，儿童换牙。《韩诗外传》："男八月生齿，八岁而龆齿。"比年，近年。

[七]狎侮，轻慢侮弄。五常，即仁、义、礼、智、信。怠弃，怠惰荒废。三正，又称"三统"，指天、地、人之正道。孔传："怠惰弃废天地人之正道。"矫诬上天，谓假借名义以行诬罔。《尚书·仲虺之诰》："夏王有罪，矫诬上天，以布命于下。"蔡沈集传："矫，与矫制之矫同；诬，罔……桀知民心不从，矫诈诬罔，托天以其众。"毒流下国，危害诸侯国。《尚书·泰誓中》："惟天惠民，惟辟奉天，有夏桀弗克若天，流毒下国。"

[八]遏密，为君王居丧期间。齐斩，丧服名，指五服中的"齐衰""斩衰"。躬，身体。北里，古舞曲名。《史记·殷本纪》："帝纣……好酒淫乐，嬖于妇人。爱妲己，妲己之言是从。于是使师涓作新淫声，北里之舞，靡靡之乐。"后多指委靡粗俗之乐曲。

[九]虎兕，虎与犀牛，喻凶恶残暴之人。匣，同"柙"，关猛兽或犯人的笼子。凭河，徒涉过河。彰，通"障"，阻挡。上宰，泛称辅政大臣。衅逆，叛乱。国辅，指辅国大臣。孥戮，诛及子孙，指杀戮之意。

[十]子鸾，子业同父异母兄弟，封号新安王，孝武帝刘骏宠妃殷淑仪之子，因母亲受到孝武帝的宠爱而遭子业的嫉妒。殄殪，谓杀害。殄，竭尽。《说文解字·歺部》："殄，尽也。"殪，死。先秦屈原《九歌·国殇》："左骖殪兮右刃伤。"

[十一]猷，同"犹"，似、同。睚眦，瞋目怒视，借指微小的怨恨。歼夷，诛灭。

[十二]义阳，今河南信阳县北。屠脍，犹宰割。

[十三]戚藩，近亲藩王。《文选·王俭〈褚渊碑文〉》："属值三季在辰，戚蕃内侮。"李周翰注："戚蕃，谓诸王也。"楚楚，用楛木荆条制成的刑具，用以笞打。《晋书·虞预传》："臣闻间者以来，刑狱转繁，多力者则广牵连逮，以稽年月；无援者则严其楛楚，期于入重。"

[十四]储，储君，太子。

[十五]事秽，侍奉恶人。东陵，代称盗跖，语自《庄子·骈拇》："伯夷死名于首阳之下，盗跖死利于东陵之上。二人者，所死不同，其于残生伤性，均也，奚必伯夷之是而盗跖之非乎！"行汙，谓品行的卑污。汙，同"污"，卑污。

[十六]比遂，先前竟然。玄宫，深宫。志，目标。题凑，古代天子的椁制，也赐用于大臣。椁室用大木累积而成，木头皆内向为椁盖，上尖下方，犹如屋檐四垂，谓之"题凑"。枭，镜，镜，又作"境"。传说枭鸟食母，境兽食父，或曰亦食母，喻忘恩负义之徒或狠毒之人。商，商臣，春秋楚成王太子，以东宫之卒围成王，逼王自缢。顿，冒顿，匈奴头曼太子，射杀头曼自立。《史记·匈奴列传》："后有所爱阏氏，生少子，而单于欲废冒顿而立少子，乃使冒顿质于月氏……从其父单于头曼猎，以鸣镝射头曼，其左右亦皆随鸣镝而射杀单于头曼，遂尽诛其后母与弟及大臣不听从者。冒顿自立为单于。"

[十七]鸩毒，以毒酒害人。宪，皇。旧时对先人的美称。诸父，古代天子对同姓诸侯，诸侯对同姓大夫，皆尊称为"父"，多数就称为"诸父"。宫闱，帝王后宫。鸱枭，鸟名，俗称猫头

鹰，常用以比喻贪恶之人。《文选·曹植〈赠白马王彪〉诗》："鸱枭鸣衡扼，豺狼当路衢。"李善注："鸱枭、豺狼，以喻小人也。"小竖，为对宦官的蔑称。宠昵，宠爱亲近。戮挫，诛杀折辱。

[十八]收掩，收捕。虓虎，咆哮怒吼之虎，多喻勇士猛将。结辙，辙迹交错，谓车辆往来不绝。

[十九]百僚，百官。《尚书·皋陶谟》："百僚师师，百工惟时。"孔传："僚、工，皆官也。"危气，犹危惧。妻子，妻子孩子。

[二十]钩，兵器名。神器，代表国家政权的实物，如玉玺、宝鼎类，借指帝位、政权。殆，威胁。驭索，犹言驭朽索。景祚，喻指帝业。缀旒，喻国势垂危。

[二十一]假寐，打盹儿，打瞌睡，不脱衣服小睡一下。《左传·晋灵公不君》："盛服将朝，尚早，坐而假寐。"于焉，于是。泯，昏乱。

[二十二]七庙，原指四亲庙（父、祖、曾祖、高祖）、二祧（远祖）和始祖庙，后泛指帝王供奉祖先的宗庙。《礼记·王制》："天子七庙，三昭三穆，与太祖之庙而七。"八百，此指诸侯。巨猾，极奸猾之人。斯殄，全部灭绝。鸿沴，谓巨凶大恶。沴，天地四时之气不和而生的灾害。南宋文天祥《正气歌》："如此再寒暑，百沴自避易。"时寋，谓时运不顺。寋，套裤。《说文解字·衣部》："寋，绔也。"

[二十三]皇纲，朝廷的纲纪。更张，调节琴弦。《汉书·董仲舒传》："窃譬之琴瑟不调，甚者必解而更张之，乃可鼓也。"此喻变更或改革。

[二十四]猥，辱，谦词。东汉杨修《答临淄侯笺》："猥受顾锡，教使刊定，《春秋》之成，莫能损益。"寡薄，才德微薄。乾纮，天道之统绪。三光，指日、月、星。

[二十五]业业矜矜，小心谨慎貌。亿兆，指庶民百姓。维新，谓乃始更新。

[二十六]民爵，古代君王赐给民间有功者的爵位。斛，量词，多用于量粮食。古代一斛为十斗，南宋末年改为五斗。

[二十七]逋租，谓欠租。逋，拖欠。

[二十八]清议，对时政之议论。赃汙，贪赃纳贿。

[二十九]长徒，长期服劳役，为古代刑罚之一。徒，徒刑，古代刑法名，即拘禁使服劳役。原遣，赦免释放。《晋书·武帝纪》："六月癸巳，临听讼观录囚徒，多所原遣。"

[三十]禁锢，谓禁止做官或参与政治活动。《史记·平准书》："议令民得买爵及赎禁锢、免减罪。"旧劳，久劳，多年劳绩。《尚书·无逸》："其在高宗时，旧劳于外。"郑玄注："旧，犹久也。"

[三十一]刊削，消除。南朝梁任昉《齐竟陵文宣王行状》："未见好德，愚窃惑焉。即命刊削，投杖不暇。"

为朝臣与雍州刺史袁顗书

（泰始二年）[一]

夫夷陂相因，兴革递数，或多难而固其国，或殷忧而启圣明，此既著于前史，亦彰于闻见[二]。王室不造，昏凶肆虐，神鼎将沦，宗稷几泯，幸天未亡宋，乾历有归[三]。主上体自圣文,继明作睿,而辱均牖里,屯蹇夏台[四]。既天地俱愤,义勇同奋,克殄鲸鲵,三灵更造,应天顺民,爰集宝命,四海属息肩之欢,华戎见来苏之泰[五]。吾等获免刀锯,仅全首领,复身奉惟新,命承亨运,缓带谈笑,击壤圣世[六]。

汝虽劬劳于外,迹阻京师,然心期所寄,江、汉何远[七]。自九江告变,皆谓邓氏狂惑,比日国言藉藉,颇尘吾子[八]。道路之议,岂其或然,闻此之日,能无骇惋[九]。

凶人反道败德,日夜滋深,昵近狡恶,取谋豺虎,非惟毒流外物,恶积中朝,乃欲毁陵邑,虐崇宪,烧宗庙,卤御物,然后荡覆京都,必使兰荛俱尽[十]。自非圣上庙算灵图,俛眉逊避,维持内外,拥卫臣下,则赤县为戎,百姓其鱼矣[十一]。此事此理,宁可孰念。

既天道辅顺,讴歌有奉,高祖之孙,文皇之子,德洞九幽,功贯二曜。匡拯家国,提毓黔首,若不子民南面,将使神器何归[十二]。而群小构慝,妄生窥觊,成轸惑燕,贯高乱赵,谗人罔极,自古有之[十三]。汝中京冠冕,儒雅世袭,多见前载,县鉴忠邪,何远遗郎中之清轨,近忘太尉之纯概。相与,或群从舅甥,或姻娅周款,一旦胡、越,能无怅恨[十四]。若疑谌所至,邪诐无穷,汝当誓众奋戈,翦此朝食[十五]。若自延过听,迷途未远,圣上临物以仁,接下以爱,岂直雍齿先封,乃当射钩见相矣[十六]。当由力窘迹屈,丹诚未亮邪。跂予南服,寤寐延首,若反棹沿流,归诚凤阙,锡珪开宇,非尔而谁[十七]。吾等并过荷曲慈,俱叨非服,纡金拖玉,改观蓬门,入奉舜、禹之渥,出见羲、唐之化,雍容揄扬,信白驹空谷之时也,奈何毁掷先基,自蹈凶厉,山门萧瑟,松庭谁扫,言念楚路,岂不思父母之邦[十八]。幸纳恶石,以蠲美疹[十九]。裁书表意,尔其图之[二十]。

【校】

[题]文见《宋书·袁顗传》卷八十四。

[夫夷陂相因]《艺文类聚》卷二十五作"夷险",今据《宋书·袁顗传》卷八十四作"夷陂"。

[兴革递数]《艺文类聚》卷二十五作"逮数",今据《宋书·袁顗传》卷八十四作"递数"。

[提毓黔首]《艺文类聚》卷二十五作"提敏",今据《宋书·袁顗传》卷八十四作"提毓"。《艺文类聚》卷二十五作"苍生",今据《宋书·袁顗传》卷八十四作"黔首"。

[将使神器何归]《艺文类聚》卷二十五作"何主",今据《宋书·袁顗传》卷八十四作"何归"。

【笺注】

[一]《宋书·袁顗传》引谢庄《太宗使朝士与顗书》一文,《艺文类聚》卷二十五所辑则题名

《为朝臣与雍州刺史袁颉书》，系名谢庄。袁颉，字景章，任始兴王浚后军行参军、著作佐郎、庐陵王绍南中郎主簿、太子洗马、雍州刺史等职。书，文体名，用以陈述对政事的见解、意见。泰始元年，雍州刺史袁颉拥晋安王刘子勋举兵反，宋明帝使朝士与颉书，加以劝抚。据《宋书·谢庄传》载："(宋明帝)太宗定乱，得出。及即位，以庄为散骑常侍、光禄大夫，加金章紫绶，领寻阳王师。顷之，转中书令，常侍、王师如故。寻加金紫光禄大夫，给亲信二十人，本官并如故。"又，《宋书·袁颉传》载："颉诈云被太皇太后令，使其起兵。便建牙驰檄，奉表劝晋安王子勋即大位，与琬书，使勿解甲。子勋即位，进颉号安北将军，加尚书左仆射。太宗使朝士与颉书曰……"史书记载晋安王子勋于泰始二年正月七日在寻阳即位，故本文当作于宋明帝泰始二年(466)，谢庄时年四十六岁。

[二]夷阪，谓平坦和险阻。夷，平坦。阪，山坡。《说文解字·耳部》："阪，坡者曰阪。一曰泽障，一曰山胁。"相因，相袭。兴革，创建和革除。递，顺次。殷忧，忧伤。西晋刘琨《劝进表》："或多难以固邦国，殷忧以启圣明。"圣明，谓皇帝。

[三]不造，不幸。神鼎，鼎之美称。宗稷，宗庙社稷。乾历，谓君位帝业。乾，原指上出，此谓君主。《说文解字·乙部》："乾，上出也。"历，有所经过。《尚书·毕命》："既历三世，世变风移。"

[四]圣文，圣人文章。继明，皇帝即位。牖里，殷代监狱名。牖，通"羑"。屯，困顿。夏台，夏代狱名，又名均台，在今河南禹县地区。

[五]克殄鲸鲵，歼灭凶恶之敌。克殄，歼灭。《后汉书·党锢传》："诚自知衅责，死不旋踵，特乞留五日，克殄元恶，退就鼎镬，始生之愿也。"鲸鲵，喻凶恶的敌人。三灵，天、地、人。宝命，对天命之美称。息肩，卸去负担。《左传·襄公二年》："郑成公卒，子驷请息肩于晋。"杜预注："欲辟楚役，以负担喻。"戎，古代典籍泛指我国西部的少数民族。来苏，谓因其来而从困苦中获得苏息。语自《尚书·仲虺之诰》："攸徂之民，室家相庆曰：'徯予后俊，后来其苏！'"孔传："汤所往之民皆喜曰：'待我君来，其可苏息。'"

[六]获免刀锯，得以避免刑罚。刀锯，刀和锯，古刑具，借指酷刑。《汉书·刑法志》："大刑用甲兵，其次用斧钺，中刑用刀锯，其次用钻凿。"惟新，更新。亨运，世运亨通，谓太平盛世。缓带，宽束衣带，谓从容不迫。击壤，古时的一种投击土块的游戏，此喻太平盛世。语自《艺文类聚》卷十一引晋皇甫谧《帝王世纪》："(帝尧之世)天下大和，百姓无事，有五十老人击壤于道。"

[七]劬劳，谓劳累。《诗经·小雅·蓼莪》："哀哀父母，生我劬劳。"迹阻，行迹被阻。

[八]九江，在今江西浔阳地区。告变，报告发生变故。比日，近日。国言，国人之谤言。藉藉，众多而杂乱貌。

[九]能无，能不，反问语。骇惋，惊异。东晋南朝谢灵运《诣阙自理表》："披疏骇惋，不解所由。"

[十]昵近，亲近。狡慝，奸邪。豺，同"豺"。中朝，朝廷。陵邑，汉代为守护帝王陵园所置的邑地，借指帝王陵墓所在地。卤，通"虏"，抄掠、俘获。御物，帝王专用之物。兰荪，喻良莠、贤愚、美丑等。兰，香草。荪，臭草。《后汉书·党锢传赞》："兰荪无并，销长相倾。徒恨芳膏，

煎灼灯明。"

[十一]庙算，朝廷或帝王对战事进行的谋划。灵图，指《河图》，汉代谶纬家以为王者受命之瑞。俛眉，低眉，表示谦顺、沉痛等状貌。《文选·扬雄〈解嘲〉》："当今县令不请士，郡守不迎师，群卿不揖客，将相不俛眉。"刘良注："不低眉下色以求贤人也。"逊避，退让。东晋葛洪《抱朴子·行品》："洁皎分以守终，不逊避而苟免者，节人也。"赤县，即赤县神州，借指中国。《史记·孟子荀卿列传》："中国名曰赤县神州，赤县神州内自有九州。"

[十二]高祖之孙，文帝之子，指宋孝武帝刘骏。洞，深入。九幽，极深暗之地。二曜，日与月。《南齐书·王融传》："偶化两仪，均明二耀。"匡拯，扶助拯救。提毓，抚育。神器，代表国家政权玉玺、宝鼎等实物，借指帝位、政权。《文选·左思〈魏都赋〉》："刘宗委驭，巽其神器。"吕延济注："神器，帝位。"

[十三]群小，众小人。构慝，作恶。成轸惑燕，指成轸谏言刘旦起兵征讨汉昭帝刘弗陵从而自立之事。《汉书·武五子传》："郎中成轸谓旦曰：'大王失职，独可起而索，不可坐而得也。大王一起，国中虽女子皆奋臂随大王。'"贯高乱赵，指赵相贯高与人谋弑高祖之事。《汉书·田叔传》："会赵午、贯高等谋弑上，事发觉，汉下诏捕赵王及群臣反者。"谗人阁极，进谗言之人。《诗经·小雅·青蝇》："营营青蝇，止于棘，谗人罔极，交乱四国。"

[十四]郎中，官名。始于战国，秦汉沿置，掌管门户车骑等事，内充侍卫，外从作战，另尚书台设郎中司诏策文书。晋武帝置尚书诸曹郎中，郎中为尚书曹司之长。太尉，官名。秦至西汉设置为全国军政首脑，与丞相、御史大夫并称三公，汉武帝时改称大司马，东汉时太尉与司徒、司空并称三公，历代亦多曾沿置，但渐变为加官无实权。相与，相同。姻娅，有婚姻关系的亲戚。周款，亲密。胡、越，胡地在北，越在南，比喻疏远隔绝。

[十五]疑诳，惑乱。邪诐，邪恶不正。西汉刘向《九叹·离世》："不从俗而诐行兮，直躬指而信志。"奋戈，使劲挥舞干戈，谓奋勇战斗。翦，消灭。

[十六]过听，错误听取。岂直，何止。雍齿先封，谓汉高祖不计宿怨、封雍齿为什方侯之典。雍齿，汉初沛人，与刘邦素有怨望，事见《史记·留侯世家》。射钩见相，指管仲射齐桓公事，事见《左传·僖公二十四年》。

[十七]跂，盼望。《史记·高祖纪》："日夜跂而望归。"南服，古代王畿以外地区分为五服，故称南方为"南服"。延首，伸长头颈，常形容急切盼望的样子。反棹，指回船，驾舟返航。归诚，归顺投诚。凤阙，皇宫朝廷。锡珪开宇，锡圭，即锡珪。珪，古代诸侯朝聘时所执的玉制礼器，帝王封爵授土时赐珪以为信物，后泛指授以高官重爵。开宇，开辟封地。《文选·王延寿〈鲁灵光殿赋〉》："锡介珪以作瑞，宅附庸而开宇。"刘良注："居其附庸之国，开我皇家之土宇，以作蕃援。"

[十八]荷，承受（恩德）。曲，表敬之词，表示自己高攀。慈，仁爱。纡金拖玉，衣襟佩带金印，下垂带玉佩。谓身居高位，喻指显贵。蓬门，以蓬草为门，指贫寒之家。羲、唐，伏羲氏和唐尧的并称。化，风气。雍容揄扬，形容庄重赞扬的态度和行为。雍容，喻从容状貌。揄扬，宣扬。东汉班固《两都赋》序："雍容揄扬，著于后嗣，抑亦《雅》《颂》之亚也。"白驹，白色骏马，比喻贤人隐士。空谷，空旷幽深的山谷，多指隐者隐居之地。《诗经·小雅·白驹》："皎皎白

驹,在彼空谷。"孔颖达疏:"贤者隐居,必当潜处山谷。"蹈,踏上。山门,墓门。言念,想念。

[十九]恶石,与"美疹"相对,指虽带给人刺痛,然可用以治病的石针。《左传·襄公二十三年》:"美疢不如恶石。夫石犹生我,疢之美,其毒滋多。"杨伯峻注:"恶石,以石为针,刺之常苦痛。"瘳,治愈。美疹,即"美疢",指热病。《洛阳伽蓝记》:"遂动旧疹,缠绵经月。"

[二十]裁书,裁笺作书,写信。三国魏曹丕《与吴质书》:"顷何以自娱?颇复有所造述不?东望于邑,裁书叙心。"

与左仆射书

(作年待考)^[一]

弟昨还,方承一日忽患闷,当时乃尔大恶,殊不易追企^[二]。怛想,诸治昨来已渐胜,眠食复云何^[三]。顷日寒重,春节至,居患者无不增动^[四]。今作何治,眼风不异耳^[五]。指遣承问,谢庄白^[六]。呈左仆射^[七]。

【校】

[题]文见明翻刻肃府本《淳化阁帖》卷三,题名《昨还帖》,又见明代张溥《汉魏六朝百三家集》卷七十二、严可均《全宋文》卷三十五,今据《全宋文》题名,作《与左仆射书》。

[方承一日忽患闷]《全宋文》卷三十五作"方承间,忽患闷",今据《淳化阁帖》卷三作"方承一日忽患闷"。

【笺注】

[一]帖,书法术语,供临摹或欣赏的墨迹或印本。宋代陈思《书小史》:"(谢庄)善行书。"明代董其昌《戏鸿堂帖》:"谢庄书法似《阁贴》所谓萧子云者,小加妍隽,宋高宗书近之。"后世书法名家王铎曾临摹谢庄《昨还帖》。作年待考①。

[二]闷,烦闷。乃尔,竟如此。追企,追随仰望。

[三]怛想,愁苦之想。《说文解字·心部》:"怛,憯也。从心,旦声。"昨来,近来。云何,如何。

[四]居,处在。动,发作。

[五]眼风,眼色。不异,无差别。

[六]指遣,指派差遣。白,禀告陈述。

[七]左仆射,官名,秦朝时期开始设置,汉以后因之。汉成帝建始四年,初置尚书五人,一人为仆射,位仅次尚书令,职权渐重。汉献帝建安四年,置左右仆射。唐宋左右仆射为宰相之职。宋以后废。太平天国曾设仆射一职。《汉书·百官公卿表》:"仆射,秦官,自侍中、尚书、博士、郎皆有。古者重武官,有主射以督课之。"

---

① 赫兆丰疑《与左仆射书》(《昨还帖》)当作于大明三年或四年的春节前后,参见赫兆丰撰:《谢庄文学创作系年考》,《古籍整理研究学刊》,2022 年第 6 期,第 44-45 页。

竹赞

（作年待考）[一]

瞻彼中唐,绿竹猗猗[二]。贞而不介,弱而不亏[三]。杳袅人圃,萧瑟云崖[四]。推名楚潭,美质梁池。

【校】

[题]文见《艺文类聚》卷八十九。

[杳袅人圃]《全宋文》卷三十五作"人表",今据《艺文类聚》卷八十九作"人圃"。

【笺注】

[一]赞,文体名,用韵语赞颂人事物的文章。据《宋书·符瑞志中》载:"孝建二年三月戊午,甘露降丹阳秣陵尚书谢庄园竹林,庄以闻。"知谢庄宅园有竹林,还曾因甘露祥瑞之兆而闻名。谢庄抓住绿竹外貌情状,简笔勾勒,将翠竹贞傲之状,以及作者对竹的偏爱之心在文中表露无遗。作年待考。

[二]中唐,庭院。《文选·张衡〈东京赋〉》:"植华平于春圃,丰朱草于中唐。"李善注:"如淳《汉书》注曰:'唐,庭也。'"东汉王粲《槐树赋》:"惟中唐之奇树,禀自然之天姿。"猗猗,美好繁盛貌。《诗经·卫风·淇奥》:"瞻彼淇奥,绿竹猗猗。"毛传:"猗猗,美盛貌。"

[三]贞,谓竹木等植物经寒不凋。唐储光羲《贻刘高士别》:"每言竹柏贞,尝轻朝士玩。"介,孤傲耿直。亏,虚弱。

[四]杳袅,渺茫。云崖,高峻山崖。南朝宋鲍照《从庾中郎游园山石室》:"荒涂趣山楹,云崖隐灵室。"

附录二　谢希逸琴学著述

　　史载谢庄深通音律,其诗文创作能开永明声律之先绝非偶然。今系名于谢庄的琴学著述有《琴论》《雅琴名录》《琴谱三均手诀》(已佚,见于《崇文总目》《文献通考》《玉海》)等三种,学界对其归属众说纷纭①,笔者从今人所编《琴曲集成》和北宋郭茂倩《乐府诗集》等文献中辑出系名谢庄(谢希逸)的音乐论述《雅琴名录》②和《琴论》残篇③,存疑于此。

一、《雅琴名录》

　　大琴、中琴、小琴、颂琴、月琴、素琴、清角、凤凰、号钟、绕梁、绿绮、清英、焦尾、怡神、寒玉、百纳、响泉、韵磬、荔枝、冰清、春雷、玉振、黄鹄、秋啸、鸣玉、琼响、秋籁、怀古、南熏、大雅、松雪、浮磬、奔雷、存古、冠古、涉深、天球、混沌材、玲珑、万壑松、雪夜冰、玉涧鸣泉、石上清泉、秋塘寒玉、九霄环珮、洗凡、清绝、秋霄、雷石、悲风、修况、鸣廉、危柱、桐君、国阿、白博。

二、《琴论》

　　北宋郭茂倩《乐府诗集》引谢庄(谢希逸)《琴论》十四处如下:

　　1.《乐府诗集》卷二十九《相和歌辞四王明君》

　　谢希逸《琴论》曰:"平调《明君》三十六拍,胡笳《明君》三十六拍,清调《明君》十三拍,间弦《明君》九拍,蜀调《明君》十二拍,吴调《明君》十四拍,杜琼《明君》二

---

① 杨天星:《〈琴论〉作者新考》,《中国音乐》2017年第3期,第102页。

② 中国艺术研究院音乐研究所、北京古琴研究会编:《琴曲集成》第十四册,卷一,中华书局1989年版,第11-12页。

③ 郭茂倩编:《乐府诗集》,中华书局1979年版,第425-851页。

十一拍,凡有七曲。"

2.《乐府诗集》卷二十九《相和歌辞四楚妃叹》

按谢希逸《琴论》有《楚妃叹》七拍。

3.《乐府诗集》卷四十一《相和歌辞十六梁父吟》

谢希逸《琴论》曰:"诸葛亮作梁父吟。"

4.《乐府诗集》卷五十七《琴曲歌辞一》

和乐而作,命之曰"畅",言达则兼善天下而美畅其道也。忧愁而作,命之曰"操",言穷则独善其身而不失其操也。"引"者,进德修业,申达之名也。"弄"者,性情和畅,宽泰之名也。其后西汉时有庆安世者,为成帝侍郎,善为双凤离鸾之曲;齐人刘道强能作单凫寡鹤之弄;赵飞燕亦善为归风送远之操,皆妙绝当时,见称后世。若夫心意感发,声调谐应,大弦宽和而温,小弦清廉为不乱,攫之深,醳之愉,斯为尽善矣。古琴曲有五曲、九引、十二操。五曲:一曰《鹿鸣》、二曰《伐檀》,三曰《驺虞》,四曰《鹊巢》,五曰《白驹》。九引:一曰《烈女引》,二曰《伯妃引》,三曰《贞女引》,四曰《思归引》,五曰《霹雳引》,六曰《走马引》,七曰《箜篌引》,八曰《琴引》,九曰《楚引》。十二操:一曰《将归操》,二曰《猗兰操》、三曰《龟山操》,四曰《越裳操》,五曰《拘幽操》,六曰《岐山操》、七曰《履霜操》,八曰《朝飞操》,九曰《别鹤操》、十曰《残形操》、十一曰《水仙操》,十二曰《襄陵操》。自是已后,作者相继,而其义与其所起,略可考而知,故不复备论。

5.《乐府诗集》卷五十七《琴曲歌辞一·白雪歌》

刘涓子善鼓琴,制《阳春白雪》曲。

6.《乐府诗集》卷五十七《琴曲歌辞一·神人畅》

《神人畅》,尧帝所作。尧弹琴,感神人现,古文制此弄也。

7.《乐府诗集》卷五十七《琴曲歌辞一·思亲操》

舜作《思亲操》,孝之志也。

8.《乐府诗集》卷五十七《琴曲歌辞一·襄陵操》

夏禹治水而作《襄陵操》。

9.《乐府诗集》卷五十七《琴曲歌辞一·霹雳引》

夏禹作《霹雳引》。

10.《乐府诗集》卷五十七《琴曲歌辞一·文王操》

《文王操》,文王作也。

11.《乐府诗集》卷五十七《琴曲歌辞一·克商操》

《克商操》,武王伐纣时制。

12.《乐府诗集》卷五十七《琴曲歌辞一·神凤操》
成王作《神凤操》，言德化之感也。

13.《乐府诗集》卷五十八《琴曲歌辞二·思归引》
箕子作《离拘操》。

14.《乐府诗集》卷五十八《琴曲歌辞二·八公操》
《八公操》，淮南王作也。

参考文献

论 著

B

《鲍参军集注》(鲍照著,钱仲联增補集说校),上海古籍出版社 2005 年版

《本事诗》(孟启撰),中华书局 1985 年版

C

《楚辞》(屈原著,林家骊译注),中华书局 2010 年版

《春秋繁露新注》(董仲舒著,曾振宁、傅永聚注),商务印书馆 2010 年版

《初学记》(徐坚等著),中华书局 1962 年版

《淳化阁帖》(上海书店编辑部),明翻刻肃府本,上海书店 1984 年版

《船山全书》(王夫之撰),岳麓书社 1988 年版

《插图本中国文学史》(郑振铎著),中华书局 2016 年版

《词话丛编》(唐圭璋编),中华书局 1986 年版

D

《典论、四六谈尘、容斋四六丛谈、四六话》(曹丕等撰),商务印书馆 1936 年版

《丹渊集》(文同撰),四部丛刊本

G

《高僧传》(慧皎著,汤用彤校注),中华书局 2007 版

《古诗纪》(冯惟讷编,吴琯校刊),影印文渊阁《四库全书》本

《古今诗选》(程千帆编),上海古籍出版社 1981 年版

《古夫于亭杂录》(王士禛撰,赵伯陶点校),中华书局 1988 年版

《古文苑》(顾广圻校),福建人民出版社 2020 年版

H

《汉魏六朝百三家集题辞注》（张溥辑，殷孟伦注），人民文学出版社 1960 年版

《汉魏六朝百三家集》（张溥辑），上海古籍出版社 1994 年版

《汉魏六朝韵谱》（于安澜著），河南大学出版社 2012 年版

《涵芬楼文谈》（吴曾祺著），商务印书馆 1933 年版

《汉魏两晋南北朝佛教史》（汤用彤著），昆仑出版社 2006 年

《汉语诗律学》（王力著），上海教育出版社 2005 年版

《华丽家族——六朝陈郡谢氏家传》（萧华荣著），生活·读书·新知三联书店 2008 年版

J

《晋书》（房玄龄等撰），中华书局 1974 年版

《江文通集汇注》（江淹著，胡之骥注），中华书局 1984 年版

《金明馆丛稿初编》（陈寅恪撰），三联书店 2001 年版

《镜与灯：浪漫主义文论及批评传统》（M.H.艾布拉姆斯著，郦稚牛等译），北京大学出版社 1989 年版

《九品官人法研究：科举前史》（宫崎市定著，韩昇，刘建英译），中华书局 2008 年版

K

《孔子家语》（王肃撰），上海古籍出版社 1990 年版

L

《列子集释》（杨伯峻撰），中华书局 2008 年版

《论衡》（王充撰），上海古籍出版社 1990 版

《梁书》（姚思廉撰），中华书局 1973 年版

《六朝文絜》（沈泓、汪政注，许梿评选），浙江古籍出版社 2017 年版

《乐府诗集》（郭茂倩撰），中华书局 1979 年版

《历代名画记》（张彦远撰），商务印书馆 1936 年版

《历代赋话校证》（浦铣著，何新文，路成文校证），上海古籍出版社 2007 年版

《历代文话》（王水照编），复旦大学出版社 2007 年版

《历代名人谥号谥法文献辑刊》（张爱芳、贾贵荣编选），北京图书馆出版社 2004 年版

《鲁迅全集》（鲁迅著），人民文学出版社 1981 年版

《六朝文学论稿》（兴膳宏著，彭恩华译），岳麓书社出版社 1986 年版

《六朝贵族制社会研究》（川胜义雄著，徐谷梵、李济沧译），上海古籍出版社 2007 年版

M

《门阀士族与永明文学》（刘跃进著），生活·读书·新知三联书店 1996 年版

N

《南史》（李延寿撰），中华书局 1975 年版

《南齐书》（萧子显撰），中华书局 1999 年版

《南朝家族文化探微》（周淑舫著），吉林大学出版社 2008 年版

《南北朝文学史》（曹道衡、沈玉成著），人民文学出版社 1991 年版

《廿二史劄记》（赵翼撰），凤凰出版社 2008 年版

《南北朝选宫制度与文运兴变》（孙宝著），中华书局 2023 年版

P

《骈体文钞》（李兆洛撰），上海古籍出版社 2001 年版

Q

《全上古三代秦汉三国六朝文》（严可均校辑），中华书局 1958 年版

《全唐诗》（彭定求编），中华书局 1980 年版

《七十二家集题辞笺注》（张燮著，王京州笺注），上海古籍出版社 2016 年版

《清诗话续编》（郭绍虞编选，富寿荪校点），上海古籍出版社 1983 年版

《琴曲集成》（中国艺术研究院音乐研究所、北京古琴研究会编），中华书局 1989 年版

S

《史记》（司马迁撰），中华书局 2006 年版

《宋书》（沈约撰），中华书局 1974 年版

《十三经注疏（清嘉庆刊本）》（阮元校刻），中华书局 2009 年版

《诗经注析》（程俊英、蒋见元著），中华书局 1991 年版

《诗经译注》（周振甫译注），中华书局 2005 年版

《世说新语笺疏》（刘义庆撰，余嘉锡笺疏），中华书局 1983 年版

《诗品集注》（钟嵘撰，曹旭集注），上海古籍出版社 1994 年版

《诗式校注》（皎然撰，周维德校注），浙江古籍出版社 1993 年版

《诗薮》（胡应麟撰），上海古籍出版社 1979 年版

《说诗晬语》（沈德潜撰，霍松林校注），人民文学出版社 1979 年版

《书小史》（陈思撰），中国书店 2018 年版

《三松堂学术论集》（冯友兰著），北京大学出版社 1984 年版

《隋唐制度渊源略论稿》（陈寅恪著），中华书局 1963 年版

《沈约研究》（林家骊著），杭州大学出版社 1999 年版

《诗词格律》（王力著），中华书局 2000 年版

《宋诗话辑佚》（郭绍虞著），上海古籍出版社 1994 年版

《诗文声律论稿》（启功著），中华书局 2008 年版

《苏轼词编年校注》（邹同庆、王宗堂著），中华书局 2002 年版

《"山中"的六朝史》（魏斌著），生活·读书·新知三联书店 2019 年版

T

《艇斋诗话》（曾季狸撰），中华书局 1985 年版

W

《文赋集释》（陆机撰，张少康集释），人民文学出版社 1996 年版

《文镜秘府论校笺》（遍照金刚撰，卢盛江校笺），中华书局 2019 年版

《文选》（萧统编选，李善注），中华书局 1981 年版

《文选旧注辑存》（刘跃进著，徐华校），凤凰出版社 2017 年版

《文心雕龙》（刘勰撰，黄霖导读），上海古籍出版社 2008 年版

《文心雕龙注》（刘勰撰，范文澜注），人民文学出版社 2006 年版

《文心雕龙校释》（刘勰撰，刘永济编著），正中书局 1948 年版

《文心雕龙义证》（刘勰撰，詹锳义证），上海古籍出版社 2008 年版

《文心雕龙札记》（黄侃著），中华书局 1985 年版

《文章辨体序说》（吴讷撰，于北山校点），人民文学出版社 1962 年版

《魏晋南北朝文学思想史》（罗宗强著），中华书局 2006 年版

《魏晋南北朝诗歌史论》（傅刚著），吉林教育出版社 2006 年版

《魏晋南北朝诗歌史述》（钱志熙著），北京大学出版社 2005 年版

《魏晋南北朝史论丛》（唐长孺著），三联书店 1955 年版

《魏晋南北朝文学史》（聂石樵著），中华书局 2007 年版

《王融与永明时代：南朝贵族及贵族文学的个案研究》（林晓光著），上海古籍出版社 2014 年版

X

《续古文苑》（孙星衍辑），商务印书馆 1937 年版

《新辑本桓谭新论》（朱谦之撰），中华书局 2009 年版

《闲情偶记》（李渔撰），浙江古籍出版社 1985 年版

《西塘集耆旧续闻》（陈鹄撰，孔凡礼点校），中华书局 2002 年版

《先秦汉魏晋南北朝诗》（逯钦立辑校），中华书局 1983 年版

Y

《景（影）印文渊阁四库全书》（永瑢等编），商务印书馆 1984 年版

《艺文类聚》（欧阳询撰，汪绍楹校），上海古籍出版社 1982 年版

《颜氏家训集解》（颜之推撰，王利器集解），中华书局 1993 年版

《韵语阳秋》（葛立方撰），上海古籍出版社 1984 年版

《养一斋诗话》（潘德舆撰，朱德慈辑校），中华书局 2010 年版

《元和郡县图志》（李吉甫撰，贺次君点校），中华书局 1983 年版

Z

《资治通鉴》（司马光著），中华书局 2011 年版

《昭昧詹言》（方东树撰，汪绍楹校点），人民文学出版社 1984 年版

《庄子集释》（郭庆藩撰，王孝鱼点校），中华书局 2008 年版

《中说译注》（张沛撰），上海古籍出版社 2011 年版

《中国中古文学史讲义》（刘师培撰），上海古籍出版社 2000 年版

《中国文学批评通史·魏晋南北朝卷》（王运熙著），上海古籍出版社 2007 年版

《中古文学史论文集》（曹道衡著），中华书局 2002 年版

《中国文学家大辞典·魏晋南北朝卷》（曹道衡等编），中华书局 1996 年版

《中国历代文论选》（郭绍虞著），上海古籍出版社 2000 年版

《中国古代文论》（李壮鹰编），高等教育出版社 2001 年版

《中国古典戏曲论著集成》（中国戏曲研究院编），中国戏剧出版社 1959 年版

《中华文学史料》（刘跃进编），学苑出版社 2007 年版

《钟嵘〈诗品〉讲疏》（许文雨著），成都古籍书店 1983 年版

《中国散文史》（郭预衡著），上海古籍出版社 1986 年版

论　文

《清雅气与园林境：谢庄诗歌文学史价值评说》（仲秋融），《创意城市学刊》2023 年第 4 期。

《南朝名士谢庄研究述评》（仲秋融），《作家天地》2023 年第 21 期。

《谢庄的政治抉择与文学创作——基于对宋孝武帝朝政治、文化变革的考察》（何良五），《文学遗产》2023 年第 3 期。

《谢庄文学创作新论》(赫兆丰)，《古典文献研究》2022 年第 25 辑下。

《谢庄文学创作系年考》(赫兆丰)，《古籍整理研究学刊》2022 年第 6 期。

《谢庄文书研究》(林光钊)，《牡丹江大学学报》2020 年第 5 期。

《大明二年的转折——刘宋孝武帝朝初期政治平衡的构建、瓦解与寒人上位》(赫兆丰)，《中南大学学报(社会科学版)》2020 年第 5 期。

《刘宋晚期的政权重构与高门士族的权势复升》(李磊)，《苏州大学学报》(哲学社会科学版)，2020 年第 5 期。

《文学与历史书写下的宋孝武帝悼亡形象》(赫兆丰)，《文学研究》2020 年第 1 期。

《论谢庄〈月赋〉及其对刘宋辞赋的变革意义》(孙耀庆)，《盐城工学院学报(社会科学版)》2020 年第 1 期。

《刘宋辞赋论略》(孙耀庆)，《社会科学论坛》2019 年第 6 期。

《论〈雪赋〉〈月赋〉的空间诗美》(王玉林)，《洛阳理工学院学报(社会科学版)》2018 年第 1 期。

《论谢庄对"元嘉体"的"复"与"变"》(姜剑云,孙耀庆)，《河北学刊》2018 年第 1 期。

《论谢庄之思想精神——基于门阀士族衰落的历史视角》(孙耀庆)，《盐城工学院学报(社会科学版)》2018 年第 1 期。

《论谢庄杂言诗及其诗史意义》(孙耀庆)，《广西社会科学》2017 年第 9 期。

《〈琴论〉作者新考》(杨天星)，《中国音乐》2017 年第 3 期。

《谢庄行年及著述考》(孙耀庆)，《广西职业技术学院学报》2017 年第 2 期。

《〈雪赋〉〈月赋〉与元嘉文学新变》(张慧)，《哈尔滨学院学报》2017 年第 1 期。

《南朝郊祀歌留存状况考论》(闫运利)，《乐府学》2016 年第 1 期。

《南朝雅乐歌辞文体新变论析——以五帝歌为中心》(李晓红)，《文学遗产》2014 年第 5 期。

《谢庄"杂言诗"新探》(刘国勇)，《乐山师范学院学报》2014 年第 2 期。

《〈赤鹦鹉赋〉:律赋滥觞》(刘国勇)，《重庆科技学院学报(社会科学版)》2013 年第 12 期。

《谢庄与元嘉三大家诗歌创作述略》(仲秋融)，《求索》2013 年第 5 期。

《谢庄〈与江夏王义恭笺〉释证》(孙明君)，《北京大学学报(哲学社会科学版)》2012 年第 5 期。

《"以数立言"与九言诗之兴——谢庄〈宋明堂歌〉文体新变考论》(李晓红)，《中山大学学报(社会科学版)》2012年第4期。

《谢庄〈月赋〉与欧阳詹〈秋月赋〉形制之比较》(陈铃美)，《北京化工大学学报(社会科学版)》2012年第1期。

《论永明先声谢庄的文学创作特色》(仲秋融)，《求索》2011年第11期。

《谢庄杂言诗简议》(仲秋融)，《山东文学(下半月)》2011年第10期。

《风花雪月，物色人情——谢惠连〈雪赋〉、谢庄〈月赋〉解读》(王德华)，《古典文学知识》2011年第1期。

《齐梁声律论几个问题新探》(卢盛江)，《江西师范大学学报(哲学社会科学版)》2010年第5期。

《刘师培与〈文选〉学研究》(穆克宏)，《许昌学院学报》2008年第1期。

《萧统的文学观和〈文选〉》(曹道衡)，《文学遗产》2004第4期。

《谢庄诗歌律化初探——兼与刘跃进先生商榷》(徐明英，熊红菊)，《长春师范学院学报》，2004年第1期。

《"隔千里兮共明月"的继承与创新》(陈冲敏)，《中国韵文学刊》2003年第1期。

《谢氏宗风与山水诗传承中的第五代人:谢庄和谢朓》(郁慧娟)，《阴山学刊》2002年第5期。

《谢庄作品简论》(王运熙)，《南阳师范学院学报》2002年第3期。

《走进"苏海",苏轼研究的几点反思》(王水照)，《文学评论》1999年第3期。

《从四声八病到四声二元化》(兴膳宏)，《唐代文学研究》1992年第00期。

《南朝文学三题》(曹道衡、沈玉成)，《文学评论》1990年第1期。

《从〈雪赋〉、〈月赋〉看南朝文风之流变》(曹道衡)，《文学遗产》1985年第2期。

《音乐在通史上的地位》(罗曼·罗兰)，《音乐译丛》1958年第2期。

《谢庄作品特点与"文"采论》(徐晓楠)，东北师范大学2015年硕士学位论文。

《山水方滋——魏晋南北朝山水诗画兴起探源》(刘云飞)，浙江大学2015年硕士,学位论文。

《谢庄文学探微》(王丽)，山东大学2012年硕士学位论文。

《谢庄诗文研究》(刘国勇)，四川师范大学2011年硕士学位论文。

《谢庄研究》(葛海燕)，广西师范大学2011年硕士学位论文。

《谢庄诗文研究》（仲秋融），杭州师范大学 2011 年硕士学位论文。

《谢庄集校注》（韩丽晶），东北师范大学 2006 年硕士学位论文。

《谢混、谢灵运、谢庄、谢朓与东晋南朝文学变迁》（徐明英），扬州大学 2004 年硕士学位论文。

《谢庄集校注》（陈庆），四川大学 2003 年硕士学位论文。